L'ENSORCELEUSE

Les secrets de l'immortel
NICOLAS FLAMEL

L'auteur

Michael Scott vit à Dublin. Spécialiste de mythologie et de folklore, il a déjà écrit de nombreux textes de fantasy, d'horreur ou de science-fiction, qui ont remporté un tel succès qu'il est considéré en Irlande comme le « roi de la fantasy » (*Irish Times*).

Du même auteur :

L'Alchimiste
Le Magicien
Le Nécromancien
Le Traître
L'Enchanteresse

Michael Scott

L'ENSORCELEUSE

Les secrets de l'immortel
NICOLAS FLAMEL

LIVRE III

Traduit de l'anglais par Frédérique Fraisse

POCKET JEUNESSE
PKJ·

Directeur de collection :
Xavier d'ALMEIDA

Titre original :
The Sorceress
The Secrets of the Immortal Nicholas Flamel

Publié pour la première fois en 2009
par Delacorte Press
an imprint of Random House Children's Books
a division of Random House, Inc.
New York

Loi n° 49 956 du 16 juillet 1949 sur les publications
destinées à la jeunesse : janvier 2013.

ISBN : 978-2-266-21727-9

À Courtney
Ex animo

Je suis fatigué, si fatigué…

Et je vieillis à toute allure. Mes articulations sont raides, ma vue n'est plus aussi perçante, et j'entends de moins en moins bien. Ces cinq derniers jours, j'ai été contraint d'utiliser mes pouvoirs plus souvent qu'en un siècle entier, ce qui a accéléré le processus de vieillissement. J'estime avoir pris au moins dix ans, peut-être plus, depuis jeudi dernier. Si je veux vivre, je dois récupérer le Livre d'Abraham et ne plus me servir de mes pouvoirs, dans la mesure du possible.

Or Dee a mis la main sur le Codex, et je sais que je serai de nouveau obligé de solliciter mon aura faiblissante.

Il le faudra si nous voulons survivre.

Chaque fois que j'emploie la magie, je me rapproche de la mort… Le jour où Pernelle et moi aurons disparu, plus personne ne se dressera contre Dee et les Ténébreux. Ce jour-là, le monde mourra avec nous.

Mais ils ne nous ont pas encore enterrés !

Nous entrons dans Londres. Je crains cette ville plus

que tout, car elle se trouve au cœur des pouvoirs du Magicien. La dernière fois que Pernelle et moi étions ici, en septembre 1666, il a failli la raser par le feu en essayant de nous capturer. Nous n'y sommes jamais revenus. La capitale anglaise a attiré des Aînés des quatre coins du globe – il y en a plus ici que n'importe où dans le monde. Les Aînés, ceux de la Génération Suivante et les hommes immortels se déplacent en toute liberté, sans être remarqués, dans les rues londoniennes. À ma connaissance, au moins une douzaine de royaumes des Ombres sont éparpillés dans les îles Britanniques.

Il faut savoir qu'un grand nombre de lignes de force se croisent au-dessus de ces terres celtes, et je prie pour que les pouvoirs éveillés des jumeaux nous permettent de les utiliser pour rejoindre San Francisco, et ma Pernelle.

À Londres vit le roi Gilgamesh, le plus vieil homme immortel au monde. Son savoir est incommensurable. Il paraît qu'autrefois il était le Gardien du Codex ; il aurait même connu le mythique Abraham, qui est à l'origine du Livre. Gilgamesh aussi connaît les magies élémentaires, bien qu'étrangement il ne possède pas la capacité de les utiliser. Le Roi n'a pas d'aura. Je me suis souvent demandé ce qu'il pouvait ressentir : savoir des choses incroyables, avoir accès à la sagesse des anciens… et être dans l'incapacité de s'en servir.

J'ai dit à Sophie et Josh que Gilgamesh leur inculquerait la magie de l'Eau et trouverait une ligne de force qui nous ramènerait à la maison. Ils ignorent que je joue à quitte ou double : si le Roi refuse, nous serons piégés au cœur du royaume de Dee, sans possibilité de nous évader.

Ils ignorent également que Gilgamesh n'est pas tout à fait sain d'esprit… et que lors de notre dernière rencontre, il a cru que je voulais le tuer.

Extrait du Journal de Nicolas Flamel, alchimiste
Rédigé en ce lundi 4 juin,
à Londres, le repaire de mes ennemis

LUNDI
4 Juin

CHAPITRE PREMIER

– Je crois que je les vois.

Le jeune homme en parka verte qui se tenait sous l'immense horloge circulaire de la gare de Saint-Pancras éloigna son portable de son oreille et vérifia l'image sur l'écran. Quelques heures plus tôt, le Magicien anglais lui avait envoyé une photo floue aux couleurs délavées. Datée du 4 juin, à 11 h 59, elle semblait avoir été prise par une caméra de surveillance. Elle montrait un homme âgé aux cheveux courts et gris, accompagné de deux adolescents blonds, qui montaient à bord d'un train.

Hissé sur la pointe des pieds, le garçon balaya le hall du regard, à la recherche du trio qu'il avait entraperçu. Il ne le distinguait plus au milieu de la foule grouillante. Il savait cependant qu'il n'irait pas loin : une de ses sœurs surveillait l'étage inférieur, et une autre l'entrée principale.

Ses narines pincées s'ouvrirent : il huma les innombrables odeurs de la gare afin de localiser le vieil homme et les ados. Parmi les miasmes d'un trop grand nombre d'humani, il identifia une myriade de parfums et de déodorants, de gels et de dentifrices, les relents gras de la nourriture frite des restaurants alentour, le riche arôme du café et la forte odeur métallique et graisseuse des moteurs et des wagons. Les yeux fermés, il renversa la tête. Ce qu'il recherchait était plus vieux, plus sauvage, plus brut…

Là ! Il les avait !

Un soupçon de menthe, d'orange et de vanille, une trace olfactive infime n'échappa pas à ses narines.

À l'abri derrière de petites lunettes de soleil rectangulaires, ses yeux bleu sombre écarquillés, il suivit les imperceptibles filets parfumés à travers la vaste gare. Oui, il les tenait !

Le vieil homme aux cheveux gris vêtu d'un jean noir et d'une veste en cuir usée se dirigeait à grandes enjambées vers la salle des pas perdus, une minuscule valise dans la main gauche. Les deux adolescents qui l'accompagnaient se ressemblaient assez pour être frère et sœur. Le garçon était plus grand, et tous deux portaient un sac à dos.

Le jeune homme prit une photo avec son portable et l'envoya au Dr John Dee. Même s'il ne ressentait que du mépris pour le Magicien, il ne voyait pas l'utilité de s'en faire un ennemi. Dee comptait parmi les plus anciens agents des Ténébreux et il était sans conteste le plus dangereux.

Il rabattit la capuche de sa parka sur la tête et se détourna quand le trio arriva à son niveau. Il contacta sa sœur qui attendait en bas.

– Ce sont bien Flamel et les jumeaux, murmura-t-il dans une langue gaélique. Ils se dirigent vers toi. Nous les cueillerons dans Euston Road.

Le guetteur emboîta le pas à l'Alchimiste et aux jeunes Américains. Il se déplaçait avec aisance au milieu de la foule de ce début d'après-midi, tel un adolescent banal, anonyme dans son jean trop grand, ses baskets élimées et sa parka XXL, la tête et le visage cachés par une capuche, les yeux invisibles derrière des lunettes de soleil.

Malgré son apparence, il n'avait pourtant rien d'humain. Ses sœurs et lui étaient arrivés dans ce pays quand il était encore relié au continent européen, et pendant des générations on les avait vénérés comme des dieux. Il détestait être commandé par Dee, qui, après tout, n'était qu'un humani. Mais le Magicien anglais lui avait promis une récompense alléchante : Nicolas Flamel, le légendaire Alchimiste. Les instructions de Dee étaient claires – ses sœurs et lui s'emparaient de Flamel s'ils le souhaitaient, mais ils ne touchaient pas à un cheveu des jumeaux. Les lèvres fines du garçon s'étirèrent en un sourire gourmand. Ses sœurs kidnapperaient les jumeaux pendant qu'il aurait l'honneur de tuer Flamel. De sa langue noir de charbon il humecta ses lèvres craquelées. Ses sœurs et lui festoieraient pendant des semaines. Et, bien entendu, ils garderaient les meilleurs morceaux pour Mère.

Nicolas Flamel ralentit afin que Josh et Sophie le rattrapent. Avec un sourire forcé, il désigna la statue en bronze de neuf mètres de haut représentant un couple enlacé sous le cadran de l'horloge.

– Elle se nomme *Le Rendez-vous*, lança-t-il avant d'ajouter dans un murmure : nous sommes suivis.

D'une poigne de fer, il attrapa Josh par le bras.

– Évite de te retourner.

– Qui ? demanda Sophie.

– Quoi ? fit Josh en même temps.

Il souffrait de nausées et d'une migraine terrible. Ses sens nouvellement éveillés étaient agressés par les odeurs et les bruits de la gare. La lumière était si vive qu'il rêvait d'une paire de lunettes de soleil pour se protéger les yeux.

– « Quoi ? » est une meilleure question, commenta Nicolas sur un ton lugubre.

Il montra l'horloge du doigt, comme s'ils en discutaient.

– Je ne suis pas certain… Quelque chose de très ancien. Je l'ai détecté à l'instant où nous sommes descendus du train.

– Détecté ? demanda Josh, qui n'avait pas été aussi malade depuis son coup de chaleur dans le désert de Mojave.

– J'ai ressenti un picotement, comme une démangeaison. Mon aura a réagi à… à ce qui est là. Quand vous contrôlerez un peu mieux la vôtre, vous aussi serez capables de percevoir ce genre de choses.

La tête renversée, comme si elle admirait la verrière du plafond, Sophie se tourna discrètement. La foule tourbillonnait autour d'eux. La plupart des voyageurs étaient des Londoniens, même si les touristes ne manquaient pas. Certains se faisaient photographier devant *Le Rendez-vous*. Personne ne paraissait leur prêter une attention particulière.

– On fait quoi ? s'enquit Josh, au bord de la panique. Je peux stimuler les pouvoirs de Sophie… comme à Paris.

– Non…, chuchota Flamel. Tu ne dois utiliser tes pouvoirs qu'en dernier recours. Dès que tu activeras ton aura, le moindre Aîné, membre de la Génération Suivante et immortel qui se trouve dans un rayon de quinze kilomètres sera averti de ta présence. Et ici, neuf immortels sur dix sont alliés aux Ténébreux. Par ailleurs, dans ce pays, tu pourrais réveiller d'autres créatures, qu'il serait préférable de laisser dormir.

– Mais vous avez dit que nous étions suivis ! protesta Sophie. Cela signifie que Dee est au courant de notre arrivée.

Flamel poussa les jumeaux vers la gauche, en direction de la sortie.

– Je suppose qu'il a posté des sentinelles dans chaque port, aéroport et gare d'Europe. Dès que l'un de vous activera son aura, il aura la confirmation que nous sommes à Londres.

– Et que fera-t-il ? demanda Josh, qui se tourna vers Nicolas.

La lumière crue soulignait les nouvelles rides apparues sur le front de l'Alchimiste et autour de ses yeux.

Flamel haussa les épaules :

– Il est aux abois, et les hommes aux abois sont capables du pire. Il a eu un aperçu de vos pouvoirs depuis les tours de Notre-Dame. Il aurait détruit la cathédrale, il vous aurait même tués afin que vous ne quittiez pas Paris !

Les idées embrouillées, Josh secoua la tête :

– Pourquoi ? Je croyais qu'il nous voulait vivants !

– Dee est nécromancien, expliqua Flamel dans un soupir. C'est un art infâme et horrible qui implique l'activation artificielle de l'aura d'un cadavre afin de le ramener à la vie.

Un frisson glacial parcourut le corps de Josh :

– Attendez ! Il nous aurait assassinés avant de nous ressusciter ?

– Oui. Sans la moindre hésitation.

Flamel lui serra l'épaule.

– Crois-moi, c'est une existence effroyable, l'ombre d'une vie. Dee ne doute plus que vous soyez les jumeaux de la légende. Il doit vous capturer. Il a besoin de vous.

L'Alchimiste tapota le torse de Josh. Un bruissement se fit entendre. Sous son T-shirt, dans un sac en tissu suspendu autour de son cou, Josh portait les deux pages qu'il avait arrachées du Codex.

– Et, par-dessus tout, il veut mettre la main sur ces pages.

Le trio suivit les panneaux indiquant la sortie Euston Road et fut happé par le flot de voyageurs se rendant dans la même direction.

– Vous n'aviez pas dit que quelqu'un viendrait nous chercher ? fit Sophie.

– Saint-Germain m'a promis de contacter un vieil ami à lui, marmonna Flamel. Peut-être n'a-t-il pas pu le joindre.

Ils sortirent de la gare en brique rouge à la façade néogothique et s'arrêtèrent net. Quand ils avaient quitté Paris, deux heures et demie plus tôt, pas un nuage ne perturbait le ciel et la température avoisinait les 20 °C. Or, à Londres, il pleuvait des cordes et le vent qui fouettait la rue était si froid que les jumeaux frissonnèrent. Ils firent volte-face et coururent se réfugier dans la gare.

C'est là que Sophie le vit.

– Un garçon en parka verte à la capuche relevée, chuchota-t-elle.

Elle s'obligea à fixer les yeux pâles de Nicolas, sachant qu'autrement elle ne manquerait pas de regarder malgré elle le jeune homme qui les poursuivait. Elle le voyait du coin de l'œil. Il musardait près d'un pilier, examinait son portable, écrivait peut-être un texto. Quelque chose n'allait pas dans sa manière de se tenir. Ce n'était pas naturel. Sophie crut percevoir une vague odeur de viande avariée.

– Ça sent le pourri, comme un animal écrasé sur la route.

Le sourire de l'Alchimiste se figea soudain.

– Une capuche ? Oui, c'est bien notre poursuivant.

Les jumeaux captèrent un léger tremblement dans sa voix.

– Sauf que ce n'est pas un garçon, n'est-ce pas ? insista Sophie.

– Pas le moins du monde.

Josh prit une profonde inspiration :

– Dois-je vous signaler que j'aperçois deux autres silhouettes vêtues de parkas vertes à capuche, et qu'elles viennent dans notre direction ?

– Trois ? Non, pas eux…, murmura Nicolas, l'air horrifié. Partons !

Il prit les jumeaux par le bras et les entraîna sous la pluie battante, tourna à droite et courut dans la rue.

La pluie était si froide que Josh en avait le souffle coupé. De vrais projectiles lui frappaient le visage.

– Qui sont-ils ? demanda-t-il.

Il clignait des yeux pour chasser les gouttes, écartait ses cheveux de son visage.

– Ce sont les Encapuchonnés, lâcha l'Alchimiste. Dee doit être vraiment désespéré, et surtout plus puissant que je le pensais, s'il peut leur donner des ordres. Ce sont les Genii Cucullati.

– Avec ça, je suis bien avancé, grommela Josh. Sophie, ça te dit…

Sophie frémit quand les souvenirs surgirent au bord de sa conscience. Une boule âcre se forma au fond de sa gorge, son estomac se tordit de dégoût. La Sorcière d'Endor avait connu les Genii Cucullati… et les avait haïs. La jeune fille lança un regard oblique à son frère :

– Des anthropophages.

CHAPITRE DEUX

Cinglées par la pluie, les rues avaient été désertées par les piétons, qui avaient trouvé refuge à l'intérieur de la gare ou dans les magasins adjacents. La circulation sur Euston Road s'était interrompue. Les essuie-glaces s'agitaient avec furie, les klaxons beuglaient ; on entendait l'alarme d'une voiture, déclenchée par les rafales de vent.

– Restez près de moi, ordonna Nicolas aux jumeaux.

Il s'élança sur la chaussée en zigzaguant entre les voitures arrêtées, suivi de près par Sophie. Josh fit une pause avant de descendre du trottoir. Il jeta un coup d'œil vers la gare. Les trois silhouettes s'étaient réunies devant l'entrée, la tête et le visage cachés par la capuche. Le garçon cligna des yeux : le tissu vert asssombri par l'eau donnait à leurs parkas l'apparence de capes. Cette fois-ci, le frisson qui lui parcourut l'échine ne fut pas seulement dû à l'averse glacée. Il se hâta de rejoindre Sophie et Nicolas.

La tête baissée sous la pluie battante, Flamel entraîna les jumeaux entre les véhicules.

– Vite ! Si nous parvenons à mettre assez de distance entre nous et eux, les émanations du trafic et la pluie recouvriront peut-être notre odeur.

Sophie regarda par-dessus son épaule : le trio à capuche avait quitté l'entrée abritée et se rapprochait à toute allure.

– Ils arrivent ! haleta-t-elle, inquiète.

– Et maintenant, qu'est-ce qu'on fait ? demanda Josh.

– Je n'en sais rien, avoua Flamel en scrutant la longue rue rectiligne. En tout cas, nous sommes morts si nous restons ici. Moi, du moins.

Un sourire lugubre lui tordit la bouche :

– Vous, Dee vous veut vivants, j'en suis persuadé.

Soudain, il remarqua une ruelle sur la gauche et fit signe aux jumeaux de le suivre :

– Par ici. On va essayer de les semer.

– Si seulement Scatty était avec nous ! marmonna Josh, réalisant l'immensité de sa perte. Elle leur réglerait leur compte.

Il ne pleuvait pas dans la ruelle aux hauts murs. Des poubelles en plastique bleu, vert, marron étaient alignées d'un côté ; de l'autre s'empilaient des palettes en bois et des sacs noirs éventrés. Une odeur immonde y régnait. Assis sur l'un des sacs, un chat ébouriffé le déchiquetait méthodiquement à coups de griffes. Il ne leva pas les yeux quand Flamel et les jumeaux le dépassèrent. En revanche, une seconde plus tard, quand les trois silhouettes à capuche pénétrèrent dans la ruelle, le chat fit le gros dos et, le poil hérissé, il disparut dans l'ombre sans demander son reste.

– Vous avez une idée où mène cette rue ? s'enquit Josh tandis que les portes défilaient sur leur gauche, les sorties de secours des commerces situés sur la rue principale.

– Absolument pas, dit Flamel. Mais tant qu'elle nous éloigne des Encapuchonnés, cela n'a pas d'importance.

Sophie jeta un regard en arrière.

– Je ne les vois pas, annonça-t-elle. On les a peut-être semés !

Elle tourna au coin de la ruelle et percuta Flamel, qui s'était arrêté net. Josh freina au dernier moment.

– Avancez ! grogna Josh.

Et là les jumeaux comprirent la raison de cette halte soudaine : la venelle se terminait par un grand mur en brique rouge, surmonté de fil de fer barbelé.

L'index sur les lèvres, Flamel se tourna :

– Pas un bruit. Ils passeront sans voir la ruelle…

Une bourrasque de pluie glacée s'écrasa sur le sol, apportant avec elle une odeur particulièrement rance, celle de viande avariée.

– Raté, ajouta-t-il quand les trois Genii Cucullati bondirent en silence au coin de la rue.

Nicolas voulut repousser les jumeaux derrière lui, mais Sophie prit aussitôt position à sa droite, Josh à sa gauche.

– Reculez ! commanda Flamel.

– Non, rétorqua Josh.

– Pas question que vous affrontiez seul ces trois créatures ! enchérit Sophie.

Les Encapuchonnés ralentirent, s'écartèrent afin de bloquer l'issue et s'arrêtèrent. Leur posture avait quelque chose d'animal.

– Qu'est-ce qu'ils attendent ? murmura Josh.

Il se rappela alors un documentaire sur la chaîne *National Geographic*. Un alligator tapi au fond de la rivière attendait, parfaitement immobile, qu'un daim traverse pour lui sauter à la gorge.

Soudain, un bruit semblable à celui d'une branche brisée retentit dans la ruelle calme ; puis il y eut le craquement de tissu qu'on déchire.

– Ils se transforment, bafouilla Sophie.

En effet, sous les parkas vertes, les muscles des Encapuchonnés ondulaient et se contractaient, cambrant leur colonne, poussant leur tête en avant. Leurs bras s'allongeaient à vue d'œil ; les mains arboraient une épaisse fourrure et des griffes noires et crochues.

– Des loups ? souffla Josh.

– Des ours, répondit Nicolas tout bas.

Les yeux plissés, il fixait les créatures. Un subtil parfum de vanille embauma l'air.

– Voire des carcajous, ajouta-t-il.

– Ils ne nous font pas peur, affirma soudain Sophie, qui s'était redressée.

Elle leva la main droite, pressa le pouce gauche contre le cercle doré marqué au feu dans la chair de son poignet.

– Non, gronda Nicolas en lui abaissant le bras. Je vous ai demandé de ne pas utiliser vos pouvoirs dans cette ville. Vos auras sont trop distinctives.

Sophie secoua la tête avec indignation.

– Je sais ce dont ces choses sont capables ! déclara-t-elle avec un léger trémolo dans la voix. Vous ne comptez quand même pas qu'on attende les bras croisés qu'ils aient fini de vous dévorer ! Laissez-moi m'en charger. Je peux les réduire en cendres en un rien de temps.

À cette idée, sa colère s'était changée en exaltation. Elle sourit. Pendant un instant, ses yeux bleu vif devinrent argent ; son visage se durcit au point qu'elle parut plus vieille que ses quinze ans.

L'Alchimiste esquissa un sourire lugubre.

– Je le sais, mais je parie que dans cinq minutes nous serons traqués par des créatures bien plus barbares que celles-ci. Tu ne t'imagines pas quels monstres arpentent ces rues, Sophie. Je m'en occupe, insista Flamel. Je ne suis pas sans défense !

– Ils vont attaquer, les prévint Josh, étonné lui-même d'arriver à interpréter leur langage corporel.

Pourtant il était sûr qu'ils se préparaient à donner l'assaut.

– Si vous voulez passer à l'action, c'est maintenant, ajouta-t-il.

Les Genii Cucullati occupaient désormais le terrain, en position de combat face à leurs trois adversaires : penchées en avant, le dos arqué, la parka tendue sur leur large torse, les créatures roulaient les épaules et leurs bras musculeux. À l'ombre des capuches brillaient des yeux bleu foncé et des dents irrégulières. Ils communiquaient par des jappements et des grognements.

Nicolas releva les manches de sa veste, dévoilant une gourmette en argent et deux bracelets brésiliens effilochés au poignet droit. Il arracha une des ficelles multicolores, la roula entre ses paumes, la porta à ses lèvres et souffla.

Puis il jeta la petite balle sur le sol, devant les Encapuchonnés. Quand les fils colorés tombèrent dans une flaque boueuse aux pieds de la plus grande des créatures, Josh et Sophie s'attendirent à une explosion. Même le terrifiant trio s'écarta, ses griffes crissant sur le pavé.

Or rien ne se passa.

Le son qui sortit de la gueule du plus grand rappelait un rire rauque.

– On se bat ! décréta Josh.

Assez perturbé par l'échec de l'Alchimiste, il se rappela l'avoir vu jeter des lances d'énergie pure, créer une forêt à partir d'un plancher… Il avait imaginé quelque chose de plus spectaculaire. Il jeta un regard en coin à sa sœur, qui pensait exactement comme lui. Les pouvoirs de Flamel diminuaient au fur et à mesure qu'il vieillissait et s'affaiblissait. Josh fit un léger signe de tête à Sophie, qui lui répondit de la même manière. Elle s'assouplit les doigts.

– Nicolas, souvenez-vous des gargouilles, insista Josh, sûr des pouvoirs de sa sœur et des siens. Ensemble, Sophie et moi pouvons combattre n'importe qui… et n'importe quoi.

– La frontière entre la confiance et l'arrogance est

très mince, Josh, affirma Flamel. Et la frontière entre l'arrogance et la stupidité l'est encore plus, Sophie, ajouta-t-il sans regarder la jeune fille. Si tu te sers de tes pouvoirs, tu nous condamnes à une mort certaine.

Josh secoua la tête, déçu par la faiblesse évidente de Nicolas. Il s'écarta du vieil homme, ôta son sac à dos d'un coup d'épaule et l'ouvrit. Un tube en carton épais destiné aux posters et aux cartes roulées en dépassait. Il arracha le bouchon en plastique blanc, plongea la main dedans et en sortit un objet emballé dans du papier bulle.

– Nicolas…, commença Sophie.

– Patience…, chuchota Flamel. Patience…

À cet instant, le plus grand des Encapuchonnés tomba à quatre pattes et avança. Ses longues griffes sales cliquetaient sur la chaussée.

– Tu es ma récompense, déclara la bête d'une voix étonnamment aiguë, presque enfantine.

– Dee est très généreux, commenta Flamel. Je suis cependant surpris que les Genii Cucullati s'abaissent à travailler pour un humani.

La créature fit un autre pas en avant.

– Dee n'est pas un humani ordinaire. L'immortel Magicien a beau être dangereux, il est protégé par un maître qui l'est davantage.

– Vous devriez peut-être me craindre, moi aussi, lui suggéra Nicolas avec un léger sourire. Je suis plus âgé que Dee, et si je n'ai pas de maître pour me protéger, c'est que je n'en ai jamais eu besoin !

La créature éclata de rire puis, sans prévenir, elle lui bondit à la gorge.

Une épée en pierre siffla dans l'air et coupa un grand bout de tissu vert de la capuche. La créature glapit en se contorsionnant en plein vol pour éviter le retour de lame. Clarent déchira néanmoins le devant de la parka, fit voler les boutons et arracha la fermeture Éclair.

Josh Newman se plaça devant Nicolas Flamel. À deux mains, il brandissait l'épée de pierre qu'il avait retirée du tube en carton.

– J'ignore qui vous êtes, ou plutôt ce que vous êtes, déclara-t-il d'une voix tremblotante à cause de l'adrénaline et du poids de son arme, qu'il s'efforçait de stabiliser. Par contre, vous, vous connaissez sans doute cette épée.

Le Genii recula, les yeux rivés sur la lame grise. Sans sa capuche, à présent en lambeaux sur ses épaules, on voyait nettement son visage, dont les contours et les angles n'avaient rien d'humain. Il était d'une beauté extraordinaire. Josh, qui s'était attendu à découvrir un monstre, regardait bouche bée sa petite tête, ses grands yeux noirs sous des arcades sourcilières étroites, ses pommettes hautes et saillantes, son nez droit. Seule sa bouche gâchait son apparence, elle n'était qu'un trait horizontal à peine entrouvert qui révélait des dents difformes, noircies et jaunies.

Le regard de Josh se posa tour à tour sur les deux autres créatures, qui fixaient elles aussi son épée.

– Voici Clarent, annonça-t-il. Avec ce glaive, j'ai combattu Nidhogg à Paris. Et j'ai vu les dégâts qu'elle provoquait chez ceux de votre espèce.

Dès qu'il bougea l'épée, il ressentit des picotements dans ses paumes. La garde diffusait une chaleur intense.

– Hé ! Dee ne nous a pas prévenus, fit la créature à la voix enfantine. C'est vrai ? demanda-t-il à l'Alchimiste.

– Oui, répondit ce dernier.

– Nidhogg ! cracha la créature. Et qu'est-il arrivé au légendaire Dévoreur de Cadavres ?

– Nidhogg est mort, lui apprit Flamel. Détruit par Clarent.

Il fit un pas en avant et posa la main sur l'épaule de Josh :

– Josh l'a tué.

– Nidhogg, tué par un humani ? s'exclama la créature, incrédule.

– Dee s'est servi de vous, il vous a trahis, déclara Flamel. Il ne vous a pas dit que nous possédions l'épée, hein ? Que vous a-t-il caché d'autre ? A-t-il mentionné le sort des Dises à Paris ? Vous a-t-il parlé du Dieu Endormi ?

Les trois créatures s'entretinrent dans leur langue faite de jappements et de grognements, puis le plus grand toisa Josh. Sa langue noire dansait dans l'air.

– Ces faits ont peu d'importance. Je ne vois devant moi qu'un petit humani effrayé. Je perçois la tension de ses muscles tandis qu'il essaie de brandir sa lame. Sa peur se propage jusqu'à moi.

– Et pourtant, malgré cette peur que tu flaires, il t'a attaqué. Qu'est-ce que tu en conclus ? lui demanda Flamel.

L'autre haussa les épaules, l'air gêné.

– Ce garçon est soit un idiot, soit un héros.

– Et ces deux catégories ont toujours nui à ton espèce.

– Exact, mais il n'y a plus de héros en ce monde. Il n'en reste aucun pour nous vaincre ! Les humani ne croient plus en notre existence. Cela nous rend invisibles et… invulnérables.

Josh leva son épée en grognant :

– Tu oublies Clarent !

La créature pencha la tête avant de répliquer :

– Non, je n'oublie pas l'Épée du Lâche. Mais nous sommes trois, et notre rapidité n'a pas d'égale, ajouta-t-elle dans un sourire qui révéla ses dents irrégulières. Tu ne fais pas le poids face à nous ! Je vais faire voler cette épée de ta main avant que tu aies le temps de…

Un instinct que Josh ignorait posséder le prévint que la créature allait l'attaquer à la fin de sa phrase. Ensuite, ce serait terminé. Sans réfléchir, il porta une botte que lui avait enseignée Jeanne d'Arc. La lame bourdonna quand la pointe se dirigea vers la gorge exposée de la créature. Une égratignure suffirait pour détruire le monstre, comme cela s'était passé pour Nidhogg.

La créature bondit hors de sa portée dans un éclat de rire.

– Tu es trop lent, petit humani ! J'ai vu tes articulations blanchir au moment où tu as allongé ta botte.

À cet instant, Josh sut qu'ils avaient perdu. Les Genii Cucullati étaient beaucoup trop rapides.

Par-dessus son épaule, il entendit Flamel glousser.

L'adolescent gardait les yeux rivés sur la créature : il savait que la dernière chose à faire était de se retourner. Il se demandait bien ce qui amusait l'Alchimiste. Il observa l'Encapuchonné : rien n'avait changé… sauf qu'en reculant la créature avait mis les pieds dans la flaque d'eau sale.

– La peur te rend-elle fou, Alchimiste ? lança le monstre.

– Tu connais l'Aînée Iris, fille d'Électre ? demanda Flamel sur le ton de la conversation.

Il se posta devant Josh. Son visage étroit s'était durci. Les lèvres serrées, il plissait ses yeux pâles.

Ceux de la créature s'ouvrirent grand. Effarée, elle baissa la tête.

L'eau sale s'était soudain parée des couleurs de l'arc-en-ciel qui s'écoulaient des fils défaits du bracelet brésilien. Le Genii Cucullati tenta de reculer ; en vain : ses deux pattes antérieures étaient engluées dans la flaque.

– Libère-moi, humani ! hurla-t-il, sa voix enfantine emplie de terreur.

Il s'agitait avec frénésie, essayant de se dégager. Tout à coup, l'extrémité de sa patte postérieure effleura le bord de la flaque, et il hurla de plus belle quand il la retira : une de ses griffes incurvées était restée plantée dans la boue. La créature aboya. Aussitôt, ses deux congénères se précipitèrent à sa rescousse et tentèrent de la sortir des tourbillons d'eau colorée.

– Il y a plusieurs décennies, poursuivit Flamel, Pernelle et moi avons protégé Iris de ses sœurs, et en échange elle m'a offert ces bracelets. Elle les a tissés sous mes yeux à partir de son aura irisée. Elle m'a assuré qu'un jour ils apporteraient un peu de gaieté dans ma vie.

Des volutes chatoyantes grimpaient le long de la jambe du Genii Cucullati. Ses ongles noirs verdirent, rougirent, puis sa fourrure sale prit une teinte violette.

– Tu mourras pour cet affront ! glapit l'Encapuchonné, les yeux écarquillés par l'effroi.

– Je mourrai un jour, lui accorda Flamel, mais pas aujourd'hui, et pas tué par vous.

– Attends que je le dise à Mère !

– C'est quand tu veux.

Il y eut un « pop ! », comme si une bulle avait éclaté, et soudain les couleurs de l'arc-en-ciel recouvrirent le corps entier du monstre, le baignant de lumière. Comme ses deux sœurs l'agrippaient, la teinture se diffusa le long de leurs griffes, inonda leur peau, transforma leurs parkas en impressionnants manteaux multicolores. Telle de l'huile sur de l'eau, les couleurs formaient des dessins hypnotiques, des teintes aussi nouvelles que bizarres, des tons incandescents. Les Genii Cucullati poussèrent un unique hurlement de terreur, qui s'arrêta net quand ils s'effondrèrent comme une masse sur le trottoir. Tandis qu'ils gisaient là, immobiles, la vague colorée abandonna leur chair, rendit à leurs parkas leur ancienne couleur terne. Soudain, les corps se modifièrent, les os craquèrent, les muscles et les nerfs se reformèrent. Le temps que la couleur regagne la flaque, les créatures avaient retrouvé leur semblant d'humanité.

La pluie éclaboussait à présent la ruelle ; la flaque

multicolore dansait et vacillait au gré des gouttes. Pendant une seconde, un arc-en-ciel miniature parfait apparut avant de s'estomper et de restituer à l'eau sa teinte boueuse.

Flamel se baissa pour ramasser ce qui restait de son bracelet brésilien. Les fils entremêlés étaient désormais blancs. Il se redressa, puis regarda les jumeaux par-dessus son épaule. Il leur sourit.

– Eh oui, je ne suis pas aussi vulnérable que j'en ai l'air ! Ne sous-estimez jamais votre ennemi, leur conseilla-t-il. Mais cette victoire t'appartient, Josh. Tu nous as sauvé la vie. Une fois de plus. Cela devient une habitude, on dirait ! Ojai, Paris, Londres…

– Je ne pensais pas…, bafouilla Josh.

– Tu ne penses jamais, l'interrompit Sophie en lui serrant le bras.

– Tu as agi. Cela a été suffisant. Venez, partons d'ici avant qu'on les découvre.

– Ils sont morts ? demanda Sophie, qui contournait les créatures.

Josh se hâta de remballer Clarent dans le papier bulle et de le ranger dans le tube. Puis il enfonça celui-ci dans son sac à dos, qu'il hissa sur ses épaules.

– Que s'est-il passé ? voulut-il savoir. C'était quoi, cette eau colorée ? Et ce bracelet ?

– C'est un cadeau d'une Aînée, expliqua Flamel. Iris avait pour surnom la déesse de l'Arc-en-Ciel à cause de son aura multicolore. Elle avait aussi accès aux eaux du Styx, dit-il sur un ton triomphant.

– Ce qui signifie…, enchaîna Josh.

Lundi 4 Juin

Un sourire cruel se dessina sur les lèvres de Flamel.

– Les vivants ne peuvent pas toucher impunément les eaux de ce fleuve. Le choc surcharge leur système et les laisse sans connaissance.

– Pendant combien de temps ? s'enquit Sophie en regardant les Genii Cucullati, qui ressemblaient à un tas de chiffons abandonné.

– Selon la légende… un an et un jour.

CHAPITRE TROIS

L'immense salle à manger miroitait sous le soleil de fin d'après-midi. Des rayons obliques frappaient les panneaux en bois et rebondissaient sur le parquet ciré, éclairant l'armure complète qui se dressait dans un coin. Ils faisaient aussi ressortir des points de couleurs dans les présentoirs à pièces de monnaie qui retraçaient plus de deux millénaires d'histoire humaine. Un mur entier comportait des masques et des casques de toutes les époques et de tous les continents, dont les orbites vides scrutaient la salle. Les masques entouraient une peinture à l'huile de Santi di Tito volée au Palazzo Vecchio plusieurs siècles auparavant. Le tableau exposé à Florence en était une copie parfaite. Le centre de la pièce était dominé par une grande table marquée par le temps, ayant autrefois appartenu à la famille Borgia. Des dix-huit chaises anciennes à haut dossier disposées autour, seules deux étaient occupées. Sur la table, il n'y avait qu'un gros téléphone noir qui ne semblait pas à sa place au milieu de tant d'antiquités.

Le Dr John Dee était assis à un bout de la table. Le petit Anglais, tiré à quatre épingles, le teint pâle et l'œil gris, portait son habituel costume trois-pièces noir, la seule touche de couleur étant les minuscules couronnes en or qui ornaient son nœud papillon gris. Ses cheveux gris fer, qu'il attachait d'habitude en une queue-de-cheval très serrée, lui retombaient sur les épaules, les extrémités bouclées frôlant sa barbiche triangulaire. Ses mains gantées de noir reposaient à plat sur le plateau en bois.

En face de Dee trônait Niccolò Machiavelli. La différence entre les deux hommes était saisissante. L'Italien était grand et très bronzé, ce qui mettait en valeur leur seul trait commun : des yeux froids couleur acier. Niccolò, dont les cheveux blancs comme neige étaient coupés très court, aimait être rasé de près et se démarquait par l'élégance de son style. Son costume noir et sa chemise en soie blanche étaient de toute évidence taillés sur mesure ; sa cravate pourpre comportait des fils d'or pur. Sur le mur derrière lui on voyait un portrait qui le représentait. Bien qu'il ait été peint cinq cents ans plus tôt, le modèle semblait à peine plus âgé. Niccolò Machiavelli était né en 1469 : il avait donc cinquante-huit ans de plus que l'Anglais. Sa « mort » remontait à 1527, l'année de naissance de Dee. Immortels tous les deux, ils comptaient parmi les personnages les plus puissants de la planète. Au cours de leurs très longues vies, ils avaient appris à se détester, bien qu'à présent les circonstances exigent qu'ils s'allient bon gré mal gré.

Ils patientaient depuis trente minutes dans la salle à manger du grand hôtel particulier de Machiavel, place du Canada à Paris. Ils ne s'étaient pas adressé la parole. Chacun avait reçu le même message sur son portable : l'image d'un serpent se mordant la queue, Ouroboros, l'un des plus vieux symboles des Ténébreux. Au centre du cercle s'affichait le nombre trente. Quelques années auparavant, ils auraient reçu cette information par fax ou e-mail ; des décennies plus tôt, par télégramme ou par coursier ; aux siècles passés, sur des bouts de papier ou des parchemins. Ils auraient ainsi disposé de plusieurs heures pour préparer leur entretien. Aujourd'hui, les injonctions leur parvenaient par téléphone, et le délai de réponse se mesurait en minutes.

Tous deux sursautèrent quand le téléphone à haut-parleur bourdonna.

Machiavel fit pivoter l'appareil pour vérifier l'identité de son correspondant avant de décrocher. Un nombre inhabituellement long commençant par 31415 – le début du nombre pi, reconnut-il – défila sur l'écran. Quand il appuya sur « Répondre », ils entendirent des grésillements et des craquements, suivis par un chuchotement doux comme une brise.

– *Nous sommes déçus*, déclara une voix dans un latin archaïque, utilisé plusieurs siècles avant Jules César. *Très déçus.*

Il leur était impossible de dire si c'était un homme ou une femme qui s'adressait à eux ; ou peut-être les deux à la fois ?

Machiavel, qui s'attendait à entendre la voix grinçante de son maître, fit une moue surprise. Il n'avait jamais eu cet interlocuteur auparavant, contrairement à Dee, dont le visage demeurait impassible. Cependant, les muscles de sa mâchoire se serrèrent et il se redressa imperceptiblement. Niccolò en conclut qu'il s'agissait du mystérieux Ténébreux qui commandait Dee.

– *On nous avait assuré que tout était prêt… Que Flamel serait capturé et tué… Qu'on se débarrasserait de Pernelle et que les jumeaux seraient interceptés, puis remis entre nos mains…*

Les parasites prirent le relais quelques instants.

– *Flamel est toujours libre… Pernelle n'est plus prisonnière de sa cellule, bien qu'elle reste piégée sur l'île… Les jumeaux se sont échappés, et nous ne possédons toujours pas le Codex entier. Nous sommes déçus*, répéta la voix désincarnée.

Dee et Machiavel se dévisagèrent : les personnes qui décevaient les Ténébreux avaient une fâcheuse tendance à disparaître… Un maître possédait le pouvoir d'accorder l'immortalité à ses sujets humains, mais ce don pouvait aussi être retiré d'une simple pichenette. Le corps de l'ex-immortel vieillissait instantanément d'autant d'années qu'il avait vécues, ce qui détruisait de manière spectaculaire la chair et les organes. En une poignée de secondes, une personne en bonne santé pouvait être réduite à un tas de peau parcheminée et d'os en poudre.

– *Nous détestons les échecs*, chuchotèrent les voix.

Conscients que leurs très longues vies ne tenaient plus qu'à un fil, ni l'un ni l'autre ne brisa le silence qui s'ensuivit. Ils avaient beau être puissants et importants, ils n'étaient pas irremplaçables. Les Ténébreux disposaient d'autres agents humains, prêts à se lancer à la poursuite de Flamel et des jumeaux. Beaucoup d'autres.

Les parasites grésillèrent de nouveau sur la ligne. Puis quelqu'un d'autre s'adressa à eux :

– *Moi, je dis que tout n'est pas perdu.*

Grâce à des siècles de pratique, Machiavel parvint à garder son impassibilité. C'était la voix qu'il attendait, celle de son maître, un personnage qui avait brièvement régné sur l'Égypte trois mille ans plus tôt.

– *À mon avis, nous sommes plus près du but aujourd'hui que nous ne l'avons jamais été. Les raisons d'espérer sont nombreuses. Nous avons eu la confirmation que les jumeaux étaient bel et bien ceux de la légende – j'ai assisté à une démonstration de leurs pouvoirs. Ce maudit alchimiste et son ensorceleuse de femme sont piégés et se meurent. Il ne nous reste plus qu'à patienter ; le temps, notre très grand allié, s'occupera d'eux. Scathach a disparu et Hécate est détruite. En outre, nous possédons le Codex.*

– *Une partie du Codex*, rectifia la voix mi-féminine, mi-masculine. *Il nous manque les deux dernières pages.*

– *C'est vrai. Mais nous en avons assez pour commencer à convoquer les Ténébreux des royaumes des Ombres les plus éloignés.*

Les sourcils froncés, Machiavel se concentrait. Le maître de Dee avait la réputation d'être le plus puissant de tous les Aînés, et pourtant son maître à lui se disputait et débattait avec lui – ou elle.

– *Il nous manque l'Évocation Finale*, souligna la voix androgyne avec véhémence. *Sans elle, nos frères et sœurs seront incapables de franchir la dernière étape qui sépare leur royaume des Ombres de ce monde.*

Le maître de Machiavel répliqua sur un ton neutre :

– *Nous devrions tout de même rassembler nos armées. Certains de nos frères sont partis très loin de cette terre. Ils se trouvent au-delà des royaumes des Ombres, dans des mondes d'Outre-tombe. Il leur faudra plusieurs jours pour nous rejoindre. Nous devons les rappeler maintenant, les attirer dans les royaumes des Ombres qui bordent cette terre et, quand l'heure sera venue, un seul pas les mènera ici et nous ne ferons qu'un pour réclamer cette planète.*

L'Italien regarda Dee. Il écoutait les Ténébreux la tête légèrement penchée, les yeux mi-clos. Ayant senti le regard de l'Italien sur lui, il ouvrit les yeux et haussa les sourcils comme pour formuler une question silencieuse. Machiavel secoua la tête : lui aussi ignorait ce qu'il se passait.

– *Abraham l'avait prévu quand il a créé le Codex*, continua le maître de Machiavel. *Il possédait le don de Vision, il voyait l'enchevêtrement des maillons du temps. Il avait prédit que cette époque, qu'il appelait l'Ère du Changement, surviendrait quand l'ordre régnerait sur le monde. Nous avons découvert les jumeaux, nous savons où se trouvent Flamel et les deux dernières pages du Codex. Une fois que nous aurons mis la main dessus, nous allons nous servir des pouvoirs des jumeaux pour procéder à l'Évocation Finale.*

La ligne grésilla de nouveau. En arrière-plan, Machiavel entendit un murmure d'assentiment. D'autres personnes étaient connectées à la ligne… Combien de Ténébreux s'étaient rassemblés là ? Il se mordit l'intérieur de la joue pour s'empêcher de sourire à l'idée que ces Ténébreux aux aspects divers – humains, inhumains, bêtes et monstres – écoutaient avec attention leur conversation. Machiavel choisit l'instant précis où les murmures cessèrent pour parler à mots choisis, sans un soupçon d'émotion dans la voix, sur un ton neutre et professionnel.

– Puis-je vous suggérer de nous laisser terminer notre tâche ? Nous capturerons Flamel et les jumeaux.

Il savait qu'il jouait à un jeu dangereux. Cependant, une certaine dissension régnait à l'évidence parmi les Aînés, et Machiavel était expert dans l'art de profiter de telles situations. Il avait clairement perçu une demande dans la voix de son maître. Les Ténébreux désespéraient de se procurer les jumeaux et le Codex. Sans eux, leurs semblables ne réussiraient pas leur retour sur terre. À cet instant, il avait compris que Dee et lui-même demeuraient des atouts de poids.

– Le docteur et moi avons élaboré un plan, déclara-t-il.

Il ne poursuivit pas pour s'assurer qu'ils mordaient à l'hameçon.

– *Parle, humani*, gronda la voix androgyne.

L'Italien croisa les bras et resta muet. Hystérique, Dee

haussa les sourcils et désigna le téléphone. *Parle*, l'incita-t-il.

– *Parle*, entendirent-ils par-dessus les parasites.

– Vous n'êtes pas mon maître, répondit Machiavel avec calme. Vous n'avez pas d'ordres à me donner.

Il y eut un long sifflement ; on aurait dit de la vapeur s'échappant d'une cocotte. Niccolò inclina un peu la tête afin d'identifier ce son. Un rire ! Les autres Aînés semblaient amusés par sa réponse. Il avait vu juste : la discorde régnait parmi eux, et même si le maître de Dee paraissait tout-puissant, cela ne signifiait pas qu'il était apprécié. C'était là une faiblesse que Machiavel n'hésiterait pas à exploiter à son avantage.

Les yeux écarquillés du Magicien trahissaient de l'horreur, teintée d'admiration.

La ligne cliqueta. Le fond sonore changea et soudain, le maître de Machiavel prit la parole d'une voix amusée.

– *Que proposes-tu ? Et sois prudent, humani*, ajouta-t-il. *Toi aussi, tu as échoué. Tu nous avais assuré que Flamel et les jumeaux ne quitteraient pas Paris !*

L'Italien se pencha vers le téléphone, un sourire triomphant aux lèvres.

– Maître, j'ai reçu l'instruction de ne pas agir avant l'arrivée du Magicien anglais. Un temps précieux a été perdu. Flamel a pu contacter des alliés, trouver un abri et prendre du repos.

Tout en répondant, Machiavel surveillait Dee du coin de l'œil. Il savait que l'Anglais avait parlé à son maître, qui avait aussitôt donné des ordres à celui de Machiavel : l'Italien ne devait rien faire jusqu'à ce que Dee arrive.

– Cependant, continua-t-il, sûr d'avoir marqué un point, ce délai a joué en notre faveur. Le garçon a été éveillé par un Aîné qui nous est loyal. Nous avons ainsi une idée de l'étendue des pouvoirs des jumeaux, et nous savons où ils se sont rendus.

Machiavel ne cachait pas sa satisfaction. Il fit un signe de tête à Dee, qui comprit où il voulait en venir.

– Ils sont à Londres, enchaîna le Magicien anglais. Et la Grande-Bretagne, plus que n'importe quel pays sur cette Terre, est notre fief. Contrairement à Paris, nous disposons de nombreux alliés là-bas : des Aînés, des éléments de la Génération Suivante, des serviteurs mortels et immortels, tous prêts à nous aider. Par ailleurs, il y a d'autres êtres, qui ne sont loyaux envers personne, des êtres dont on peut acheter les services. Il est possible de réunir toutes ces forces et de les lancer à la recherche de Flamel et des jumeaux.

Il se tut, les yeux rivés sur le téléphone en attendant une réponse.

On entendit un cliquetis, et la communication fut coupée. Un signal « occupé » énervant emplit la salle.

À la fois choqué et en colère, Dee fixa longuement l'appareil :

– Avons-nous perdu la connexion, ou nous ont-ils simplement raccroché au nez ?

Machiavel appuya sur le bouton du haut-parleur pour couper le son.

– Maintenant, tu vois l'effet que ça fait…

– Bon, quel est le programme ?

– Nous attendons. J'imagine qu'ils sont en train de discuter de notre avenir.

Dee croisa les bras sur son torse étroit.

– Ils ont besoin de nous, affirma-t-il sur un ton qui se voulait confiant.

Machiavel eut un sourire amer :

– Ils se servent de nous. Point. Je connais au moins une douzaine d'immortels rien qu'à Paris qui pourraient nous remplacer sur-le-champ.

– Parle pour toi ! s'exclama Dee avec un haussement d'épaules autosatisfait. Moi, j'ai consacré mon existence à chasser Nicolas et Pernelle Flamel.

– Dis plutôt que tu as passé ta vie à les rater, rectifia Machiavel d'une voix neutre avant d'ajouter avec un sourire narquois : De peu, je te l'accorde…

La sonnerie du téléphone empêcha le Magicien de riposter.

– *Voici notre décision*, annonça le maître de Dee, les voix mâle et femelle se mélangeant de manière quelque peu discordante. *Le Magicien suivra l'Alchimiste et les jumeaux en Angleterre. Les instructions sont plus qu'explicites : détruire Flamel, capturer les enfants et récupérer les deux pages manquantes. Tu peux utiliser tous les moyens nécessaires pour atteindre cet objectif. Plusieurs de nos associés vivant en Angleterre ont une dette envers nous. L'heure est venue d'exiger qu'ils s'en acquittent. Docteur… si tu échoues cette fois-ci, nous t'ôterons temporairement le don d'immortalité et laisserons ton corps humain vieillir jusqu'à l'extrême limite… Ensuite, un instant avant ta mort, nous te rendrons ton immortalité.*

Il y eut un grincement. S'agissait-il d'un gloussement ou d'une inspiration ?

– *Quant à toi, Niccolò*, déclara à son tour le maître de Machiavel, *tu te rendras aux Amériques. L'Ensorceleuse se déplace librement sur Alcatraz. Ramène la paix sur l'île par n'importe quel moyen.*

– Mais je n'ai aucun contact à San Francisco ! protesta Machiavel. Aucun allié ! Mon terrain de chasse a toujours été l'Europe.

– *Nous disposons d'agents à travers tout le continent américain. En ce moment même, certains se rendent vers l'ouest pour t'accueillir à ton arrivée. L'un d'eux va te guider et t'assister. Sur Alcatraz, tu trouveras une armée composée de créatures que les humani croiront sorties de leurs pires cauchemars et de leurs mythes les plus abjects. Il n'était pas dans notre intention de mobiliser ces forces dès maintenant, mais les événements s'enchaînent à une vitesse inattendue. Bientôt, on célébrera Litha, le solstice d'été. À ce moment-là, les auras des jumeaux atteindront leur pleine puissance, alors que les barrières entre ce monde et la myriade de royaumes des Ombres seront à leur niveau minimum. Notre projet est de reprendre le monde aux humani ce jour précis.*

Même Machiavel ne put cacher sa surprise. De son côté, Dee, sous le choc, écarquillait les yeux. Les deux hommes œuvraient pour les Ténébreux depuis des siècles et n'ignoraient rien de leurs desseins. Là, ils découvraient avec stupéfaction qu'après des années d'attente et de planification trois petites semaines les séparaient du jour J.

Lundi 4 Juin

Le Dr John Dee se pencha vers le téléphone.

– Maîtres – et je parle également au nom de Machiavel –, nous sommes ravis que l'Ère du Changement et votre arrivée approchent à si grands pas.

Il prit le temps d'avaler sa salive.

– Mais permettez-moi cette petite remarque : le monde que vous avez laissé diffère du monde actuel. Les humani possèdent de nombreuses technologies, des moyens de communication, des armes… Ils résisteront, ajouta-t-il sur un ton hésitant.

– *En effet, Dee,* intervint le maître de Machiavel. *Voilà pourquoi nous allons donner aux humani du fil à retordre, quelque chose qui tarira leurs ressources et accaparera leur attention. Niccolò, quand tu auras reconquis Alcatraz, réveille les monstres qui dorment au fond de leurs cellules et lâche-les sur San Francisco. La destruction et la terreur seront indescriptibles. Quand la cité ne sera plus qu'un tas de ruines fumantes, laisse les créatures errer à leur gré. Elles poursuivront leurs ravages dans toute l'Amérique. Les hommes ont toujours eu peur des ténèbres : grâce à nous, ils se rappelleront pourquoi. Nous avons disséminé de pareilles cachettes remplies de créatures sur tous les continents et décidé de les ouvrir en même temps. Le monde plongera dans la folie et le chaos. Des armées entières seront balayées, si bien qu'il n'y aura plus personne pour se dresser contre nous. Quel sera notre premier geste, je vous le demande ? Eh bien, nous détruirons les monstres et ainsi, les humani nous considéreront comme leurs sauveurs.*

– Et ces bêtes sommeillent dans les cellules d'Alcatraz ?

demanda Machiavel, épouvanté. Comment dois-je les réveiller ?

– *Tu recevras des instructions quand tu auras atteint les Amériques. Mais, d'abord, tu dois vaincre Pernelle Flamel.*

– Êtes-vous sûr qu'elle est encore là-bas ? Si elle s'est évadée de sa cellule, elle a dû fuir l'île !

L'Italien s'aperçut soudain que son cœur battait à toute allure. Trois cents ans plus tôt, il avait juré de se venger de l'Ensorceleuse : allait-on enfin lui offrir l'occasion de laver son honneur ?

– *Oui, elle se trouve toujours sur Alcatraz. Elle a libéré Areop-Enap, la Vieille Araignée. Un ennemi dangereux, mais pas invincible. Nous nous sommes assurés qu'elle sera neutralisée et que Pernelle restera là-bas jusqu'à ton arrivée. Et, Niccolò…*

La voix du Ténébreux devint rauque et menaçante :

– … *ne répète pas l'erreur de Dee.*

Le Magicien se redressa.

– *Ne tente pas de capturer ou d'emprisonner Pernelle. Ne lui parle pas, ne négocie pas avec elle, n'essaie pas de la raisonner. Tue-la dès que tu en as l'occasion. L'Ensorceleuse est infiniment plus redoutable que l'Alchimiste.*

CHAPITRE QUATRE

L’aube qui pointait sur Alcatraz avait une couleur de métal sale. Des particules de pluie glacée sifflaient à l’horizontale ; les vagues impétueuses s’écrasaient sur les rochers, projetant une écume amère et salée à plusieurs mètres de hauteur.

Pernelle Flamel retourna s’abriter dans la maison du gardien en ruine. Elle frotta longuement ses bras nus couverts de gouttelettes. Alors qu’elle portait une robe d’été légère, sans manches, tachée de boue et de rouille, la grande et élégante femme n’avait pas froid. Comme elle refusait d’utiliser ses pouvoirs affaiblis, elle avait ajusté son aura et réglé sa température corporelle à un niveau confortable. Le froid l’aurait empêchée de réfléchir : or elle avait le sentiment qu’il lui faudrait toutes ses ressources dans les heures à venir.

Quatre jours plus tôt, Pernelle Flamel avait été enlevée par John Dee et emprisonnée à Alcatraz. Pour la surveiller, il avait choisi un sphinx : ces créatures avaient l'étonnante particularité de se nourrir de l'aura des autres, le champ d'énergie qui entoure tout être vivant. Le Magicien anglais espérait que le sphinx la dépouillerait de son aura et l'empêcherait ainsi de s'enfuir. Mais, une fois de plus, Dee avait sous-estimé les capacités et les pouvoirs de Pernelle. Grâce à un fantôme, gardien de l'île, l'Ensorceleuse avait échappé à la vigilance du sphinx et découvert par la même occasion le terrible secret d'Alcatraz : Dee collectionnait les monstres. Les cellules de la prison étaient remplies de créatures horrifiantes provenant des quatre coins de la Terre, celles-là mêmes que la plupart des hommes reléguaient au rang de mythes et de légendes. La plus grande surprise l'attendait dans les tunnels secrets sous l'île. Là, piégée derrière des symboles magiques plus vieux que les Aînés eux-mêmes, se morfondait Areop-Enap, la Vieille Araignée. Pernelle et elle avaient conclu une alliance incertaine et vaincu Morrigan, la déesse des Corbeaux, ainsi que son armée d'oiseaux. Toutes deux savaient que le pire restait à venir.

– Le ciel n'est pas naturel, murmura Pernelle, une légère pointe d'accent français dans la voix.

Elle inspira longuement et grimaça. Son odorat surdéveloppé lui apprit que le vent en provenance de San Francisco était chargé de l'odeur infâme des êtres morts depuis longtemps.

Lundi 4 Juin

Perchée sur un haut mur du bâtiment vide, Areop-Enap était en train d'envelopper la maison d'une toile blanche et poisseuse. Des millions d'araignées, certaines aussi grosses que des assiettes, d'autres pas plus grandes que des grains de poussière, s'affairaient sur l'immense dôme telle une ombre ondulante, ajoutant leur propre couche de soie à la toile gluante. Sans tourner la tête, l'énorme araignée fit pivoter deux de ses huit yeux en direction de la femme. Puis elle leva une de ses épaisses pattes dans les airs. Ses poils pourpres aux extrémités grises s'agitaient dans la brise.

– Hum… Quelque chose arrive… Ce n'est ni un Aîné, ni un humani…

– Il y a déjà quelque chose ici, annonça Pernelle, l'air lugubre.

Areop-Enap la fixa de ses huit yeux juchés sur le sommet de sa tête étrangement humaine. Elle ne possédait ni nez ni oreilles, et sa bouche n'était qu'une barre horizontale remplie de longs crocs venimeux, qui la faisaient zézayer.

– Que s'est-il passé ? demanda-t-elle en descendant vers le sol le long d'un fil invisible.

Pernelle se fraya un chemin entre les fils noués, aussi collants que du chewing-gum.

– J'étais au bord de l'eau, expliqua-t-elle d'une voix douce. Je voulais voir à quelle distance nous étions des terres…

– Pourquoi ? s'enquit Areop-Enap, suspendue en surplomb.

– Il y a plusieurs années, un chaman inuit m'a enseigné

une formule magique qui change la consistance de l'eau. Une fois qu'elle est transformée en boue épaisse, on peut se déplacer dessus sans problème. Les Inuits s'en servent quand ils chassent les ours blancs sur la banquise. Je voulais voir si cela fonctionnait avec l'eau chaude et salée.

– Et alors… ?

– Je n'ai pas eu le temps de vérifier.

Pernelle secoua la tête pour rejeter ses longs cheveux noirs par-dessus son épaule. D'habitude, elle les nattait en une tresse épaisse et serrée. Là, on voyait qu'ils étaient parsemés de fils argentés, plus nombreux que la veille.

– Regarde !

Areop-Enap avança un peu. Plus larges que le buste de la femme, ses jambes se terminaient par une pointe recourbée, ce qui ne l'empêchait pas de se déplacer sans bruit.

Pernelle lui montra une mèche de cheveux, plus courte que le reste.

– J'étais penchée au-dessus de l'eau et je rassemblais mon aura afin d'essayer le sortilège quand quelque chose a surgi des flots sans provoquer la moindre ondulation. Ses mâchoires ont coupé net mes cheveux.

La Vieille Araignée siffla longuement.

– Tu as vu ce que c'était ?

– À peine. J'étais trop occupée à m'éloigner de la plage.

– Un serpent ?

Pernelle employa le français de sa jeunesse :

– Non, une femme. À la peau verte. Avec des dents…

plein de petites dents. J'ai entraperçu une queue de poisson quand elle a plongé dans l'eau.

Pernelle secoua la tête et leva les yeux vers l'Aînée :

– Serait-ce une sirène ? Je n'ai jamais rencontré de créatures de la mer.

– Peu probable, marmonna Areop-Enap. À moins que ce ne soit une de ces sauvages Néréides.

– Les nymphes marines… Je ne savais pas qu'elles vivaient ici.

– Elles préfèrent les eaux chaudes de la Méditerranée, mais elles se sentent chez elles dans tous les océans du monde. Je les ai rencontrées partout, même entre les icebergs de l'Antarctique. Les Néréides sont au nombre de cinquante et voyagent toujours ensemble. J'en conclus que cette île est encerclée. Nous ne nous échapperons pas par la voie maritime ; cependant ce n'est pas le plus important de nos soucis. Si les Néréides sont dans les parages, leur père, Nérée, ne doit pas être très loin…

Malgré la chaleur, un frisson remonta le long de l'échine de Pernelle.

– Le Vieillard de la Mer ? Pourtant il demeure dans un royaume des Ombres lointain, et il s'aventure rarement hors de son empire. Il n'a pas rendu visite à ce monde depuis 1912. Qu'est-ce qui a pu le pousser à revenir ?

Une grimace primitive dévoila les dents d'Areop-Enap.

– Toi, madame Pernelle Flamel. Tu es la récompense. Ils veulent s'emparer de tes connaissances et de tes souvenirs. Ton mari et toi faites partie des rares humani devenus immortels sans l'aide ni le contrôle d'un Aîné. Et vu que tu es piégée sur Alcatraz, les Ténébreux utiliseront tous les moyens pour que tu ne quittes pas cette île vivante.

Des étincelles bleues et blanches crépitèrent dans la chevelure de Pernelle, qui s'éleva lentement, formant un halo noir et chatoyant. Ses yeux verts et froids flamboyaient. Soudain, une aura d'un blanc polaire l'enveloppa et projeta une lumière crue à l'intérieur de la maison délabrée. Telle une vague sombre, les araignées se réfugièrent dans les coins.

– Sais-tu combien de Ténébreux, de parents et amis de leur espèce ont cherché à me tuer ? demanda Pernelle.

Quand Areop-Enap haussa les épaules, ses jambes esquissèrent un mouvement très laid.

– Beaucoup, je suppose.

– Combien sont encore en vie ?

– Peu.

– Oui, très peu, confirma Pernelle avec un sourire.

CHAPITRE CINQ

– Attendez ! Mon téléphone sonne.

Sophie s'accroupit dans l'embrasure d'une porte et sortit le portable de sa poche. La batterie était morte dans le royaume des Ombres de Hécate, mais le comte de Saint-Germain lui avait déniché un chargeur en état de marche. L'écran affichait une suite de chiffres inhabituellement longue.

– Je ne sais pas qui c'est…

– Par quoi commence le numéro ? s'enquit Nicolas, les yeux plissés.

– Zéro, zéro, trente-trois…

– L'indicatif de la France. Réponds, ce ne peut être que Francis.

– À moins que ce soit Dee ou Machiavel, l'interrompit Josh. Nous devrions…

Il n'eut pas le temps de finir sa phrase. Sophie décrocha :

– Allô…

– C'est moi !

La voix de Saint-Germain était aérienne, sans accent. À en juger par le bruit en arrière-plan, il était dehors.

– Passe-moi le vieux bougon. Et ne lui dis pas que je l'ai appelé comme ça !

Sophie tendit l'appareil à l'Alchimiste en se retenant de rire :

– Vous aviez raison, c'est Francis. Il veut vous parler.

Nicolas plaqua le portable contre son oreille et se couvrit l'autre avec la main, afin de se couper du vacarme de la circulation.

– Allô ?

– Où êtes-vous ? demanda Saint-Germain en latin.

Nicolas examina les alentours pour s'orienter.

– Sur Marylebone Road, non loin de la station de métro Regent's Park.

– Ne raccroche pas, j'ai quelqu'un sur l'autre ligne.

Nicolas l'entendit répéter l'information à toute allure en vieux français.

– O.K., reprit Saint-Germain quelques instants plus tard. Remontez la rue jusqu'à l'église St. Marylebone. Une voiture vous récupérera là-bas.

– Comment saurai-je que le chauffeur travaille pour toi ?

– Bonne question. Tu as des raisons de croire qu'on nous écoute ?

– L'Italien et l'Anglais en sont capables, répondit l'Alchimiste.

– C'est vrai.

– De plus, un comité d'accueil très inamical nous attendait à la gare. J'imagine qu'ils ont envoyé leur rapport avant de nous pister.

– Ah ! s'exclama Saint-Germain. Je suppose que vous avez réglé le problème en toute discrétion.

– C'est le mot que je cherchais ! Mais…

– Mais ?

– Même si je n'ai pas eu recours à mon aura, une certaine quantité de pouvoir a été dépensée. Une telle émanation attire l'attention, surtout dans cette ville.

Il y eut une autre pause.

– O.K. Je viens d'envoyer un texto au chauffeur, reprit Saint-Germain. Tu te souviens de cette fête que j'ai organisée à Versailles en février 1758 ? C'était mon anniversaire, et tu m'as offert un manuscrit relié en vélin de ta bibliothèque personnelle.

Nicolas sourit :

– Je m'en souviens.

– J'ai encore le livre, fit le comte.

Des bruits de marteau-piqueur l'obligèrent à hausser le ton.

– Le chauffeur t'en donnera le titre, continua-t-il.

– Quel est ce vacarme autour de toi ? demanda Flamel, en anglais cette fois-ci.

– Ce sont des ouvriers. Nous essayons de consolider la maison. Elle risque de s'effondrer dans les catacombes qui courent en dessous. Dans ce cas, elle emporterait la moitié de la rue avec elle.

– Mon vieil ami, chuchota Nicolas. Comment te dire à quel point je suis désolé pour les ennuis qui te sont arrivés par ma faute ? Je paierai les réparations.

– Je t'en prie, gloussa Saint-Germain, ne te donne pas cette peine. Cela ne me coûte rien. J'ai vendu l'exclusivité de mon histoire à un magazine. Ils m'offrent plus qu'il n'en faut pour réparer la maison, et la couverture médiatique est phénoménale. Mon nouvel album fait partie des disques les plus téléchargés du moment…

– Quelle histoire ? demanda Flamel en jetant un bref coup d'œil aux jumeaux.

– Celle de l'explosion de gaz qui a endommagé ma maison, bien sûr. Je dois y aller. On reste en contact. Et… Nicolas… sois prudent. Si tu as besoin de quoi que ce soit, tu sais comment nous joindre.

L'Alchimiste raccrocha, puis rendit le portable à Sophie.

– Il a dit…

– Nous avons entendu.

En effet, les sens éveillés des jumeaux leur avaient permis de suivre la conversation dans sa totalité.

– Une explosion due au gaz ? s'étonna Sophie.

– Il n'allait quand même pas raconter que les dégâts avaient été causés par une sorte de dinosaure primitif ! ironisa Josh. Qui l'aurait cru ?

Les mains enfoncées dans les poches, il se précipita derrière Flamel, qui avait repris sa marche à grands pas.

– Sophie ! appela-t-il.

Celle-ci hocha la tête. Son frère avait marqué un point. Elle commençait à comprendre comment les Aînés étaient parvenus à garder leur existence secrète pendant si longtemps. Les hommes ne voulaient simplement pas croire à l'existence de la magie dans ce monde. Pas en cette ère prônant la science et la technologie ! Pour eux, les monstres et les sortilèges appartenaient à un passé barbare. Néanmoins, en quelques jours, elle avait eu plusieurs preuves de leur présence. Les gens signalaient régulièrement des faits impossibles ; ils assistaient aux phénomènes les plus étranges qui fussent, rencontraient les créatures les plus bizarres… et personne ne les croyait. Ils ne pouvaient pas tous se tromper, mentir ou halluciner. Comme les Ténébreux et leurs serviteurs avaient le pouvoir, il leur suffisait de classer les rapports, de les ignorer ou, comme cela venait de se produire à Paris, de tourner leurs auteurs en ridicule dans les médias. Du coup, ces témoins d'événements sortant de l'ordinaire commençaient à douter. Pas plus tard que la veille, Nidhogg, un monstre censé n'exister que dans les légendes, avait écumé les rues de Paris, ne laissant derrière lui que ruines et désolation. Il s'était promené sur les Champs-Élysées, puis avait arraché un morceau des célèbres quais avant de plonger dans la Seine. Des dizaines de personnes l'avaient vu. Où se trouvaient alors leurs dépositions ? Les médias prétextaient une explosion de gaz dans les catacombes…

Et les gargouilles, et les chimères de Notre-Dame qui avaient pris vie et étaient descendues de leur perchoir ?

Grâce à l'aura de Josh qui avait stimulé la sienne, Sophie avait invoqué la magie du Feu et de l'Eau pour réduire les statues médiévales en poussière. Qu'en avaient conclu les journaux ?

La faute aux pluies acides.

Tandis qu'ils traversaient à vive allure la campagne française à bord de l'Eurostar, ils avaient parcouru les reportages en ligne sur l'ordinateur portable de Josh. La presse mondiale avait eu accès aux récits des événements, et pourtant tout le monde servait des versions du même mensonge. Quelques photos floues de Nidhogg n'apparaissaient que sur les sites prônant la théorie du complot. Sur les forums, des dizaines d'internautes affirmaient que les vidéos et les clichés étaient des faux, les comparaient à des images truquées du yéti et du monstre du Loch Ness. Et si ces deux créatures vivaient réellement, elles aussi ? s'était alors interrogée Sophie.

Elle se dépêcha de rattraper son frère et Flamel.

– Ne t'éloigne pas, Sophie, lui recommanda ce dernier. Tu n'as pas idée des dangers qui nous guettent !

– Ça, on le saura, marmonna Sophie qui se demandait bien comment la situation pouvait empirer.

– Où allons-nous ? voulut savoir Josh.

La bouffée d'adrénaline lui faisait encore tourner la tête, et ses jambes flageolaient.

– Là, répondit Nicolas, qui désigna du menton une église en pierre blanche à leur gauche.

Quand elle rattrapa son frère, Sophie remarqua à quel point il était pâle ; des gouttes de sueur luisaient sur son front.

Elle lui serra doucement le bras.

– Ça va ?

Elle avait traversé les mêmes épreuves : les sons, les odeurs, les bruits de la ville qui agressaient ses sens récemment éveillés. Elle avait expérimenté la même surcharge sensorielle quand Hécate l'avait éveillée. Par chance, la Sorcière d'Endor et Jeanne d'Arc l'avaient aidée à contrôler l'afflux d'émotions et de sensations. Josh, lui, n'avait personne pour l'aider.

– Je vais bien, lui assura-t-il.

Quand il croisa le regard incrédule de sa sœur, il se rétracta.

– O.K., pas si bien que cela. Tout est tellement…

Il peinait à trouver les mots.

– Trop, compléta-t-elle.

– Oui, soupira-t-il. J'ai le goût des gaz d'échappement dans la bouche.

– Tu vas t'adapter, lui promit-elle.

– Je ne crois pas pouvoir m'y habituer un jour, souffla-t-il, les yeux plissés à cause du soleil qui perçait à travers les nuages bleu-noir.

Les rayons qui se reflétaient sur la chaussée humide étaient autant d'aiguilles s'enfonçant dans ses yeux.

– J'ai besoin de lunettes de soleil.

– Quelle bonne idée ! Nicolas, attendez ! cria Sophie en s'élançant derrière l'Alchimiste.

Celui-ci jeta un coup d'œil par-dessus son épaule sans ralentir.

– Ne tardons pas ! aboya-t-il.

Sophie s'arrêta au beau milieu de la rue et obligea son frère à l'imiter. Nicolas avait fait une douzaine de pas quand il s'aperçut que les jumeaux ne le suivaient plus. Il se retourna et leur fit signe d'avancer. Comme ils l'ignoraient, il les rejoignit à grands pas, le visage sombre.

– Je n'ai pas le temps de m'amuser.

– Nous avons besoin d'une paire de lunettes de soleil chacun, déclara Sophie. Et nous avons soif.

– Plus tard.

– Non, maintenant !

Nicolas ouvrit la bouche pour refuser, mais Josh se posta devant lui.

– Maintenant ! dit-il avec arrogance.

Alors qu'il se tenait sur le parvis de la cathédrale Notre-Dame à Paris, sentant le pouvoir brut courir dans son corps et regardant les gargouilles en pierre se désintégrer, il s'était rendu compte de la force que sa sœur et lui possédaient désormais. Là, à Londres, ils avaient peut-être besoin de l'Alchimiste, mais lui aussi avait besoin d'eux.

Nicolas fixa les yeux bleu vif du garçon et, quoi qu'il lût en eux, il hocha la tête et se dirigea vers une rangée de magasins.

– De l'eau et des lunettes de soleil… Une teinte particulière ? demanda-t-il sur un ton sarcastique.

– Noires, répondirent en chœur les jumeaux.

Sophie et Josh, exténués, patientèrent devant la boutique. La pluie avait cessé, et la rue s'animait peu à peu. Les passants de toutes les nationalités discutaient dans des dizaines de langues. Soudain, Sophie pencha la tête et fronça les sourcils.

– Ça va ? s'inquiéta aussitôt Josh.

– Oui, oui. C'est juste que…

– Quoi ?

– J'ai cru reconnaître certains mots.

Josh suivit son regard. Deux femmes du Moyen-Orient vêtues d'une longue abaya, la tête et le visage voilés, discutaient avec animation.

– Elles sont sœurs… Elles se rendent chez le médecin au coin de Harley Street…, traduisit Sophie, étonnée.

Josh dégagea son oreille pour mieux entendre. À force de concentration, il parvint à isoler leurs voix.

– Sophie, je ne comprends pas un mot de ce qu'elles disent ! Je crois qu'elles parlent arabe.

Deux hommes d'affaires élégants passèrent devant eux. Ils se dirigeaient vers la station de métro Regent's Park. Tous deux conversaient au téléphone.

– Celui de gauche discute avec sa femme à Stockholm, chuchota Sophie. Il est désolé d'avoir raté la fête d'anniversaire de leur fils. L'autre parle à son supérieur, qui se trouve lui aussi en Suède. Il veut qu'on lui envoie des fichiers Excel par e-mail.

Josh occulta les klaxons, les coups de frein et la myriade d'autres bruits de la ville. Soudain, il découvrit qu'en se focalisant sur les deux hommes il parvenait à saisir quelques mots. Son ouïe était si fine qu'il entendait même leurs interlocuteurs à l'autre bout du téléphone. Aucun ne parlait anglais.

– Tu les comprends ? s'émerveilla-t-il.

– Grâce aux connaissances de la Sorcière d'Endor, expliqua Nicolas, qui émergea du magasin au moment où Josh posait sa question.

Il sortit d'un sac en papier deux paires de lunettes de soleil bon marché identiques et les leur tendit.

– Ce ne sont pas des Armani, désolé.

Le soulagement des jumeaux fut immédiat.

– Dites, je pensais que la Sorcière d'Endor ne m'avait transmis que de vieilles notions, fit la jeune fille. Je n'aurais jamais cru qu'elles me seraient utiles un jour !

Nicolas leur remit deux bouteilles d'eau. Puis ils reprirent leur course en direction de l'église St. Marylebone.

– La Sorcière t'a transmis son savoir entier quand elle t'a enveloppée dans le linceul d'air. J'admets qu'elle a abusé, mais j'ignorais ses intentions, ajouta-t-il face à la mine renfrognée de Josh. Ce don était totalement inattendu, étant donné le personnage. Il y a de nombreuses générations, des prêtresses étudiaient tout au long de leur existence auprès de la Sorcière, qui ne leur accordait qu'un minuscule fragment de ses connaissances.

– Alors, pourquoi moi ? demanda Sophie.

– Mystère ! fit Flamel.

Apercevant un creux dans le trafic, il les obligea à traverser Marylebone High Street au pas de course. L'élégante façade de l'église se dressait à présent devant eux.

– Par chance, Jeanne t'a aidée à trier les pensées de la Sorcière.

En effet, à Paris, pendant que Sophie dormait, Jeanne d'Arc lui avait enseigné des techniques pour contrôler l'enchevêtrement d'informations obscures et ésotériques qui saturaient son cerveau.

– À mon avis, les souvenirs et le savoir de la Sorcière d'Endor sont peu à peu absorbés par les tiens. Tu ne te contenteras plus d'en disposer bêtement, tu apprendras le pourquoi du comment. Au final, ses souvenirs t'appartiendront pour de bon.

Sophie secoua la tête :

– Je ne comprends pas.

Entre-temps, ils atteignirent l'église. Nicolas grimpa deux marches et scruta la rue, dévisagea les passants, regarda en direction de Regent's Park avant de pivoter vers les jumeaux.

– C'est comme la différence entre regarder un match et jouer soi-même. Quand tu as rencontré Saint-Germain, tu n'as pas eu besoin qu'on te le présente, n'est-ce pas ?

Sophie hocha la tête : en un éclair, elle avait su que la Sorcière n'appréciait pas le comte et ne lui faisait pas confiance.

– Pense à lui maintenant, lui suggéra l'Alchimiste.

Elle se tourna vers son frère, qui haussa les épaules. Elle ne voyait pas ses yeux derrière ses lunettes noires. Elle examina son poignet droit. À l'intérieur, il y avait un cercle doré qui comportait un point rouge en son centre. Sans lui faire mal, Saint-Germain avait imprimé ce tatouage dans sa chair quand il lui avait enseigné la magie du Feu. Un flot de souvenirs lui revint alors en mémoire, des souvenirs physiques, très intenses. Sophie ferma les yeux et, en un instant, elle fut transportée dans un autre lieu, à une autre époque.

Londres, 1740.

Une immense salle de bal. Sophie portait une robe si lourde qu'elle se sentait écrasée, si inconfortable qu'elle avait l'impression d'être mordue, pincée, comprimée, serrée, contractée de partout. La salle empestait la bougie, les parfums capiteux, les égouts, la friture et la transpiration. Des dizaines de personnes tourbillonnaient autour d'elle, et alors qu'elle avançait, elles s'écartaient de son chemin, facilitant aussi le passage à un jeune homme vêtu de noir aux yeux d'un bleu surprenant. Il s'agissait de Francis, comte de Saint-Germain. Il parlait russe avec un noble de la cour d'Ivan VI, le jeune tsar. Elle comprenait leur conversation. Le noble affirmait que la benjamine de Pierre le Grand, Élisabeth, risquait à tout moment de prendre le pouvoir et qu'un homme aussi talentueux que Saint-Germain ne pouvait que s'enrichir à Saint-Pétersbourg. Lentement, le comte se tourna pour la regarder. Prenant sa main dans la sienne, il fit la révérence et lui dit en italien :

– C'est un honneur de vous rencontrer enfin, madame.

Sophie cligna des yeux et vacilla. Josh la rattrapa juste à temps.

– Que s'est-il passé ?

– J'étais là-bas…, chuchota Sophie en secouant la tête. Non, j'étais ici, à Londres. Il y a plus de deux cent cinquante ans. J'ai tout vu.

Elle serra le bras de son frère avant de poursuivre :

– Je sentais les habits sur ma peau, respirais la puanteur de la pièce, et quand Saint-Germain parlait russe, je le comprenais. Et puis, tout à coup, il s'est adressé à moi en italien. J'étais là-bas, répéta-t-elle, abasourdie par ces nouvelles images.

– Les souvenirs de la Sorcière d'Endor deviennent les tiens, affirma Nicolas. Son savoir pénètre en toi. À la fin, tu sauras tout ce qu'elle sait.

Sophie Newman frissonna. Une pensée dérangeante lui traversa l'esprit.

– Et moi ? s'enquit-elle. La Sorcière a accumulé des milliers d'années d'expérience. Je n'ai que quinze ans et demi, et je ne me souviens même pas de toute ma vie ! Ne risque-t-elle pas d'étouffer mon cerveau ?

Nicolas cligna plusieurs fois des yeux.

– Je n'y avais pas pensé, mais oui, tu as raison. C'est fort possible. Nous devons nous assurer que cela n'arrive jamais.

– Pourquoi ? demandèrent les jumeaux.

Nicolas descendit les marches.

– Parce que nous sommes rien de plus que la somme de nos souvenirs et de nos expériences. Si ceux de la Sorcière délogent les tiens, tu deviendras par conséquent… la Sorcière d'Endor.

– Et Sophie ? s'écria Josh, horrifié.

– Elle n'existera plus. La Sorcière l'aura remplacée.

– Elle l'a fait exprès ! s'emporta Josh, attirant l'attention d'un groupe de touristes qui photographiaient le clocher.

Sophie lui donna un coup de coude, et il baissa d'un ton.

– Voilà pourquoi elle a transmis son savoir à Sophie ! chuchota-t-il, la voix rauque.

Nicolas eut beau secouer la tête, Josh poursuivit :

– Une fois que ses souvenirs auront pris le dessus, elle disposera d'un corps neuf et jeune à la place de sa vieille carcasse d'aveugle. Vous ne pouvez pas le nier !

– Je dois… je dois y réfléchir, marmonna Nicolas. À ce que je sache, cela ne s'est jamais produit avant.

– Qu'est-ce qu'on fait, Nicolas ? insista Sophie avec angoisse.

– Je n'en ai pas la moindre idée, avoua l'Alchimiste, exténué.

À cet instant, il leur parut si vieux avec ses rides sur le front et autour des yeux, les plis le long de son nez et les profonds sillons entre ses sourcils !

– Qui pourrait nous renseigner ? demanda Sophie d'une voix teintée de peur.

– Pernelle, répondit Flamel. Ma Pernelle saura t'aider. Nous devons retourner auprès d'elle. En attendant, tu dois te concentrer sur ta propre identité, Sophie.

– Comment ?

– Pense à ton passé, à tes parents, à tes écoles, évoque les gens que tu as rencontrés, tes amis, tes ennemis, les lieux que tu as visités. Josh, ta sœur va avoir besoin de toi. Pose-lui des questions sur votre enfance, vos voyages, vos sorties. Et toi, Sophie, chaque fois que tu commenceras à basculer dans les souvenirs de la Sorcière, concentre-toi sur autre chose, un instant de ta vie, par exemple.

Tu dois te battre contre ces incursions jusqu'à ce que nous trouvions le moyen de t'apprendre à les contrôler.

À cet instant, un taxi londonien noir se gara le long du trottoir ; la vitre côté passager se baissa.

– Montez ! ordonna une voix dans l'ombre.

Le trio n'obtempéra pas.

– Nous n'avons pas toute la journée ! Montez !

Il y avait une trace d'accent nord-africain dans le riche timbre de la voix.

– Nous n'avons pas appelé de taxi, répliqua Flamel, qui lançait des regards inquiets de droite et de gauche.

Saint-Germain lui avait promis de lui envoyer quelqu'un, mais Nicolas ne s'imaginait pas que ce serait dans un véhicule aussi ordinaire. Était-ce un guet-apens ? Dee avait-il fini par les rattraper ? Il regarda l'église par-dessus son épaule. La porte était ouverte – ils pouvaient monter les marches quatre à quatre et se réfugier dans le sanctuaire. Seulement, une fois à l'intérieur, ils seraient piégés…

– Cette voiture a été appelée pour vous, monsieur Flamel.

Il y eut une longue pause, puis l'inconnu ajouta :

– L'auteur d'un des livres les plus ennuyeux que j'aie jamais lu, *Le Sommaire philosophique*.

– Ennuyeux ?

Nicolas ouvrit en grand la portière et poussa les jumeaux dans l'habitacle lugubre.

– Un travail de génie, considéré comme tel depuis des siècles !

Il grimpa et claqua la porte.

– Je suis sûr que c'est Francis qui vous a conseillé de dire ça !

– Attachez vos ceintures ! ordonna le chauffeur. Nous allons bientôt avoir de la compagnie, et la clique qui arrive est particulièrement antipathique.

CHAPITRE SIX

L'homme, énorme, occupait tout le siège avant. Quand il pivota pour regarder ses passagers par la vitre de séparation, les jumeaux s'aperçurent qu'il n'était pas obèse, mais très musclé. Un T-shirt sans manches à rayures noires et blanches collait à son torse massif, et il était si grand que son crâne rasé effleurait le plafond du taxi. Il avait la peau d'un beau brun assorti à ses yeux et des dents trop blanches pour être naturelles. Trois petites cicatrices horizontales lui barraient chaque joue, juste au-dessous des yeux.

– À peine arrivés dans le pays, vous avez déjà réveillé une belle poignée de frelons ! gronda-t-il. En chemin, j'ai croisé des êtres qui n'ont pas foulé cette terre depuis des générations. Au fait, moi, c'est Palamède.

– Palamède ? répéta Nicolas qui, surpris, se pencha

en avant pour mieux le voir. Palamède ? Le Chevalier sarrasin ?

– En personne, répondit le chauffeur, qui reprit le volant et se faufila dans la circulation sans mettre son clignotant.

Des klaxons retentirent, des pneus crissèrent derrière eux. Il montra au trio son portable.

– Francis n'est pas entré dans les détails. D'habitude, je ne me mêle pas des conflits entre les diverses factions d'Aînés, c'est plus sûr. Mais dès qu'il m'a annoncé que cela avait un rapport avec les jumeaux légendaires… (il les observa dans le rétroviseur)… j'ai su que je n'avais pas le choix.

Josh serra fort la main de sa sœur dans la sienne. Il voulait la distraire, l'empêcher de penser à Palamède. Il se doutait que certains souvenirs de la Sorcière d'Endor se rapportaient à cet homme. Bâti comme un joueur de rugby ou un catcheur professionnel, il parlait anglais avec un drôle d'accent. Égyptien ? Quatre ans auparavant, la famille Newman au complet s'était rendue en Égypte, où pendant un mois elle avait visité les sites antiques. Or cet accent musical ressemblait à celui que Josh avait entendu là-bas. Il examina Palamède avec plus d'attention. De grosses mains aux doigts courts agrippaient le volant : il avait les poignets épais, les articulations gonflées et durcies par les callosités, qui rappelaient les mains d'un maître avec qui Josh s'entraînait. Elles caractérisaient un homme qui avait pratiqué le karaté, le kung-fu ou la boxe pendant des années.

– Accrochez-vous !

Palamède fit un demi-tour illégal, puis remonta la rue qu'ils venaient d'emprunter.

– Restez assis dans l'ombre, leur conseilla-t-il. Il y a tellement de taxis dans les rues que personne ne leur prête jamais attention. En plus, ils ne s'attendent pas à ce qu'on repasse par là.

« Stratégie intelligente », pensa Josh.

– Ils ? dit-il.

Palamède n'eut pas le temps de répondre. Nicolas se raidit soudain sur son siège.

– Tu les as vus ? demanda le chauffeur d'une voix rauque.

– Oui, chuchota l'Alchimiste.

– Quoi ? lancèrent Sophie et Josh en suivant le regard de Flamel.

– Les trois hommes, là-bas.

Le crâne rasé, piercés et tatoués, ils zigzaguaient au milieu de la route. Vêtus de jeans tachés, de T-shirts sales et de chaussures de sécurité, ils avaient l'air menaçant, mais pas particulièrement chimérique.

– Si vous clignez des yeux, expliqua Flamel aux jumeaux, vous verrez leur aura.

Aussitôt, ils perçurent des volutes grises et brumeuses autour du trio. La couleur, très laide, était teintée de pourpre.

– On les appelle des cucubuths, les renseigna Palamède.

– Très rares, en effet, poursuivit l'Alchimiste. Ce sont les rejetons d'un vampire et d'un Torc Madra. Pourvus d'une queue, ils sont mercenaires, chasseurs et buveurs de sang.

– Et aussi bêtes qu'un grain de poussière, dit Palamède, qui se faufila à côté d'un bus afin de protéger la voiture des cucubuths.

– Ils vont suivre votre odeur jusqu'à l'église. Quand elle s'évanouira dans les airs, cela les perturbera. Avec un peu de chance, ils finiront par se disputer et se battre comme des chiffonniers.

La voiture ralentit, puis s'arrêta devant un stop.

– Là-bas, aux feux tricolores ! chuchota Flamel.

– Oui, elles s'y trouvaient déjà tout à l'heure, lui apprit Palamède.

Les jumeaux balayèrent le carrefour du regard sans rien remarquer de particulier.

– Qui ? demanda Sophie.

– Les lycéennes, marmonna Palamède.

Deux jeunes filles rousses à la peau blanche papotaient en attendant que le feu change. Elles se ressemblaient assez pour être sœurs et portaient le même uniforme. Toutes deux arboraient un sac à main hors de prix.

– Ne les regardez pas, lança Palamède. Elles sont comme des bêtes sauvages qui sentent quand on les épie.

Sophie et Josh fixèrent le tapis de sol et essayèrent de penser très fort à autre chose. Nicolas s'empara d'un journal qui traînait sur la banquette arrière, l'ouvrit et se plongea dans l'article le plus ennuyeux qui soit, le taux de change international.

– Elles traversent pile devant la voiture, murmura le chauffeur.

Il se retourna vers ses passagers pour dissimuler son visage.

– Elles ne me reconnaîtraient pas, mais je préfère ne pas prendre de risque.

Le feu passa au vert, et Palamède démarra sur les chapeaux de roues.

– Dearg Due, annonça Flamel avant que les jumeaux ne posent la question.

Il pivota pour regarder par la vitre arrière. Les cheveux roux des filles étaient encore visibles au milieu de la foule.

– Des vampires qui se sont installées sur les terres celtes actuelles après la chute de Danu Talis.

– Comme Scatty ? demanda Sophie.

– Oh ! Tout le contraire : ces deux-là ne sont absolument pas végétariennes.

– Elles aussi allaient en direction de l'église, remarqua Palamède dans un gloussement. Si elles croisent les cucubuths, ça risque de chauffer ! Ils se détestent cordialement.

– Qui va gagner ? s'enquit Sophie.

– Dearg Due, comme chaque fois, répondit Palamède avec un sourire enjoué. Je me suis mesuré à elles en Irlande. Ce sont des guerrières vicieuses et impossibles à battre.

Ils poursuivirent le long de Marylebone Road avant de tourner sur Hamsptead Road. Les véhicules avançaient au pas, puis finirent par s'arrêter. Quelque part devant eux, des klaxons beuglaient ; soudain la sirène d'une ambulance prit le relais.

– On est coincés là pour un moment, déclara Palamède.

Il serra le frein à main et se contorsionna sur son siège une nouvelle fois.

– Ainsi, tu es le légendaire Nicolas Flamel, l'Alchimiste. J'ai beaucoup entendu parler de toi au fil des années. Pas en bien. Tu savais que dans certains royaumes des Ombres ton nom est une insulte ?

Les jumeaux furent surpris par la véhémence de son ton. Plaisantait-il ? Ils n'en étaient pas sûrs…

Palamède continua :

– La mort et la destruction sont dans ton sillage…

– Les Ténébreux qui me pourchassent ne montrent aucune pitié, expliqua Flamel d'une voix froide.

– Les incendies, les famines, les inondations, les tremblements de terre…, grommela le chauffeur, qui ignora cette interruption.

– Qu'es-tu en train de suggérer ? lâcha Nicolas.

Pendant un instant, une odeur de menthe parfuma l'intérieur du taxi. L'Alchimiste se pencha en avant, les coudes sur les genoux, les mains crispées.

– Que tu aurais pu choisir un endroit moins peuplé pour passer ta longue vie. L'Alaska, par exemple, ou la Mongolie, la Sibérie, le fin fond de l'Australie ou de l'Amazonie… Des coins déserts, sans victimes potentielles.

Un silence glacé s'abattit sur la voiture. Les jumeaux se regardèrent. Josh haussa les sourcils, Sophie secoua imperceptiblement la tête en guise de réponse. Elle se frotta le lobe de l'oreille avec son index. Josh comprit le signal : écoute et ne dis rien.

– Tu penses que j'ai provoqué la mort d'innocents ? demanda Flamel sans animosité.

– Oui.

Les joues pâles de l'Alchimiste rougirent.

– Je n'ai jamais…, commença-t-il.

– Tu aurais pu disparaître de ce monde, insista Palamède, dont la voix grave vibrait dans le taxi. Tu as bien simulé ta mort une fois ! Tu aurais pu recommencer et t'installer dans un pays lointain et inaccessible. Pourquoi, au lieu de te réfugier dans un royaume des Ombres quelconque, tu as choisi de rester ici ?

– Mon devoir est de protéger le Codex, aboya l'Alchimiste, en colère, alors que le parfum de menthe emplissait l'air.

Les klaxons retentirent de nouveau. Palamède se retourna vers le volant, desserra le frein à main et démarra.

– Protéger le Codex, répéta-t-il, les yeux rivés sur la circulation. Personne ne t'a obligé à devenir le Gardien du manuscrit. Trop heureux d'endosser ce rôle, tu n'as pas posé de questions… comme ceux qui t'ont précédé. Sauf que tu étais différent des autres, qui, contrairement à toi, se sont cachés avec le Codex. Toi, tu es resté en ce monde, et par ta faute beaucoup d'humani sont morts : un million rien qu'en Irlande, plus de cent quarante mille à Tokyo.

– Assassinés par Dee et les Ténébreux !

– Qui te suivaient, toi, je te rappelle.

– Et si je lui avais remis le Livre d'Abraham le Juif, les Ténébreux seraient revenus sur Terre, et les hommes auraient appris la vraie signification du mot « Armageddon ». L'ouverture brutale des royaumes des Ombres aurait provoqué des ondes de choc à travers la Terre entière, des ouragans, des séismes, des tsunamis. Des millions de gens auraient péri. Autrefois, Pythagore a calculé que la moitié des habitants de la Terre disparaîtraient à cause d'un tel événement. Ensuite, les Ténébreux s'éparpilleraient à la surface du globe. Tu en as déjà rencontré quelques-uns, Palamède. Tu sais comment ils sont, ce dont ils sont capables. S'ils reviennent un jour, ce sera une catastrophe aux dimensions planétaires.

– Leur venue annoncera un nouvel Âge d'Or, paraît-il, dit calmement le chauffeur.

Josh observa avec attention la réaction de Flamel : il se souvenait que Dee avait affirmé la même chose.

– Ils le prétendent, mais c'est faux. Tu vois ce qu'ils font chaque fois qu'ils essaient de me reprendre le Codex ! Des gens meurent. Dee et les Ténébreux n'ont aucune considération pour la vie humaine.

– Et toi, en as-tu, Nicolas Flamel ?

– Je n'aime pas ce ton.

Dans le rétroviseur, on voyait le sourire carnassier qu'arborait Palamède.

– Je me fiche que cela te plaise ou non. Parce que je ne t'apprécie pas du tout. Je déteste ceux qui te ressemblent et croient savoir ce qui est mieux pour le monde. Qui t'a désigné protecteur des humani ?

– Je ne suis pas le premier. Il y en a eu d'autres avant moi.

– C'est vrai, Nicolas Flamel. Ces gens décident ce qui est bien, ce que nous devons voir, lire, écouter. Ils essaient de façonner nos pensées et nos actes. Tout au long de mon existence, j'ai combattu ceux de ton espèce.

– Soutenez-vous les Ténébreux ? intervint Josh.

Ce fut Flamel qui répondit d'une voix méprisante :

– Palamède, le Chevalier sarrasin, n'a pas choisi de camp depuis des siècles. À cet égard, il est comme Hécate.

– Une autre de tes victimes, commenta Palamède. Tu as causé l'anéantissement de son royaume.

– Si tu me détestes à ce point, rétorqua Flamel, dis-moi ce que tu fais ici ?

– Francis m'a appelé à l'aide, et malgré ses nombreux défauts – ou peut-être grâce à eux –, je le considère comme mon ami.

Le chauffeur se tut et fixa Josh et Sophie, les yeux plissés.

– Je suis aussi venu à cause de cette dernière paire de jumeaux.

Sophie et Josh n'en crurent pas leurs oreilles.

– Qu'est-il arrivé aux autres ? demanda Josh.

Comme Palamède avait ignoré sa question, il se tourna vers Nicolas.

– Qu'est-il arrivé aux autres ? répéta-t-il d'une voix tremblante, se retenant de crier.

Un éclat doré s'alluma dans ses yeux.

L'Alchimiste baissa la tête. Lentement, il détacha un à un les doigts de Josh accrochés à son bras.

– Dites-moi !

Devinant que l'immortel s'apprêtait à lui servir un mensonge, le garçon secoua la tête.

– Nous méritons la vérité. Parlez !

Flamel prit une profonde inspiration.

– Tu as raison. Eh bien, il y en a eu d'autres, mais ils n'étaient pas les jumeaux de la légende.

Il s'enfonça dans son siège et croisa les bras. Le visage inexpressif, il regarda tour à tour Josh et Sophie.

– Contrairement à vous.

– Que sont-ils devenus ? insista Josh, submergé par la colère et la peur.

L'Alchimiste détourna la tête et regarda par la vitre.

– Ils sont morts, répondit Palamède. Ou bien ils ont sombré dans la folie.

CHAPITRE SEPT

Le panneau écaillé indiquait autrefois CASSE AUTO, mais le second A était tombé et n'avait jamais été remplacé. Derrière un grand mur en béton surmonté de tessons de verre et de rouleaux de fil de fer barbelé, des centaines d'épaves rouillées formaient des tours en équilibre précaire. L'enceinte de la casse était tapissée de plusieurs couches de posters en lambeaux annonçant des concerts donnés depuis longtemps, de « nouveaux » albums sortis des dizaines d'années auparavant… Les pubs collées les unes sur les autres créaient une croûte épaisse et multicolore, barbouillée de graffitis. Il était quasiment impossible de voir les pancartes DANGER – PROPRIÉTÉ PRIVÉE ET ENTRÉE INTERDITE.

Palamède dépassa le portail fermé, gara le taxi le long

du trottoir et éteignit le moteur. Les bras croisés sur le volant, il se pencha en avant et examina les alentours.

Flamel s'était endormi ; Sophie était perdue dans ses pensées, ses yeux prenant par moments des reflets argentés.

Josh se souleva de son siège et s'accroupit sur le sol derrière la vitre de séparation.

– Nous sommes arrivés ? demanda-t-il.

Les dents de Palamède brillèrent.

– Nous allons rester là quelque temps. Cet endroit ne paie pas de mine, mais c'est peut-être le coin le plus sûr de Londres.

Josh examina les maisons en brique rouge qui bordaient la rue de ce quartier miteux et délabré, juste bonnes à être rasées. La plupart des portes et des fenêtres avaient été condamnées avec des planches ou des parpaings. La moindre vitre était brisée. La carcasse d'une voiture brûlée finissait de rouiller au bord de la route. Rien ne bougeait dans les parages.

– Bizarre que cette zone n'ait pas été réhabilitée.

– Cela se produira un jour, répondit Palamède sur un ton triste. Le propriétaire actuel refuse de vendre au rabais.

– Que se passera-t-il quand on lui fera une proposition intéressante ?

– Je ne vendrai jamais, déclara Palamède avec force.

Son gros index désigna un bâtiment devant eux.

– Là-bas, on fabriquait des voitures. Il n'y avait pas de chômage par ici ! Quand l'usine a fermé dans les années 1970, le coin s'est vidé ; les gens mouraient ou partaient chercher du travail ailleurs. J'ai commencé à acheter leurs maisons à ce moment-là.

– Combien en possédez-vous ? l'interrogea Josh, impressionné.

– Toutes sur deux kilomètres alentour. Soit deux cents immeubles environ.

– Deux cents ! Mais cela a dû vous coûter une fortune !

– Je suis né sur cette Terre bien avant l'avènement d'Arthur. J'ai gagné des fortunes, j'en ai perdu aussi. Ma richesse est incalculable… Le plus dur, c'est d'échapper aux impôts.

Surpris, Josh cligna des yeux. Il n'imaginait pas qu'un immortel puisse avoir des problèmes avec le fisc. « Effectivement, se dit-il, avec l'essor des ordinateurs et les technologies de surveillance, il doit être de plus en plus difficile d'avoir la paix. »

– Des gens habitent ici ? Je ne vois personne…

– Normal, les gens (Palamède insista sur le mot) qui vivent dans mes maisons ne sortent que la nuit.

– Des vampires, murmura Josh.

– Non, les buveurs de sang ne m'intéressent pas.

– Quoi alors ?

– Des larves et des lémuriens… des morts vivants et des non-morts.

– C'est quoi, ça ? demanda Josh.

Il se doutait bien que par « larves », Palamède n'entendait pas de futurs insectes, ni par « lémuriens », les primates à longue queue qu'il avait vus au zoo.

– Ce sont…

Le Sarrasin hésita.

– … Ce sont des esprits nocturnes.

– Sont-ils amicaux ?

– Je dirais loyaux.

– Alors, qu'est-ce qu'on attend ? poursuivit Josh, comprenant qu'il n'apprendrait rien d'autre. Que cherchez-vous ?

– Quelque chose qui sort de l'ordinaire.

– Et maintenant ?

– On patiente. On observe. Du calme, jeune homme ! À présent, à peu près tout le monde immortel sait que l'Alchimiste a découvert les jumeaux légendaires.

– Vous n'en paraissiez pas aussi sûr tout à l'heure, remarqua Josh, surpris par la franchise du Chevalier. Qu'est-ce qui vous a fait changer d'avis ?

Palamède devait absolument les renseigner sur les autres jumeaux, et surtout sur l'Alchimiste !

– Que vous soyez les jumeaux de la légende ou non n'a pas d'importance, fit le Chevalier. Ce qui compte, c'est que Flamel le croie. Dee en est persuadé lui aussi. Et pour ces raisons, une extraordinaire suite d'événements s'est déclenchée : Bastet rôde de nouveau dans les parages, Morrigan est de retour sur terre, les Dises ont évoqué Nidhogg à Paris. Trois royaumes des Ombres ont été détruits. De telles choses ne se sont pas produites depuis des millénaires !

– Trois ? Je croyais que seul celui de Hécate avait disparu.

Apparemment fatigué de donner des explications, Palamède soupira.

– La plupart des royaumes des Ombres sont reliés les uns aux autres grâce à des portes. Si un problème survient, les portes s'effondrent. Yggdrasill, l'Arbre-Monde, s'étendait du royaume de Hécate à Asgard, mais aussi dans les profondeurs de Niflheim, le Monde des Ténèbres. Tous trois ont cessé d'exister quand Dee a détruit l'arbre, et je sais que les accès d'une demi-douzaine d'autres royaumes se sont effondrés, piégeant à jamais leurs habitants. Dee a ajouté quelques ennemis à la longue liste de personnes – humaines et inhumaines – qui le détestent et le craignent déjà.

– Que va-t-il lui arriver ? demanda Josh.

Malgré tout ce qu'il avait entendu dire sur le Magicien, il éprouvait encore une certaine admiration pour lui. Il ne pouvait pas en dire autant de l'Alchimiste français.

– Rien. Des maîtres puissants le protègent. Il consacre sa vie à ramener les Ténébreux sur cette terre par n'importe quel moyen.

– Mais pourquoi ? voulut savoir l'adolescent.

– Il est le plus dangereux des ennemis, car il est persuadé d'avoir raison.

Du coin de l'œil, Josh perçut un mouvement. Il se tourna : un gros chien gris-brun courait au milieu de la rue, le long de la ligne blanche. On aurait dit le croisement d'un lévrier irlandais et d'un barzoï, un lévrier russe. Il dépassa le taxi, fonça jusqu'aux portes de la casse, puis, avançant à pas feutrés, il renifla le sol.

– L'arrivée de Flamel a agité de nombreux êtres antiques, continua Palamède, les yeux rivés sur le chien.

Aujourd'hui, j'ai vu des créatures que je croyais disparues à jamais, des monstres qui ont donné naissance aux légendes les plus sombres des humani. Sache aussi que Dee a offert une forte récompense pour votre capture. D'après mes espions, il vous veut vivants, ta sœur et toi. Détail intéressant, il se fiche du sort de Flamel ; il acceptera une simple preuve de sa mort. C'est un changement majeur. Les Aînés, ceux de la Génération Suivante, les immortels et leurs serviteurs humani convergent tous vers Londres. Empêcher cette racaille de s'égorger ne sera pas une mince affaire ! Je serais curieux de savoir comment Dee va s'en sortir…

Soudain, Palamède mit le contact et démarra lentement.

– La voie est libre, annonça-t-il.

– Comment l'avez-vous deviné ?

Le chauffeur lui montra le chien assis devant le portail. Il appuya sur un bouton du tableau de bord et les battants s'ouvrirent.

– Ce n'est pas vraiment un chien, n'est-ce pas ? demanda Josh, qui connaissait déjà la réponse.

– Exact, ce n'est pas un chien, répondit Palamède avec un sourire énigmatique.

CHAPITRE HUIT

Tous les poils de l'énorme Areop-Enap se dressèrent d'un coup et oscillèrent.

– Madame Pernelle, puis-je émettre une suggestion qui te paraîtra peut-être choquante ?

Pernelle se tourna vers l'Aînée. Derrière elle, un nombre incalculable d'araignées se dispersait sur l'immense mur en toile que l'antique créature avait tissé.

– Il n'est pas facile de me choquer.

– Me fais-tu confiance ?

– Oui, répondit Pernelle sans hésiter.

Autrefois, l'Ensorceleuse aurait considéré la Vieille Araignée comme une dangereuse ennemie, mais aujourd'hui elle savait dans quel camp se trouvait l'Aînée : celui des humani. Elle l'avait prouvé lors de la bataille contre Morrigan et ses nuées de corbeaux.

– À quoi penses-tu ?

Areop-Enap afficha toutes ses dents dans un sourire :

– Ne bouge pas et ne panique pas. C'est pour ton bien.

Soudain, une épaisse couverture de soie tomba sur l'Ensorceleuse, l'enveloppant de la tête aux pieds. Une vague d'araignées grimpa sur elle et tissa à toute allure une cape poisseuse autour de son corps.

– Fais-moi confiance, répéta Areop-Enap.

Pernelle demeura parfaitement immobile, même si son instinct lui ordonnait de se débattre, de déchirer la toile, de laisser son aura la transformer en poussière noire. Elle serra les dents. Alors qu'elle avait combattu des monstres et vu des créatures venues des tréfonds les plus obscurs des légendes humaines, l'idée qu'une araignée pénètre dans sa bouche lui répugnait.

Areop-Enap tourna la tête ; une de ses longues pattes s'éleva, les poils remuant un peu tandis qu'elle testait l'air.

– Prépare-toi, déclara-t-elle. Ils arrivent. Tant que la toile est intacte, tu es protégée.

Pernelle était à présent complètement enveloppée dans un épais cocon de fils de soie blancs. Elle avait l'impression d'être enroulée dans une couverture douce, incroyablement confortable, mais un peu étouffante. La toile d'araignée était plus fine au niveau des yeux et de la bouche, si bien qu'elle pouvait voir et respirer, comme à travers un rideau de gaze. Soudain, elle sentit qu'on la hissait contre le mur. Un millier d'araignées noires s'abattirent sur elle afin de coller le cocon aux poutrelles métalliques qui soutenaient la maison. Depuis ce nouveau poste d'observation, Pernelle pouvait contempler la pièce. Elle s'aperçut que le tapis noir sur lequel se tenait l'Aînée était en vérité une masse composée de millions d'araignées. Le sol ondulait et palpitait sous Areop-Enap, tournée vers le nord et Angel Island, à présent plongée dans le brouillard de l'aube. Se tordant dans son cocon, Pernelle s'efforça de suivre son regard. Des nuages orageux, épais, presque noirs, s'amassaient à l'horizon. Elle s'attendait à des grondements sourds, à des éclairs aveuglants alors que le nuage s'approchait à grande vitesse en tourbillonnant. Une douzaine de battements de cœur plus tard, il atteignait Alcatraz.

Et, là, il se mit à pleuvoir.

La maison du gardien n'avait pas de toit. De grosses gouttes noires qui tombaient du nuage éclaboussaient le cocon de Pernelle et y restaient collées.

L'Ensorceleuse n'en crut pas ses yeux : il ne s'agissait pas de gouttes de pluie, mais de mouches ! De grosses bleues, des mouches des cerises, des taons, des mouches domestiques rapaces, des scorpions fondirent sur le cocon gluant.

Pernelle n'eut pas le temps de pousser un cri de dégoût. Les araignées se ruèrent sur les assaillants, les rabattant au fur et à mesure dans les fils de soie.

L'Ensorceleuse leva les yeux : l'énorme nuage s'était arrêté au-dessus d'eux. Seulement, il ne s'agissait pas du tout d'un nuage. La pluie d'insectes n'était qu'un avant-goût des festivités à venir. La masse ondulante comptait des millions de mouches, mais aussi des tipules, des moustiques, de minuscules moucherons, des gastrophiles et des drosophiles aux yeux rouges.

Drap sombre et bourdonnant, les insectes se déchaînèrent. La première vague fut interceptée par les toiles en soie, qui noircirent en quelques secondes et oscillèrent sous le poids des prisonniers affolés. Sous les yeux horrifiés de Pernelle, le réseau de fils blancs ne tarda pas à se déchirer tandis que les mouches continuaient de s'y empêtrer. Des hordes d'araignées se ruaient sur les ennemies piégées et s'engageaient dans une bataille vieille comme le monde. Les murs couverts de soie ondulaient à tel point sous les combattants que le bâtiment entier semblait vivant.

Un nombre incalculable de mouches couvrait Areop-Enap, qui ressemblait de plus en plus à une énorme balle vrombissante. Les grosses pattes de l'Aînée frappaient sans relâche, jetaient au loin les cadavres, aussitôt remplacés par d'autres créatures. L'Aînée bondit, puis s'écrasa sur le sol, si bien qu'elle en enfouit plusieurs milliers sous son corps imposant.

Mais la ruée sombre n'en finissait plus.

Soudain, Pernelle remarqua que les murs et le sol avaient cessé de bouger et d'onduler. Les yeux plissés pour mieux voir à travers le rideau de gaze, l'Ensorceleuse fut choquée par ce qu'elle découvrit : les araignées mouraient par centaines ! Elle aperçut une saltique zébrée noir et blanc qui avait plongé deux crochets bleus et iridescents dans une énorme tipule piégée par la toile poisseuse. Celle-ci cherchait désespérément à s'enfuir quand, tout à coup, l'araignée frissonna et se raidit. Les deux créatures périrent en même temps. Le même phénomène se produisait de tous côtés : dès que les araignées mordaient les mouches, elles tombaient, foudroyées. Il en fallait beaucoup pour effrayer l'Ensorceleuse, mais là, une vive inquiétude s'empara d'elle.

Celui qui avait envoyé les mouches les avait empoisonnées !

Et si un seul insecte pouvait tuer une araignée, que risquait Areop-Enap, qui en était couverte ?

Pernelle devait agir, et vite ! Des millions d'arachnides gisaient sur le sol. Areop-Enap avait à présent disparu sous la masse compacte des assaillants. Elle les combattait toujours, mais avec moins d'énergie, constata l'Ensorceleuse. La Vieille Araignée n'était pas invulnérable. Que ce soit des Aînés, des êtres de la Génération Suivante, des immortels ou des hommes, personne n'était complètement indestructible. Pas même Areop-Enap. Autrefois, Pernelle avait fait tomber un temple antique sur la tête de l'araignée, qui en était ressortie indemne. Mais pouvait-elle survivre à des milliards de mouches vénéneuses ?

Seulement, Pernelle était coincée dans son cocon de soie. Si elle le découpait, elle ferait une chute de six bons mètres. L'impact ne la tuerait pas ; au mieux, elle se foulerait la cheville, au pire, elle se casserait la jambe.

Elle réfléchissait à toute vitesse : comment vaincre une armée de mouches ?

Jetant un regard dehors, elle aperçut un autre essaim tourbillonnant, qui approchait, porté par la brise. Quand il atteindrait Alcatraz, ce serait terminé. Le vent charriait un léger bourdonnement, comme le bruit d'une tronçonneuse lointaine.

Le vent…

Il transportait les mouches sur l'île… Pouvait-il également les chasser ?

Pernelle craignait toutefois de ne pas assez connaître cet élément pour le contrôler avec précision. Si elle avait eu le temps de se préparer, si son aura avait été chargée au maximum, peut-être aurait-elle tenté d'invoquer un typhon ou une petite tornade au cœur de l'île. Cette opération l'aurait nettoyée des mouches, mais aussi des araignées. Non, elle ne pouvait pas prendre ce risque. Il fallait quelque chose de simple… et de rapide. Plus aucune araignée ne remuait. Des millions de mouches avaient péri, mais des millions d'autres volaient encore autour d'Areop-Enap.

L'Ensorceleuse cherchait désespérément une solution. Si elle ne pouvait pas les chasser de l'île, pouvait-elle les attirer ailleurs ? Quelque chose les avait appâtées ici. Pernelle trouva tout à coup ce qui les ferait partir.

Qu'aimaient les mouches par-dessus tout ?

Derrière son voile de gaze, Pernelle sourit. Pour son cinq centième anniversaire, le 13 octobre 1820, Scathach lui avait offert un pendentif spectaculaire, une pierre de jade en forme de scarabée. Plus de trois cents ans auparavant, l'Ombreuse l'avait rapporté du Japon pour l'enfant-roi Toutankhamon, mais celui-ci était mort le lendemain de leurs retrouvailles. Comme elle méprisait l'épouse de Toutankhamon, Ankhesenamon, et refusait de lui laisser la pierre, Scathach avait pénétré de nuit dans le palais royal, peu avant que le pharaon soit embaumé, et l'avait récupérée. Quand la guerrière la lui avait offerte, Pernelle s'était exclamée en plaisantant :

« Tu me donnes un bousier !

– La bouse a plus de valeur que tous les métaux précieux, avait répondu Scathach avec sérieux. On ne fait pas pousser de légumes avec de l'or. »

Oui, les mouches étaient attirées par les excréments !

Seulement, il n'y avait pas de tas de fumier sur l'île… Pour capter leur attention, Pernelle devrait créer une odeur exceptionnellement forte. Elle pensa aussitôt aux magnifiques plantes de la famille des arums qui dégageaient une odeur pestilentielle. Il y avait cette espèce de cactus du désert, le smilax herbacé. De cette superbe plante émanait une odeur de charogne. Sans oublier le chou puant, et la plus grande fleur au monde, la rafflésie, à l'odeur putride de cadavre en décomposition. Si elle reproduisait ces émanations, elle parviendrait peut-être à chasser les mouches d'Alcatraz.

Pernelle savait qu'au cœur de la magie et de la sorcellerie résidait l'imagination. Ce don de concentration intense caractérisait les magiciens les plus puissants, qui, avant d'accomplir un exploit magique, devaient « voir » le résultat final. Ainsi, avant de se focaliser sur la création de l'odeur, elle devait visualiser les lieux dans leurs moindres détails. Des endroits apparurent au bord de sa conscience – quartiers où elle avait vécu, villes qu'elle connaissait. Au cours de sa longue vie, elle avait eu l'occasion de visiter une grande partie du monde. Là, elle avait besoin d'un endroit raisonnablement proche, à faible densité de population.

La décharge de San Francisco !

Elle ne s'y était rendue qu'une fois, plusieurs mois auparavant. Aidant un des employés de la librairie lors de son déménagement, elle était passée près de la décharge sur Recycle Road. Ultrasensible aux parfums, elle avait perçu l'odeur âcre du dépotoir quand ils avaient tourné dans Tunnel Avenue. Plus ils approchaient, plus l'odeur piquait les yeux, et plus les cris des innombrables mouettes devenaient assourdissants.

Pernelle fouilla sa mémoire. Maintenant qu'elle visualisait bien la décharge, elle imagina en son centre un grand massif de fleurs empestant la charogne et un vent transportant l'odeur de mort vers Alcatraz.

Plus concentrée que jamais, Pernelle se représenta les tas de déchets parsemés de fleurs de callas et de smilax herbacé, des rafflésies rouges à pois blancs qui s'étalaient entre les ordures, l'air pollué d'émanations toxiques se mélangeant avec celles de la décharge. Puis elle imagina le vent en train de pousser ces effluves vers le nord…

L'odeur fétide qui déferla soudain sur Alcatraz faillit la faire vomir. L'épais tapis de mouches se souleva ; elles volèrent sans but, puis se rabattirent sur Areop-Enap.

Pernelle fatiguait ; ce travail la vieillissait de seconde en seconde. Elle prit une profonde inspiration et fit un dernier effort. Il fallait qu'elle éloigne les insectes avant que le deuxième essaim n'arrive. Elle se concentra si fort sur les effluves fétides que son aura d'un blanc glacé, habituellement sans odeur, chatoya et sentit le pourri.

Lundi 4 Juin

L'île était envahie par des relents de crottin frais, de viande avariée et de lait tourné.

Telle une couverture noire et solide, les mouches décollèrent d'un coup. Elles vrombirent et bourdonnèrent à la manière d'une centrale électrique, puis se précipitèrent toutes vers le sud. L'essaim en partance rencontra celui qui s'apprêtait à s'abattre sur Alcatraz. Les deux groupes se mélangèrent, formant une énorme boule noire et compacte, qui se rua vers les effluves riches et sirupeux.

En quelques secondes, il n'y eut plus une mouche sur Alcatraz.

Areop-Enap se secoua pour se débarrasser des minuscules carcasses, puis lentement, à pas raides, elle grimpa le long du mur, découpa la toile qui retenait Pernelle et tissa une spirale étroite avant de se poser sur le sol en douceur. L'aura de l'Ensorceleuse flamboya encore une milliseconde ; le cocon tacheté de mouches emprisonnées tomba en poussière. La femme de Nicolas jeta la tête en arrière, écarta ses cheveux humides de son front et de son cou, puis respira profondément. Il faisait une chaleur étouffante dans la toile.

– Ça va ? demanda-t-elle en tendant le bras pour frotter une des grosses pattes de l'Aînée.

Celle-ci oscillait de gauche et de droite. Un seul de ses yeux était ouvert, et Pernelle eut des difficultés à la comprendre quand elle zézaya :

– Poison ?

Pernelle hocha la tête, regarda autour d'elle. Les ruines d'Alcatraz étaient recouvertes de mouches et d'araignées mortes. Elle se rendit soudain compte qu'elle en avait jusqu'aux chevilles.

– Des mouches meurtrières. Tes araignées sont mortes après les avoir piquées. On les a envoyées ici pour tuer ton armée.

– Et elles y sont parvenues, constata Areop-Enap, l'air triste. Tant de morts, tant de…

– Les mouches qui t'ont attaquée étaient elles aussi empoisonnées. Ma Vieille Araignée, tu as été mordue des millions, peut-être des milliards de fois.

L'œil ouvert d'Areop-Enap se ferma doucement.

– Madame Pernelle, il me faut guérir, et pour cela je dois dormir.

Pernelle s'approcha de l'énorme araignée et ôta les mouches mortes collées dans ses poils pourpres. Elles se transformèrent en poussière sous ses doigts.

– Dors, Vieille Araignée, murmura-t-elle. Je veillerai sur toi.

Areop-Enap alla en titubant dans un coin de la pièce. Elle balaya le sol de ses pattes, puis elle tenta de tisser une toile. Mais la soie était fine, mince et légèrement décolorée.

– Qu'as-tu fait des mouches ? demanda l'Aînée, qui s'efforçait de fabriquer davantage de fil.

– Je les ai expédiées vers le sud, à la chasse aux effluves, répondit l'Ensorceleuse.

Elle tendit la main, son aura flamboya, et la fine toile d'Areop-Enap grossit et s'épaissit enfin. La Vieille Araignée s'installa dans son nid et enroula un fil autour d'elle.

– Où ? s'enquit-elle.

Pernelle voyait à présent les innombrables blessures suintantes sur tout son corps.

– La décharge de San Francisco.

– Peu y parviendront…, marmonna Areop-Enap. Et celles-là trouveront là-bas de nombreuses distractions. Tu m'as sauvé la vie, madame Pernelle.

– Et tu as sauvé la mienne, Vieille Araignée.

Le cocon de soie était quasiment achevé. On aurait dit une roche surmontée d'un petit trou.

– Dors, ordonna Pernelle. Dors et prends des forces. Nous aurons besoin de ta puissance et de ta sagesse dans les jours à venir.

Au prix d'un effort considérable, Areop-Enap ouvrit les yeux.

– Excuse-moi de te laisser seule et sans défense.

Pernelle scella l'araignée dans son gros cocon, puis sortit à grands pas. Une légère brise nettoyait le sol devant elle.

– Je suis Pernelle Flamel, l'Ensorceleuse, dit-elle à voix haute, ignorant si Areop-Enap l'entendait encore. Et je ne suis jamais sans défense.

Un doute minuscule s'insinua néanmoins dans sa voix.

CHAPITRE NEUF

Sur la côte ouest de Treasure Island, dans la baie de San Francisco, un homme à l'allure jeune était assis sur le capot d'une Thunderbird décapotable rouge vif de 1960. Petit et mince, il portait un jean bleu au bas effrangé et aux genoux usés jusqu'à la trame. On distinguait à peine la tête de loup imprimée sur son T-shirt, et ses santiags éraflées avaient besoin de semelles et de talons neufs. Son air débraillé, ses cheveux longs et sa barbe en broussaille tranchaient avec la voiture rutilante qui semblait sortir d'une salle d'exposition. Il avait vingt-neuf dollars et des poussières dans son portefeuille, alors que sa Ford valait mille fois plus.

Près de lui, sur le capot, était posée une coupe en céramique Anasazi, ornée d'élégants motifs géométriques noirs et blancs. Elle contenait un épais mélange de miel, d'huile de lin et d'eau. Le liquide réfléchissait la silhouette de Pernelle Flamel qui arpentait à grands pas Alcatraz, la couverture noire d'araignées et de mouches mortes s'écartant devant elle telle une vague.

La légendaire Pernelle Flamel ! L'homme remua le doigt dans le sens des aiguilles d'une montre au-dessus du liquide ; ses yeux bleu vif étincelèrent, devinrent brièvement cramoisis. L'air fleura le piment de Cayenne.

Pernelle apparut alors en gros plan. Elle s'arrêta, fronça les sourcils. Les rides de son front se creusèrent. Elle jeta un coup d'œil autour d'elle, comme si elle se sentait observée. Il agita la main ; le liquide trembla et l'image finit par se dissoudre. Les bras croisés sur son torse étroit, l'homme tourna le visage vers l'ouest, où Alcatraz se tapissait dans l'obscurité. Apparemment, toutes les rumeurs qu'il avait entendues sur cette femme étaient fondées : Pernelle incarnait la plus terrible des combinaisons, à la fois belle et mortelle.

Il ne sut que faire. Devait-il l'attaquer à nouveau ou attendre ? Il leva la main vers son visage, souffla longuement. Son aura prit une couleur rouge foncé, un ton plus sombre que la Thunderbird. L'air marin se chargea d'une odeur de piment rouge. Il lui restait assez de force pour… Mais pour quoi ?

Évoquer les mouches avait été relativement facile. Un chaman indien lui avait enseigné ce tour, qui lui avait sauvé la vie plus d'une fois. Son maître ténébreux lui avait ensuite suggéré d'empoisonner les mouches et lui avait même indiqué le bassin d'eau toxique dans le comté de Solano, au nord de la ville. Leur plan consistait à détruire l'armée d'araignées d'Areop-Enap et d'assassiner l'Aînée. Et ils y étaient presque parvenus. Les arachnides étaient morts, et la Vieille Araignée était sur le point de périr. Mais au dernier moment, quelque chose avait poussé les mouches d'Alcatraz à se regrouper en un gros nuage palpitant et à partir. L'aura argentée aperçue dans le liquide huileux de la coupe divinatoire prouvait que c'était Pernelle qui en était responsable. Une grimace tordit son visage ; il se mordit la lèvre inférieure. On lui avait assuré que l'Ensorceleuse était affaiblie, incapable de se servir de ses pouvoirs. De toute évidence, l'information était fausse…

L'épais liquide bouillonna soudain, se troubla, puis il s'évapora dans un nuage. Le sortilège avait une durée de vie limitée. Le jeune homme glissa sur le capot, jeta les restes poisseux par terre et rinça soigneusement la coupe avant de l'essuyer avec une peau de chamois et de la ranger dans le coffre, à l'intérieur d'une petite valise métallique remplie de mousse. La coupe faisait partie des objets les plus précieux qu'il possédait, et bien qu'il fût extrêmement pauvre, il n'avait jamais envisagé de la vendre.

Assis sur son siège en cuir rouge, il ouvrit l'enveloppe bulle et parcourut le dossier qu'on lui avait envoyé par e-mail crypté. Un homme à l'air sévère et aux cheveux blancs le fixait depuis le cliché en noir et blanc. Il avait été photographié alors qu'il traversait une rue ; la tour Eiffel surplombait les toits en arrière-plan. La date en bas de la photo indiquait la veille de Noël, six mois plus tôt. Le jeune homme fronça les sourcils : pourquoi les

Ténébreux surveillaient-ils un des agents en qui ils avaient le plus confiance ? Ils exigeaient qu'il travaille avec cet homme, l'immortel Niccolò Machiavelli. Les instructions des Aînés ne laissaient pas de place au doute : il devrait apporter son assistance à Machiavel. Il se demanda si l'Italien ressemblait à John Dee, qu'il avait rencontré et détesté. Il le considérait comme un de ces Européens immortels et arrogants qui se croyaient mieux que tout le monde parce qu'ils étaient plus âgés que les États-Unis. Mais plus il lisait le dossier de Machiavel, plus il appréciait le personnage. Impitoyable, rusé et sournois, il était décrit comme l'homme le plus dangereux de l'Ancien Continent.

Il aiderait Machiavel, bien entendu. Avait-il le choix ? S'opposer aux Aînés équivalait à signer son arrêt de mort. Personnellement, il ne pensait pas avoir besoin de l'Italien. Après avoir jeté le dossier par terre, il mit le contact, écrasa la pédale d'accélérateur et tourna le volant. La voiture partit en tête-à-queue, projetant dans son sillage poussière et gravillons.

Billy the Kid n'avait jamais eu besoin de personne.

CHAPITRE DIX

La casse ressemblait à un labyrinthe.

Bordées d'énormes tas de métal rouillé, les allées juste assez larges pour une voiture partaient dans toutes les directions. Une barrière composée de centaines de pneus se tenait en un équilibre précaire au-dessus de ces passages étroits. Un grand espace comportait uniquement des portières de voitures ; un autre, des capots et des coffres. Des moteurs dégoulinant d'huile et de graisse formaient une tour près d'une rangée de pots d'échappement plantés dans le sol : on aurait dit une sculpture abstraite.

Palamède engagea le taxi entre les montagnes de voitures broyées. Bien réveillée, Sophie contemplait le paysage, les yeux écarquillés. À sa manière, ce cimetière de véhicules était aussi extraordinaire que le royaume des

Ombres de Hécate. Alors que tout ici paraissait chaotique, son instinct lui soufflait qu'il y avait une structure cachée. Quelque chose bougea à sa droite ; quand elle se tourna, elle crut apercevoir une silhouette agile, qui disparut aussitôt, remplacée par une autre. Ils étaient suivis par des créatures qui se déplaçaient debout, comme des hommes.

– Sommes-nous dans un royaume des Ombres ? demanda-t-elle.

Flamel, assis à côté d'elle, se réveilla.

– Il n'existe pas de tels royaumes au cœur de Londres, marmonna-t-il.

Sophie hocha la tête : ça, elle le savait déjà.

Palamède prit un virage à gauche serré et déboucha dans une allée encore plus étroite. Les murs irréguliers menaçaient à tout instant de rayer les portières.

– Nous ne sommes plus en centre-ville, Alchimiste, déclara-t-il de sa voix de basse. Nous sommes dans une banlieue qui a mauvaise réputation. Et tu te trompes : je connais deux Aînés qui possèdent un petit royaume des Ombres situé dans la City de Londres, et je sais où se trouve l'entrée d'au moins trois autres – y compris le plus célèbre, situé dans le bassin derrière la porte des Traîtres.

Josh tendit le cou pour mieux voir les hauts murs de métal.

– On dirait…

Il se tut. Quelque part au fond de son esprit, l'agencement biscornu prenait un sens ; et il comprit soudain ce qu'il contemplait.

– Un château fort ! chuchota-t-il. Un château fort en métal broyé.

Le rire de Palamède, sorte d'aboiement sonore, fit sursauter les jumeaux.

– Hé ! Je suis impressionné. Rares sont ceux qui sont capables d'en reconnaître un de nos jours ! Son tracé est inspiré d'un dessin du grand Sébastien Le Prestre de Vauban en personne.

– On dirait le nom d'un vin, murmura Josh, encore frappé par sa découverte.

– Je l'ai rencontré autrefois, intervint Flamel, l'air absent. C'était un célèbre ingénieur militaire français.

Il pivota pour regarder par la vitre arrière.

– Je ne vois que des tas de ferraille, moi.

Sophie n'en revenait pas : comment son frère avait-il su que cet endroit était en vérité une forteresse ? Elle regarda mieux les murs rouillés : effectivement, la structure faisait penser à celle d'un château fort, avec ses remparts, ses tours, ses meurtrières, par lesquelles les assiégés tiraient sur les assaillants. Une silhouette remua furtivement dans un de ces espaces.

– Au fil des années, nous avons empilé les voitures à la manière des murs d'un château, poursuivit Palamède. Au Moyen Âge, les architectes s'y connaissaient en défense ! Le marquis de Vauban avait rassemblé leurs savoirs afin de créer les forteresses les plus puissantes au monde. Ensuite, nous avons pris le meilleur de tous les styles. Vous verrez des mottes et des murs d'enceinte, des cours extérieures et une cour intérieure, une barbacane, des tours et un donjon. La seule entrée donne sur cette allée étroite, ce qui facilite la tâche à ceux qui sont dedans.

Il indiqua de sa grosse main les voitures aplaties :

– Derrière les murs, entre eux et à l'intérieur du château, toutes sortes de pièges astucieux ont été installés.

La voiture vibra : ils roulaient sur du métal. Les jumeaux découvrirent qu'ils avançaient sur un pont fait de tuyaux métalliques suspendu au-dessus d'un liquide noir bouillonnant.

– Les douves, fit Josh.

– Une version moderne, précisa le Chevalier sarrasin. Celles-ci sont remplies de mazout, et non d'eau. Elles sont plus profondes qu'elles n'en ont l'air, et tapissées de pieux. Si quelqu'un ou quelque chose tombe au fond… eh bien, disons qu'il ne remontera pas. Par ailleurs, nous pouvons y mettre le feu avec une simple allumette.

– Nous ? demanda Josh, qui dévisagea sa sœur. Vous n'êtes pas seul ici ?

Palamède sourit de toutes ses dents :

– Non, je ne suis pas seul.

Il passa le pont et parvint à un mur de voitures broyées, recouvertes d'une épaisse couche de rouille couleur de sang. Palamède ralentit, mais ne s'arrêta pas. Il appuya sur un bouton du tableau de bord, le portail trembla et glissa silencieusement sur le côté, laissant à peine la place pour que la voiture se faufile à l'intérieur. Aussitôt, il reprit sa position initiale.

Les jumeaux découvrirent une grande étendue de

boue retournée, parsemée de nids-de-poule remplis d'eau. Au centre de cette mer vaseuse se dressait une longue hutte rectangulaire en métal, perchée sur des parpaings, sale et délabrée, aux fenêtres grillagées. La rouille qui tachetait les parois en métal leur donnait un air malsain. Des rouleaux de fil barbelé couraient au bord du toit. Deux drapeaux effilochés – l'Union Jack du Royaume-Uni et un dragon rouge sur fond vert et blanc – pendaient tristement en haut de poteaux bancals.

Sophie se mordit l'intérieur de la joue pour ne pas grimacer.

– Je m'attendais à quelque chose de plus joli…

– Oui, acquiesça Josh. Il y a de quoi être déprimé.

Il remarqua une meute de grands chiens sauvages tapis dans l'ombre sous la cabane. Ils étaient de la même couleur et de la même race que le gros chien gris-brun qu'il avait vu plus tôt, mais ceux-ci étaient plus petits, plus ternes et avaient la fourrure emmêlée. Le garçon aperçut une étincelle écarlate et fronça les sourcils : ces chiens auraient-ils les yeux rouges ?

Nicolas se redressa, bâilla et s'étira tout en examinant les alentours. Il murmura :

– Pourquoi tant de moyens de sécurité, Palamède ? De quoi as-tu peur ?

– Si tu savais… ! lâcha le Chevalier.

– Raconte.

L'Alchimiste se frotta le visage et se pencha en avant, les coudes sur les genoux.

– Ne sommes-nous pas du même côté ? ajouta-t-il.

– Faux, répliqua Palamède. Nous avons peut-être les

mêmes ennemis, mais nous ne sommes pas du même côté. Nos buts sont très différents.

– Comment ça ? Tu combats les Ténébreux, toi aussi !

– Uniquement si je suis obligé. Tu cherches à empêcher le retour des Ténébreux dans ce monde, tandis que moi et mes frères d'armes, nous nous rendons dans les royaumes des Ombres et nous ramenons les hommes qui ont été piégés là-bas.

– Vos frères d'armes ? intervint Josh, les idées embrouillées.

Flamel prit une profonde inspiration avant de dire :

– Palamède doit se référer aux Chevaliers Verts.

– Exactement, fit celui-ci.

– J'ai entendu des rumeurs..., marmonna l'Alchimiste.

– Les rumeurs disent vrai.

Palamède gara la voiture le long de la hutte au toit métallique et éteignit le moteur.

– Ne marchez pas dans les nids-de-poule, leur conseilla-t-il en ouvrant la portière. À moins que vous ne vouliez rencontrer ce qui vit dedans...

Sophie sortit la première dans le soleil de la fin d'après-midi. Elle cligna des yeux malgré ses lunettes noires. Elle avait l'impression d'avoir du sable sous les paupières, et une boule sèche lui chatouillait le fond de la gorge. Couvait-elle un rhume ?

Elle s'efforçait de ne pas penser à Palamède, cependant quelques souvenirs de la Sorcière s'étaient infiltrés parmi les siens. Homme immortel, il avait le don particulier de se déplacer dans les royaumes des Ombres sans être affecté. Parmi ceux qui s'aventuraient dans les mondes artificiels créés par les Aînés, peu en ressortaient vivants. L'histoire de l'humanité, aussi bien antique que moderne, ne comptait plus les gens disparus sans laisser de trace. Les rares qui avaient réussi à revenir ou avaient été ramenés découvraient que des centaines d'années avaient passé depuis leur départ, alors qu'une poignée de nuits à peine s'étaient écoulées dans le royaume des Ombres. Ces personnes-là sombraient dans la folie ou soutenaient que la Terre n'était qu'un rêve. Elles consacraient leur vie à essayer de rejoindre le royaume des Ombres, qu'elles considéraient comme le vrai monde.

Josh lui secoua le coude pour la distraire :

– Tu es en train de réfléchir !

– Je réfléchis tout le temps, répondit-elle en souriant.

– Non, tu pensais à des trucs interdits, les trucs de la Sorcière.

– Comment tu le sais ?

Le visage de Josh s'assombrit :

– Pendant un très court instant, tes pupilles ont pris une couleur argent. Ça fiche la trouille.

Sophie frémit et regarda les murs de voitures qui entouraient la cabane tachetée de rouille.

– C'est sinistre, ici ! Moi qui croyais que les Aînés et les immortels vivaient dans des palais…

Josh fit un tour complet sur lui-même et lança, réjoui :

– Moi, je la trouve cool, cette forteresse métallique.

On s'y sent drôlement en sécurité ! Personne ne peut s'approcher de cet endroit sans avoir affaire aux gardes.

– J'ai entraperçu des formes qui bougeaient quand nous avons traversé le labyrinthe, lui apprit Sophie.

– Palamède a dit que les maisons dans les rues alentour étaient inhabitées. Il les possède toutes. Elles seraient occupées par des larves et des lémuriens.

– Les gardiens.

– J'ai vu un chien énorme…

Il désigna d'un signe de tête la meute immobile sous la hutte :

– Il ressemblait à ceux-là, en plus gros et plus propre. On aurait cru qu'il patrouillait les rues. Et tu as vu le dispositif de défense ! s'enflamma-t-il. Il n'y a qu'une entrée bien gardée qui dirige tout ce qui arrive dans cette allée étroite. Peu importe la taille de ton armée, seuls deux ou trois soldats peuvent attaquer en même temps. Sans compter les remparts, qui les rendent très vulnérables.

Sophie, qui n'avait jamais entendu son frère tenir un tel discours, lui serra le bras.

– Josh, fit-elle, le regard inquiet. Arrête ! Depuis quand tu t'intéresses aux châteaux forts ?

Tandis qu'elle posait cette question, le fantôme d'une idée dérangeante vint hanter son esprit.

– Je l'ignore, avoua son frère. Je… comment dire ? je le sais, c'est tout. Tu te souviens, à Paris, quand je t'ai dit que Machiavel et Dee devaient se trouver en surplomb pour contrôler les gargouilles ? Et à la gare, quand ces trois créatures s'apprêtaient à nous attaquer ?

– Les Genii Cucullati, marmonna Sophie en regardant Nicolas qui descendait avec peine du taxi.

Quand elle le vit prendre le sac à dos de Josh, elle remarqua que ses articulations étaient un peu enflées, comme celles de leur tante Agnès qui vivait sur Pacific Heights à San Francisco et souffrait d'arthrite. L'Alchimiste vieillissait à toute allure !

– Oui, eux. Leur langage corporel m'a indiqué qu'ils se préparaient à attaquer. Je savais que celui du milieu chargerait le premier, pendant que les deux autres nous assailliraient de flanc et, si je neutralisais celui-là, cela distrairait ses comparses et nous permettrait de leur échapper.

Josh s'interrompit soudain.

– Comment j'ai pu le deviner ? lâcha-t-il.

– Mars, chuchota Sophie. Ces connaissances doivent venir du dieu de la Guerre.

L'adolescente fut prise de tremblements : son frère et elle changeaient ! Elle secoua la tête. Non, ils avaient déjà changé.

– Mars… Je… je me souviens, murmura Josh. Quand il m'a éveillé, il m'a dit quelque chose. Il a parlé d'un don qui me serait utile dans les jours à venir. Puis il a posé la main sur ma tête, et une chaleur incroyable s'est diffusée en moi. Sophie, qu'est-ce qu'il m'a offert ? Je n'ai pas de souvenirs bizarres, comme ceux que la Sorcière t'a transmis à toi.

– À ta place, je m'en réjouirais ! La Sorcière connaissait Mars et le méprisait. Je suppose que les souvenirs du dieu sont tous immondes. Je crois qu'il t'a offert ses connaissances militaires.

– Il a fait de moi un guerrier ?

Même si cette idée donnait la chair de poule, Josh fut incapable de dissimuler une note de plaisir dans sa voix.

– Mieux ! déclara Sophie d'une voix douce, les yeux argentés. Il a fait de toi un stratège.

– C'est une bonne nouvelle ? fit Josh, un peu déçu.

– Oui. Les batailles sont gagnées par les hommes ; les guerres par les stratèges.

Josh la regarda, surpris :

– Qui a dit cela ?

– Mars en personne, répondit Sophie, qui secoua la tête pour chasser le soudain afflux de souvenirs. Tu ne vois pas ? Mars était le plus grand des stratèges, il n'a jamais perdu une bataille. C'est un don fascinant.

Josh posa la question à laquelle pensait Sophie :

– Mais pourquoi moi ?

Elle n'eut pas le temps de répondre. La porte de la cabane s'ouvrit, et une silhouette vêtue d'une salopette sale de mécanicien dévala les marches. Petit et frêle, les épaules tombantes, le visage long et ovale, l'homme, apparemment myope, fixa le taxi. Il portait une fine moustache et bien que le sommet de son crâne fût chauve, de longues mèches graisseuses lui descendaient sur les épaules.

– Palamède ! s'exclama-t-il, irrité. Qu'est-ce que cela signifie ?

Il s'adressait au Chevalier dans un anglais sec et précis,

prononçant chaque mot avec soin. Quand il vit les jumeaux, il s'arrêta net. Il sortit de sa poche ventrale une paire de lunettes trop grandes à monture noire et les mit sur son nez.

– Qui sont ces gens ?

Puis il se tourna et aperçut Nicolas Flamel, au même instant que celui-ci le vit.

– Flamel ! hurla le petit homme, qui fit volte-face et courut se réfugier dans la cabane.

Dans sa précipitation, il trébucha dans les marches et dégringola l'escalier.

Nicolas grommela quelque chose en vieux français, ouvrit le sac à dos de Josh et arracha Clarent de son tube en carton. Tenant l'épée à deux mains, il l'agita au-dessus de sa tête. La lame gémit et bourdonna dans les airs.

– Fuyez ! cria-t-il aux jumeaux. Sauvez votre peau ! C'est un piège !

CHAPITRE ONZE

Avant que Sophie ou Josh n'aient pu réagir, Palamède se faufila derrière l'Alchimiste et posa ses deux grosses mains sur ses épaules. Leurs auras flamboyèrent en crépitant. Le halo vert vif de Nicolas se mêla à celui, vert olive, du Chevalier, et soudain l'air chargé d'une odeur âcre de métal et de caoutchouc fut envahi par le parfum de menthe et la chaleur épicée des clous de girofle. Flamel s'efforça d'abattre Clarent, mais Palamède resserra son étreinte et le poussa en avant, si bien qu'il tomba à genoux. Les doigts du Sarrasin s'enfoncèrent dans sa peau, lui pincèrent les nerfs pour qu'il lâche l'épée.

Sophie ouvrit sa main droite afin d'évoquer la magie du Feu, mais Josh lui saisit le bras et le baissa.

– Non ! souffla-t-il en montrant la meute de chiens, qui surgissait de sous la cabane et les encerclait.

Les animaux se déplaçaient dans un silence absolu ; leurs babines retroussées dévoilaient des crocs jaunes redoutables et une langue fourchue comme celle d'un serpent.

– Ne bouge pas, chuchota Josh.

Les regardant de près, il eut la confirmation qu'ils avaient les yeux complètement rouges, sans trace de blanc, sans pupille. Leurs dents cliquetèrent. Il sentit leurs gueules humides effleurer ses doigts. Les animaux exhalaient l'odeur rance et moisie de feuilles en décomposition. Bien que minces, ils étaient incroyablement musclés. L'un d'eux bouscula Josh, qui se cogna contre Sophie. L'aura des jumeaux crépita, ce qui fit reculer le chien au poil hérissé.

– Ça suffit ! gronda Palamède, dont la voix de stentor résonna dans toute la casse. Ce n'est pas un piège.

Le Chevalier releva Nicolas et le poussa en avant, le tenant par les épaules.

– Je ne suis peut-être pas ton allié, Alchimiste, grogna-t-il, mais je ne suis pas ton ennemi. Aujourd'hui, il ne me reste plus que mon honneur, et j'ai promis à mon ami Saint-Germain que je prendrais soin de vous. Je ne trahirai pas sa confiance.

Flamel essaya de se libérer ; en vain. Son aura jeta des étincelles, pétilla, puis s'éteignit. Il s'affaissa, épuisé.

– Tu me crois ? demanda Palamède.

– Dans ce cas, que fait-il ici, lui ?

Avec un air de dégoût absolu, l'Alchimiste dévisagea le petit homme recroquevillé derrière la porte de la cabane entrebâillée.

– Il est chez lui, expliqua Palamède.

– Chez lui ?

– Mon ami, beaucoup de choses ont changé.

Desserrant son étreinte, il fit pivoter Nicolas et lança un mot dans une langue incompréhensible. Aussitôt, la meute encerclant les jumeaux regagna son abri sous la cabane.

Josh jeta un coup d'œil sur son épée gisant par terre ; il se demandait s'il serait assez rapide pour s'en emparer. Quand il leva la tête, il croisa les yeux bruns du Chevalier. Avec un sourire étincelant, celui-ci ramassa Clarent dans la boue.

– Cela faisait longtemps que je ne l'avais pas vue, déclara-t-il.

Dès qu'il toucha l'épée, son aura s'anima et pendant un instant il apparut enveloppé d'une longue cotte de mailles noire, complétée par un camail souple qui lui couvrait les bras jusqu'au bout des doigts et descendait sur les cuisses. Chaque anneau de sa cotte reflétait la lumière. Puis son aura disparut ; la lame de Clarent fut parcourue d'un chatoiement rouge sombre, et un son semblable au vent giflant les herbes hautes se fit entendre.

– Non ! cria Palamède.

Secoué par des frissons, des perles de sueur sur sa peau noire, il lâcha l'épée, qui se planta dans le sol boueux en vacillant. Autour de sa pointe, la terre commença à durcir, sécha, puis se fendilla. Le Chevalier s'empressa de se frotter les mains avant de les essuyer sur son pantalon.

– Je croyais que c'était Excal...

Il se tourna vers Flamel :

– Que fais-tu avec ce... cette chose ? Tu sais ce dont...

– Oui. Je l'ai gardée à l'abri pendant des siècles.

– Tu l'as gardée ?

Palamède serra les poings. Les veines de ses avant-bras et de son cou enflèrent.

– Tu connaissais son histoire ! Pourquoi ne l'as-tu pas détruite ?

– Elle est plus vieille que l'humanité. Plus vieille que les Aînés ou Danu Talis. Comment pouvais-je la détruire ?

– Elle est répugnante ! Tu sais qui elle a tué ?

– C'était un outil, rien de plus. Utilisé par des personnes malintentionnées.

Le Sarrasin secoua la tête.

– Elle nous a permis de nous enfuir, continua l'Alchimiste. Souviens-toi que, sans elle, Nidhogg serait toujours en vie et sèmerait la terreur dans Paris.

Josh fit un pas en avant, retira l'épée du sol et nettoya la pointe boueuse contre sa chaussure. Un soupçon de parfum d'orange s'éleva, amer et un peu aigre. À l'instant où l'adolescent toucha la garde, des émotions et des images déferlèrent en lui.

Palamède, le Chevalier sarrasin, à la tête d'une douzaine de cavaliers en armure et cotte de mailles. Les soldats étaient meurtris, leur armure bosselée et cassée, leurs armes ébréchées, leur bouclier cabossé. Ils se battaient contre une armée d'hommes à l'allure bestiale et primitive, tentant de rejoin-

dre une petite colline où un guerrier en cuirasse dorée repoussait désespérément des adversaires, mi-hommes mi-bêtes.

Palamède poussant un cri d'alarme tandis qu'une immense créature surgissait derrière le guerrier solitaire. Elle ressemblait à un homme mais portait sur le front les bois ramifiés d'un cerf. L'être cornu brandit une courte épée de pierre, et le guerrier vêtu d'or tomba.

Palamède penché au-dessus du cadavre, ôtant doucement Excalibur de sa main.

Palamède courant dans des marécages à la poursuite de l'espèce de cervidé. Des bêtes l'assaillaient de partout – hommes-sangliers, hommes-ours, hommes-loups, hommes-boucs ; il se frayait un chemin parmi elles à l'aide d'Excalibur. L'épée rayonnante laissait des arcs de lumière bleu glace dans l'air.

Palamède se tenant au pied d'une falaise très escarpée et observant l'homme cornu qui grimpait dessus avec une facilité déconcertante. Une fois au sommet, la créature le toisa et brandit l'épée qui avait tué le Roi. Du sang s'en écoulait, répandant une fumée pourpre. L'arme ressemblait à s'y méprendre à celle que tenait le Chevalier sarrasin.

Sonné, Josh inspira longuement tandis que les images se dissipaient. Clarent, la jumelle d'Excalibur, avait appartenu à l'homme cornu ! Le garçon regarda l'épée, et il comprit pourquoi Palamède s'en était emparé. Les deux lames étaient quasiment identiques ; seules les gardes étaient différentes. Le Chevalier sarrasin pensait avoir affaire à Excalibur ! Les yeux rivés sur l'épée grise,

Josh repensa à la scène qu'il venait de voir et au guerrier en armure dorée. Était-ce... ?

Soudain, une odeur de crasse lui agressa le nez. Il se tourna et fit face à l'homme chauve. Myope, celui-ci louchait derrière ses épaisses lunettes. Ses iris étaient d'un bleu délavé, et il puait. Josh toussa et fit un pas en arrière, l'estomac au bord des lèvres.

– Hé, mec ! Depuis combien de temps tu n'as pas pris de bain ?

– Josh ! intervint Sophie, choquée.

– Je ne crois pas aux bains, déclara l'homme d'une voix en complet désaccord avec son apparence. Ils endommagent les huiles naturelles du corps. La saleté est saine.

Il s'approcha de Sophie et l'examina de la tête aux pieds. Josh remarqua que sa sœur clignait des yeux et fronçait le nez. Elle pinça les lèvres et recula.

– Alors ? lui lança Josh. Il n'a pas besoin d'un bon décapage, peut-être ?

Il enleva la poussière de la lame de Clarent et fit un pas vers Sophie. L'inconnu semblait inoffensif, mais comme quelque chose en lui avait mis en colère – ou effrayé ? – l'Alchimiste, Josh préférait ne pas prendre de risques.

– Si..., admit Sophie, qui essayait de ne pas respirer par le nez.

L'occupant de la cabane empestait de manière indescriptible. Un mélange d'odeurs corporelles viciées, d'habits non lavés et de cheveux sales se dégageait de lui.

– Je parie que vous êtes jumeaux, fit l'individu, qui les regardait tour à tour.

Il hocha la tête en réponse à sa propre question :

– Jumeaux.

Il approcha ses doigts sales des cheveux de Sophie, qui lui frappa la main. L'aura de la jeune fille brilla, et les relents s'intensifièrent.

– Ne me touchez pas !

– Que fais-tu ici ? lança Flamel en s'interposant entre eux. Je te croyais mort.

L'autre sourit, dévoilant des dents dans un état pitoyable.

– Je suis aussi mort que vous, Alchimiste. Bien que je sois plus célèbre.

– J'ai comme l'impression que vous vous connaissez déjà, commenta Josh.

– Oui, je connais ce…

Nicolas hésita quelques instants.

– … cet individu depuis son enfance. À vrai dire, je plaçais de grands espoirs en lui autrefois.

– Quelqu'un pourrait nous donner son nom ? insista Josh.

– Je l'ai eu comme apprenti jusqu'au jour où il m'a trahi, continua Flamel, qui crachait presque ses mots. Il est devenu le bras droit de Dee.

Aussitôt, les jumeaux reculèrent, et Josh serra plus fort Clarent dans sa main.

Le chauve pencha la tête sur le côté. Sur son visage, ils lurent une espèce d'égarement, une tristesse infinie.

– Cela remonte à longtemps, Alchimiste. Je ne me suis pas associé au Magicien depuis des siècles.

Flamel fit un pas en avant.

– Qu'est-ce qui t'a fait changer d'avis ? Il ne te payait pas assez pour que tu te retournes contre ta femme, ta famille, tes amis ?

Une étincelle de douleur brilla dans les yeux bleu pâle de l'homme.

– J'ai commis des erreurs, Alchimiste, c'est vrai. J'ai passé plusieurs vies à essayer de les expier. Les gens changent… enfin, la plupart des gens, ajouta-t-il. Pas vous. Vous avez toujours été si sûr de vous et de votre rôle dans le monde ! Le grand Nicolas Flamel ne se trompe jamais… ou, si c'est le cas, il ne l'a jamais admis.

L'Alchimiste s'éloigna de lui pour parler aux jumeaux.

– Voilà, dit-il en désignant le petit bonhomme en salopette souillée, l'ancien apprenti de Dee, l'immortel William Shakespeare.

CHAPITRE DOUZE

Depuis le seuil de son impressionnant hôtel particulier, Niccolò Machiavelli regarda le Dr John Dee monter dans sa limousine noire et brillante. L'élégant chauffeur ferma la portière du passager, fit un signe de tête à Machiavel, puis s'assit au volant. Un instant plus tard, la voiture démarrait et, comme l'avait prévu l'Italien, Dee ne se retourna ni ne le salua. Les yeux gris comme la pierre de Machiavel suivirent le véhicule, qui se fondit dans la circulation du soir. La limousine s'éloignait de la place du Canada quand une petite Renault prit position trois voitures derrière elle. Machiavel sourit : elle suivrait Dee sur trois pâtés de maisons, avant d'être remplacée par une deuxième, puis une troisième. Des appareils photo fixés sur le tableau de bord transmettraient des images en direct à l'ordinateur de l'Italien.

Dee serait ainsi pisté tout au long de son séjour à Paris. L'instinct de Machiavel, aiguisé par des siècles de survie, l'avertissait que Dee préparait un mauvais coup. Le Magicien anglais lui avait paru bien trop pressé de partir. Il avait refusé de passer la nuit chez son hôte, sous prétexte qu'il devait se rendre sur-le-champ en Angleterre afin de reprendre sa traque de l'Alchimiste.

Niccolò dut fournir un gros effort pour fermer la lourde porte d'entrée à la vitre pare-balles. Des détails comme celui-ci lui rappelaient à quel point Dagon lui manquait.

Dagon avait été à son service pendant presque quatre cents ans, depuis le jour où Machiavel l'avait découvert, blessé, à l'agonie, dans la grotte bleue de l'île de Capri. Il l'avait remis sur pied, et en échange, la créature était devenue son domestique et secrétaire, son garde du corps, et enfin son ami. Ils avaient parcouru le monde entier, et s'étaient aventurés ensemble dans les royaumes des Ombres les moins dangereux. Dagon lui avait montré des merveilles. Pour le récompenser, l'Italien l'avait initié à l'art et la musique. Malgré son apparence rustre, Dagon avait une voix d'une beauté et d'une pureté extraordinaires. Ce n'est qu'à la fin du XXe siècle, quand Machiavel entendit pour la première fois le chant lancinant des baleines, qu'il reconnut les sons que son serviteur était capable de produire.

L'Italien ne s'était laissé approcher par personne pendant quasiment un demi-millénaire. Il avait une trentaine d'années quand, en 1502, il avait épousé Marietta Corsini, qui lui avait donné six enfants au cours des vingt-cinq années suivantes. Mais dès qu'il devint immortel, il fut obligé de « mourir » afin de cacher le fait qu'il ne vieillirait jamais. Le Ténébreux à l'origine de ce don ne lui avait pas dit ce jour-là qu'une telle ruse serait nécessaire. Abandonner Marietta et les enfants fut l'épreuve la plus douloureuse que vécut Niccolò, même s'il avait pris soin d'eux le restant de leur vie. Il les regarda tous vieillir, tomber malades et disparaître – le côté sombre de l'immortalité. Quand Marietta décéda, il se déguisa pour assister à ses funérailles, puis, au beau milieu de la nuit, il retourna sur sa tombe pour lui rendre un dernier hommage. Il lui jura qu'il honorerait toujours leur union et ne se remarierait jamais. Il ne rompit jamais sa promesse.

Machiavel longea à grands pas un couloir lambrissé, posa la paume contre un buste en bronze de César Borgia installé sur une petite table ronde et dit :

– *Dell'arte della guerra.*

Sa voix se répercuta dans le corridor vide. Il y eut un déclic, et un pan de mur s'ouvrit sur le bureau personnel de Niccolò. Dès qu'il y entra, la porte se referma et les lampes encastrées dans les murs s'allumèrent. Il possédait une telle pièce – secrète et privée – dans chacune des maisons qu'il avait occupées. C'était son domaine. Quand ils vivaient ensemble, Marietta n'avait pas le droit d'entrer dans ses appartements particuliers ; même Dagon n'y avait jamais pénétré au fil des siècles. Autrefois, il accédait à cet espace par des passages connus de lui seul et le protégeait avec des pièges hérissés de pieux et de lames effilées. Par la suite, il utilisa des clefs et des serrures compliquées. Désormais, au XXIe siècle, il pénétrait dans cette pièce à l'épreuve des bombes en se servant de son empreinte vocale et celle de sa paume.

Il s'agissait d'un cube totalement insonorisé, sans fenêtres. Deux murs étaient couverts de livres, qu'il collectionnait depuis toujours. Les reliures en cuir côtoyaient le bougran poussiéreux et les vélins jaunis. Les rouleaux de parchemin et les peaux cousues s'alignaient à côté de livres de poche modernes aux couleurs vives. Tous les ouvrages avaient d'une manière ou d'une autre un rapport avec les Aînés. Machinalement, il redressa une tablette akkadienne vieille de quatre mille ans et la remit sur une page imprimée d'un site web sur la mythologie. Tandis que Flamel voulait empêcher coûte que coûte les Ténébreux de revenir, et que Dee était obsédé par le retour de ses maîtres, Machiavel désirait connaître la vérité sur les énigmatiques souverains de l'ancienne Terre. Une des leçons qu'il avait apprises à la cour des Médicis était que le pouvoir découlait du savoir et, par conséquent, il était déterminé à percer les secrets des Aînés.

Le mur faisant face à la porte était tapissé d'écrans d'ordinateur. Machiavel appuya sur un bouton, et tous affichèrent une image différente. Il y avait des vues de Paris, des images d'une dizaine de capitales ; quatre chaînes de télévision retransmettaient en direct les informations nationales et internationales de divers pays.

Le plus grand écran diffusait une image mobile grise et piquetée. Machiavel s'assit dans le fauteuil en cuir à haut dossier et le fixa sans rien reconnaître pour l'instant.

Il s'agissait des images prises par la voiture filant Dee, transmises en temps réel.

Machiavel ignora la limousine noire, qu'on entrevoyait au centre de la photo, et se concentra sur les rues. Où Dee se rendait-il ?

Le Magicien lui avait affirmé qu'il prenait la direction de l'aéroport, où l'on ravitaillait son jet privé : soi-disant, il comptait filer sans tarder vers l'Angleterre pour mettre la main sur l'Alchimiste.

Machiavel esquissa un sourire en coin : de toute évidence, Dee retournait en ville. Son instinct ne l'avait pas trompé : le Magicien mijotait bien quelque chose.

Gardant un œil sur l'écran, il ouvrit son ordinateur portable, l'alluma et passa l'index sur le lecteur d'empreintes digitales intégré. Le programme finit de se charger. S'il avait utilisé un autre doigt pour se connecter, un virus aurait envahi le disque dur.

Il lut en vitesse les e-mails codés envoyés par ses agents et espions basés à Londres. Un autre sourire ironique étira ses lèvres : les nouvelles n'étaient pas bonnes. Malgré tous les efforts de Dee, Flamel et les jumeaux étaient introuvables. De plus, le trio de Genii Cucullati engagé par Dee avait été découvert dans une ruelle près de la gare. Ils étaient plongés dans un coma profond. L'Italien aurait parié qu'il s'écoulerait 366 jours avant qu'ils ne se réveillent… À l'évidence, l'Anglais avait une nouvelle fois sous-estimé l'Alchimiste.

Machiavel s'adossa à son fauteuil et joignit les mains, comme en prière, le bout des doigts effleurant ses lèvres. Il avait toujours su que l'image donnée par Flamel – celle d'un vieux fou vaguement excentrique, un peu distrait et gaffeur – n'était qu'un rideau de fumée. Nicolas et Pernelle avaient survécu à toutes les embuscades tendues par les Ténébreux et Dee au fil des siècles grâce à une combinaison de ruse, d'habileté, de connaissances ésotériques et une bonne dose de chance. Machiavel considérait Flamel comme un homme intelligent, dangereux, et surtout sans pitié.

Il avait beau être rusé, Nicolas admettait que son épouse était bien plus douée que lui. En y songeant, Machiavel perdit le sourire : il avait reçu l'ordre de tuer cette femme, décrite par son propre maître ténébreux comme infiniment plus dangereuse que l'Alchimiste. Il soupira, assassiner quelqu'un d'aussi puissant que l'Ensorceleuse ne serait pas une tâche aisée. Cependant il ne doutait pas le moins du monde de sa réussite. Il avait échoué autrefois parce qu'il avait commis la même erreur stupide que Dee : il avait sous-estimé son ennemi.

Cette fois-ci, il mettrait toutes les chances de son côté. Cette fois-ci, il la tuerait.

Mais, pour cela, il devait se rendre en Amérique. Il pianota sur son clavier et chercha une agence de voyages en ligne. Contrairement à Dee, qui préférait se déplacer en jet privé, l'Italien avait décidé d'emprunter un vol commercial vers les États-Unis. Il aurait pu réquisitionner un jet du gouvernement français, mais cela ne manquerait pas d'attirer l'attention. Or Machiavel préférait rester dans les coulisses pour travailler.

Il lui fallait un vol direct pour San Francisco : il en trouva un au départ de Paris à 10 h 15 le lendemain matin. La traversée durait onze heures environ ; grâce au décalage horaire, il arriverait sur la côte Ouest à 12 h 30 heure locale.

Comme le vol Air France ne comportait pas de première classe, il réserva une place dans l'espace affaires – un choix approprié, vu qu'il partait en voyage… d'affaires. En quelques clics, Machiavel choisit le siège 4A, à l'arrière de la cabine. Quand l'avion atterrirait et que la porte s'ouvrirait, il serait le premier à descendre. Lorsque l'e-mail de confirmation apparut dans sa boîte, il fit suivre une copie des détails de son vol à l'agent principal des Ténébreux sur la côte ouest des États-Unis – l'immortel Henry McCarty.

Machiavel avait effectué de méticuleuses recherches sur McCarty. Pendant sa courte vie, il avait été plus connu sous le nom de William H. Bonney, ou Billy the Kid. Né en 1859, rendu immortel à vingt-deux ans – ou mort, selon les livres d'histoire. Voilà un fait surprenant, car il était très inhabituel pour un homme d'acquérir l'immortalité à un si jeune âge. La plupart des immortels que Niccolò avait rencontrés dans son existence étaient bien plus âgés. Malgré des années d'enquête, il ignorait toujours pourquoi les Aînés accordaient ce don à certaines personnes plutôt qu'à d'autres. Il devait y avoir un schéma, une raison qui lui échappait. Il avait croisé des rois et des princes, aussi bien que des vagabonds ou des voleurs, qui n'avaient rien en commun à part la vie éternelle et une obéissance absolue à un Aîné. Une petite poignée étaient devenus immortels avant quarante ans. L'être à vingt-deux ans supposait des qualités spéciales.

Un mouvement attira son attention. Machiavel scruta l'écran qui concernait Dee.

Les voitures s'étaient arrêtées, et Dee sortit en toute hâte de la limousine. Le chauffeur n'eut même pas le temps de se précipiter pour lui ouvrir la portière. Le Magicien s'éloigna, stoppa, puis se retourna pour examiner la voiture qui le suivait. À cet instant, il regarda droit la caméra, et Niccolò comprit qu'il était au courant pour la filature. Dee sourit et sortit du champ. Aussitôt, l'Italien composa le numéro abrégé de la Renault.

– Quelle est la situation ? aboya-t-il.

Il était inutile qu'il s'identifie.

– Nous sommes arrêtés, monsieur, répondit le chauffeur. Le sujet vient de quitter le véhicule.

– Où ?

– Sur le pont au Double. Il se rend à Notre-Dame.

– Notre-Dame…, murmura Machiavel.

La veille, il se tenait sur le toit de la grande cathédrale en compagnie de Dee ; ensemble ils avaient réveillé les gargouilles et les chimères qui étaient descendues de leur perchoir pour attaquer Flamel, les jumeaux, Saint-Germain et une mystérieuse femme réfugiés sur le parvis de Notre-Dame. Les statues animées auraient réglé leur sort aux humani si un grain de sable n'avait pas fait échouer leur plan.

Flamel et ses compagnons avaient riposté. Machiavel se frotta la cuisse, à l'endroit où s'était plantée une flèche en argent chargée d'énergie aurique pure. Une ecchymose noire en forme d'étoile lui couvrait la jambe du genou à la hanche. Il la conserverait pendant plusieurs semaines. Le groupe avait été sauvé par les deux enfants, qui avaient pulvérisé les gargouilles et les chimères de Notre-Dame.

Muet d'étonnement, l'Italien avait eu la confirmation que Josh et Sophie étaient sans conteste les jumeaux de la légende. Les deux adolescents leur avaient offert une fascinante démonstration de leurs pouvoirs. La fille, qui n'avait appris que les bases de deux magies élémentaires – le Vent et le Feu –, possédait à l'évidence un extraordinaire talent naturel. Au moment où les jumeaux avaient combiné leurs auras pour augmenter et intensifier les pouvoirs de la fille, Niccolò avait compris qu'ils étaient vraiment exceptionnels.

Le département des relations publiques de Machiavel avait déclaré que la destruction des statues de la cathédrale était due aux pluies acides et au réchauffement climatique. En ce moment même, des équipes d'archéologues secondés par des étudiants parisiens nettoyaient le parvis, qui avait été sécurisé par des rubans et des barrières en métal.

L'Italien eut beau fixer l'écran, il ne lui révéla rien. Pourquoi Dee était-il retourné là-bas ?

La voix grésillante du chauffeur retentit dans le bureau :

– Devons-nous le suivre ?

– Oui ! Ne le perdez pas de vue, mais ne vous approchez pas et ne tentez pas de l'intercepter. Restez en ligne.

– Bien, monsieur.

Les yeux rivés sur l'image statique de la voiture à l'écran, Machiavel trépignait d'impatience. Sans perdre une seconde, le chauffeur donna l'ordre aux hommes assis dans les deux autres véhicules de se poster près des sorties secondaires de la cathédrale. Les portes principales, qui donnaient sur la place, étaient fermées. L'immortel vit le chauffeur passer devant l'appareil photo de son tableau de bord et disparaître à gauche, son portable collé à l'oreille.

– Il se dirige vers la cathédrale, annonça l'homme, essoufflé. Il entre.

L'ambiance sonore changea quand l'espion courut à l'intérieur – bruit de pas, claquement de portes. Puis Machiavel entendit des voix énervées. Celle du chauffeur se fit plus forte, plus exigeante, plus insistante ; cependant il ne distingua aucun mot. Quelques instants plus tard, l'homme reprit la ligne :

– Monsieur, il y a ici des architectes et des urbanistes venus estimer les dégâts. Ils ne laissent passer âme qui vive ; mais le vrai problème, c'est qu'ils n'ont vu entrer personne depuis une heure…

La peur transparaissait dans sa voix. En effet, le caractère impitoyable de Machiavel était légendaire, et nul n'aimait lui rapporter un échec.

– Je sais que c'est impossible, mais je crois que… que nous… l'avons perdu. Je… j'ignore comment il a fait, mais on dirait… qu'il n'est pas dans la cathédrale. Je propose de boucler les lieux et d'appeler des renforts…

– Négatif. Filature terminée. Retour à la base, ordonna Machiavel avant de raccrocher.

Lundi 4 Juin

Il savait où se trouvait Dee : il n'était pas dans Notre-Dame, mais en dessous ! Il avait rejoint les catacombes courant sous la ville, car dans l'ancienne Cité des Morts un être l'intéressait : Mars Ultor.

Et, la veille, Dee avait enseveli l'Aîné sous des ossements.

CHAPITRE TREIZE

Une répugnante odeur de friture envahit la casse, chassant celles de métal, de mazout et de chien sale.

Flamel se tenait sur les marches de la cabane. Malgré cela, il devait lever les yeux pour regarder le Chevalier sarrasin. Le dénommé William Shakespeare était entré et avait claqué la porte derrière lui avec assez de force pour faire trembler la bâtisse. Quelques instants plus tard, une fumée noire s'échappa par la cheminée.

– Il cuisine quand il est contrarié, expliqua Palamède.

Josh se pinça le nez et s'efforça de respirer par la bouche. Déjà écœuré à cause de ses sens éveillés, il mourait d'envie de fuir cette odeur de graisse brûlée qui lui donnait envie de vomir. Comme Sophie le dévisageait avec inquiétude, il lui fit un signe de tête. La seconde suivante, elle toussa et les larmes lui montèrent aux yeux tandis que le nuage malodorant les enveloppait. Les jumeaux se dépêchèrent de s'éloigner de la cahute délabrée en prenant soin d'éviter les nids-de-poule piégés dans le sol boueux. Josh se frotta les lèvres : il avait le goût d'huile de friture et de graisse dans la bouche.

– Quoi qu'il prépare, je n'en mangerai pas, déclara-t-il. Tu avais raison, Sophie, il y a de sacrés inconvénients à avoir les sens éveillés…

– Si peu ! plaisanta-t-elle. Je croyais m'y être habituée.

– Pas moi ! soupira Josh. Enfin, pas encore.

Mars l'avait initié la veille seulement – bien que cela lui semblât une éternité – et il supportait mal cette agression permanente. Tout était plus éblouissant, plus fort, plus odorant qu'auparavant. Ses vêtements lui paraissaient rêches et lourds sur la peau ; même l'air avait un goût amer.

– Jeanne m'a promis que dans quelque temps nous serons capables d'oublier la plupart des sensations et de nous concentrer sur l'essentiel, dit Sophie. Tu te souviens à quel point j'étais malade quand Hécate m'a éveillée ?

Oh oui, il s'en souvenait ! Il avait dû la porter dans ses bras.

– Tu as l'air moins affecté que moi, continua-t-elle. Même si je te trouve pâle.

– J'ai mal au cœur, gémit Josh.

Il désigna la cabane, dont la cheminée tordue crachait des panaches de fumée grise, transportant des effluves de graisse chaude et d'huile rance.

– Et ça ne m'aide pas. Tu crois que sa cuisine sentirait aussi mauvais si nos sens n'étaient pas éveillés ?

– Ça m'étonnerait. La voilà, l'explication ! plaisanta-t-elle. Les sens des hommes se sont émoussés à cause de types comme lui !

De loin, Flamel agita le bras :

– Restez dans le coin. Je reviens.

Suivi de Palamède, il grimpa les dernières marches et ouvrit la porte en grand. Les deux immortels disparurent dans l'intérieur lugubre et claquèrent la porte derrière eux.

Sophie jeta un coup d'œil à son frère.

– On dirait que nous ne sommes pas invités, commenta-t-elle d'une voix neutre.

Josh perçut néanmoins sa colère : elle suçait sa lèvre inférieure, signe qu'elle était contrariée.

– Exact.

Il se couvrit le nez et la bouche avec son T-shirt.

– Qu'est-ce qui se passe là-dedans ? Et si on s'avançait ? On entendrait peut-être leur conversation.

– Sans doute. Mais tu veux vraiment t'approcher de cette puanteur ?

Josh plissa les yeux :

– Je me demandais…

– Oui ?

– Une odeur pareille dissimule forcément quelque chose. Ils savent que nous ne la supporterons pas et que nous resterons à l'écart.

– Pourquoi se donneraient-ils tout ce mal ? Pour… parler de nous ?

Une lueur argentée passa dans les yeux de Sophie :

– Ce n'est pas ton idée ?

– Pourquoi tu dis que ce n'est pas mon idée ? protesta Josh. J'y ai pensé.

Il s'interrompit, puis lâcha :

– J'y ai pensé ?

– Hum… C'est trop malin. Digne de Mars, dirais-je. D'après mes souvenirs – enfin, ceux de la Sorcière –, à une période il s'imaginait que tout le monde lui en voulait.

– Se trompait-il ? voulut savoir Josh.

Même si l'Aîné le terrifiait, il ne pouvait s'empêcher d'avoir pitié de lui. Quand Mars Ultor l'avait touché, Josh avait ressenti une infime partie de son interminable douleur. C'était insupportable.

– Non, répondit Sophie, les yeux argent, la voix à peine audible. Non, il ne se trompait pas. À l'époque où il est devenu Mars Ultor, le Vengeur, il faisait partie des hommes les plus haïs et les plus craints de la planète.

– Tu ne devrais pas fouiller dans les souvenirs de la Sorcière, Sophie.

– Je sais, mais je ne peux pas m'en empêcher. Ils s'insinuent sans cesse dans mon esprit.

Prise de frissons, elle croisa les bras.

– Ils me terrifient ! J'ai tellement peur qu'ils ne finissent par prendre le dessus !

– Pense à autre chose, insista Josh, que l'idée de perdre sa jumelle pétrifiait. Un truc que la Sorcière ne pouvait pas savoir.

– Impossible ! C'est un puits de connaissances, gémit Sophie.

Elle pivota, tenta de se concentrer sur leur environnement, d'ignorer les pensées étranges et inconnues envahissant les méandres de son cerveau. Elle devait se montrer forte, pour elle, pour son frère ! Peine perdue : elle ne parvenait pas à se débarrasser des souvenirs de la Sorcière.

– Les gens, les choses, tout me rappelle que notre vie a basculé. Comment pourrais-je penser à une banalité, avec ce qui nous arrive ? Regarde-nous ! Tu as vu où nous sommes ? Les aventures que nous avons vécues ? Tout a changé… de manière radicale.

Josh hocha la tête. Il remua le cylindre sur son épaule ; la lourde épée cliqueta à l'intérieur. Dès l'instant où, depuis la réserve de la librairie, il avait surpris Dee et Flamel en train de se battre à coups d'énergie verte et jaune, il avait su que le monde ne serait plus jamais pareil. Cela remontait à quoi ? quatre jours ; pourtant en si peu de temps leur univers avait éclaté telle une bulle de savon. Tout ce qu'ils avaient cru n'était que mensonge. Ils avaient rencontré des héros de mythes, combattu des êtres de légende, parcouru la moitié de la planète en un clin d'œil pour affronter un monstre primitif ou des sculptures en pierre.

– Tu sais quoi ? dit soudain Sophie. On aurait dû prendre notre jeudi.

Josh ne put se retenir de sourire :

– Trop tard !

Il avait essayé de convaincre Sophie de poser un jour

de congé afin de visiter l'Exploratorium, le musée des Sciences situé près du Golden Gate. Depuis qu'il en avait entendu parler, il rêvait de voir le célèbre *Sun Painting* de Bob Miller, une œuvre associant lumière du soleil, miroirs et prismes. Son sourire s'estompa.

– Rien de tout cela ne serait arrivé…

Sophie regarda les hauts murs de voitures rouillées, le paysage boueux et grêlé, les chiens aux yeux rouges. Puis elle se tourna vers son jumeau :

– Exact. Josh, j'aimerais revenir en arrière, à notre vie ordinaire. Mais pas toi, ajouta-t-elle en soutenant son regard.

Josh ne tenta même pas de nier. Sa sœur saurait qu'il mentait, comme chaque fois. Et elle avait raison : même s'il était épuisé et à peine capable de gérer ses sens éveillés, il n'aurait pas voulu faire marche arrière et retrouver le train-train quotidien. Il avait été quelqu'un d'ordinaire toute sa vie ; quand les gens le remarquaient, ils ne voyaient que la moitié d'une paire de jumeaux. C'était toujours « Josh et Sophie ». Ils partaient en camp de vacances ensemble, allaient voir des concerts et des films ensemble, n'avaient jamais passé de vacances chacun de son côté. Les cartes d'anniversaire et les cartons d'invitation leur étaient adressés à tous les deux. En règle générale, cela ne le dérangeait pas, mais ces derniers mois cette situation commençait à l'agacer. Quel effet cela faisait-il d'être traité en individu ? Et s'il n'y avait pas de Sophie ? S'il était juste Josh Newman, et non l'un des jumeaux Newman ?

Il adorait sa sœur ; cependant il avait enfin la chance d'être différent et unique, et il entendait en profiter.

Oui, il avait ressenti de la jalousie quand les sens de Sophie avaient été éveillés, et pas les siens. Il avait eu peur d'elle lorsqu'elle avait livré bataille à l'aide de pouvoirs surnaturels. Il avait craint pour la vie de sa sœur quand il avait vu la douleur et la confusion provoquées par son Éveil. Maintenant que ses propres sens étaient éveillés, que le monde était devenu pointu et intéressant, il avait un aperçu de son potentiel et entrevoyait un avenir passionnant. Il avait eu accès aux pensées de Nidhogg et aux impressions de Clarent ; il avait brièvement visité des mondes situés au-delà de son imagination. Il savait sans l'ombre d'un doute qu'il voulait franchir l'étape suivante et apprendre les magies élémentaires. Il n'était simplement pas sûr de vouloir le faire avec l'Alchimiste. Quelque chose sonnait faux chez Nicolas Flamel. La révélation de l'existence d'autres jumeaux avant eux l'avait choqué et troublé. Des milliers de questions lui brûlaient les lèvres, et pourtant il se doutait qu'il n'obtiendrait jamais de réponse claire de l'Alchimiste. En cet instant, Josh ignorait à qui faire confiance – mis à part Sophie –, et le fait qu'elle regrette le passé l'effrayait un peu. Même si ses sens exacerbés lui donnaient des migraines et des nausées terribles, s'il avait la gorge sèche et les yeux irrités, jamais il ne les abandonnerait. Contrairement à Sophie, il était content de ne pas avoir pris son jeudi.

Josh posa la main sur son torse. Les deux pages qu'il

avait arrachées du Codex bruissèrent sous son T-shirt. Une pensée lui traversa l'esprit.

– Tu sais, dit-il, si nous étions allés à l'Exploratorium, Dee aurait enlevé Nicolas et Pernelle et il posséderait le Codex en entier. À l'heure qu'il est, il aurait déjà fait revenir les Ténébreux de leurs royaumes des Ombres. Notre monde n'existerait plus. Aucune vie ne nous attendrait, Sophie, ni ordinaire, ni extraordinaire, ajouta-t-il dans un murmure effrayé.

Les jumeaux se dévisagèrent en silence ; la situation leur échappait complètement. L'idée que leur monde puisse disparaître les terrifiait. Mercredi, ils auraient ri de cette bonne blague. Mais aujourd'hui ? Tous deux savaient que cela aurait pu se produire. Pire : que cela pourrait se produire.

– Enfin, d'après Nicolas…, lâcha Josh, incapable de masquer son amertume.

– Et tu le crois ? demanda Sophie. Je pensais que tu ne lui faisais pas confiance.

– C'est vrai. Tu as entendu Palamède : à cause de Flamel, à cause de ce qu'il a fait ou n'a pas fait, des centaines de milliers de personnes sont mortes.

– Nicolas ne les a pas tuées, lui rappela Sophie. Par contre, ton ami John Dee…, fit-elle sur un ton sarcastique.

Josh lui tourna le dos et regarda la cabane. Il n'avait pas de réponse : elle disait la vérité. Dee avait lui-même admis avoir mis le feu au monde et répandu la peste afin de stopper les Flamel.

– Nous savons juste que Nicolas nous a menti dès le

début. Et les autres jumeaux, hein ? D'après Palamède, Pernelle et lui les collectionnent depuis des siècles.

Ce simple mot, « collectionner », le mettait mal à l'aise et lui donnait la nausée.

– Que leur est-il arrivé ?

Une rafale de vent glacé balaya la casse ; Sophie frissonna, mais pas de froid.

Les yeux rivés sur la cabane en métal, elle parlait très lentement, choisissant ses mots avec soin. La colère enflait en elle.

– Vu que les Flamel continuaient de chercher des jumeaux, les précédents ont dû…

Elle pivota vers son frère, qui secouait la tête.

– Il faut qu'on sache ce qu'il est arrivé aux autres ! décréta-t-il. Je déteste te demander cela, mais qu'en pense la Sorcière ? Et, d'abord, était-elle au courant ?

Sophie demeura silencieuse quelques secondes, puis elle dit :

– La Sorcière ignore presque tout du monde moderne ; elle s'intéressait plus aux Aînés, à la Génération Suivante et aux immortels humains les plus anciens. Tiens, par exemple, elle avait entendu parler des Flamel, mais elle ne les avait jamais rencontrés avant que Scatty ne nous mène à elle. La Sorcière d'Endor vit à Ojai ou dans ses environs depuis des années et des années sans téléphone, télé ni radio.

– O.K., oublions cette piste. Ne pense plus à elle, lui conseilla Josh.

Il ramassa un caillou et le lança contre le mur de voitures compactées. Le galet claqua à chaque rebond, et une silhouette apparut furtivement derrière le métal. Les chiens aux yeux rouges tournèrent la tête vers Josh.

– Je me disais…, commença-t-il.

Sophie attendit la suite en silence.

– À San Francisco, je travaillais pour les Flamel, un couple qui collectionnait les jumeaux, et toi, dans un salon de thé sur le trottoir d'en face. Ce ne peut pas être une coïncidence.

– En effet…

Sophie s'était dit la même chose à la seconde même où Palamède avait parlé des autres jumeaux. Ni la Sorcière, ni Nicolas Flamel ne croyaient aux coïncidences. Scatty elle-même croyait au destin. Et puis, il y avait la prophétie…

– Il t'aurait donné ce job parce qu'il était au courant de mon existence ? fit Sophie.

– Après la bataille dans le royaume des Ombres de Hécate, Flamel m'a confié quelque chose : il a supposé que nous étions les jumeaux de la légende la veille seulement.

– Je ne me souviens très peu de ce jour-là.

– Tu dormais, expliqua Josh. La bataille t'avait épuisée.

Le souvenir des combats lui glaça les sangs. C'était là qu'il avait vu sa sœur sous son nouveau visage.

– D'après Scatty, Flamel est un homme de parole, et nous devons le croire.

– Scatty ne peut pas nous avoir menti…, affirma Sophie avant de se demander si cette remarque venait d'elle ou de la Sorcière.

Les deux mains sur le visage, Josh se frotta le front du bout des doigts, puis écarta ses longs cheveux blonds. Il essayait de se rappeler avec exactitude les événements du jeudi fatidique.

– Quand il avait prétendu qu'il ignorait notre particularité, Scatty n'a pas bougé. Mais quand il a affirmé agir dans le but de nous protéger, là, elle a confirmé. Ce n'est pas tout : avant que l'Arbre-Monde brûle, Hécate m'a dit : « Nicolas Flamel garde toujours des parts d'ombre. »

Sophie ferma les yeux afin de ne pas être submergée par la vue et les sons de la casse. Elle se concentra sur ce début d'avril, quand ils avaient commencé leur travail à temps partiel.

– Pourquoi as-tu choisi ce job en particulier ? demanda-t-elle à son frère.

Surpris, Josh cligna des yeux, fronça les sourcils pour mieux se souvenir.

– Je crois que c'est papa qui a vu une annonce dans le journal de la fac. *Librairie recherche assistant. Pas de lecteurs, des bosseurs.* Ça ne m'intéressait pas, mais il avait insisté : lui-même avait travaillé dans une librairie dans sa jeunesse, et il avait adoré. J'ai envoyé un CV et j'ai été convoqué à un entretien deux jours plus tard.

Sophie hocha la tête. Pendant que Josh se trouvait à la librairie, elle l'avait attendu dans un petit salon de thé en face. Fiona, la propriétaire de *La Tasse de café*, discutait avec une très belle femme.

– Pernelle..., marmonna soudain Sophie.

Josh fit volte-face, s'attendant presque à trouver

l'Ensorceleuse derrière lui. Son apparition ne l'aurait pas surpris.

– Oui ?

– Le jour où nous avons décroché les postes… Tu avais ton entretien à la librairie, et je patientais en face. Fiona parlait à Pernelle Flamel. Pendant que Fiona me préparait un thé tchaï, Perry m'a dit qu'elle ne m'avait jamais vue dans le quartier auparavant. J'ai répondu que je t'accompagnais à ton entretien à la librairie. Elle n'a pas mentionné que la boutique lui appartenait en partie, mais elle a voulu savoir si tu étais mon petit ami. J'ai dit que tu étais mon frère. « Vous vous ressemblez », a-t-elle poursuivi. Quand je lui ai expliqué que nous étions jumeaux, elle a souri, bu son verre d'un trait, et elle a filé. Elle a traversé la rue et est entrée dans la librairie.

– Je me souviens ! Je trouvais que l'entretien ne se déroulait pas bien. J'avais l'impression que Nicolas… Nick, comme il se faisait appeler, cherchait quelqu'un de plus vieux. Pernelle est alors entrée, m'a souri et l'a appelé au fond du magasin. Ils m'ont dévisagé longuement, puis elle est partie aussi vite qu'elle était arrivée.

– Elle est retournée à *La Tasse de café*, murmura Sophie.

Elle s'interrompit pendant que les faits et les souvenirs se mettaient en place. Lorsqu'elle reprit la parole, elle chuchotait :

– Josh, je viens de me rappeler quelque chose ! Elle a demandé à Fiona si elle cherchait toujours quelqu'un et lui a dit que si mon frère travaillait en face, ce serait parfait si, moi, j'étais embauchée à *La Tasse de café*. Fiona m'a offert la place sur-le-champ. Et tu sais quoi ? Quand je suis revenue le lendemain, j'aurais juré que Fiona ne s'attendait pas à me voir. J'ai même dû lui rappeler qu'elle m'avait engagée la veille.

– Oui, tu me l'as raconté. Tu crois que Pernelle lui a forcé la main ? Elle en est capable ?

– Oh oui !

Les yeux de Sophie devinrent argentés pendant un instant. Même la Sorcière d'Endor soutenait que Pernelle Flamel était une ensorceleuse extrêmement puissante.

– Alors, nous aurions été embauchés parce que nous étions jumeaux ?

– Aucun doute là-dessus ! s'emporta Josh. Nous sommes une énième paire de jumeaux ajoutée à la collection des Flamel. Nous avons été piégés !

– Qu'est-ce qu'on va faire, Josh ? demanda Sophie, la voix aussi sévère que celle de son frère.

La pensée que les Flamel se soient servis d'eux la rendait folle. Si Dee n'avait pas surgi dans la librairie, que leur serait-il arrivé ? Quel sort leur réservaient Pernelle et Nicolas ?

Josh prit sa sœur par la main et l'entraîna vers la cabane puante en évitant avec soin les nids-de-poule. Les chiens aux yeux de braise s'assirent, puis les suivirent du regard.

– Impossible de faire demi-tour ! déclara le garçon. Nous n'avons pas le choix, Sophie. Nous devons aller jusqu'au bout de cette aventure.

– Mais quand cela va-t-il s'arrêter ? Et de quelle manière ?

– Je n'en ai aucune idée, répondit Josh.

Il fixa les yeux bleus de sa sœur et inspira à fond pour se calmer.

– Cette histoire nous concerne.

– Tu as raison. La prophétie parle de nous, nous sommes d'or et d'argent. Nous sommes spéciaux.

– Flamel nous veut, continua Josh. Dee nous veut. L'heure est venue d'obtenir des réponses.

– On attaque ! décida Sophie en sautant par-dessus une flaque de boue. Quand je fréquentais… quand la Sorcière d'Endor fréquentait Mars, il répétait sans cesse que l'attaque était la meilleure défense.

– Mon entraîneur de foot aussi.

– Sauf que ton équipe n'a pas gagné le moindre match la saison passée…, lui rappela Sophie.

Ils avaient quasiment atteint la hutte quand un William Shakespeare au regard furieux apparut, une poêle à frire en feu dans les mains.

CHAPITRE QUATORZE

Sans y réfléchir à deux fois, Josh donna un coup d'épaules, attrapa le tube et dégaina Clarent. L'épée se plaça avec aisance dans sa main, ses doigts se refermèrent sur la garde en cuir taché. Il fit un pas en avant et se posta entre Shakespeare et sa sœur.

L'immortel ne les regarda même pas. Il renversa la poêle en flammes et la secoua. Une demi-douzaine de saucisses carbonisées tombèrent sur le sol boueux. Elles sifflèrent et grésillèrent tout en continuant de brûler et de projeter des étincelles dans les airs. Un des chiens aux yeux rouges émergea de sous la hutte ; sa longue langue fourchue s'empara d'une saucisse enflammée. Pendant qu'il l'avalait tout rond, les flammes transformèrent ses yeux en rubis, et quand il se lécha les babines, des volutes de fumée grise sortirent des coins de sa gueule.

Shakespeare se pencha pour lui tapoter la tête. Il retournait dans la cabane quand il aperçut les jumeaux. La lumière morne du soir se reflétait dans ses lunettes trop grandes, les changeait en miroirs d'argent.

– Notre repas a eu un petit souci, commenta-t-il avec un bref sourire, révélant ses mauvaises dents.

– Ce n'est pas grave. Nous n'avions pas très faim, répondit vite Sophie. D'ailleurs, j'essaie d'arrêter la viande.

– Vous êtes végétariens ? demanda Shakespeare.

– En quelque sorte, dit Sophie, tandis que Josh faisait non de la tête.

– Ni Palamède ni moi ne sommes végétariens, mais il doit rester de la salade. Et il y a des fruits. Beaucoup de fruits.

– Ce sera parfait, fit Josh, qui avait des haut-le-cœur à la seule pensée de manger de la viande.

C'est alors que Shakespeare remarqua l'épée dans sa main.

– « Rentrez ces épées qui brillent », murmura-t-il.

Il fit un pas en avant et sortit un mouchoir étonnamment blanc puis il ôta ses lunettes et se mit à les nettoyer. Sans ses verres épais, Sophie trouva qu'il ressemblait davantage au célèbre dramaturge qui illustrait ses manuels. Il chaussa ses lunettes et fixa Josh :

– C'est Clarent, n'est-ce pas ?

Josh acquiesça. L'épée tremblotait dans ses mains ; de la chaleur s'infiltrait dans sa peau.

Shakespeare se pencha jusqu'à ce que son long nez

étroit soit à quelques centimètres de l'extrémité de la lame, mais il ne la toucha pas.

– J'ai vu sa jumelle plusieurs fois. Elles sont identiques ; seules les gardes sont légèrement différentes.

– À l'époque où vous côtoyiez Dee ? devina Sophie.

– Oui.

Il tendit la main et effleura le bout de la lame avec son index. La pierre sombre scintilla, se zébra de jaune pâle, comme si un liquide avait été versé sur le fil. Une odeur de citron parfuma l'air.

– Dee a hérité Excalibur de son prédécesseur, Roger Bacon, dit l'immortel, mais c'était Clarent qu'il désirait. Les épées jumelles sont plus anciennes que les Aînés ; leur origine remonte à bien avant que Danu Talis n'émerge des flots. Seules, ces lames sont puissantes, mais la légende dit que, ensemble, elles ont le pouvoir de détruire la structure de la Terre.

– Je suis surpris que Dee n'ait pas mis la main dessus, commenta Josh, le souffle un peu court.

L'épée bourdonnait, et des images étranges flottaient à l'orée de sa conscience… Les souvenirs de Shakespeare.

Un bâtiment circulaire en flammes…

Une tombe affreusement petite ; une fillette se tenant au-dessus du trou, jetant une poignée de terre…

Et Dee. Beaucoup plus jeune que dans les souvenirs de Josh, le visage lisse, les cheveux bruns et garnis, la barbiche noire…

– Le Magicien a toujours cru que l'épée était perdue au fond d'un lac dans les montagnes galloises, poursuivit Shakespeare. Il a passé des décennies à la chercher.

– Flamel l'a découverte dans une grotte d'Andorre, expliqua Sophie. C'est Charlemagne qui l'aurait cachée là au IXe siècle.

– Ainsi, le Magicien avait tort ! C'est réjouissant, de savoir que le docteur n'a pas toujours raison.

Sophie se plaça devant Josh et lui baissa le bras. Le vent frappa la lame, qui gémit.

– Vous êtes vraiment William Shakespeare ? Le Barde ? interrogea-t-elle le faux mécanicien.

Malgré ce qu'elle avait vu et expérimenté les jours passés, elle avait du mal à y croire.

L'homme fit un pas en arrière et esquissa une révérence d'une surprenante élégance, la jambe tendue, la tête quasiment au niveau du genou.

– Votre serviteur, gente demoiselle.

L'effet fut gâché par l'odeur corporelle rance qu'il dégageait.

– Je vous en prie, appelez-moi Will.

Sophie ne savait trop comment réagir.

– Je n'ai jamais rencontré quelqu'un de célèbre auparavant…, fit-elle.

Elle s'interrompit, réalisant ce qu'elle disait.

Shakespeare se redressa. Les larmes aux yeux, Josh recula en toussant.

– Vous avez rencontré Nicolas et Pernelle Flamel, déclara Shakespeare, ainsi que le Dr John Dee, le comte de Saint-Germain, et bien entendu Niccolò Machiavelli. Sans oublier la charmante Jeanne d'Arc, je présume.

– Oui, répondit Sophie avec un sourire timide. Nous

les avons tous croisés, mais aucun n'est aussi célèbre que vous.

Shakespeare s'accorda une minute de réflexion avant de reprendre :

– Dee et Machiavel ne seraient pas d'accord avec toi ! Mais, oui, tu as absolument raison. Aucun d'eux n'a mon… profil. Mon travail a prospéré et survécu ; le leur n'est pas aussi populaire.

– C'est vrai que vous avez été au service de Dee ? demanda Josh, voyant là une chance d'obtenir quelques réponses.

Le sourire de Shakespeare s'évanouit.

– J'y ai passé vingt années.

– Pourquoi ?

– Tu l'as déjà rencontré ?

– Oui, confirma Josh.

– Alors, tu sais que Dee est le plus dangereux des ennemis, car il est persuadé d'agir pour le bien.

– C'est ce que Palamède a dit.

– Et c'est la vérité. Dee est un menteur. J'ai fini par comprendre qu'il croyait à ses mensonges. Parce qu'il veut y croire ; il a besoin d'y croire.

Une pluie soudaine s'abattit sur la casse, crépita sur les voitures pilonnées.

– Mais a-t-il raison ? voulut savoir Josh en se baissant sous les grosses gouttes qui heurtaient le mur de la cabane.

Il prit l'homme par le bras et, aussitôt, son aura devint orange vif, alors qu'une aura jaune pâle dessinait les contours de Shakespeare. Les parfums d'orange et de citron s'entremêlèrent. Le résultat aurait dû être plaisant ; hélas, les deux odeurs acidulées se mélangeaient aux relents de peau sale.

Dee, plus jeune, le visage lisse, les cheveux et la barbe noirs, scrutant une énorme boule de cristal, un William Shakespeare jeune, ébahi, à ses côtés.

Images dans la boule de cristal…

Champs verdoyants…

Vergers chargés de fruits…

Mers remplies de poissons…

– Attendez ! s'écria Josh. Vous pensez que Dee devrait ramener les Aînés dans ce monde ?

William Shakespeare monta les premières marches.

– Oui, répondit-il sans se retourner. Selon mes recherches, c'est la bonne décision.

– Pourquoi ? demandèrent les jumeaux en chœur.

Le Barde les toisa.

– La plupart des Aînés ont abandonné la Terre. La Génération Suivante joue avec les humani et se sert de la planète comme d'un terrain de jeu et de bataille. Les plus dangereux ? C'est nous, les humani, car nous détruisons notre globe. Les Ténébreux doivent revenir pour le sauver d'une destruction certaine.

Abasourdis, les idées embrouillées, les jumeaux se dévisagèrent. Josh prit la parole le premier.

– Mais… Nicolas a dit que les Ténébreux dévoraient les humani !

– Pas tous. Certains n'aiment pas la chair humaine. Ceux-là se nourrissent de souvenirs et d'émotions. C'est, il me semble, un prix pas trop élevé à payer en échange d'un paradis sans famines, sans maladies.

– Pourquoi avons-nous besoin des Ténébreux ? demanda Sophie. L'Alchimiste, Dee et leurs semblables doivent posséder assez de pouvoirs et de connaissances pour sauver le monde, non ?

– Je ne crois pas.

– Mais Dee est puissant…, commença Josh.

– Ne me pose pas de questions sur lui. Je n'ai pas de réponse.

– Vous avez passé vingt ans à ses côtés. Vous le connaissez mieux que quiconque sur cette Terre ! protesta Sophie.

– Personne ne connaît le Magicien. Je l'ai aimé comme un père, comme un frère aîné. Il représentait tout ce que j'admirais, tout ce que je voulais être.

Une larme apparut soudain sous les lunettes épaisses de l'immortel et roula le long de sa joue.

– En retour, il m'a trahi, et il a tué mon fils.

CHAPITRE QUINZE

Dans les catacombes de Paris, le Dr John Dee brossa longuement les manches de son costume, tira sur les poignets et redressa son nœud papillon. Puis il claqua des doigts, et une balle d'un jaune sulfureux apparut devant lui. Elle sentait l'œuf pourri, une odeur qui lui était si familière qu'elle ne le perturbait plus. Une lumière jaunâtre éclaboussa les deux colonnes voûtées d'os polis qui formait un encadrement de porte. Derrière l'ouverture régnait une obscurité absolue.

Dee pénétra dans la pièce souterraine qui abritait le dieu figé.

Au cours de sa longue vie, le Magicien anglais avait vu des merveilles, accepté que l'extraordinaire devienne son quotidien, que l'étrange et le merveilleux soient banals. Les légendes des *Mille et Une Nuits* avaient pris vie sous ses yeux, il avait combattu des monstres issus de mythes grecs et babyloniens, voyagé dans des royaumes que l'homme croyait sortis de l'imagination de Marco Polo et Ibn Battuta, fameux voyageurs. Il avait compris que les mythes des Celtes, Romains, Gaulois, Mongols, Rus, Vikings, et même ceux des Mayas étaient fondés sur des faits. Les dieux de Grèce et d'Égypte, les esprits des plaines américaines, les totems des jungles et les myoo japonais avaient réellement existé. Aujourd'hui, ils évoquaient des souvenirs, des fragments de mythes, des bouts de légendes, mais John Dee, lui, savait qu'ils avaient un jour foulé cette terre. Ils faisaient partie d'une race des Aînés qui avait gouverné ce monde pendant des millénaires.

Parmi les plus puissants se trouvait Mars, un dieu que Dee avait enfermé dans une tombe d'os solidifiés moins de vingt-quatre heures plus tôt.

Le Magicien entra dans une salle circulaire, vaste mais basse de plafond. La lumière flottante donnait aux parois une couleur olivâtre, beurre pâle. Il examina les lieux. Il connaissait leur emplacement depuis des décennies, mais n'avait jamais eu de raison de s'aventurer dans l'antre du Dieu Endormi. La veille, les événements s'étaient enchaînés avec une telle rapidité qu'il n'avait pas eu le temps d'inspecter le sépulcre. Il effleura le mur lisse à côté de la porte. Le scientifique qu'il était reconnut les matériaux : fibre de collagène et phosphate de calcium, c'est-à-dire des os, et non de la pierre. Dee remarqua un renfoncement dans le mur opposé, ainsi que deux trous sur les côtés. Soudain, il comprit ce que c'était : il contemplait un nez et deux orbites. La salle n'avait pas été creusée dans un os, comme il l'avait cru : il se tenait à l'intérieur d'un énorme crâne ! Le plus terrifiant ? Ce crâne paraissait humain. Un frisson courut le long de son échine. Bien qu'il ne les ait jamais rencontrés, il avait entendu parler de géants cannibales qui peuplaient certains royaumes des Ombres. La veille, les murs étaient lisses et polis. Aujourd'hui, ils ressemblaient à une bougie qu'on aurait laissée allumée trop longtemps. Des stalactites d'os pétrifiées s'égouttaient comme du caramel poisseux. De grosses bulles piégées dans les colonnes éclataient. Les filets de liquide épais formaient des spirales compliquées sur les parois.

Au centre de la pièce trônait un long socle rectangulaire en pierre constellée d'éclaboussures qui faisaient penser à de la cire jaune. Le bloc antique était fendu en deux.

Sur le sol, devant le socle, il y avait une statue grise, en partie recouverte de jaune. Elle représentait un grand homme à quatre pattes, le bras gauche tendu, les doigts écartés, figé alors qu'il tentait de se relever. Il portait l'armure en métal et en cuir des guerriers d'un passé lointain. Son bras droit s'enfonçait dans le sol jusqu'au poignet, tout comme une partie de son corps. Perchées sur son dos, deux petites créatures hideuses aux sabots de chèvre avaient été pétrifiées tandis qu'elles bondissaient en avant. Maigres, côtes et os saillants, elles ouvraient grande leur gueule remplie de dents ébréchées. Leurs doigts déployés se terminaient par des griffes aiguisées comme des dagues.

Soulevant son manteau et le bas de son pantalon pour qu'ils ne frôlent pas le sol, Dee s'accroupit devant le groupe, qui ressemblait à la sculpture classique de Michel-Ange – ou du Bernin ? – intitulée *Phobos et Déimos chevauchant Mars Ultor*. Dee remua la main, et la boule lumineuse flotta au-dessus de la tête des satyres. Impressionné, il les examina en détail : on distinguait chaque cheveu, et même la bave coulant sur leur menton, et l'ongle cassé de l'un d'eux – Phobos, pensa-t-il. Seulement, là, il ne s'agissait pas de statues, mais bel et bien de créatures sauvages et vivantes que Mars avaient lâchées sur lui. Dee aurait eu une mort horrible, car les satyres se nourrissaient des peurs paniques… Or, ayant vécu des siècles, Dee avait beaucoup à craindre. Il souffrait de crampes d'estomac effroyables à l'idée du funeste destin que pouvaient lui réserver les Aînés. Phobos et Déimos auraient festoyé des mois durant.

Le Magicien se pencha afin d'examiner le casque qui recouvrait la tête de Mars. Sous la couche jaune d'os durci, on entrevoyait de la pierre grise, luisante comme du granit. Cependant il ne s'agissait pas de pierre naturelle. Pendant un instant, Dee eut pitié du Ténébreux. La Sorcière d'Endor lui avait infligé un supplice terrible : son aura durcissait autour de son corps, le piégeant sous une croûte très lourde. Dès que le dieu l'enlevait, son aura bouillonnait comme de la lave et se solidifiait de nouveau. Mars, qui avait parcouru le monde entier et avait été adoré par des dizaines de nations sous divers noms, était pratiquement immobile depuis des millénaires. Dee se demanda quel crime le dieu de la Guerre avait commis pour offenser la Sorcière au point qu'elle le condamne à cette non-mort éternelle. Puis une pensée lui vint à l'esprit, et un sourire lui déforma les lèvres. Il plia l'index et tapota le casque. Un son sourd résonna dans la salle en os.

– Je sais que tu m'entends, lança le Magicien. Je réfléchissais à ton destin. Franchement, tu n'as pas eu de chance ! D'abord, la Sorcière d'Endor, qui t'emprisonne dans ton aura, ensuite moi, qui t'enferme dans une coque en os…

Des volutes de fumée noire s'élevèrent soudain du casque du Ténébreux.

– Bien, murmura Dee. Un instant, j'ai cru que je t'avais perdu.

Des yeux rouge vif flamboyèrent derrière la visière.

– On ne me tue pas aussi facilement.

Un accent indéfinissable teintait la voix râpeuse de Mars.

Dee se redressa, puis brossa son pantalon.

– Tous les Aînés que j'ai tués prétendaient la même chose, fit-il. Mais du sang coule dans tes veines. Et ce qui vit peut être détruit.

Un rictus dévoila ses dents minuscules.

– Je l'admets, il est difficile, voire impossible de t'assassiner ; cependant je veux bien essayer. Je me suis débarrassé d'un cas comme le tien, il y a quoi ? moins d'une semaine. J'ai tué Hécate.

L'intérieur du casque devint rouge incandescent avant de pâlir. Piégé par le granit et les os, Mars ne pouvait se mouvoir, et pourtant Dee sentait son regard sur lui.

De la fumée noire s'échappait des fentes de son casque ; deux balles cramoisies tachetées de bleu brillaient à la place des yeux.

– Tu es venu jubiler, Magicien ?

– Pas spécialement, non.

Dee se plaça derrière les trois statues, les examina sous tous les angles.

– Mais maintenant que je suis là, pourquoi ne me féliciterais-je pas ?

Quand il posa la main sur l'épaule de l'Aîné, Dee sentit son aura s'animer tandis que l'énergie crépitait en lui. Bien qu'enfouie sous une épaisseur d'os et de pierre, l'aura de l'Aîné demeurait puissante.

– Quand je m'échapperai, gronda Mars, ce qui ne manquera pas d'arriver, je m'occuperai de toi en priorité. Avant de chercher où réside la Sorcière d'Endor, je te trouverai, et ma vengeance sera terrible.

– J'ai peur ! répliqua Dee d'une voix sarcastique. La Sorcière t'emprisonne depuis des millénaires et tu n'es pas encore parvenu à lever cette malédiction ! S'il lui arrive quoi que ce soit, tu seras coincé ici à tout jamais.

Le Magicien se plaça face à la statue.

– Et si j'élimine la Sorcière… tu ne pourras plust'évader.

Une sorte de reniflement s'échappa du casque ; il fallut un moment à Dee pour reconnaître un rire.

– Toi ? Tuer la Sorcière ? Ha, ha ! On m'appelait le dieu de la Guerre. Mes pouvoirs étaient redoutables, et pourtant je ne suis pas parvenu à l'éliminer. Si tu l'affrontes, Magicien, elle te réservera un sort horrible et s'assurera que ton agonie dure au moins mille ans. Autrefois, elle a réduit une légion romaine à une armée de figurines de la taille de son ongle, puis elle les a accrochées à une chaîne en argent pour les porter en collier. Elle les a gardés en vie pendant des siècles !

Le gloussement qui s'ensuivit ressemblait au bruit d'une pierre qu'on broie.

– Elle aimait collectionner les presse-papiers en ambre. Dans chacun, elle plaçait une personne qui lui avait déplu. Alors, oui, je te conseille d'attaquer la Sorcière ! Je suis sûr qu'elle te concoctera un châtiment des plus astucieux.

Dee s'accroupit devant le visage de l'Aîné et fixa l'intérieur sombre du casque enfumé où brillaient deux points écarlates. Il remua les doigts pour que le globe de lumière jaune se place derrière sa tête. Il voulait que la clarté crue aveugle Mars ; mais les yeux rouges continuèrent de le scruter sans ciller. D'un coup de poignet, il chassa le globe qui se posta sous le plafond, d'où il projeta une lumière plus douce couleur sépia.

– Je suis venu te faire une offre, déclara Dee au bout d'un long silence.

– Il n'y a rien que tu puisses m'offrir.

– Oh que si ! fit Dee, sûr de lui.

– Es-tu ici de ton propre chef, ou as-tu été envoyé par tes maîtres ?

– Nul n'est au courant de ma présence en ces lieux.

– Pas même l'Italien ?

Dee haussa les épaules :

– Il s'en doute, mais que peut-il faire ?

Il se tut quelques instants : il croyait au silence. D'après son expérience, les gens parlaient souvent pour combler le vide.

– Que veux-tu ? finit par demander Mars.

Le Magicien baissa la tête pour dissimuler un sourire. Cette seule question lui indiquait qu'il obtiendrait de l'Aîné tout ce qu'il voudrait. L'Anglais était très fier de son imagination – qualité qui faisait de lui l'un des magiciens et nécromanciens les plus puissants au monde. Cependant, jamais l'immortel ne se figurerait l'épreuve subie par Mars dans sa coquille de pierre. La veille, il avait perçu le désespoir dans la voix du dieu de la Guerre, quand celui-ci avait supplié Sophie de lever la malédiction, et une idée avait surgi dans son esprit.

– Tu sais que je suis un homme de parole…

Mars ne répondit pas.

– D'accord, j'ai menti, triché, volé, tué, mais je n'avais qu'une intention : ramener les Aînés dans ce monde.

– La fin justifie les moyens ! grommela Mars.

– Exactement. Si je te donne ma parole, si je prête serment, je serai fidèle à ma promesse. Hier, tu as dit que tu devinais mes intentions.

– Je sais qu'en dépit de tes défauts, ou peut-être à cause d'eux, tu es un homme honorable, bien que ce soit une définition particulière du mot « honneur ». Alors oui, si tu me donnes ta parole, je te croirai.

Dee se releva d'un bond et fit le tour de la statue afin que Mars ne voie pas son sourire triomphant.

– La Sorcière d'Endor ne lèvera jamais sa malédiction, n'est-ce pas ?

Mars Ultor se tut de longues secondes ; de son côté, Dee ne fit rien pour briser le silence. Il voulait laisser à l'Aîné le temps de réfléchir à cette dernière déclaration. Mars devait admettre qu'il était condamné à porter sa coquille de pierre pour l'éternité.

– En effet, acquiesça finalement le dieu de la Guerre.

– Peut-être apprendrai-je un jour ce que tu as fait pour mériter une telle punition…

– Peut-être, mais pas de ma bouche.

– Voilà. Tu es donc piégé… ou peut-être pas.

– Explique-toi, Magicien.

Dee tourna dans le sens inverse des aiguilles d'une montre autour de l'Aîné figé. Il lui décrivit son plan à voix basse, sans aucune émotion.

– Hier, tu as éveillé Josh, le jumeau solaire. Tu l'as touché. Désormais, tu es lié à lui.

– Oui, il y a une connexion entre nous, lui accorda Mars.

– La Sorcière a touché la jumelle lunaire, lui a offert la magie de l'Air, mais aussi une vie entière de connaissances, continua Dee. Hier, tu as dit que la fille devait connaître le sortilège qui te libérerait.

– Elle m'a répondu que oui, chuchota Mars.

Dee donna une tape sur l'épaule de la statue, puis s'accroupit devant elle. Une énergie électrique se diffusa dans la pièce.

– Et elle a refusé de t'aider. Mais agirait-elle ainsi si la vie de son frère… attends, mieux encore ! si la vie de ses parents était en danger ? Dis-moi ! Pourrait-elle te refuser cette faveur ?

La fumée qui s'échappait de la visière blanchit, puis devint gris-noir.

– Elle savait qui j'étais, ce que j'étais, ce que j'avais accompli, ce dont j'étais capable, et pourtant elle a préféré sauver son frère. Oui, cette fille ferait n'importe quoi pour protéger sa famille.

– Voici mon marché, continua Dee. Tu me trouves le garçon, et je te jure que je le ramène devant toi, ainsi que la fille et les parents. Quand elle verra que leur dernière heure est venue, je te garantis qu'elle te libérera de cette terrible malédiction.

CHAPITRE SEIZE

Vue de l'extérieur, la longue structure métallique plantée au milieu de la clairière boueuse semblait délabrée et sur le point de s'écouler ; mais comme pour le reste de la casse auto, ce n'était qu'une apparence. À l'intérieur, tout était propre et net. Une partie de la pièce servait de cuisine et de salle à manger – il y avait un évier, un frigo et un poêle à côté de la table. Le centre de la cabane comprenait un bureau informatique muni d'un ordinateur et de deux écrans. À l'autre extrémité, un grand écran plat faisait face à deux canapés en cuir. Trois tours métalliques contenaient des dizaines de DVD.

Quand les jumeaux suivirent Shakespeare dans la cabane, ils comprirent immédiatement qu'ils interrompaient une dispute. Flamel et Palamède se tenaient de chaque côté de la petite table de cuisine en bois, le

Chevalier les bras croisés sur son torse massif, Flamel les poings fermés. L'air empestait leurs auras mélangées.

– Vous deviez attendre dehors, remarqua Nicolas, qui dévisagea tour à tour Josh, Sophie et le Chevalier. Nous avons bientôt terminé.

Sophie fit mine de partir, mais Josh la poussa en avant.

– Non, nous attendrons ici, déclara-t-il. Si vous avez quelque chose à dire, ce sera devant nous. Après tout, votre conversation nous concerne, pas vrai ?

Il jeta un regard en coin à sa sœur :

– Nous sommes le… le quoi, déjà ?

– Le catalyseur, lui souffla Sophie.

– Oui, c'est ça, le catalyseur, répéta-t-il, même si ce n'était pas le mot qu'il cherchait.

Il examina la pièce ; son regard s'attarda sur l'ordinateur, puis il se tourna vers sa sœur.

– Je déteste quand les adultes nous chassent pour mieux parler de nous. Pas toi, Sophie ?

– J'en ai horreur.

– Nous ne discutions pas de vous, affirma Flamel. Nous étions en train de régler un petit malentendu, M. Shakespeare et moi. En vérité…

– À présent, l'interrompit Josh, qui s'efforçait de parler d'une voix neutre et de ne pas bredouiller, tout ce qui se produit nous concerne. Nicolas, vous avez failli nous tuer. Vous avez changé nos vies ir…rév… irrévoc…

– Irrévocablement, dit Sophie.

– Irrévocablement. Si vous deux avez un problème,

il devient notre problème, et vous devez nous en informer.

Sophie posa la main sur l'épaule de Josh, qu'elle serra pour encourager son frère.

Palamède afficha un sourire éclatant.

– Ce garçon a du cran. J'aime ça !

Le visage de Nicolas demeura imperturbable, mais ses yeux pâles s'embrumèrent. Une veine palpitait sur son front. Il croisa les bras et désigna Palamède d'un signe de tête.

– Si vous voulez tout savoir, je ne suis pas fâché avec le Chevalier sarrasin.

Puis il indiqua le petit homme en salopette tachée, qui se tenait à présent devant le frigo ouvert, un sac de fruits à la main.

– En revanche, j'ai un problème avec cet individu. Un gros problème.

Shakespeare l'ignora.

– Que désirez-vous manger ? demanda-t-il aux jumeaux. Vous ne voulez pas de viande, mais nous avons beaucoup de fruits, frais de ce matin. Palamède a également rapporté de beaux poissons du marché de Billingsgate tout à l'heure.

Il vida plusieurs sacs de fruits dans l'évier et ouvrit en grand les robinets. L'eau crépita dans la cuve métallique.

– Juste des fruits, répondit Sophie.

– Cette dispute n'a rien à voir avec vous deux, déclara Palamède. Elle remonte à plusieurs siècles. Cela dit, oui, elle vous concerne. Elle nous concerne tous. Alchimiste, si nous voulons survivre, chacun d'entre nous doit mettre de côté ses vieilles rancœurs, ses habitudes. Reprenons cette conversation après le dîner.

– Nous voulons des réponses maintenant ! lança Josh. Nous en avons assez d'être traités comme des enfants !

Le Chevalier s'inclina, puis regarda l'Alchimiste.

– Ils ont le droit de savoir.

Nicolas Flamel se frotta le visage. Il avait des poches couleur d'ecchymose sous les yeux ; les rides de son front s'étaient encore creusées. Sophie remarqua l'apparition de petites taches sur le dos de ses mains. D'après Nicolas, il devait vieillir d'une année chaque jour qui s'écoulait ; mais, là, il faisait au moins dix ans de plus que la semaine précédente.

– Avant de poursuivre, commença Flamel, dont l'accent français était intensifié par la fatigue, je dois admettre que cela me met mal à l'aise d'en discuter devant…

Il leva la tête et fixa Shakespeare :

– … cet homme.

– Pourquoi ? s'enquit Sophie.

Elle tira une chaise en bois et s'effondra sur le siège. Josh s'empara du siège voisin. Le Chevalier s'assit à son tour. Seuls l'Alchimiste et le Barde restèrent debout.

– Ils nous a trahis, Pernelle et moi, lâcha Nicolas. Il nous a vendus à Dee.

Les jumeaux se tournèrent vers le Barde, qui disposait du raisin, des pommes, des poires et des cerises sur des assiettes.

– Cette partie est vraie, admit-il.

– À cause de lui, Pernelle a été blessée et a failli mourir.

– C'était en 1576, précisa Shakespeare qui leva la tête, ses yeux pâles, grossis par les verres de ses lunettes, lourds de larmes non versées.

– Quoi ? s'exclama Josh, incrédule. Vous vous disputez à propos d'un accident survenu il y a plus de quatre siècles ?

Shakespeare s'adressa directement aux jumeaux.

– J'avais douze ans ; j'étais plus jeune que vous aujourd'hui. J'ai commis une erreur… Une terrible erreur que je paie depuis.

Il tendit le bras vers Flamel :

– J'étais l'apprenti de l'Alchimiste. Il tenait une petite librairie à Stratford, où j'ai grandi.

Josh dévisagea Nicolas, intrigué.

– Il ne me traitait pas bien.

Flamel ouvrit la bouche pour répondre, mais Shakespeare fut plus rapide :

– Je n'étais pas inculte. J'avais fréquenté la nouvelle école du Roi. J'étudiais l'anglais, le latin et le grec. À l'époque déjà, je savais que je voulais devenir écrivain, si bien que j'ai insisté auprès de mon père pour qu'il me place chez M. Fleming.

Shakespeare avait à présent les yeux rivés sur l'Alchimiste. Son langage et son accent changeaient, devenaient compassés, archaïques.

– Je souhaitais lire, apprendre, écrire… Or M. Fleming m'obligeait à balayer les sols, m'occuper des courses, porter des paquets de livres à l'autre bout de la ville…

L'Alchimiste ouvrit de nouveau la bouche, puis la referma sans rien dire.

– Un jour, le Dr Dee est apparu à Stratford. Il vous faut savoir qu'il était célèbre en ce temps-là. Il avait servi deux reines, Marie et Élisabeth, et gardé sa tête sur les épaules, ce qui n'était pas rien à l'époque. Il était tellement proche d'Élisabeth qu'on le soupçonne d'avoir choisi la date de son couronnement. Comme il possédait la plus grande bibliothèque d'Angleterre, peu après son arrivée, il est venu dans la librairie des Fleming. Fait étrange, eux qui quittaient rarement les lieux, et jamais la ville, étaient absents ce jour-là. C'est un de leurs assistants, un homme au visage chevalin dont je ne me rappelle jamais le nom, qui tenait le magasin.

– Sébastien, chuchota Flamel.

Les yeux humides de Shakespeare clignèrent.

– Ah oui ! Sébastien. Mais Dee ne s'est pas intéressé à lui. Il m'a parlé à moi, d'abord en anglais, puis en latin et en grec. Il m'a demandé de lui recommander un livre, et je lui ai suggéré d'acquérir *Médée* d'Ovide, ce qu'il a fait. Puis il a voulu savoir si ma condition me plaisait. Sur ma réponse négative, il m'a proposé de travailler pour lui. J'avais le choix entre une place modeste d'assistant en librairie et l'apprentissage chez l'un des hommes les plus cultivés et les plus puissants d'Angleterre ! Qui aurait hésité ?

Josh hocha la tête : il aurait pris la même décision.

– Je suis donc devenu l'apprenti du Dr John Dee,

sinon davantage : en fait, il me considérait comme un fils. En tout cas, il est indéniable qu'il m'a créé.

Sophie se pencha au-dessus de la table :

– Qu'entendez-vous par là ?

Le regard de Shakespeare s'emplit de tristesse.

– Dee a deviné en moi une faim de sensations, une soif d'aventures, si bien qu'il a décidé de m'instruire et m'éduquer, ce que les Fleming – les Flamel – ne voulaient – ou ne pouvaient – pas faire. Fidèle à sa promesse, le Magicien m'a montré des merveilles. Il m'a conduit dans des mondes extraordinaires, a nourri mon imagination, m'a ouvert son incroyable bibliothèque, où j'ai puisé les mots pour façonner et décrire les contrées que j'avais visitées. Grâce au Dr John Dee, je suis devenu William Shakespeare, le dramaturge.

– Tu as oublié de mentionner l'épisode où il t'a demandé de pénétrer chez nous au milieu de la nuit et de voler le Codex, glissa Nicolas sur un ton glacial. Comme tu as échoué, il nous a accusés d'être des espions espagnols. Cinquante hommes de la reine ont encerclé la librairie et nous ont attaqués sans prévenir. Sébastien a été blessé ; Pernelle, touchée par une balle de mousquet, a failli mourir.

Shakespeare l'avait écouté avec attention.

– Dee et moi n'étions pas à Stratford ce jour-là, et je l'ai appris longtemps après. À ce moment-là, il était trop tard, bien entendu. J'étais sous le charme de Dee, il m'avait convaincu que je pouvais devenir un écrivain renommé. Même si cette carrière semblait inaccessible, je l'ai cru. Mon père fabriquait des gants et vendait de la laine. Il n'y avait ni écrivain, ni poète, ni dramaturge, ni même d'acteur dans ma famille. Peut-être aurais-je dû reprendre l'affaire familiale ?

– Le monde y aurait beaucoup perdu, commenta Palamède, qui observait les deux hommes avec attention.

– Je me suis marié, j'ai eu des enfants, poursuivit Shakespeare à toute allure. Une fille d'abord, ma belle Susanna, puis, deux ans plus tard, des jumeaux, Hamnet et Judith.

Sophie et Josh se redressèrent – ils n'avaient jamais entendu parler des jumeaux de Shakespeare !

Une longue pause suivit ces paroles. Enfin, le Barde immortel prit une profonde inspiration. Dans un frémissement, il écarta ses longs doigts sur la table et les fixa tous les deux.

– J'ai découvert pourquoi Dee s'intéressait à moi. Je ne sais comment, il avait appris que j'aurais des jumeaux, et il croyait qu'ils seraient ceux de la prophétie du Codex. En 1596, je vivais à Londres, loin de ma famille. Dee a rendu visite à mon épouse à Stratford et lui a proposé d'instruire les enfants. Elle a bêtement accepté, même si à l'époque d'inquiétantes rumeurs commençaient à courir sur le docteur. Quelques jours plus tard, il a tenté d'éveiller Hamnet. L'Éveil a tué mon garçon. Il avait onze ans.

Un long silence s'installa dans la pièce, ponctué par le martèlement de la pluie sur le toit en métal.

De grosses larmes coulaient sur les joues de Shakespeare. Il contourna la table et se posta devant l'Alchimiste.

– Un jeune idiot vous a trahi par ignorance et stupidité. En fin de compte, son fils l'a payé de sa vie. Nicolas, je ne suis pas votre ennemi. Je hais Dee comme vous ne saurez jamais le haïr.

Il serra le bras de Flamel.

– J'attendais cette rencontre depuis longtemps. Nous deux, nous connaissons mieux le Magicien que quiconque sur cette planète. Je suis fatigué de courir et de me cacher ! Il est temps de mettre en commun nos connaissances, de travailler ensemble. L'heure est venue de combattre Dee et ses Ténébreux. Qu'en dites-vous ?

– C'est une bonne stratégie, intervint Josh, qui ignorait totalement de quoi il parlait mais qui restait sous l'influence de Mars. Vous avez passé votre vie à fuir. Dee ne s'attend pas à ce que vous changiez de tactique.

Palamède posa ses gros avant-bras sur la table :

– Le petit a raison ! Le Magicien vous a bel et bien piégés à Londres. Si vous vous enfuyez, il vous capturera.

– Et si nous restons ici, il nous capturera aussi, remarqua Josh.

Nicolas les dévisagea tous, l'air troublé par ce qui venait de se dire.

– Je ne sais pas..., marmonna-t-il. Si seulement je pouvais parler à Pernelle ! Elle saurait me conseiller.

Pour la première fois depuis leur arrivée, Shakespeare afficha un sourire enchanté :

– Je crois que je peux arranger cela.

CHAPITRE DIX-SEPT

Debout dans l'encadrement de la porte, Pernelle Flamel fixait l'obscurité. Le lourd battant en métal qui scellait l'ouverture gisait sur le sol, cabossé, tordu, arraché de ses gonds par le poids des araignées qui avaient surgi des cellules en contrebas. Areop-Enap s'était retirée dans son cocon, les arachnides survivants avaient disparu ; il ne restait plus à Alcatraz que les enveloppes séchées des mouches et des araignées mortes. Pernelle se demanda qui avait pu envoyer les mouches. Quelqu'un de puissant certainement ; quelqu'un qui fomentait déjà son prochain coup.

Elle pencha la tête sur le côté, rabattit ses longs cheveux noirs derrière les oreilles, ferma les yeux et écouta. Malgré son ouïe fine, elle ne perçut aucun bruit ; et pourtant l'Ensorceleuse savait que les cellules n'étaient pas vides. La prison hébergeait des buveurs de sang et des dévoreurs de chair, des vetalâ, un minotaure, deux wendigos et des oni, des trolls et des cluricauns, sans oublier le redoutable sphinx. Le soleil avait rechargé l'aura de Pernelle, ce qui lui permettrait d'éliminer les créatures les moins dangereuses, même si le minotaure et les wendigos lui donneraient du fil à retordre. Par contre, elle ne pourrait s'occuper du sphinx. Comme le lion aux ailes d'aigle se nourrissait d'énergie magique, une trop grande proximité épuiserait son aura, lui ôterait toute possibilité de se défendre.

Pernelle posa la main sur son estomac qui gargouillait : elle avait faim. L'Ensorceleuse venait de brûler beaucoup d'énergie, et avait besoin de calories pour se régénérer. Si Nicolas s'était trouvé à ses côtés, cela n'aurait pas été un problème : plusieurs fois au cours de leurs voyages, il avait utilisé ses talents d'alchimiste pour transformer des pierres en pain, de l'eau en soupe. De son côté, elle connaissait deux sortilèges d'abondance qu'elle avait appris en Grèce et qui la nourriraient ; cependant elle devrait recourir à son aura, dont la signature distinctive attirerait le sphinx.

Elle se souvint d'avoir lu un article de journal, selon lequel Alcatraz avait été vendu à un groupe privé et fermé au public. L'île serait transformée en musée d'histoire vivante interactif. Sachant qu'elle appartenait à Dee, Pernelle doutait de ce projet. Par ailleurs, étant donné qu'aucun visiteur n'était venu ici depuis au moins six mois, elle aurait beaucoup de chance si elle découvrait une miette de pain. Ce serait la première fois de sa très longue vie qu'elle aurait faim.

Le Magicien avait rassemblé dans les cellules une armée de créatures issues des mythes de tous les pays. Sans exception, ces monstres étaient à la source des cauchemars de l'humanité depuis des millénaires. Et qui dit armée dit guerre imminente… Les lèvres charnues de Pernelle esquissèrent un sourire désabusé. Seul être humain sur Alcatraz, elle avait pour compagnie un assortiment de bêtes mythiques, de monstres effrayants, de vampires et de créatures mi-homme mi-animal. Elle n'oubliait pas les Néréides embusquées dans la mer, une déesse des Corbeaux vindicative enfermée à double tour dans les tréfonds de l'île et un ennemi (Aîné ? immortel ?) extrêmement puissant qui l'attaquait depuis le continent.

Son sourire s'effaça. Elle était sûre d'avoir connu pire situation par le passé, mais quand ? D'habitude, elle pouvait compter sur Nicolas. Ensemble, ils étaient invincibles.

Une brise infime souffla d'en bas, lui souleva les cheveux ; des grains de poussière tourbillonnèrent, et une silhouette prit forme dans le noir. Pernelle fit un pas pour se réfugier au soleil, où elle serait plus forte. Qui était-ce ? Elle exclut le sphinx, dont elle n'aurait pas manqué de sentir l'odeur musquée de lion, d'oiseau et de serpent.

L'apparition se matérialisa dans l'encadrement de la porte, acquit de la profondeur et de la substance sous la lumière. Elle était composée de particules de rouille rouge et de morceaux luisants de toile d'araignée. C'était le fantôme de Juan Manuel de Ayala, le découvreur et gardien d'Alcatraz. Le spectre fit une profonde révérence.

– *Qu'il est bon de vous voir saine et sauve, madame !* déclara-t-il dans un espagnol archaïque et formel.

– Vous pensiez trouver un esprit ? plaisanta Pernelle.

Le fantôme semi-transparent flotta vers elle, l'air d'étudier la question avec soin. Au bout d'un moment, il secoua la tête.

– *Si vous aviez péri sur cette île, vous ne seriez pas restée ici. Votre esprit aurait dérivé.*

Les yeux embrumés par la tristesse, Pernelle acquiesça :

– Oui, je serais partie à la recherche de Nicolas.

Les dents parfaites – que le marin n'avait jamais possédées de son vivant – étincelèrent.

– *Venez, madame. Je pense que vous devriez voir ceci.*

L'ombre flottante descendit l'escalier. Pernelle hésitait : elle faisait confiance à Alaya, mais les fantômes ne comptaient pas parmi les créatures les plus intelligentes, et on pouvait facilement les duper. Soudain, elle sentit une légère odeur de menthe, à peine perceptible dans l'air humide et salé. Aussitôt, l'Ensorceleuse suivit le spectre dans l'obscurité.

CHAPITRE DIX-HUIT

Nicolas Flamel était assis devant les écrans d'ordinateur LCD, William Shakespeare installé à sa gauche. Palamède et Sophie étaient sortis nourrir les chiens.

Josh regardait par-dessus les épaules des deux hommes, tout en essayant de se tenir le plus loin possible de l'immortel anglais et de respirer par la bouche. Dès qu'il bougeait, le Barde dégageait une odeur nauséabonde ; quand il restait immobile, la puanteur s'accumulait autour de lui tel un nuage épais.

– Crois-moi, c'est extrêmement simple, expliquait Shakespeare avec une grande patience. Rien de plus qu'une variation d'une méthode de divination que m'a enseignée Dee il y a quatre cents ans.

– Suis-je le seul à avoir remarqué que l'ordinateur

était éteint ? intervint Josh. Il n'y a que les écrans d'allumés.

– Nous n'avons pas besoin de la tour, répondit Shakespeare sur un ton énigmatique. Dee a toujours utilisé une surface réfléchissante pour ses actes de cristallomancie…

Josh fronça les sourcils, se souvenant que Nicolas avait déjà employé cette expression.

– On parle aussi de catoptromancie, murmura Shakespeare. Quand je l'accompagnais, Dee ne se séparait jamais de son miroir.

– Sa célèbre boule de cristal… J'ai lu des articles à ce sujet, commenta Flamel.

– Il en a fait une démonstration à la reine Élisabeth en personne dans sa maison de Mortlake, dit Shakespeare. Elle a eu si peur qu'elle s'est sauvée en courant et n'est plus jamais revenue chez lui. Le docteur regardait dans sa boule de cristal, se focalisant sur des personnes ou des endroits à travers le monde.

– Je me suis souvent demandé à quoi cela ressemblait, marmonna Flamel.

– On dirait la télé, fit Josh, avant de se rendre compte qu'il parlait d'un objet existant au XVIIe siècle.

– Oui, cela ressemble à la télévision, lui accorda Shakespeare, mais sans caméra à l'autre extrémité pour transmettre l'image. C'est un exemple de la technologie des Aînés, un cadeau de son maître. Je crois qu'il y avait dedans une lentille organique activée par l'aura du Magicien.

– Qu'est-elle devenue ? s'enquit Flamel.

Shakespeare sourit, les lèvres jointes :

– Je la lui ai volée la nuit où je me suis enfui. Je comptais la garder pour moi et m'en servir à la première occasion contre lui. Mais j'ai compris que si elle reliait Dee à son maître, elle liait probablement son maître à moi. Je l'ai donc jetée dans la Tamise à Southwark, près de l'endroit où nous avons érigé par la suite le théâtre du Globe.

– Je me demande si elle s'y trouve encore, marmonna l'Alchimiste.

– À mon avis, elle est enfouie sous des siècles de vase et de boue… Mais peu importe : Dee peut utiliser pour sa cristallomancie toute surface polie – miroirs, vitres, verre, cristal. Il a aussi découvert que les liquides fonctionnaient à merveille. En appliquant son aura à un liquide, le Magicien altère ses propriétés, le rend réfléchissant, puis il s'en sert pour espionner les gens et observer les lieux aux quatre coins du monde, y compris ceux des autres époques. Avec un peu de temps et de préparation, il est capable de regarder les royaumes des Ombres les plus proches. Il se sert également des yeux des animaux ou des oiseaux. Ils deviennent ses agents.

– C'est fascinant ! s'extasia Flamel. Quel dommage qu'il n'ait pas choisi de s'allier à nous contre les Ténébreux…

– Le docteur emploie le plus souvent de l'eau de source pure, même si je l'ai vu recourir à de la neige, de la glace, du vin ou de la bière. N'importe quel liquide fait l'affaire.

Shakespeare tapota le cadre en plastique noir de l'écran d'ordinateur.

– Et qu'avons-nous là ? Des cristaux liquides !

L'Alchimiste écarquilla ses yeux pâles et hocha doucement la tête. Il attrapa sous son col un petit pince-nez qu'il portait au bout d'une ficelle et le chaussa.

– Bien sûr…, chuchota-t-il. Les propriétés des cristaux liquides peuvent être modifiées par une charge électrique ou magnétique.

Il claqua des doigts, et une étincelle verte, pas plus grosse qu'une tête d'épingle, apparut au bout de son index. La cabane fut envahie par une odeur vive de menthe ; une volute se dessina aussitôt sur les deux écrans. Flamel bougea les doigts, et les surfaces se zébrèrent de blanc, de vert, puis se transformèrent soudain en miroirs qui reflétaient son visage, entouré de celui de Josh et de Shakespeare.

– Je n'y aurais jamais pensé ! C'est génial !

– Merci, marmonna Shakespeare, l'air gêné par le compliment.

– Qu'est-ce qui servira de miroir de l'autre côté ? demanda Flamel.

– Les toiles d'araignée, répondit le Barde. On en trouve partout, dans les palais comme dans les taudis ! Les fils, enduits d'une substance collante, font d'excellents miroirs magiques.

Flamel secoua de nouveau la tête, apparemment impressionné.

– Maintenant, il nous faut juste un objet qui vous lie à madame Pernelle.

Nicolas ôta la lourde gourmette en argent enroulée autour de son poignet.

– Pernelle l'a fabriquée de ses propres mains, expliqua-t-il tout en posant le bijou sur la table. Il y a un peu plus d'un siècle, un chasseur de primes masqué nous a pourchassés à travers l'Amérique. Ses fusils étaient chargés de balles en argent. Il devait nous prendre pour des loups-garous.

– Des balles en argent contre les loups-garous ! s'exclama Shakespeare. Seigneur, que ces mortels sont fous !

– Je croyais que ça marchait sur ces bêtes-là…, intervint Josh.

– Pour ma part, je préfère le vinaigre, déclara Nicolas.

– Et moi, le citron, enchaîna Shakespeare. Ou le poivre, en dernier recours.

Quand il vit le regard perplexe de Josh, il précisa :

– Tu les saupoudres de poivre, ou bien tu leur en jettes dans le nez ou les yeux. Ils se mettront à éternuer, ce qui te laissera le temps de t'échapper.

– Vinaigre, citron, poivre, marmonna Josh. Je ne manquerai pas de les ajouter à mon kit anti-loups-garous. Et si je n'en rencontre aucun, je pourrai toujours me préparer une salade.

– Non, non ! Pour la vinaigrette, il faut une bonne huile d'olive, objecta Shakespeare le plus sérieusement du monde. Et elle est inefficace contre les garous de toute sorte.

– Mais très utile contre les bruxsa et les strega, murmura Flamel qui dessinait des tourbillons sur les deux écrans LCD.

– Je l'ignorais, remarqua Shakespeare. Et comment s'en sert…

– Qu'est-il arrivé au chasseur de primes ? l'interrompit Josh, pressé d'en revenir au sujet principal.

– Oh ! Pernelle a fini par le sauver des griffes d'une tribu de Oh-mah-ah.

– Omah ? répétèrent Josh et Shakespeare en chœur.

– Sasquatch… Saskehavis.

Pendant une seconde, l'image d'un humain grand et corpulent à l'allure primitive apparut sur l'écran. Il était couvert de poils roux et portait un gros gourdin fabriqué à partir de racines tortueuses.

– Bigfoot, quoi !

– Évidemment ! ironisa Josh. Vous êtes en train de me dire que ces êtres existent aux États-Unis ?

– Oui. Après que Pernelle a secouru le chasseur de primes, continua Flamel en caressant sa gourmette, il lui a offert des balles en argent.

Une étincelle verte brilla sur le métal.

– Elle les a fondues à l'aide de son aura, puis elle a façonné chaque maillon…

Un parfum de menthe envahit de nouveau la hutte. L'Alchimiste serra le bracelet dans son poing.

– Elle dit toujours qu'une partie d'elle se trouve dans cette gourmette.

Soudain, les deux écrans clignotèrent, et Pernelle Flamel apparut au trio.

CHAPITRE DIX-NEUF

Même sans Alaya pour la guider, le parfum de menthe aurait conduit Pernelle dans les sous-sols de la prison. Frais et propre, il couvrait les relents malsains de bâtiments en ruine et la senteur forte et omniprésente du sel. Une autre odeur s'élevait dans Alcatraz à présent : celle d'un grand nombre d'animaux parqués ensemble.

Le spectre s'arrêta devant l'entrée d'une cellule et flotta sur le côté : une immense toile d'araignée en barrait l'entrée. Des milliers de gouttelettes tremblotantes faisaient scintiller la toile circulaire. C'est de là que provenaient les effluves de menthe.

– Nicolas ? chuchota Pernelle, intriguée.

Pourquoi l'aura de son mari, si familière et délicieuse, parfumait-elle l'air en cet endroit ? Pernelle scruta la cellule par-delà la toile.

– Nicolas ? répéta-t-elle.

Soudain, chaque gouttelette accrochée à la toile miroita et s'unit à sa voisine. Tel un immense miroir, la toile réfléchit la lumière puis s'assombrit pour révéler l'enchevêtrement de fils en dessous. Une lueur verte et pétillante s'enroula autour des fils délicats ; puis la voix de Nicolas se fit entendre : « *Elle dit toujours qu'une partie d'elle se trouve dans cette gourmette.* » L'instant d'après, la toile s'anima de nouveau, et trois visages ébahis apparurent dans l'obscurité.

– Nicolas ! souffla Pernelle, qui s'efforçait en vain de contenir son aura.

Son instinct lui dit qu'il s'agissait d'une forme de cristallomancie. Son mari utilisait le liquide de la toile pour la voir... Pourtant, elle savait qu'il n'était jamais parvenu à maîtriser cet art-là. Au bout de six cents ans de mariage, Nicolas la surprenait encore !

– C'est toi ? chuchota-t-elle.

– Oh, Pernelle !

Il y avait une telle joie dans la voix de son mari qu'elle en eut un coup au cœur. L'Ensorceleuse retint ses larmes et examina Nicolas d'un œil inquiet. Les plis de son front s'étaient creusés ; il avait de nouvelles rides, les poches sous ses yeux ressemblaient à des ecchymoses, et il grisonnait. Mais peu importait : il était en vie. Un frisson de bonheur la parcourut. Le sphinx avait prétendu que son mari était fini, Morrigan soutenait que Nidhogg se promenait dans les rues de Paris... Pernelle n'osait pas imaginer les dangers qui guettaient Nicolas.

Quoi qu'il lui fût arrivé, elle le voyait enfin. Il paraissait plus vieux, fatigué, mais il était vivant.

Josh, qui se trouvait juste derrière lui, avait l'air épuisé. Malgré son front sale et ses cheveux en bataille, il paraissait toutefois en bonne santé. Ne distinguant ni Sophie ni Scathach, Pernelle s'intéressa à l'homme assis à côté de son mari. Son visage ne lui était pas inconnu…

– Tu m'as manqué ! lâcha Nicolas.

Il leva la main droite, écarta les doigts. À l'autre bout du monde, Pernelle imita son geste en prenant soin de ne pas toucher la toile, ce qui briserait la connexion.

– Tu n'es pas blessée ? demanda l'Alchimiste dans un murmure à peine audible.

Son image se troubla lorsque la toile ondula sous la brise entrée par la porte ouverte au fond du couloir.

– Je vais bien, le rassura-t-elle.

– Vite, Perry, nous avons peu de temps. Où es-tu ?

– Tout près de chez nous. À Alcatraz. Et toi ?

– Un peu plus loin, hélas : à Londres.

– Londres ? Morrigan te disait à Paris.

– Ça, c'était hier. Aujourd'hui, nous sommes en Angleterre, mais nous ne resterons pas longtemps, je l'espère. Peux-tu quitter l'île ?

– Non, malheureusement. Elle appartient maintenant à Dee. Il y a un sphinx en liberté dans les couloirs. Les cellules sont remplies de monstres, et la mer est gardée par les Néréides.

– Ne prends pas de risques, je viens te chercher ! lança Nicolas.

Pernelle hocha la tête : elle ne doutait pas que son

mari viendrait à son secours. La rejoindrait-il à temps ? C'était une autre question…

– Je compte sur toi.

Ils avaient vécu ensemble de si nombreuses années, dont une centaine dans l'obscurité et un confort relatif, sans grand contact avec les Aînés ou ceux de la Génération Suivante qu'elle oubliait parfois que le savoir de son époux était inestimable.

– Tu as un plan ? demanda-t-elle.

– À Paris, j'ai récupéré notre vieille carte des lignes de force mondiales, se dépêcha-t-il d'expliquer, le regard malicieux. Quelque part sur la plaine de Salisbury, il existe une ligne qui nous conduira directement au mont Tamalpais. Nous irons là-bas quand nous aurons…

L'Alchimiste s'interrompit. Pernelle perçut son hésitation et fut prise d'une vive inquiétude.

– Nicolas, explique-moi !

– Il y a quelque chose que j'aimerais faire à Londres avant. Je voudrais que les enfants rencontrent quelqu'un.

Une douzaine de noms vinrent à l'esprit de l'Ensorceleuse ; aucun ne présageait rien de bon.

– Qui ?

– Gilgamesh.

Pernelle ouvrit la bouche pour protester, mais le regard de son mari l'en dissuada. Les yeux de Flamel pétillèrent et il fit un signe de tête quasiment imperceptible vers Josh.

– Je veux lui demander d'enseigner aux enfants la magie de l'Eau.

– Gilgamesh, répéta-t-elle. Le Roi.

Avec un sourire contraint, elle ajouta :

– Salue-le de ma part.

– Je n'y manquerai pas. Je suis sûr qu'il se souvient de toi. Et, surtout, j'espère qu'il nous dirigera vers cette ligne de force.

– Dis-moi vite si tout va bien. Parle-moi des enfants.

– Les jumeaux sont ici avec moi. Tous deux ont été éveillés, et Sophie pratique à présent la magie de l'Air et du Feu. Josh, lui, n'a reçu aucune préparation.

Pernelle observait le garçon pendant que Nicolas parlait. En dépit de l'image vacillante, elle perçut sa déception.

– Il y a tellement à te raconter ! ajouta Flamel.

– Je vois ! Mais, Nicolas, tu oublies les bonnes manières ! Tu ne m'as pas présenté… Serait-ce maître Shakespeare ?

L'homme s'inclina autant que sa position assise le lui permettait.

– Votre humble serviteur, madame.

Pernelle demeura silencieuse. Elle sentit une douleur dans l'épaule, à l'endroit où elle avait été blessée lors de l'attaque qui avait suivi la trahison de Shakespeare. Mais, à la différence de Nicolas, elle n'en avait pas voulu au garçon. Dee pouvait être dangereusement persuasif… Elle finit par baisser la tête.

– Maître Will ! Tu sembles en bonne forme.

– Merci, madame. Savez-vous que, il y a presque quatre cents ans, j'ai écrit un vers en votre honneur ? *Les années passeront sans la flétrir. Son extrême diversité met au défi la lassitude.* Ces mots sont toujours d'actualité. Vous êtes plus belle que jamais.

Il inspira longuement avant de reprendre :

– Je vous dois des excuses, madame. À cause de moi, vous avez failli perdre la vie. J'ai commis une grave erreur.

– Tu as choisi le mauvais camp, Will.

– Je le sais, madame.

La tristesse dans la voix de l'immortel était palpable.

– Tu n'as rien à te reprocher. L'erreur aurait été de rester dans ce camp…

Le Barde sourit et la remercia en inclinant la tête.

– Perry, je me suis trompé au sujet de M. Shakespeare, intervint Flamel. Le Magicien n'est pas son ami. De plus, c'est lui qui a rendu cette communication possible.

– Merci, Will, fit Pernelle. Je ne puis te dire à quel point je suis heureuse de voir Nicolas sain et sauf.

Le rouge monta aux joues de Shakespeare et jusqu'à son crâne chauve.

– Le plaisir est pour moi, madame.

– Et toi, Josh ? Comment vas-tu ?

– Bien, je suppose. Très bien.

– Et Sophie ?

– On ne peut mieux. Elle maîtrise le Feu et l'Eau. Vous auriez dû voir la raclée qu'on a mise aux gargouilles de Notre-Dame !

Les sourcils haussés en guise de question silencieuse, Pernelle riva ses yeux verts sur Nicolas.

– C'est une longue histoire, dit l'Alchimiste.

Alors qu'il avait commencé en anglais, il glissa vers le français de sa jeunesse.

– Nous étions encerclés par les Gardiens de la Cité. Le garçon a nourri l'aura de la fille avec la sienne. Tu imagines ? Argent et or mêlés ! Leurs pouvoirs sont incroyables. Ils ont triomphé de la magie combinée de Dee et Machiavel. Pernelle, nous les avons ! Ce sont eux, les jumeaux de la légende.

Soudain, une bouffée d'air fétide s'engouffra dans le couloir, et la toile ondula. Reflété dans chaque gouttelette, le visage de Nicolas se multipliait par millions. Puis les gouttes s'unirent de nouveau, et l'image réapparut.

– *Madame…*, chuchota Alaya, inquiet. *Quelque chose approche.*

– Nicolas, je dois partir, lâcha Pernelle.

– Je viens aussi vite que je le peux, lui assura son mari.

– Je sais. Sois prudent, Nicolas. L'âge commence à marquer ton visage.

– Perry, une dernière chose, s'il te plaît. M. Shakespeare pense que nous devrions tenir tête aux Aînés et nous battre. Mais nous sommes sur les terres de Dee, et en sous-effectif. Qu'en penses-tu ?

– Oh, Nicolas, enfin ! murmura Pernelle dans le dialecte breton de sa lointaine enfance.

Les angles de son visage se modifièrent, devenant plus durs ; ses yeux verts prirent l'apparence du verre. Elle passa à l'anglais :

– Il existe un temps pour fuir, et un temps pour affronter son ennemi. Nicolas, je t'ai souvent demandé d'arrêter de courir pour te battre. Tu disposes d'un demi-millénaire de connaissances alchimiques qui t'aideront face à Dee et à ses Ténébreux. Tu m'as toujours dit que tu ne pouvais pas les défier avant d'avoir trouvé les jumeaux. Aujourd'hui, ils sont auprès de toi, et, si je comprends bien, leur puissance est inouïe. Sers-toi d'eux. Frappe au cœur de l'empire de Dee ; qu'il sache que tu n'es pas sans défense. L'heure est venue, Nicolas, de se lever et de se battre.

L'Alchimiste hocha la tête :

– Et toi, peux-tu éviter le danger jusqu'à ce que j'arrive ?

Pernelle allait répondre quand une créature de cauchemar bondit à travers la toile d'araignée, dents et griffes dirigées vers son visage.

CHAPITRE VINGT

L'Alchimiste, Josh et Shakespeare attendaient la réponse de Pernelle quand l'image éclata en milliers de pixels. Ils eurent juste le temps de voir des griffes incurvées. Par instinct, ils bondirent en arrière.

– Que… que s'est-il passé ? bredouilla Josh.

L'écran de gauche était complètement noir ; celui de droite était parsemé de paquets de points rouges et verts qui scintillaient.

L'Alchimiste serra le poing autour de sa gourmette si fort que ses articulations blanchirent. Des mèches de feu vert menthe dansèrent sur le métal tandis que les doigts de son autre main appuyaient sur l'écran. Le LCD affi-cha les couleurs de l'arc-en-ciel ; puis dix bandes étroites, irrégulières et colorées surgirent. À travers les longues lignes verticales, ils aperçurent l'image angoissante d'un couloir vide à l'autre bout du monde. Nulle trace de Pernelle.

– C'était quoi ? souffla Josh.

Shakespeare secoua la tête :

– Je n'en ai aucune idée.

Sa main droite prit l'allure d'une serre, qu'il appliqua sur l'écran. Cinq des bandes colorées correspondaient à ses doigts.

– Quelque chose s'est jeté sur madame Pernelle et l'a cisaillée. La créature a dû traverser la toile d'araignée.

Il tapa la vitre avec un ongle :

– On dirait que nous sommes toujours connectés aux lambeaux de soie. Je réessaie.

– Elle va… Pernelle va bien ? s'inquiéta Josh.

Il avait remarqué que la gourmette en argent était brisée en deux. Son centre avait fondu, les maillons n'étaient plus que des gouttelettes plates.

– Nicolas ?

Flamel ne répondit pas. Il tremblait de tout son corps, le visage pâle et lugubre, les lèvres cerclées de bleu. Le prénom de sa femme se forma sur ses lèvres, mais il ne le prononça pas.

L'image vacilla à l'écran… Et ils virent l'Ensorceleuse.

Elle reculait, les mains tendues devant elle pour se protéger. Une longue griffure balafrait son épaule et son bras nus.

– Pernelle ! gémit Flamel.

Et, soudain, la créature surgit à l'écran. Elle longeait lentement le couloir de pierre et avançait vers l'Ensorceleuse. Josh n'avait jamais vu un tel être, à la fois beau et horrifiant. Il avait à peu près sa taille ; son visage dodu aux joues roses contrastait avec son corps squelettique. Les os et les côtes apparaissaient sous la peau grisâtre. Ses griffes, un croisement entre des pieds humains et des serres d'oiseau, cliquetaient sur le sol. Même s'il avait des mains d'homme, ses ongles longs, noirs et tranchants s'incurvaient comme ceux d'un chat. D'immenses ailes tannées de chauve-souris traînaient sur le sol derrière lui.

Une deuxième silhouette apparut sur l'écran. Une femelle. De fins cheveux noirs entouraient son visage délicat. Elle avait le corps encore plus émacié que celui du garçon, les ailes déchirées, et elle boitait de la jambe gauche.

– Des vetalâ ! lâcha Flamel, horrifié. Des buveurs de sang, des dévoreurs de chair !

Soudain, quelqu'un d'autre surgit devant Pernelle. Flou et sans substance, il paraissait humain et masculin. Les poings serrés, l'air menaçant, il geignait.

L'aura verte de Flamel flamboya autour de son corps ; l'odeur de menthe devint écœurante.

– Je dois l'aider ! s'exclama-t-il.

À cet instant, Palamède entra en trombe dans la cabane.

– Ton aura ! cria-t-il. Mets-la en veilleuse tout de suite !

Sophie le talonnait, l'air effrayé. Les chiens aux yeux rouges se bousculaient à la porte, grognant et aboyant.

– Pernelle a des ennuis, expliqua Josh à Sophie.

Il savait que sa sœur appréciait beaucoup l'Ensorceleuse.

– Flamel, stop ! ordonna le Chevalier.

L'Alchimiste l'ignora. Tout en roulant la gourmette en argent brisée dans la paume de sa main gauche, il ferma le poing, qui fut enveloppé d'une lumière émeraude aveuglante. Ensuite, il posa la main droite à plat sur l'écran.

– Pernelle ! appela-t-il.

Au même instant, l'odeur de menthe fut remplacée par celle du clou de girofle. Palamède venait de mettre ses deux grosses mains sur les épaules de Flamel.

– Arrête, Nicolas ! Ou tu causeras notre perte à tous.

D'un coup, l'aura de l'Alchimiste gagna en luminosité. De vert émeraude, elle devint jade lumineux. Le Chevalier fut projeté en arrière. Juste avant qu'il ne s'écrase contre le mur, une cotte de mailles se forma autour de son corps. L'impact fut tel qu'elle se cabossa ; des flammes vertes apparurent sur ses chaînons.

– Will ! Arrête-le ! hurla le Sarrasin. Brise le lien !

– Maître… je vous en prie.

Au moment où Shakespeare tira Nicolas par la manche, des flammèches d'un vert vif coururent le long de son bras et le déséquilibrèrent.

Les yeux rivés à l'écran, Josh s'accroupit à côté de l'Alchimiste.

– Qu'essayez-vous de faire ? demanda-t-il.

– Je veux renforcer l'aura de Pernelle avec la mienne, expliqua Nicolas sur le ton du désespoir. Les vetalâ vont la mettre en pièces ! Mais j'ai peur de ne pas avoir assez de forces.

Sa terreur était palpable. Josh se tourna vers sa sœur qui esquissa un léger hochement de tête. Il demanda à Flamel :

– Laissez-moi vous aider.

– Laissez-nous vous aider, rectifia Sophie.

Les jumeaux prirent position de chaque côté de Nicolas, Sophie à droite, Josh à gauche.

Le mélange de senteurs qui emplissaient à présent la pièce donnait envie de vomir : orange et vanille, clou de girofle et menthe, aliments frits et odeurs corporelles rances, effluves de chiens mouillés…

Le Chevalier sarrasin eut beau hurler, ses mots furent étouffés quand l'aura or et argent des jumeaux crépita autour d'eux. Ils touchèrent l'Alchimiste. Aussitôt, son aura vert pâlissante se mit à luire de plus belle, enrichie de grains dorés et de fils argentés.

– Flamel ! cria Palamède, affolé. Tu veux notre mort ?

– Pernelle ! s'exclama Nicolas, les doigts écartés contre l'écran.

Des serpentins verts, jaunes et argent glissèrent le long de son bras, s'enroulèrent autour de ses poignets et disparurent dans le moniteur.

L'écran de droite se fissura au milieu, laissant s'échapper une épaisse fumée noire. La voix de Pernelle, claire et audible, leur parvint enfin.

– Nicolas ! Stop ! Non !

Elle semblait terrorisée.

Lundi 4 Juin

Sur l'écran de gauche, son aura d'un blanc glacé se matérialisa autour d'elle avant de s'éteindre.

– Nicolas ! hurla Pernelle. Tu m'as tuée !

Soudain, le moniteur fondit, laissant une flaque nauséabonde de plastique bouillonnant et de verre en fusion.

CHAPITRE VINGT ET UN

Alors qu'il entrait tranquillement dans le hall des arrivées de l'aéroport London City, le Dr John Dee ne fut pas surpris de voir un homme en costume deux-pièces noir, chemise blanche et lunettes noires, en train de brandir une carte affichant son nom écrit en lettres d'imprimerie. Avant de partir, le Magicien avait communiqué par téléphone le numéro de son vol aux bureaux d'Enoch Enterprises à Londres.

– Je suis le Dr John Dee, se présenta-t-il.

Il tendit à l'homme son petit sac de voyage, mais garda la mallette contenant son ordinateur portable.

– Oui, monsieur. Je vous avais reconnu. Suivez-moi, je vous prie.

Dee crut percevoir une pointe d'accent du Moyen-Orient, d'Égypte peut-être. Il suivit son guide jusqu'à une limousine noire anonyme garée devant la sortie, dans la zone à stationnement interdit. Le chauffeur ouvrit la portière arrière et recula ; à cet instant, les narines de Dee perçurent une odeur familière… Il réalisa soudain que cette voiture avec chauffeur n'avait pas été envoyée par sa compagnie. Pendant un instant, il envisagea de prendre la fuite… Mais où aller ?

– Merci, fit-il poliment en se glissant dans l'habitacle sombre.

La portière se referma avec un léger cliquetis. L'odeur qui régnait dans le compartiment confiné lui coupa le souffle. Il s'assit en silence. Il y eut un petit bruit quand sa valise fut déposée dans le coffre. Quelques secondes plus tard, la voiture démarra en douceur.

Le Magicien posa son portable à côté de lui, puis se tourna vers la silhouette masquée installée à l'autre extrémité de la banquette en cuir. Un sourire contraint aux lèvres, il s'inclina :

– Madame, je dois avouer que je suis surpris… et ravi, bien entendu, de vous voir ici.

La silhouette plongée dans l'ombre remua, sa cape bruissa, puis la veilleuse s'alluma. Bien que l'odeur l'ait renseigné sur l'identité de son hôtesse, Dee tressaillit quand il vit la tête terrifiante de la grande lionne à quelques centimètres de la sienne. La lumière se reflétait sur ses incisives redoutables et sur ses épaisses moustaches. Bastet la Ténébreuse leva la tête et le fixa de ses grands yeux jaunes aux pupilles verticales.

– Je commence vraiment à te détester, John Dee, gronda-t-elle.

Le docteur s'obligea à sourire davantage, puis quitta des yeux les dents aiguisées pour s'attaquer à un grain de poussière sur sa manche.

– Vous faites donc partie de la majorité, car beaucoup de gens me haïssent. Mais, entre nous, je les hais aussi. Cependant, croyez-moi, madame, si je vous dis que vos intérêts me tiennent particulièrement à cœur.

La lumière s'éteignit, et Bastet redevint invisible dans le noir.

Une pensée vint soudain à l'esprit de Dee.

– Je pensais que votre aversion du fer vous empêchait d'utiliser les transports modernes, comme les voitures.

– Contrairement à d'autres Aînés, je ne suis pas allergique au fer. Je tolère sa toxicité pendant de courtes périodes. Et puis, cette voiture est en fibre de carbone.

L'air grave, Dee hocha la tête, enregistrant cette précieuse information. Il avait toujours cru que le fer avait chassé les Aînés de ce monde. Apparemment, au bout de quatre cents ans passés à leur service, il lui restait beaucoup à apprendre à leur sujet…

La voiture ralentit, puis stoppa. À travers la vitre teintée, Dee perçut à peine le feu rouge. Il attendit qu'il passe au vert pour se permettre une nouvelle question.

– Puis-je vous demander la raison de votre colère à mon égard ? murmura-t-il, content que sa voix n'ait pas tremblé.

Bastet était une Aînée de la Première Génération, l'une des fondatrices de Danu Talis. Après la disparition de l'île, elle avait été adorée par les Égyptiens pendant des siècles. Les Incas et les Chinois honoraient les chats en souvenir de l'époque où elle vivait dans l'ancien monde humani.

Dee entendit un bruit de pages qu'on tourne et comprit que l'Aînée lisait dans le noir le plus complet.

– Tu représentes l'incarnation des ennuis, John Dee, fit-elle. Je les sens venir de toi, comme je sens cette ridicule odeur de soufre que dégage ton aura.

Lentement et méthodiquement, elle déchira du papier.

– J'ai parcouru ton dossier. Ce n'est pas une lecture très inspirante. Tu es peut-être notre premier agent dans ce monde, mais je suis d'avis que tu as été particulièrement inefficace. Combien de fois as-tu été à deux doigts de capturer les Flamel ? Et je ne parle pas du nombre de morts et des ravages que tu as provoqués. Ta tâche était de protéger les Aînés, et pourtant, il y a à peine trois jours, tu n'as pas détruit un, mais trois royaumes des Ombres interconnectés ! Il s'en est fallu d'un cheveu pour que ta dernière aventure à Paris révèle notre présence aux humani. Tu as même laissé Nidhogg se promener dans les rues !

– Ça, c'était une idée de Machiavel…, se défendit Dee.

– De nombreux Aînés ont demandé ton élimination, rugit Bastet, ce qui le fit taire.

– Mais j'ai servi les Aînés avec loyauté pendant des siècles, finit-il par argumenter sur un ton plaintif.

– Tes méthodes sont grossières, archaïques ! cracha l'Aînée à tête de chat. Regarde Machiavel : c'est un scalpel, à la fois net et précis. Toi, tu es un sabre, brut et approximatif. Tu as failli réduire cette ville en cendres autrefois. Tes créatures ont tué un million d'humani en Irlande ; cent trente mille autres sont morts à Tokyo. Et, malgré tous ces dégâts, tu n'as pas intercepté les Flamel !

– On m'a demandé de capturer les Flamel, et le Codex, par n'importe quel moyen. C'était ma priorité, contre-attaqua Dee, que la colère rendait téméraire. J'ai tout mis en œuvre pour atteindre ce but, et permettez-moi de vous rappeler qu'il y a trois jours j'ai mis la main sur le Livre d'Abraham le Juif.

– Oui, même là, tu as échoué, siffla Bastet. Le Codex est incomplet. Il manque les deux dernières pages.

La respiration de l'Aînée changea ; Dee s'aperçut dans l'obscurité que son haleine aux relents de viande était dangereusement proche de son visage.

– Magicien, tu bénéficies de la protection d'un Aîné puissant, peut-être le plus puissant d'entre nous tous. C'est ce qui t'a gardé en vie jusqu'à présent.

Les grands yeux jaunes luirent dans le noir, les pupilles aussi fines que la lame d'un couteau.

– Chaque fois que les autres réclamaient pour toi une punition ou la mort, ton maître t'a sauvé. Je ne suis pas la seule à me demander à quoi un outil aussi défectueux peut servir à un Aîné…

Ces mots glacèrent l'Anglais.

– Comment m'avez-vous appelé ? parvint-il à murmurer.

Il avait la bouche sèche, la langue pâteuse.

Les yeux de Bastet flamboyèrent :

– Un outil défectueux.

Dee peinait à respirer. Il essaya de calmer son cœur affolé. Cela faisait plus de quatre cents ans qu'il n'avait pas entendu ces trois mots qui demeuraient gravés au fer rouge dans sa mémoire. Il ne les avait jamais oubliés et, d'une certaine manière, ils avaient façonné sa vie.

Il tourna la tête pour échapper à l'haleine fétide de Bastet, posa le front contre la vitre froide et scruta la nuit zébrée de lumières. Ils roulaient dans le cœur de Londres, au XXIe siècle, et pourtant, quand il ferma les yeux et se remémora la dernière fois qu'il s'était senti aussi mal, la dernière fois où il avait entendu ces mots, il se retrouva dans la cité de Henri VIII.

Un souvenir longtemps enfoui remonta à la surface. L'Aînée n'avait pas utilisé ces trois mots acerbes par hasard : elle lui montrait l'étendue de ses connaissances à son sujet.

Le 23 avril 1542, un jour froid et pluvieux à Londres. John Dee se tenait devant son père, Roland, dans leur maison de Thames Street. Dee, qui avait quinze ans – et qui faisait plus vieux que son âge –, avait l'impression d'en avoir dix. Il serrait les poings derrière son dos, incapable de bouger, trop effrayé pour parler, hors d'haleine. Son cœur battait si fort qu'il tremblait de tout son corps. S'il bougeait, il tomberait à la renverse ou s'enfuirait tel un enfant, et s'il parlait, il craquerait et pleurerait tel un bébé. Or John ne voulait afficher aucun signe de faiblesse devant Roland Dee. Par-dessus l'épaule droite de son père, à travers une petite fenêtre à losanges,

John apercevait le sommet de la Tour de Londres toute proche. Immobile et coi, il laissait son père finir son sermon.

John avait toujours su qu'il était différent.

Très tôt, ses parents s'étaient aperçus que leur fils unique avait un don extraordinaire pour les mathématiques et les langues. Enfant, il lisait et écrivait l'anglais, mais aussi le latin et le grec, et avait appris seul le français et un peu d'allemand. John vouait un culte à sa mère, Jane, qui prenait toujours parti pour lui face à son père autoritaire. Encouragé par elle, John envisageait de s'inscrire à St. John's College à Cambridge. Il espérait que son père serait enchanté ; mais Roland Dee était un marchand de textile qui occupait une position mineure à la cour de Henri VIII et avait peur d'une éducation trop poussée. Il connaissait le sort réservé aux hommes instruits à la cour : il était tellement facile de contrarier le Roi que ces personnages-là finissaient en prison ou au cimetière, dépouillés de leurs terres et de leur fortune. Roland voulait que son fils reprenne l'affaire familiale, et pour cela il lui suffisait de savoir lire, écrire et additionner des colonnes de chiffres.

Cependant John Dee avait bien plus d'ambition.

En ce jour d'avril 1542, il avait enfin rassemblé son courage et annoncé à son père sa décision d'aller à l'université, que cela lui plaise ou non. Son grand-père, William Wild, avait payé les frais, et Dee s'était inscrit sans que son père le sache.

– Et ensuite ? demanda Roland, furieux, en secouant sa barbe broussailleuse. Ils te bourreront le crâne d'idioties ! Tu apprendras le latin et le grec, les mathématiques et la philosophie, l'histoire et la géographie, mais à quoi cela me sert-il ? À quoi cela te servira-t-il ? Ce savoir ne te suffira pas. Tu chercheras à apprendre davantage, ce qui te conduira sur des chemins obscurs, mon fils. Tu ne seras jamais satisfait, parce que tu n'en sauras jamais assez !

– Tu peux dire ce que tu veux, parvint à répondre l'adolescent. Je pars.

– Tu deviendras comme un couteau qu'on a aiguisé si souvent qu'il s'est émoussé. Tu deviendras un outil défectueux… et pour ma part, je n'en ai aucune utilité.

Le Dr John Dee ouvrit les yeux et scruta les rues modernes de Londres.

Il avait rarement parlé à son père par la suite, même quand le vieillard avait été enfermé dans la Tour de Londres. Dee avait étudié à Chelmsford, puis à Trinity College, fondé depuis peu. Il s'était rapidement forgé une réputation, celle d'un homme comptant parmi les plus brillants de son époque. Parfois, quand il se rappelait les paroles de son père, il réalisait que Roland Dee avait eu raison : sa quête de savoir insatiable l'avait mené sur des chemins très sombres et très dangereux… jusqu'aux Ténébreux.

Et quelque part dans son esprit, dans ce coin obscur où sont enfouis les secrets les plus douloureux, se tapissaient ces trois mots acerbes : *Un outil défectueux.*

Peu importaient ses réussites, ses succès extraordinaires, ses découvertes fabuleuses, ses prédictions d'une étrange précision ; peu importaient son immortalité et son association avec des figures que des générations d'hommes adoraient et considéraient comme des dieux et des héros, ces trois mots le narguaient. En réalité, il avait peur que son père n'ait eu raison sur ce point également. Et s'il était bel et bien un outil défectueux ?

Après s'être raclé la gorge, il décolla son front de la vitre, composa un sourire énigmatique sur ses lèvres et se tourna vers Bastet, cachée dans le noir.

– J'ignorais que vous possédiez un dossier sur moi.

Le cuir couina quand la déesse changea de position.

– Nous avons un dossier sur tous les humani, mortels et immortels, à notre service. Il se trouve que le tien est le plus gros de tous.

– Je suis flatté.

– Ne le sois pas. Il comporte, comme je l'ai dit, une kyrielle d'échecs.

– Je suis déçu que vous le considériez ainsi. Par chance, je n'ai pas de comptes à vous rendre. Je dépends d'une autorité supérieure, ajouta Dee sans se départir de son sourire.

Bastet siffla tel un chat qui se serait coincé la queue.

– Bon, assez plaisanté, poursuivit le Magicien, qui se frotta les mains. Qu'est-ce qui vous amène à Londres ? Je pensais que vous étiez retournée dans votre manoir de Bel Air après notre mésaventure dans Mill Valley.

– Tôt ce matin, j'ai été contactée par quelqu'un de mon passé.

La voix de l'Aînée ressemblait à un long grondement coléreux.

– Quelqu'un que je croyais mort depuis longtemps, à qui je ne voulais plus adresser la parole…

– Je ne vois pas en quoi cela me concerne, commença le Magicien.

– C'était Mars Ultor.

Dee se redressa. Maintenant que ses yeux s'étaient accoutumés à l'obscurité, il devinait les contours de la tête féline de Bastet contre le rectangle plus clair de la fenêtre.

– Mars vous a parlé ?

– Pour la première fois depuis des siècles. Il m'a demandé de t'aider.

Dee hocha la tête. Quand il avait quitté les catacombes quelques heures auparavant, le dieu de la Guerre n'avait pas dit oui à son offre de ramener les jumeaux à Paris et d'obliger Sophie à lever la malédiction.

Un bruissement de tissu se fit entendre, et l'odeur de la déesse des Chats s'accentua.

– C'est vrai ? demanda-t-elle, assez près de Dee pour que son haleine fétide le fasse reculer.

Le Magicien détourna la tête et toussa.

– Par… pardon ?

– Tu peux le libérer du sort jeté par la Sorcière ?

Si le Magicien anglais avait survécu à la cour hautement dangereuse de la reine Élisabeth et au fil des siècles suivants, c'est parce qu'il ne faisait jamais de promesses qu'il ne pouvait tenir, il ne proférait jamais de menace en l'air. Il réfléchit un long moment à sa réponse en prenant soin de ne rien laisser transparaître sur son visage. Même s'il faisait noir à l'arrière de la voiture, l'Aînée à tête de chat s'en serait aussitôt aperçue.

– La Sorcière a transmis toutes ses connaissances à la fille, Sophie, dit-il. Celle-ci a admis qu'elle savait comment inverser la formule. Cependant, quand Mars lui a demandé – l'a suppliée – de l'aider, elle a refusé. À présent, il me suffit de donner à la jumelle de la légende une bonne raison de ne pas refuser la prochaine fois que nous lui poserons la question.

Les lèvres de Dee se tordirent en un sourire cruel :

– Je sais me montrer très persuasif.

La Ténébreuse grogna.

– Cette idée ne vous transporte pas de joie, dirait-on, s'étonna Dee. Je croyais que vous vous réjouiriez de récupérer quelqu'un comme Mars dans vos rangs.

L'Aînée éclata d'un rire grinçant :

– Tu ne sais rien de Mars Ultor, le Vengeur, pas vrai ?

Le Magicien ne répondit pas tout de suite.

– J'ai lu certains mythes, finit-il par dire.

– Autrefois, Mars était un héros. Il est devenu un monstre. C'est une force de la nature, indomptable, imprévisible et incroyablement meurtrière.

– Vous ne semblez pas beaucoup l'apprécier.

– L'apprécier ? répéta Bastet. Je l'aime. Et c'est justement parce que je l'aime que je refuse de le voir à nouveau sillonner le monde.

Dee ne comprenait plus.

– J'aurais cru que nous aurions besoin de Mars dans la bataille à venir.

– Sa fureur risque de dévaster ce monde et tout royaume des Ombres attenant. Au final, un héros humani ou un Aîné belliqueux sera obligé de l'anéantir. Tant qu'il est dans les catacombes, je sais au moins où il se trouve, et surtout qu'il est en sécurité.

– Vous prétendez l'aimer, et pourtant vous préférez qu'il soit condamné à cette espèce de mort éternelle ? s'enquit Dee, dubitatif.

Il sentit plus qu'il n'entendit le sifflement de ses griffes devant son visage. Le siège en cuir éclata sous l'impact.

– Les nations humani ont donné de nombreux noms à Mars au fil des siècles, déclara l'Aînée, la voix tremblant d'émotion. Moi, je l'appelais Horus… mon petit frère.

Abasourdi, Dee s'adossa au siège :

– Pour quelle raison la Sorcière l'a-t-elle maudit ? demanda-t-il.

– Parce qu'elle l'aime encore plus que moi. La Sorcière d'Endor est son épouse.

CHAPITRE VINGT-DEUX

Un vetalâ !

L'Ensorceleuse recula. La créature qui avait traversé la toile devait dormir dans la cellule. Pernelle avait perçu un mouvement à l'intérieur un instant avant que le vetalâ n'apparaisse ; cependant elle n'avait pas été assez rapide pour esquiver ses griffes-faucilles, qui lui avaient entaillé l'épaule et le bras. Il fallait qu'elle remonte vite à l'air libre pour laver la plaie brûlante. Pernelle frissonna en imaginant les souillures qui se cachaient sous les ongles du vetalâ.

Derrière le vampire, la toile pendait en lambeaux. Était-ce les petites étincelles vertes dansant sur les fils qui avaient réveillé la créature ?

Soudain, un deuxième vetalâ traversa le rideau déchiré.

Pernelle remarqua que les deux êtres se ressemblaient comme des jumeaux. Ils avaient un beau visage aux traits indiens fins et délicats, à la peau parfaite et aux yeux bruns, énormes et liquides. En général, ils s'enveloppaient de leurs ailes de chauve-souris noires afin de cacher leur corps gris et émacié et leurs mains griffues jusqu'au moment de passer à l'attaque.

Reculant à pas lents dans le couloir, l'Ensorceleuse tentait désespérément de se rappeler leur histoire. Primitifs et bestiaux, fils de la nuit et de l'obscurité, les vetalâ ne supportaient pas la lumière du soleil, comme la plupart de leurs congénères.

Il fallait qu'elle atteigne l'escalier… mais elle n'osait pas se retourner pour courir.

Juan Manuel de Alaya apparut derrière les deux vampires. Les mains levées, le fantôme passa au travers des créatures. Il poussa un terrifiant geignement de désespoir absolu et de solitude extrême qui se répercuta à l'infini dans les cellules humides. Les vetalâ ignorèrent le spectre. Leurs grands yeux rivés sur l'Ensorceleuse, la bouche entrouverte, le menton dégoulinant de salive, ils affichaient leurs dents d'une blancheur parfaite. Le fantôme se volatilisa ; puis les portes se mirent à claquer au-dessus de leurs têtes avec une telle force qu'un tas de poussière tomba sur eux. Imperturbables, les vetalâ avançaient pas à pas.

– *Madame, je ne peux pas vous aider*, gémit Alaya en surgissant aux côtés de l'Ensorceleuse. *Ils savent que je suis un esprit et que je ne peux pas leur nuire.*

– Je dirais qu'ils ont faim, que tu ne les intéresses pas, murmura Pernelle.

Elle s'arrêta soudain. Les lambeaux de toile derrière les vampires se paraient d'une couleur verte et chatoyante. Elle entraperçut l'image fractionnée de son mari.

– Pernelle…

Sa voix était à peine perceptible. Quelque chose bougeait à côté de Nicolas, dont l'aura était assez vive pour projeter une lueur verte dans le couloir d'Alcatraz.

L'Ensorceleuse connaissait une douzaine de sorts qui la débarrasseraient des vampires, mais chacun impliquait l'activation de son aura. Et, à ce moment-là, le sphinx ne manquerait pas de se manifester. Elle continua donc de reculer. Dès qu'elle aurait touché du talon la première marche, elle se retournerait et monterait l'escalier quatre à quatre en espérant qu'elle atteindrait la porte avant qu'ils ne la rattrapent. Elle avait ses chances. Ces créatures de la forêt possédaient des griffes adaptées aux terres meubles et aux écorces d'arbre, pas aux sols en pierre glissants. Leurs ailes les encombraient également. Pernelle esquissa un nouveau pas en arrière. Elle se rapprochait de plus en plus du rectangle lumineux de la porte. Maintenant que les rayons du soleil lui chauffaient le dos, elle savait que les marches n'étaient plus loin.

À cet instant, dans les restes de la toile elle distingua Josh et Sophie qui flanquaient son mari. Les sourcils froncés, ils la dévisageaient avec inquiétude. Le corps de Nicolas s'enveloppa d'un halo émeraude. Pernelle fut éblouie par l'aura argentée de Sophie et celle, dorée, de Josh. La toile d'araignée luisait telle une lanterne, éclairant tout le couloir.

– *Pernelle...*

Les deux vetalâ se retournèrent. Ils sifflèrent tels des chats, effrayés par le bruit et la lumière soudaine. Nicolas tendit les mains vers sa femme, comme pour l'atteindre, des particules lumineuses dansant au bout de ses doigts. C'est là que l'Ensorceleuse comprit ses intentions.

– Nicolas ! Stop ! Non ! hurla-t-elle.

Des spirales et des tourbillons d'énergie crépitante, argentée, verte et dorée jaillirent de la toile déchirée, rebondirent sur les murs et le plafond avant de s'accumuler aux pieds de Pernelle et de créer une flaque de lumière qui s'infiltra peu à peu dans les dalles. L'Ensorceleuse resta bouche bée lorsqu'une chaude vague d'énergie remonta le long de ses jambes, envahit sa poitrine et explosa dans sa tête. Des images voltigèrent en elle, des pensées, des souvenirs qui ne lui appartenaient pas.

La tour Eiffel qui s'embrasait...

Nidhogg déchaîné dans les rues de Paris...

Les Walkyries en armure blanche...

Les mêmes femmes dans une cage de glace...

Les gargouilles de Notre-Dame descendant de leur perchoir...

Les hideux Genii Cucullati en train de s'approcher...

Spontanément, son aura prit vie autour d'elle, blanche et glaciale. Ses cheveux se dressèrent.

– Nicolas ! hurla Pernelle tandis que la toile se

transformait en poussière noire et que son aura se réduisait à néant. Tu m'as tuée !

Soudain, répercuté par toutes les pierres d'Alcatraz, s'éleva le cri triomphant du sphinx.

Pernelle se figea, terrifiée ; les vetalâ prirent la fuite.

CHAPITRE VINGT-TROIS

Le sphinx surgit au bout du couloir, ses grosses pattes de lion rayant les dalles. Le ventre au ras du sol, la créature écarta ses ailes d'aigle et poussa un cri de triomphe dans un langage plus ancien que les premiers pharaons d'Égypte.

– Tu es à moi, Ensorceleuse ! Je vais me repaître de tes souvenirs avant de ronger tes os.

Le monstre avait le visage d'une femme d'une très grande beauté, les pupilles verticales, et une longue langue noire et fourchue. Il ferma les yeux, rejeta la tête en arrière et prit une profonde inspiration.

– Qu'est-ce que c'est ?

Sa langue goûta l'air ambiant. Il fit deux pas dans le couloir, puis s'arrêta.

– Comment est-ce possible ? Tu es puissante… trop puissante !

Ses traits parfaits se plissèrent tout à coup et s'enlaidirent.

– Tu ne devrais pas être aussi forte !

Pernelle, qui s'apprêtait à se ruer dans l'escalier, se retourna pour faire face au sphinx. Elle fronça les yeux, un petit sourire passa sur ses lèvres, lui donnant un air cruel. Quand elle leva la main, elle découvrit qu'un gant de verre enveloppait ses doigts et sa paume.

– C'est vrai ! chuchota-t-elle.

L'Ensorceleuse partit d'un grand éclat de rire. Le son insolite résonna dans les sous-sols de la prison.

– Merci, Nicolas ! Merci, Sophie et Josh ! cria-t-elle.

Terrifié, le sphinx recula en dérapant. Malgré son apparence redoutable et son affreuse réputation, la créature était loin d'être téméraire. C'était justement la peur et la lâcheté qui l'avaient gardée en vie au fil des millénaires.

Campée face à son ennemi, l'Ensorceleuse colla ses paumes l'une contre l'autre, les pouces serrés. Soudain, son aura jaillit, éclaboussa le couloir d'une lumière blanche aveuglante ; puis, dans un craquement, forma autour d'elle une bulle protectrice composée de cristaux aussi réfléchissants que des miroirs. Les briques effritées, les tuyaux rouillés, le plafond moisi, les toiles d'araignée en lambeaux et les barreaux en métal écaillé s'y reflétèrent dans les moindres détails. De longues ombres s'étirèrent sur le sol en direction du sphinx ; Pernelle, elle, n'en projetait aucune.

La femme ouvrit la main droite. Un globe de lumière blanche semblable à une boule de neige naquit dans sa paume, rebondit plusieurs fois sur le sol avant de rouler entre les pattes sales du sphinx.

– Qu'est-ce que tu attends de moi ? essaya de crâner celui-ci. Tu veux que je la prenne dans ma gueule et que je te la rapporte ?

Pernelle lui lança un sourire sinistre tandis que sa chevelure s'élevait tel un nuage noir derrière elle.

La sphère se mit à croître, à croître… Des cristaux de glace tournoyaient, tourbillonnaient, jetaient des étincelles. La température chuta brusquement ; l'haleine du sphinx forma des plumets blancs dans l'air.

Créature du désert, le sphinx avait connu au cours de sa longue vie des chaleurs arides et des soleils accablants. Ces dernières semaines, alors qu'il gardait Alcatraz, il s'était habitué à la fraîcheur de la prison, aux morsures humides des bancs de brouillard roulant dans la baie, aux piqûres de la pluie, aux vents cinglants. Cependant il n'avait jamais expérimenté pareil froid. Il était si extrême qu'il brûlait. D'innombrables cristaux jaillirent de la sphère lumineuse et se posèrent sur sa fourrure telles des braises ardentes. Un flocon de neige pas plus gros qu'un grain de poussière atterrit sur sa langue. Le sphinx eut l'impression de sucer un morceau de charbon incandescent. Le globe poursuivait sa croissance.

Pernelle fit un pas en avant.

– Je devrais te remercier.

La créature recula.

– Si je m'étais enfuie, tu te serais lancé à ma poursuite. Mais tu as remarqué que j'étais plus puissante que jamais, et là, j'ai compris le cadeau que m'avaient fait mon mari et les jumeaux.

Le sphinx feulait tel un chat sauvage chaque fois que l'air glacial mordait et piquait son visage humain.

– Tes pouvoirs ne dureront pas. Je les absorberai.

– Tu peux essayer, le défia Pernelle. Mais, pour cela, il faut que tu te concentres sur moi, si toutefois tu parviens à réfléchir quand il fait aussi froid.

– Ton aura se dissipera, fit le monstre en claquant des dents.

– Tu as raison. Je dispose d'une minute, peut-être moins avant que mon aura ne redevienne normale. Mais cela me suffit.

– Ah oui ?

La créature tremblait violemment. Du givre couvrait son torse et ses pattes. Ses joues pâles rougissaient, ses lèvres bleuissaient.

– Oui !

La boule de neige avait à présent la taille d'une grosse citrouille. Le sphinx donna un grand coup de patte dans les cristaux gelés. Lorsqu'il la retira, il avait la peau et les griffes brûlées et noircies par le froid intense.

– C'est un chaman des îles Aléoutiennes qui m'a appris ce joli sort, expliqua Pernelle en se rapprochant de lui.

La créature essaya de reculer encore, mais ses pattes glissèrent sur le sol couvert de glace et s'écartèrent, si bien qu'elle s'aplatit par terre.

– Les Aléoutes maîtrisent à la perfection la magie de la neige et de la glace. Il existe différents types de neige. Douce…

Des flocons doux comme des plumes s'échappèrent de la sphère tournoyante et voletèrent autour du sphinx ; ils sifflèrent sur sa peau, le brûlèrent, puis fondirent.

– Dure…

Des paquets de neige jaillirent du globe et piquèrent le visage du sphinx.

– Ensuite, il y a les blizzards.

La balle éclata. Une neige épaisse s'abattit sur le sphinx, lui recouvrit le dos. Il toussa quand les cristaux glacés pénétrèrent en tourbillonnant dans sa bouche. Comme le sol ressemblait à une patinoire, ses pieds glissaient et il ne parvenait pas à se relever. Il ne pouvait pas non plus soulever ses ailes, alourdies par une épaisse couche de givre.

– Sans oublier la grêle…

Des morceaux de glace de la taille d'un pois déferlèrent sur l'antique animal et lui transpercèrent les ailes.

Hurlant de douleur, le sphinx réussit à se remettre debout et battit en retraite.

Seulement il était poursuivi par une tempête de glace ; les grêlons rebondissaient sur les dalles, se brisaient en heurtant le plafond, crépitaient contre les portes des cellules. Bientôt, une couche de glace de plusieurs centimètres recouvrit le couloir ; les barreaux en fer se cassèrent sous le froid intense, les briques volèrent en éclats, des pans entiers de plafond s'écroulèrent sous le poids des stalactites.

Le sphinx avait presque atteint le bout du couloir quand celui-ci s'effondra et l'enfouit sous des tonnes de pierres et de barres en métal. La glace scella les gravats sous cinquante centimètres d'une gangue dure comme de l'acier.

Pernelle tituba lorsque son aura clignota, puis s'effaça.

– *Bravo, madame !* murmura le fantôme de Juan Manuel de Alaya dans l'obscurité.

Épuisée, l'Ensorceleuse s'adossa contre le mur en haletant. Elle tremblait de tout son corps, les articulations douloureuses et les muscles ankylosés.

– *Vous avez tué le sphinx ?*

– Pas tout à fait, lâcha Pernelle. Je l'ai ralenti, irrité, effrayé. J'ai peur qu'il ne faille plus qu'une tempête pour tuer pareil monstre.

Elle grimpa lentement l'escalier en s'appuyant aux parois.

– *J'ai été impressionné !* continua Alaya, qui flottait le dos à la sortie afin d'admirer le glacier qui bouchait le couloir.

– Je comptais essayer autre chose, mais, pour une raison que j'ignore, j'ai entrevu l'image de deux guerrières piégées dans des blocs translucides. Elles ressemblaient à des Walkyries…

– *Un souvenir ?* suggéra Alaya.

– Pas l'un des miens en tout cas, chuchota Pernelle, qui poussa un soupir de soulagement à la vue du glorieux soleil matinal.

Se servant des vestiges de son aura, elle nettoya ses

plaies. Puis, les yeux fermés, elle offrit son visage à la lumière.

– Je crois qu'ils appartenaient à Sophie, fit-elle, songeuse.

Une pensée soudaine la fit frémir.

– Des Walkyries en liberté dans ce monde ?

Par instinct, l'Ensorceleuse se tourna vers l'est et ouvrit les yeux. Que devenaient Nicolas et les enfants ? Quels dangers couraient-ils ?

CHAPITRE VINGT-QUATRE

– Alchimiste ! hurla Palamède, en proie au désespoir. Tu veux notre mort ?

Avachi devant les deux écrans détruits, la peau couleur d'un parchemin jauni, Nicolas affichait de nouvelles rides autour des yeux et sur le front. Il se tourna vers le Sarrasin, les yeux vitreux et perdus dans le vague, le blanc teinté de vert.

– Je t'avais demandé de ne pas utiliser ton aura ! tonitrua le Chevalier.

Il s'adressa ensuite à Shakespeare :

– Préparons-nous pour la bataille ! Préviens les gardes.

Le Barde hocha la tête et se précipita dehors. Silencieux, les chiens aux yeux rouges prirent place autour de lui tel un bouclier protecteur. Une armure en cotte de mailles apparut sur le corps imposant du Chevalier, puis se solidifia.

– Qu'avais-je dit, Alchimiste ? Tu sèmes la mort et la destruction partout où tu passes ! Combien mourront ce soir à cause de toi ? cria-t-il.

Josh cligna des yeux pour chasser les points noirs qui dansaient devant. Il vit sa sœur tituber, et il la rattrapa par le bras.

– Je suis épuisé, lâcha-t-il.

– Moi aussi, répondit Sophie.

– Je sentais l'énergie s'écouler dans mon corps et le long de mon bras, poursuivit Josh, étonné.

Il examina ses paumes. La peau était rouge et des ampoules se formaient sur ses doigts. Il aida sa sœur à s'asseoir et s'agenouilla devant elle.

– Comment tu te sens ?

– Lessivée, marmonna Sophie.

Josh remarqua que ses yeux ressemblaient encore à des disques en argent, plats et réfléchissants. Il fut perturbé de voir une image déformée de lui dans ces mini-miroirs. Ce changement donnait au visage de Sophie une apparence sinistre, presque extraterrestre. Peu à peu, l'argent s'effaça, et le bleu habituel de ses iris refit surface.

– Pernelle ? demanda-t-elle, la bouche sèche. Que lui est-il arrivé ? Je veux de l'eau.

Josh se levait quand Shakespeare apparut à côté de lui, deux verres de liquide marron à la main.

– Buvez ceci.

Josh en but une goutte du bout des lèvres avant de tendre un verre à sa sœur.

– Ce n'est pas mauvais, fit-il. Il y a quoi dedans ?

– De l'eau. J'y ai simplement ajouté une cuillère de miel, répondit l'immortel. Vous venez d'utiliser beaucoup de calories et de brûler une grande quantité de sucre et de sels naturels. Vous devez les remplacer aussi vite que possible.

Il esquissa un sourire qui révéla ses dents abîmées.

– Le prix de la magie ! ajouta-t-il.

Il déposa un troisième verre, plus grand que les deux autres, sur la table près de l'Alchimiste.

– Vous aussi, Nicolas, ordonna-t-il gentiment. Buvez ! Nous avons beaucoup à faire.

Puis il sortit dans la nuit.

Sous les yeux de Josh et Sophie, l'Alchimiste avala le liquide sirupeux. Comme il tremblait, il prit le verre à deux mains. Le sourire qu'il leur lança ressemblait plus à une grimace de douleur.

– Merci, chuchota-t-il, la voix rauque. Vous lui avez sauvé la vie.

– Pernelle..., dit Sophie. Que s'est-il passé ?

– Je l'ignore, avoua Flamel.

– Ces créatures..., commença Josh.

– Les vetalâ ?

– Et ce qui ressemblait à un fantôme, compléta Sophie.

Pris de frissons, Nicolas posa son verre vide.

– En fait, ce fantôme me donne une raison d'espérer, répondit-il. Pernelle est la septième fille d'une septième fille. Elle communique avec les morts ; ils ne lui font pas peur. Alcatraz est une île remplie de spectres, dont la plupart sont inoffensifs.

– La plupart ? répéta Josh.

– Oui, mais aucun ne peut faire de mal à ma Pernelle.

– Alors, vous croyez qu'il ne lui est rien arrivé ? demanda Sophie au moment où Josh ouvrait la bouche pour poser la même question.

Flamel répondit au bout de quelques instants.

– Je le pense. Nous avons vu son aura s'embraser. Augmentée par les nôtres – les vôtres, surtout –, elle aura été brièvement puissante.

– Pourquoi a-t-elle crié que vous l'aviez tuée ? fit Sophie d'une voix plus assurée.

– Je ne sais pas. Mais une chose est sûre : s'il lui était arrivé quoi que ce soit, je serais au courant. Je l'aurais senti.

Les membres raides, il se leva lentement et se frotta le bas du dos. Il examina la cabane vide, puis désigna leurs sacs.

– Prenez vos affaires. Nous partons.

– Pour aller où ? s'enquit Josh.

– Loin d'ici. Nos auras combinées ont fait office de balise. Ma main à couper que tous les Aînés, membres de la Génération Suivante et immortels de Londres sont déjà en route pour la casse. Voilà pourquoi Palamède est si contrarié.

Sophie se leva.

– Je pensais que vous restiez vous battre, remarqua-t-elle. Pernelle le souhaitait, Shakespeare et Palamède aussi.

Flamel descendit l'escalier et attendit que les jumeaux le rejoignent dans l'air frais de la nuit avant de répondre :

– Qu'en penses-tu, Josh ? Mieux vaut rester et se battre ou s'enfuir ?

Josh n'en crut pas ses oreilles.

– Vous me demandez mon avis ? Pourquoi ?

– Tu es notre tacticien, inspiré par Mars en personne. Si quelqu'un sait comment mener une bataille, c'est bien toi. Et vous êtes les jumeaux de la légende ; vous êtes puissants. Alors, Josh ?

Celui-ci s'apprêtait à protester, mais il sut soudain la réponse.

– Comme nous n'avons aucune idée de ce qui nous attend, c'est impossible à dire. D'un côté, nous sommes en sécurité à l'intérieur d'une forteresse piégée et conçue avec intelligence. Nous savons qu'il existe une zone de protection autour du château et que les maisons sont occupées par des créatures loyales au Chevalier. Je suis persuadé que Shakespeare et Palamède disposent d'autres moyens de défense. Mais si nous restons, nous serons coincés ici. Comme il s'agit du fief de Dee, il a tout le temps d'appeler des renforts et de nous encercler. Je propose donc de fuir. Quand nous nous battrons, ce sera selon nos propres conditions.

– Bien dit, commenta l'Alchimiste. Je suis d'accord. Partons ; nous les affronterons un autre jour.

Palamède surgit dans l'obscurité, suivi d'une odeur de clou de girofle. Sa transformation en Chevalier sarrasin ayant combattu auprès du roi Arthur était à présent complète. Il portait une armure lisse en plaques métalliques sur une cotte de mailles noire. Une cervelière en anneaux lui protégeait la tête, le cou et les épaules. Pardessus, il arborait un bassinet en métal à long bec. Un cimeterre pendait à son flanc, et une énorme claymore était attachée dans son dos. L'armure donnait une apparence monstrueuse à l'homme, déjà impressionnant. Il n'eut pas le temps de parler : Shakespeare se précipita vers lui, cinq chiens silencieux sur ses talons.

– Les nouvelles sont mauvaises ? gronda Palamède.

– Oui, murmura Shakespeare. Tout à l'heure, plusieurs individus – des immortels et quelques chasseurs de primes humani – sont entrés dans les rues patrouillées par les larves et les lémuriens. Ils ne sont pas allés loin…

L'aura jaune terne de Shakespeare crépita en diffusant un parfum de citron. Une tenue pare-balles de la police moderne recouvrait sa salopette souillée de mécanicien. L'extrémité cloutée du fléau d'armes qu'il tenait à la main traînait dans la boue. Un des chiens la lécha avec sa langue fourchue.

– Les larves et les lémuriens composent notre première ligne de défense, continua-t-il. Ils sont loyaux, bien que peu intelligents. Et une fois qu'ils ont mangé, ils dorment. Nos assaillants n'atteindront pas les remparts avant minuit.

– La forteresse tiendra, affirma Palamède.

– Aucune forteresse n'est totalement impénétrable, intervint Josh.

Il se tut : une grande silhouette aux yeux rouges apparut dans la nuit.

Tout le monde suivit le regard du garçon. C'était le plus grand des chiens. Sa fourrure était maculée de boue et il avait une longue entaille sur le dos, tout près de la colonne vertébrale.

– Gabriel ! s'écria Shakespeare en claquant des doigts.

Aussitôt, le chien se métamorphosa. Ses muscles enflèrent, ses os craquèrent ; il se dressa sur ses pattes postérieures, son cou se raccourcit, les angles de son visage et la ligne de sa mâchoire se modifièrent. À la place du molosse apparut un homme à la longue chevelure gris-brun. Des spirales pourpres tatouées couraient sur ses joues, le long de son cou et jusqu'à son torse nu. Il était pieds nus et portait un pantalon en laine rêche à carreaux rouges et noirs. Ses yeux injectés de sang les fixaient de sous une frange mal coupée.

– Gabriel, tu es blessé ! s'alarma le Barde.

– Une égratignure, rien de plus, répondit l'homme-chien. Celui qui me l'a infligée ne fera plus de mal à personne.

Il parlait avec un accent monotone. Gallois, reconnut Sophie.

Les uns après les autres, les chiens regroupés autour de Shakespeare se métamorphosèrent en guerriers.

– Vous êtes des Torc Allta ? demanda Josh, qui se rappelait les gardiens du royaume des Ombres de Hécate.

– Des cousins, répondit Gabriel. Nous sommes des Torc Madra.

Lundi 4 Juin

– Les Chiens de Gabriel ! s'exclama Sophie, des étincelles argentées dans les yeux. Des ratchets !

Gabriel se tourna vers la jeune fille ; il goûtait l'air de sa langue fourchue tel un serpent.

– Cela fait longtemps qu'on ne nous a pas appelés ainsi. Mais tu n'es pas complètement humaine, n'est-ce pas, Sophie Newman ? Tu es la Jumelle Lunaire, jeune, trop jeune pour porter le savoir de siècles entiers en toi ! Tu empestes la vieille sorcière, Dora.

Il se détourna, le nez froncé de dégoût.

– Hé ! Vous ne parlez pas comme ça à ma…, commença Josh.

Sophie lui fit signe de se taire, et il obéit.

Ignorant cet accès de colère, Gabriel s'adressa à Palamède :

– Les larves et les lémuriens sont tombés.

– Déjà ? s'écria le Chevalier sarrasin.

– Pas tous ? fit Shakespeare, secoué.

– Tous. Il n'en reste aucun.

– Ils étaient presque cinq mille…, lâcha l'immortel.

– Dee est ici, continua Palamède dans un grognement. Bastet aussi.

Gabriel roula des épaules et grimaça : la plaie sur son dos venait de s'ouvrir.

– Il y a quelqu'un d'autre, pas vrai ? demanda Flamel sur un ton las. Les partisans des Ténébreux et les agents de Dee en ville forment une alliance de factions opposées, capables aussi bien de se battre entre elles que contre un ennemi commun. Il aurait fallu une armée, entraînée, organisée, loyale envers un seul chef pour tuer les larves et les lémuriens !

Gabriel inclina la tête :

– La Meute Sauvage est de sortie.

– Non ! s'écria Palamède.

Il prit une profonde inspiration saccadée et tira l'épée attachée dans son dos.

– Avec son maître, ajouta Gabriel, sinistre.

Josh regarda sa sœur : savait-elle de quoi parlait le Torc Madra ? Les yeux de Sophie ressemblaient à deux disques plats en argent, et sur son visage il lisait plus que de la peur : de l'effroi.

– Cernunnos est de retour, annonça Gabriel, une note de terreur absolue dans la voix.

À cet instant, l'un après l'autre, tous les ratchets rejetèrent la tête en arrière et hurlèrent à la mort.

– Le Dieu Cornu, chuchota Sophie, prise de tremblements. Le maître de la Meute Sauvage.

– Un Aîné ? s'enquit Josh.

– Un Archonte.

CHAPITRE VINGT-CINQ

– On m'avait affirmé que cette Pernelle était bloquée, affaiblie, sans défense, énuméra Billy the Kid dans son micro Bluetooth. L'information était fausse.

À travers le pare-brise couvert d'insectes écrasés de la Thunderbird, il voyait très bien Alcatraz au milieu de la baie.

– De plus, nous avons un problème. Un très gros problème.

À l'autre bout du monde, Niccolò Machiavelli écoutait avec attention la voix qui s'échappait du haut-parleur tout en préparant une petite valise. Il ne se souvenait pas de la dernière fois où il avait fait ses bagages ; Dagon s'occupait toujours de ces détails à sa place.

– Et pourquoi m'appelez-vous, moi ? demanda-t-il.

Il choisit une troisième paire de chaussures faites sur mesure, puis décida que deux suffiraient et l'ôta de la valise.

– Je vais être franc avec vous, dit Billy à contrecœur. Je ne pensais pas avoir besoin de votre aide. J'étais sûr de pouvoir m'occuper de son cas tout seul.

– Une erreur qui a coûté plusieurs vies, marmonna Machiavel en italien avant de poursuivre en anglais : Et qu'est-ce qui vous a fait changer d'avis ?

– Il y a quelques minutes, il s'est produit quelque chose à Alcatraz. Un événement étrange… puissant.

– Comment le savez-vous ? Vous n'êtes pas sur l'île !

L'Italien perçut de l'effroi dans la voix de l'Américain immortel.

– Je l'ai senti… à cinq kilomètres de distance.

Machiavel se redressa :

– Quand, exactement ?

Il regarda sa montre, puis traversa la pièce et ouvrit son ordinateur portable. Son index effleura le lecteur d'empreintes digitales, et l'écran s'anima. Il avait reçu une douzaine d'e-mails cryptés de ses espions à Londres lui signalant un fait extraordinaire, tous arrivés à 20 h 45, soit un quart d'heure plus tôt.

– Il y a quinze minutes, répondit Billy.

– Racontez-moi dans les détails.

Machiavel appuya sur une touche du téléphone qui lança l'enregistrement de leur conversation.

Billy the Kid descendit de sa voiture garée près du Golden Gate Bridge et approcha de ses yeux bleus une paire de jumelles militaires cabossées. Sous un ciel de midi sans nuages, l'île semblait calme et paisible. Mais Billy n'était pas dupe.

Il fronça les sourcils et essaya de se rappeler précisément ce qui s'était produit.

– On aurait dit… une aura qui s'enflammait, expliqua-t-il, d'une force extraordinaire. Je n'en avais jamais rencontré de semblable de toute mon existence.

Sur la ligne transatlantique, la voix de Machiavel lui parvint avec une clarté surprenante.

– Une aura puissante.

– Très puissante.

– Accompagnée d'une odeur ?

Billy hésita. Il inspira par réflexe, mais il ne sentit que le sel marin et l'odeur piquante de la pollution. Il fit non de la tête ; puis réalisant que Machiavel ne le voyait pas, il dit :

– Je ne m'en souviens pas… Non, je suis sûr de n'avoir rien senti.

– Quelles ont été vos impressions ?

– L'aura était froide, extrêmement froide. Et elle a déclenché la mienne. Pendant quelques minutes, je ne contrôlais plus rien, déclara-t-il d'une voix tremblotante. J'ai eu peur de me consumer.

– Autre chose ?

Niccolò s'efforçait de rester calme pour que l'Américain se concentre. N'importe quel homme immortel savait qu'une aura non maîtrisée pouvait consumer le corps qu'elle enveloppait. On appelait ce phénomène une combustion humaine spontanée.

– Par chance, j'étais garé à ce moment-là. Si j'avais été au volant, ma voiture aurait été détruite. Je suis devenu momentanément sourd et aveugle. Je n'entendais même pas mon cœur ! Ensuite, tous les chiens de San Francisco se sont mis à aboyer. Les oiseaux criaient, eux aussi.

– Le sphinx a peut-être tué l'Ensorceleuse ? murmura l'Italien.

L'ouïe fine de Billy perçut une note de regret dans la voix de l'Italien.

– J'ai cru comprendre qu'il avait obtenu la permission de supprimer la femme.

– C'est ce que je croyais aussi, répondit Billy. Je possède une coupe de divination. De la poterie Anasazi, très rare, très puissante.

– La meilleure, d'après ce qu'on dit.

– Quand j'ai pu de nouveau contrôler mon aura, j'ai aussitôt essayé de visualiser l'île. J'ai juste eu une image furtive de l'Ensorceleuse adossée à un mur dans la cour de promenade. Elle prenait un bain de soleil dans la plus grande sérénité. Et là, je sais que c'est impossible, mais elle a ouvert les yeux, levé le menton… et je vous jure qu'elle m'a vu.

– Probable, marmonna Machiavel. Nul ne connaît l'étendue des pouvoirs de l'Ensorceleuse. Ensuite ?

– Le liquide que contenait ma coupe s'est transformé en un bloc de glace.

Billy the Kid jeta un regard sur le siège passager, où il avait posé les fragments de sa coupe antique enveloppés dans le journal du matin.

– Elle s'est brisée en morceaux, continua-t-il sur un ton désespéré. Je la possédais depuis si longtemps…

Sa voix se durcit.

– L'Ensorceleuse est encore en vie, mais je ne perçois plus le sphinx. Je crois qu'elle l'a tué.

– Probable aussi. Mais cela m'étonnerait, commenta Machiavel. Ne tirons pas de conclusions trop hâtives. Nous sommes sûrs d'une chose : Pernelle n'est pas morte.

Le Kid prit une profonde inspiration.

– Je pensais pouvoir m'occuper de son cas seul, et j'avais tort. Si vous avez des sortilèges ou une magie européenne spéciale à me suggérer, je suis preneur.

Billy the Kid éclata d'un rire amer :

– Nous n'aurons pas deux fois l'occasion de tuer l'Ensorceleuse. Si nous échouons, nous n'en sortirons pas vivants.

Niccolò Machiavelli hocha la tête. L'Américain savait-il que Morrigan n'avait plus donné signe de vie ? En tout cas, le Kid ignorait qu'à l'instant précis où il avait ressenti l'onde de choc une énergie similaire s'était manifestée au nord de Londres. Machiavel parcourut en vitesse les e-mails qu'il avait reçus. Tous parlaient d'une aura d'une puissance phénoménale.

… plus puissante que toutes celles que j'ai rencontrées…

… comparable à l'aura d'un Aîné…

… signalement d'auras brûlant spontanément à Hampstead Heath, sur Camden Road et dans le cimetière de Highgate…

Détail intéressant : deux messages mentionnaient une forte odeur de menthe.

La signature de Flamel !

Machiavel fit une grimace admirative : l'Alchimiste s'était sans doute connecté avec Pernelle. Relativement simple, la catoptromancie fonctionnait mieux sur de courtes distances, mais les Flamel, mariés depuis plus de six cent cinquante ans, étaient unis par un lien très fort. Il était donc possible qu'ils communiquent malgré les milliers de kilomètres les séparant. Toutefois, leurs auras n'auraient pas pu être activées de manière aussi spectaculaire. À moins… à moins que face au danger, l'aura de Pernelle n'ait été nourrie par celle de l'Alchimiste. Machiavel fronça les sourcils. Nicolas s'affaiblissait à vue d'œil… Cette opération aurait dû le tuer…

Les jumeaux !

L'Italien secoua la tête d'un air dégoûté : l'âge le rendait-il plus lent ? Les jumeaux devaient avoir un rapport avec cet étrange phénomène. Il les avait vus s'associer pour vaincre les gargouilles de Notre-Dame. Oui, ils avaient sûrement offert de la puissance à Flamel, qui était parvenu, on ne sait pas trop comment, à entrer en contact avec Pernelle à Alcatraz. Voilà pourquoi la signature de l'aura avait été aussi forte !

– J'ai appelé mon maître avant vous, poursuivit le Kid, mais je n'ai pas pu le joindre. Alors, je vous téléphone pour vous prévenir… J'espérais aussi que vous connaîtriez le moyen de vaincre Pernelle Flamel. L'avez-vous déjà rencontrée ?

– Oui, répondit Machiavel avec amertume. Une

seule fois, il y a très longtemps, en 1669. Dee venait de perdre leur trace quelque part en Europe après le Grand Incendie de Londres. Je prenais des vacances en Sicile quand je suis tombé sur eux par hasard. Nicolas était malade – un empoisonnement alimentaire – et je me suis assuré que le médecin local ajoute un somnifère dans ses médicaments. Arrogant que j'étais, je pensais me débarrasser de Pernelle en premier avant de m'occuper de l'Alchimiste.

L'Italien examina sa main sous la lumière. De fines cicatrices entrelacées apparaissaient encore sur sa chair ; d'autres lui zébraient les épaules et le dos.

– Nous nous sommes battus une journée entière – sa sorcellerie contre ma magie et mon alchimie…

Un long silence s'installa sur la ligne.

– Qu'est-il arrivé ? finit par demander Billy.

– Les énergies que nous avons libérées ont provoqué l'éruption de l'Etna. J'ai failli mourir en Sicile ce jour-là.

Billy the Kid baissa ses jumelles, puis il tourna le dos à la baie et s'assit sur un muret en pierre. Il examina ses bottes de cow-boy abîmées, leur cuir éraflé et déchiré, usé jusqu'à la trame. Il était temps qu'il s'en achète une nouvelle paire : mais cela impliquait de se rendre chez un chausseur du Nouveau-Mexique qui fabriquait encore des bottes et des chaussures dans la grande tradition.

Billy avait quelques amis à Albuquerque et à Las Cruces, d'autres à Silver City, où il avait grandi, ainsi qu'à Fort Sumner, où Pat Garrett l'avait abattu.

– Je pourrais former un gang…

Billy, qui s'attendait à une objection de la part de l'Italien, fut surpris de ne rien entendre.

– Ce serait comme au bon vieux temps. Je connais des immortels – deux cow-boys, un conquistador et deux grands guerriers apaches – qui nous sont loyaux. Si on attaquait l'île ensemble, on réussirait peut-être à…

– C'est une bonne idée, le coupa Niccolò, mais ce serait condamner vos amis à une mort certaine. Il existe une autre manière.

La ligne grésilla.

– Une armée a été réunie sur l'île, une armée de monstres. Plutôt que d'attaquer Pernelle, je propose de réveiller les bêtes endormies. Nombres d'entre elles sont envoûtées depuis un mois ou plus. Elles auront faim… et chercheront le repas à sang chaud le plus proche : madame Pernelle.

Billy the Kid réfléchit quelques secondes.

– Hé ! On ne sera pas sur l'île, nous aussi ?

– Faites-moi confiance. Une fois que nous aurons réveillé cette armée, nous ne traînerons pas dans les parages. On se voit demain. 12 h 30, heure locale, quand mon avion atterrira. Si tout fonctionne selon mon plan, Pernelle ne verra pas le soleil se lever.

CHAPITRE VINGT-SIX

Le Dr John Dee était mort de peur.

Debout à côté de lui, Bastet frissonnait, le souffle court. Elle aussi était effrayée – ce qui le terrifia encore plus.

Dee avait connu la peur et ne l'avait jamais rejetée, car elle l'avait gardé en vie, le poussant à fuir quand les autres restaient pour se battre et mouraient. Là, il ne s'agissait pas de terreur ordinaire, mais d'une répulsion qui prenait aux tripes, vous laissait dans un bain de sueur glacée. La partie froide et analytique de son esprit reconnaissait que c'était une peur irrationnelle, extrêmement forte, primitive et ancienne, une terreur logée dans les profondeurs de son système limbique, dans les recoins les plus vieux du cerveau humain, une peur primaire.

Au cours de sa longue vie, Dee avait rencontré les

Aînés les plus infâmes, des créatures qui n'étaient même pas vaguement humaines. Ses recherches et ses voyages l'avaient conduit dans les royaumes des Ombres les plus obscurs, des endroits où des êtres cauchemardesques flottaient dans des ciels émeraude, où des horreurs à tentacules se tortillaient dans des mers rouge sang. Mais jamais il n'avait paniqué ainsi. Des points noirs dansaient devant ses yeux ; il respirait si fort qu'il était en hyperventilation. Tout en cherchant désespérément à stabiliser sa respiration, il se concentra sur l'origine de cet effroi : le personnage qui avançait au milieu de la rue londonienne déserte.

Les rares lampadaires allumés projetaient une lumière argentée sur la silhouette, la couvraient d'ombres jaunes et noires. L'individu mesurait près de deux mètres cinquante, avait des bras robustes et des jambes qui se terminaient par des sabots caprins. D'énormes bois à six pointes ornaient son crâne, le grandissant d'au moins un mètre cinquante. Il portait les peaux dépareillées d'animaux depuis longtemps disparus, qui se fondaient avec sa chair poilue. Sur son épaule gauche reposait un gourdin de deux mètres – en fait la mâchoire d'un dinosaure, dont un côté était hérissé de dents pointues.

Cernunnos, le Dieu Cornu !

Quinze mille ans plus tôt, un artiste paléolithique terrorisé avait représenté cette créature sur la paroi d'une grotte dans le sud-ouest de la France – ni animal ni homme, quelque chose entre les deux. Dee ressentait sûrement les mêmes émotions que cet homme des cavernes. Devant cet être, il se sentait petit, vulnérable, pathétique.

Il avait toujours cru que le Dieu Cornu était un Aîné parmi d'autres, pas l'un des Grands. Cependant, un peu plus tôt ce jour-là, Mars Ultor lui avait révélé quelque chose de terrifiant : le Dieu Cornu n'était pas un Aîné, mais une créature bien plus ancienne, ayant existé aux frontières de la mythologie.

Cernunnos faisait partie des légendaires Archontes, la race qui avait régné sur la planète dans un passé incroyablement lointain. Yggdrasill n'était qu'une graine quand le Dieu Cornu se promenait dans ce monde, Nidhogg et les siens, des nouveau-nés. Des centaines de millénaires devaient s'écouler avant l'apparition des premiers humani.

Le Dieu Cornu fit un pas en avant, et la lumière inonda son visage.

Dee eut l'impression de recevoir un coup dans le ventre. Il s'attendait à découvrir un masque horrifiant, et non une telle beauté surnaturelle. La peau très bronzée et pourtant lisse, sans aucune ride, semblait gravée dans la pierre ; les yeux ovales couleur d'ambre brillaient au fond de leurs orbites. Quand il parla, sa bouche s'ouvrit à peine :

– Une Aînée et un humani ! Un chat et son maître… Lequel est le plus dangereux ?

Il avait une voix d'une étonnante douceur, presque gentille, bien que dépourvue d'émotion. Alors qu'il l'entendait parler anglais, Dee était sûr de percevoir le bourdonnement de centaines d'autres langues énonçant la même idée dans sa tête. Cernunnos s'approcha, plia un genou. Il fixa Bastet, puis toisa Dee. Le Magicien soutint son regard. L'Archonte avait des fentes noires en guise de pupilles, mais à l'inverse de celles des serpents, elles étaient horizontales.

– Ainsi, c'est toi, Dee.

Le Magicien fit une grande révérence. Il ne voulait plus regarder les yeux ambrés et désirait surtout contrôler sa peur. Une odeur de musc enveloppait l'Archonte, senteurs de forêts sauvages et de végétation en décomposition. Frappé par ce parfum, Dee se demanda s'il n'avait pas un rapport avec les émotions qu'il ressentait. Il avait croisé des milliers de monstres ; alors qu'est-ce qui le terrifiait tant chez le Dieu Cornu ? Il examina le gourdin redoutable sur lequel Cernunnos s'appuyait.

– Votre présence nous enchante, siffla Bastet.

Dee crut percevoir un tremblement craintif dans sa voix trop forte.

– Je ne pense pas, répondit Cernunnos en se redressant.

– Nous…, commença Bastet.

Soudain, la massue effectua plusieurs cercles et s'arrêta à quelques centimètres de son crâne félin.

– Créature, ne m'adresse plus la parole ! Je n'ai pas choisi d'être ici. Toi !

Cernunnos posa ses yeux dorés sur Dee.

– Tes maîtres ont invoqué une vieille dette qui existe entre nous depuis l'aube des temps. Si je t'assiste, elle sera effacée. C'est la seule raison pour laquelle je suis venu.

Le Magicien prit une profonde inspiration, s'inclina de nouveau, puis se mordit très fort l'intérieur de la joue pour ne pas sourire. Un Archonte se mettait à sa disposition ! Quand il parla, il fut soulagé que sa voix ne tremble pas.

– Que vous a-t-on raconté ?

– Je suis Cernunnos. Tes pensées et tes souvenirs sont un livre ouvert pour moi. Je sais ce que tu sais, ce que tu as été, qui tu es maintenant. Flamel l'Alchimiste et les enfants se sont réfugiés auprès du Chevalier sarrasin et du Barde dans leur forteresse métallique de fortune. Tu veux que la Meute Sauvage et moi en forcions l'entrée.

Même si le visage de l'Archonte demeura un masque inexpressif, Dee crut entendre une note sarcastique dans sa voix.

Le Magicien essaya de mettre de l'ordre dans ses pensées.

– Exactement, fit-il.

L'Archonte tourna sa grosse tête vers les murs en métal de la casse.

– Des promesses m'ont été faites. Esclaves. Viande fraîche.

– Bien entendu, se hâta de répondre Dee. Vous pouvez avoir Flamel et ceux que vous voulez. J'ai simplement besoin des enfants et des deux pages du Codex qui sont en la possession de l'Alchimiste.

Il était ravi : secondé par le Dieu Cornu et sa Meute Sauvage, il ne pouvait que réussir !

– J'ai reçu l'instruction de te dire ceci..., annonça

Cernunnos en toisant le Magicien. Si tu échoues, tu seras à moi. Considérons cela comme un don de la part des Aînés, une petite récompense pour m'avoir sorti de mon sommeil.

La grosse tête cornue se pencha, ses pupilles horizontales grossirent au point que ses yeux, tout noirs, parurent tel un puits sans fond.

– Je n'ai pas eu d'animal domestique depuis des millénaires. Ils ne durent pas longtemps avant de tourner.

– De tourner ?

Dee avala sa salive de travers.

Tout à coup, une vague de créatures dévala les rues, se déversa des maisons, jaillit par les fenêtres, émergea des égouts. Les monstres sales et malodorants se rassemblèrent en demi-cercle silencieux derrière l'Archonte, les yeux, les griffes et les crocs luisant dans la lumière crue des lampadaires. Ils avaient le corps d'énormes loups gris… et un visage humain.

– Oui, tourner, confirma Cernunnos.

Sans que son corps bouge, il fit pivoter la tête pour passer en revue son armée. Puis il revint vers Dee.

– Tu es fort. Tu dureras au moins un an avant d'intégrer la Meute Sauvage.

CHAPITRE VINGT-SEPT

– Tu vois ce que tu as fait ! cracha Palamède, s'en prenant à l'Alchimiste.

Son accent prononcé rendait ses mots quasiment incompréhensibles.

Flamel l'ignora et se tourna vers Shakespeare :

– Existe-t-il une issue de secours ?

– Bien entendu, répondit le Barde. Il y a un tunnel sous la cabane. Il aboutit dans un théâtre désaffecté, à deux kilomètres d'ici. C'est moi qui ai choisi cet emplacement.

– Sophie ! Josh ! Attrapez vos affaires. On s'en va. Quand le Dieu Cornu arrivera, on sera loin.

Avant que l'un ou l'autre puisse émettre une objection, l'Alchimiste avait saisi les jumeaux sous le bras et les ramenait vers la cabane. D'un geste colérique, Josh se dégagea ; Sophie fit de même de son côté. Nicolas se rendit alors compte que ni Palamède ni Shakespeare n'avaient bougé.

– Vite ! lança-t-il à Shakespeare. Tu sais ce dont le Dieu Cornu est capable. Une fois que la Meute Sauvage aura goûté au sang, il aura très peu de contrôle sur elle.

– Partez, dit le Barde. Moi, je reste ici. Je peux les retenir, cela vous laissera le temps de fuir.

– C'est de la folie ! protesta Nicolas. Tu ne t'en sortiras pas. Cernunnos te détruira.

– Possible qu'il détruise mon corps. Mais mon nom est immortel et il le demeurera. Tant qu'il y aura des hommes, mes mots ne seront pas oubliés.

– Si les Ténébreux reviennent, ce sera plus tôt que tu ne le penses, s'emporta Flamel. Pars avec nous… s'il te plaît.

Le Barde secoua la tête. Son aura, chaude et pâle, dégageait un parfum de citron. Son gilet pare-balles se transforma en cuirasse et cotte de mailles médiévales. Il était recouvert de métal jaune et luisant, destiné à dévier les coups ; des pics saillaient au niveau des coudes et des genoux. Quand il releva la visière de son casque, ses yeux grossis par les lunettes brillèrent.

– Je me battrai aux côtés des Chiens de Gabriel. Ils me sont fidèles depuis des siècles. À mon tour de leur montrer ma loyauté.

Il conclut par un sourire qui dévoila ses dents abîmées.

– William…, chuchota Flamel.

– Alchimiste, je ne suis pas sans défense. Je n'ai pas

vécu si longtemps sans apprendre un peu de magie. Souvenez-vous : au cœur de tout sortilège réside l'imagination ; or on n'a jamais vu plus riche imagination que la mienne.

– Ni plus grand ego, commenta Palamède. Will, c'est une bataille que nous n'avons aucune chance de gagner. Nous ferions mieux de partir, de nous regrouper et nous battre un autre jour. Viens avec nous ! le supplia-t-il.

Le Barde immortel campait sur ses positions.

– Je reste. Je sais que je ne peux pas gagner. Mais je peux les retenir ici pendant des heures… voire jusqu'à l'aube. La Meute Sauvage ne court pas les chemins au soleil. C'est une tâche que je dois accomplir, Alchimiste. Je vous ai trahi un jour. Laissez-moi me racheter.

Nicolas fit un pas en avant et agrippa le bras armé du poète avec assez de force pour faire pétiller leurs auras.

– Shakespeare, après ce que tu m'as appris aujourd'hui, je serais honoré de me battre à tes côtés. Mais suivons le conseil de Palamède : choisissons nos batailles. Tu n'as pas à agir ainsi pour moi.

– Oh, mais je ne le fais pas que pour vous !

Shakespeare lança un regard aux jumeaux silencieux.

– Je le fais surtout pour eux.

Il s'approcha de Sophie et Josh et les regarda tour à tour dans les yeux. À présent, il sentait fort le citron, un parfum piquant et propre. Ils voyaient leur reflet dans l'armure étincelante.

– J'ai été témoin de leurs pouvoirs. Ce sont les jumeaux de la légende, je n'en ai aucun doute. Ceux qui sont restés fidèles aux Aînés ont le devoir d'instruire ces enfants, de les éduquer et de développer au maximum leur potentiel. Le jour viendra où ils en auront besoin, et où le monde aura besoin d'eux.

Les yeux humides derrière ses lunettes, il fit un pas en arrière.

– Je pense aussi à Hamnet, mon cher fils décédé. Mon petit jumeau à moi. Sa sœur n'a plus jamais été la même après sa mort, bien qu'elle ait vécu de nombreuses années. Je n'ai pas été là pour l'aider, mais aujourd'hui je suis présent.

– Vous pouvez nous aider en partant avec nous, intervint Sophie. Je sais ce qui nous attend.

Elle frissonna quand des images sombres et dérangeantes surgirent aux frontières de sa conscience.

– Cernunnos et la Meute Sauvage…

Shakespeare contempla les Chiens de Gabriel qui avaient tous pris une apparence humaine.

– Hommes-loups contre hommes-chiens. Ce sera une bataille intéressante.

– Nous avons besoin de vous, insista Josh.

– De moi ? s'étonna Shakespeare. Pourquoi ?

– Vous savez tant de choses ! Vous pourriez devenir notre professeur.

Le Barde fit non de la tête, et son armure cliqueta.

– L'Alchimiste en sait davantage que moi, leur confia-t-il à voix basse. Et Sophie a accès à des connaissances ancestrales, plus riches qu'elle ne le pense. Vous n'avez pas besoin de moi. Je ne peux pas vous apprendre les magies élémentaires, qui sont votre priorité. Si vous avez la chance de survivre les jours prochains, vous devrez maîtriser les cinq magies pures.

– Cinq ? s'exclama Josh. Je croyais qu'il n'y en avait que quatre, l'Air, le Feu, l'Eau et la Terre.

– Quatre éléments ? Tu oublies l'Éther, le cinquième, le plus mystérieux et le plus puissant de tous. Cependant, pour le maîtriser, vous devez d'abord contrôler les quatre autres.

Il leva la tête, se tourna vers l'Alchimiste et lança :

– Partez ! Conduisez-les auprès du roi Gilgamesh. Et soyez prudent. Vous savez à quoi vous attendre.

– Et il doit s'attendre à quoi ? l'interrogea Josh, soudain nerveux.

Le Barde dévisagea Flamel de ses yeux pâles :

– Vous ne les avez pas prévenus ?

Shakespeare baissa la visière, si bien que sa voix fut assourdie.

– Oh ! Le noble esprit de ce roi est dérangé. Gilgamesh est fou ; complètement fou.

– Nicolas ! s'exclama Josh. Vous ne nous aviez jamais dit…

Soudain, un son insolite emplit la nuit : le brame d'un cerf. Ancien et primitif, le cri bestial se répercuta contre les murs métalliques, ébranla le sol, fit vibrer les flaques.

Aussitôt, l'aura de Sophie s'embrasa et forma une armure protectrice. Celle de Josh créa une légère ombre dorée autour de sa tête et de ses mains.

L'odeur grasse et humide de voitures rouillées et de fourrure mouillée des Chiens de Gabriel fut soudain balayée par une puanteur repoussante. Les jumeaux la reconnurent immédiatement. Plus jeunes, ils étaient partis en vacances avec leurs parents au Pérou et avaient été frappés par les émanations putrides de la jungle, mélange lourd et écœurant de pourriture et d'humidité, d'arbres qui dépérissaient et de fleurs mortelles.

Au même instant, Cernunnos et sa Meute Sauvage attaquèrent.

CHAPITRE VINGT-HUIT

Clarent se retrouva entre les mains de Josh sans que le garçon se rappelle l'avoir dégainée. La garde enveloppée de cuir était chaude et sèche dans ses paumes moites. Un filet d'énergie se propagea dans son bras. L'arme antique craqua, des volutes de fumée grisâtre s'élevèrent de la lame tandis que les petits cristaux sertis dans la pierre émettaient une lumière sombre.

L'adolescent fut submergé par un flot d'idées et de sentiments qui ne lui appartenaient pas. Comme il avait déjà manipulé l'épée et expérimenté ses émotions, il n'en fut pas surpris. Il se sentait… différent, sûr de lui, fort, puissant. Et très en colère. Oui, il éprouvait une colère terrible qui lui brûlait l'estomac, le pliait en deux de douleur. La chaleur montait dans son corps, s'écoulait dans ses bras. Il avait affreusement chaud aux mains.

Soudain, la lumière qui émanait de Clarent prit une effrayante couleur rouge foncé, et l'épée remua entre ses mains.

La douleur disparut, et Josh se redressa. Il n'avait plus peur. Toutes ses craintes des cinq derniers jours s'étaient envolées.

Il regarda autour de lui, estima les fortifications, évalua le nombre de défenseurs. Il n'avait aucune idée de la taille de l'armée qu'ils allaient affronter ; pourtant son instinct lui souffla que la forteresse métallique ne tiendrait pas jusqu'à l'aube. Elle était destinée à les protéger d'assaillants humains. Par automatisme, il leva les yeux vers les étoiles dont la position lui donnerait l'heure, mais une couche de nuages les cachait… Et, là, il se souvint qu'il portait une montre. 20 h 20. Il restait neuf bonnes heures avant la fin de la nuit et le retour de la Meute Sauvage dans son royaume des Ombres crépusculaire.

L'épée de pierre serrée dans sa main gauche, les yeux plissés, il scruta les alentours. Comment attaquerait-on un endroit tel que celui-ci ? Scathach le saurait, elle. L'Ombreuse lui dirait d'où surviendrait le premier assaut. Il supposait que leurs ennemis n'avaient pas apporté d'engins de siège. Par conséquent, franchir les murs leur coûterait du temps et de l'énergie. Le Dieu Cornu devrait créer une ouverture…

Josh se rendit soudain compte qu'il n'avait pas besoin des instructions de Scatty. Il savait déjà. Sophie avait raison : en l'éveillant, le dieu de la Guerre lui avait transmis ses connaissances martiales.

Josh leva les yeux vers Palamède, Shakespeare et les Chiens de Gabriel qui avaient escaladé les murailles métalliques et se tenaient sur les parapets. Au total, les guerriers devaient être une centaine – un nombre bien insuffisant, songea le garçon. Armés d'arcs et de flèches, d'arbalètes et de lances, ils ne disposaient d'aucune arme moderne… Les archers avaient dans leur carquois une poignée de flèches, les lanciers deux ou trois javelots chacun. Une fois qu'ils auraient fini de tirer, ils seraient inutiles. Il ne leur resterait plus qu'à attendre, les bras ballants.

Presque malgré lui, Josh pivota vers le portail, la main levée. Le bout de son épée désignait l'entrée, le point faible de la forteresse. Il sourit.

– Il concentrera son attaque ici, dit-il à personne en particulier, les yeux rivés sur la porte.

Un rond de fumée grisâtre s'éleva de Clarent, comme si l'épée exprimait son approbation. Oui, le Dieu Cornu créerait son ouverture ici.

À cet instant, un coup s'abattit sur le portail avec une telle force que les murs tintèrent, les voitures empilées remuèrent. Un autre coup de bélier résonna dans la nuit. Quelque part à droite, une voiture bascula et s'écrasa par terre. Ses vitres se brisèrent en mille morceaux.

Le cerf brama de nouveau.

Clarent parut réagir à cette manifestation de force brute : elle vibra, puis tourna dans la paume de Josh. Une bouffée de chaleur remonta le long du poignet de l'adolescent, et soudain son aura orange crépita.

– Josh…, chuchota Sophie. Tes mains…

Il baissa les yeux : il portait à présent une paire de gantelets. Semblables à des gants en cuir doux, ils étaient usés, éraflés et maculés de boue.

Un autre coup formidable fit trembler les portes.

– Nous n'avons pas assez de troupes pour défendre les murs, déclara Josh.

Il réfléchissait à voix haute. Soudain, il pointa Clarent devant lui.

– Palamède et Shakespeare devraient ouvrir les portes. Les Chiens de Gabriel s'occuperaient des assaillants au fur et à mesure qu'ils se présenteraient dans le passage.

Flamel fit un pas en avant et prit Josh par le bras.

– Partons !

Au moment où les doigts de Nicolas effleurèrent son épaule, l'aura de Josh s'intensifia ; des fils de pouvoir jaune se propagèrent sur son torse et ses bras. L'Alchimiste ôta vite la main, comme s'il s'était brûlé. L'épée de pierre s'illumina elle aussi avant de recouvrer sa couleur noire tachetée de rouge. Pendant ce temps, un déluge d'émotions submergea Josh.

Peur. Une peur terrible et dévorante de créatures bestiales et d'hommes aux silhouettes floues.

Anéantissement. Des visages par milliers, d'hommes, de femmes, d'enfants – famille, amis, voisins... Tous morts.

Colère. Une colère extraordinaire, qui dominait tout le reste.

Le garçon se tourna lentement vers l'immortel. Leurs regards se croisèrent, et Josh sut aussitôt que ces sensations n'avaient aucun rapport avec l'épée. Depuis qu'il avait Clarent en main, il reconnaissait la nature particulièrement repoussante de ses souvenirs et de ses impressions. Là, il avait éprouvé les pensées de l'Alchimiste. Quand Nicolas avait posé la main sur son épaule, Josh avait ressenti la peur, l'anéantissement et la colère de Flamel, ainsi qu'autre chose : pendant un instant, il avait cru percevoir de jeunes fantômes… des enfants vêtus de costumes de plusieurs pays et de différentes époques : des jumeaux !

Josh fit un pas en avant, la main tendue vers l'Alchimiste. S'il le touchait, peut-être obtiendrait-il quelques réponses ? Peut-être connaîtrait-il la vérité sur l'immortel Nicolas Flamel ?

L'Alchimiste recula, les poings serrés. Ses ongles verdirent, une odeur de menthe un peu aigre parvint aux narines de Josh.

Un autre fracas secoua la casse, et la porte bougea dans son encadrement. Le métal grinçait et gémissait chaque fois que la Meute Sauvage se jetait contre les murs. Tiraillé entre l'envie de confondre l'Alchimiste et de mener la défense, Josh hésitait. Une parole de son père lui vint alors à l'esprit. Ils marchaient sur les rives du fleuve Tennessee et parlaient de la bataille de Shiloh, pendant la guerre de Sécession. « Ne cours pas plusieurs lièvres à la fois, mon fils, si tu veux en attraper au moins un. »

Josh se détourna. Il devait parler à Sophie, lui raconter ce qu'il avait vécu ; ensuite, ils défieraient Flamel, ensemble. Il se précipita vers Palamède :

– Attendez ! Ne tirez pas !

Trop tard. Le Chevalier sarrasin cria de sa grosse voix sonore :

– Tirez !

Depuis les parapets, les archers décochèrent leurs flèches, qui filèrent dans la nuit.

Tout en regrettant la perte des précieuses munitions, Josh dut admettre une chose : le Chevalier connaissait la tactique. Flèches en premier, lances ensuite. Restaient les puissants arbalétriers, gardés en réserve pour les combats rapprochés.

– Lanciers ! cria Palamède. Tirez !

Les Chiens de Gabriel jetèrent leurs lances à la lame triangulaire du haut des murs.

La tête penchée, tous les sens en alerte, Josh tendit l'oreille : aucun son en provenance des assaillants. Si incroyable que ça semblait, la Meute Sauvage se déplaçait et se battait dans un silence absolu.

– Partons ! le pressa Nicolas.

Josh l'ignora. Il entendit alors des serres et des crocs déchirer le métal, arracher les clôtures, entailler les voitures empilées.

– Archers ! tonna Shakespeare depuis une autre section du mur. Maintenant !

Un autre coup énorme secoua les portes.

– L'entrée ! hurla Josh d'une voix forte et autoritaire. Ils vont passer par l'entrée !

Palamède et Shakespeare se tournèrent en même temps vers lui.

Dans la main tendue du garçon, Clarent lançait des éclairs rouge sombre.

Lundi 4 Juin

– Concentrez-vous sur la porte ! C'est par là qu'ils vont s'introduire !

Le Barde ordonna aussitôt aux Chiens de Gabriel qu'il commandait de rejoindre l'entrée de la casse.

D'un rouge flamboyant à présent, Clarent remuait dans la main de Josh. Celui-ci fit malgré lui un pas en avant, comme si l'épée l'attirait vers l'ennemi.

– Une dernière bataille, murmura-t-il.

CHAPITRE VINGT-NEUF

– Une dernière bataille, marmonna Dee.

En silence, Bastet et lui avaient regardé la Meute Sauvage se jeter contre les murs en métal. Contrairement aux loups normaux, ces créatures se déplaçaient sans aboyer, sans même grogner. On entendait juste le cliquetis de leurs griffes sur la chaussée. La plupart couraient à quatre pattes, les autres sur deux, courbées et bossues. Dee se demanda si elles n'étaient pas à l'origine de la légende des loups-garous. Alors que les Chiens de Gabriel avaient toujours protégé les hommes, les loups de la Meute Sauvage les avaient toujours traqués.

Les plus agiles – plus d'une centaine – étaient parvenus à grimper sur la clôture et marchaient sur les voitures empilées. Puis les défenseurs étaient apparus sur les parapets ; leurs flèches avaient abattu la première rangée de loups. À l'instant où elles les avaient touchées, les créatures à visage humain s'étaient transformées. Dee aperçut des hommes-singes, des centurions romains, des guerriers mongols, des hommes de Neandertal, des officiers prussiens, des soldats anglais… qui, tous, furent réduits en poussière.

– Cernunnos gaspille ses forces, affirma Bastet sans regarder l'Aîné.

Elle n'avait pas dit un mot depuis qu'elle avait été humiliée par l'Archonte, et Dee sentait la colère bouillonner en elle. Selon lui, aucun être qui avait osé lui parler ainsi n'avait survécu. Dee avait également conscience que Bastet n'oublierait jamais qu'il avait été témoin de cette humiliation…

– L'attaque des murailles n'est qu'une diversion, expliqua-t-il. L'assaut principal aura lieu à l'entrée.

Il fit une pause avant de reprendre :

– Je présume que rien ne peut blesser l'Archonte.

Bastet plissa les yeux.

– Il vit, siffla-t-elle. Il est donc mortel.

– Dire que je pensais que les Archontes n'existaient que dans les légendes…

Dee se demandait à quel point la déesse à tête de chat connaissait la créature. Bastet prit le temps de réfléchir.

– Quand j'étais jeune, finit-elle par répondre, on m'a appris qu'au cœur de toute légende il y avait un brin de vérité.

Bastet avait donc été jeune ! Dee avait du mal à l'imaginer – l'image absurde d'un chaton blanc et ébouriffé surgit dans son esprit. Était-elle vraiment née, ou avait-elle apparu déjà grande ? Il y avait tant de choses qu'il aurait aimé savoir ! Le Magicien scruta la rue. Son regard s'arrêta sur Cernunnos. L'Archonte constituait une énigme supplémentaire. Dee avait passé plusieurs vies à se documenter sur les légendes des Aînés. À l'occasion, il tombait sur des fragments d'histoires concernant la mystérieuse race qui avait gouverné la terre dans un passé très lointain, bien avant que les Grands Aînés soulèvent Danu Talis des profondeurs de la mer. On disait que les Aînés avaient construit leur empire en se fondant sur les acquis technologiques des Archontes, qu'ils avaient même pris possession de certaines cités abandonnées par la race ancestrale. Quelle était donc la dette mentionnée par Cernunnos ? Comment un Archonte pouvait-il être redevable à quelqu'un, lui qui était plus puissant que ceux venus après ? Les Aînés – même ceux de la Génération Suivante – avaient infiniment plus de pouvoir que les humani leur ayant succédé.

Sous les yeux ébahis du Magicien, l'Archonte leva sa grosse massue et assena un coup terrible sur la solide porte métallique. Le son explosa dans la nuit et une traînée d'étincelles jaillit dans les airs. Le battant trembla dans ses gonds, craqua. Quand l'Archonte retira sa masse, de longues bandes de métal y pendaient. La grande créature à cornes lâcha son arme, agrippa les deux côtés de la porte abîmée et les écarta comme on déchire une feuille de papier.

Puis Cernunnos recula, laissant la Meute Sauvage se

déverser dans l'ouverture dentelée. La créature se tourna ensuite vers Dee et Bastet, un sourire triomphant sur son beau visage.

– C'est l'heure du dîner, annonça-t-il.

CHAPITRE TRENTE

Josh se précipita à un endroit stratégique d'où il pourrait surveiller l'entrée. La porte épaisse se déforma, puis se déchira en son centre. Josh eut la vision éphémère d'une créature coiffée de grandes cornes qui avait arraché le portail à mains nues. Clarent remua de nouveau dans ses mains. Elle cherchait à le tirer en avant, plus près de l'action, et Josh devait lutter pour rester sur place.

Soudain, la Meute Sauvage apparut.

Les loups étaient plus gros que leurs congénères. Leur visage poilu, recouvert de crasse, était indéniablement humain. Les créatures se bousculaient dans l'ouverture, montaient les unes sur les autres, se mordaient, se griffaient, mais les murs métalliques ne cédaient pas sous leur pression. Il n'y eut ni aboiement ni grognement, juste le cliquetis de griffes et le claquement de dents.

– Flèches, chuchota Josh.

– Tirez ! cria Palamède depuis le parapet, comme s'il l'avait entendu.

Une deuxième vague de flèches s'abattit sur les assaillants. Pendant un instant, les créatures arborèrent leur apparence humaine : guerriers spartiates, Celtes peints en bleu, imposants Vikings, grands chasseurs masai… Puis fourrure, chair et os se réduisirent en cendres. Ceux qui suivaient furent enveloppés dans un nuage de poussière.

– Tirez ! hurla Shakespeare depuis son poste.

Une troisième vague de flèches faucha les loups, qui prirent l'apparence de samouraïs en armure, de Gurkhas féroces en tenue de camouflage, d'hominidés primitifs, avant de se désintégrer eux aussi. Des croisés en cotte de mailles, des officiers allemands de la Seconde Guerre mondiale en uniforme vert-de-gris, des Vandales sauvages vêtus de fourrure se volatilisèrent à leur tour. Josh remarqua que tous souriaient avant de mourir, comme soulagés d'être enfin libres.

– Trois tirs : les Chiens de Gabriel n'ont plus de munitions, murmura Josh.

– On s'en va, gronda Flamel en le rejoignant.

– Non, répondit calmement le garçon.

– Pourquoi ? Tu as bien dit que nous devions les affronter un autre jour !

– J'ai changé d'avis.

L'adolescent chercha Shakespeare du regard. Entouré par les Chiens de Gabriel, celui-ci se tenait sur un parapet, prêt à se sacrifier pour gagner du temps et permettre aux autres de s'échapper. Sa décision n'avait rien à voir avec la logique. Il agissait sous le coup d'une émotion ; or les émotions faisaient remporter plus de victoires que la logique. Clarent frémit dans sa main et, pour la première fois, Josh perçut des impressions fugaces de ceux qui avaient tenu l'épée, vécu de terribles épreuves, affronté des monstres et des démons, livré bataille à des armées entières. Certains étaient morts, mais aucun n'avait fui. L'épée en pierre chuchota à Josh qu'un guerrier ne battait jamais en retraite.

– Josh…, insista Flamel.

– Nous restons ! aboya l'adolescent.

Quand il se tourna vers l'Alchimiste, quelque chose dans son regard fit reculer l'immortel.

– Par ta faute, ta jumelle et toi courez un terrible danger ! lâcha Flamel.

– Je crois que nous courons un tel danger depuis l'instant où nous vous avons rencontré, rétorqua Josh.

Il leva l'épée fumante et traça deux lignes ondoyantes entre eux.

– Ces derniers jours, vous nous avez constamment exposés au danger.

Un sourire effrayant dévoila ses dents.

– Seulement, le réel danger… c'était vous.

L'Alchimiste croisa les bras ; une odeur âcre de menthe poivrée emplit l'air.

– Je ferai comme si je n'avais pas entendu, déclara-t-il.

– Pourtant c'est ce que je pense, déclara Josh.

– Tu es épuisé, continua calmement Nicolas. Tu as

été éveillé il y a peu et tu n'as pas eu le temps de souffler. Il se peut que Mars t'ait donné des bribes de son savoir et embrouillé les pensées. De plus, tu brandis l'Épée du Lâche. Je sais ce dont elle est capable ; je connais les rêves qu'elle diffuse, les promesses qu'elle fait.

Il prit une profonde inspiration et ajouta :

– Josh, tu n'as pas les idées claires.

– Je ne suis pas d'accord ! s'exclama l'adolescent. Pour la première fois de ma vie, je pense avec une grande clarté. Tout ça survient à cause de nous.

Il regarda la Meute Sauvage par-dessus l'épaule de l'Alchimiste. Celui-ci suivit son regard.

– Faux, répondit-il, ce n'est pas à cause de vous, Sophie et Josh Newman. C'est à cause de ce que vous êtes et de ce que vous pouvez devenir. Nous assistons à une énième bataille d'une guerre qui dure depuis des millénaires.

– Quand on gagne des batailles, on gagne des guerres. Un jour, mon père m'a dit qu'il ne fallait pas courir plusieurs lièvres à la fois. Je choisis ce lièvre-ci.

– Qu'en pense ta sœur ? contre-attaqua Flamel.

– Il sait ce que je pense, intervint Sophie.

Attirée par la dispute, elle s'était postée derrière son frère.

– Ainsi, tu es d'accord avec lui ?

– Les deux qui ne sont qu'un, répliqua la jeune fille. N'est-ce pas ce que nous sommes ?

Josh n'écoutait plus : il se concentrait sur l'attaque. Les Chiens de Gabriel avaient décoché leurs lances et tiré les derniers traits d'arbalète. Le couloir métallique était noir de poussière, tourbillonnante et écœurante. Des silhouettes se déplaçaient en désordre dans le nuage noir, mais aucun ennemi n'avait encore pénétré dans l'enceinte. Palamède et Shakespeare étaient descendus afin de placer leurs guerriers le long de la coursive. Tout à coup, alerté par son instinct, Josh leva les yeux : les têtes des premiers loups apparaissaient au-dessus des parapets.

– Si un malheur vous arrive à l'un ou à l'autre, déclara Flamel sur un ton désespéré, alors tous mes efforts, tous nos exploits n'auront servi à rien. Sophie, tu possèdes les souvenirs de la Sorcière. Tu sais ce que les Ténébreux ont fait subir à l'humanité par le passé. S'ils vous capturent, ton frère et toi, et s'ils récupèrent les deux dernières pages du Codex, ils recommenceront, ou réserveront un sort bien pire à ce monde.

Sophie frissonna : les mots de l'immortel firent remonter à la surface des images épouvantables d'une terre inondée et dévastée. Elle les chassa vite de son esprit, reprit son souffle et déclara :

– Oui, mais pour cela ils devront d'abord s'emparer de nous !

Elle tendit la main gauche, où apparut un gant en or.

– Nous ne sommes plus des adolescents ordinaires, Josh et moi. Nous ne sommes plus entièrement humains, ajouta-t-elle sur un ton amer.

– Que tout le monde recule ! hurla Josh en se tournant vers sa sœur.

Elle fut choquée de voir ses pupilles devenues dorées et parsemées de points noirs et rouges, assortis aux teintes de Clarent. « Mars avait lui aussi les yeux rouges », se rappela-t-elle. Josh l'attrapa par le bras avant qu'elle n'ait le temps de réagir.

– Rabattons-les derrière les douves et ensuite mettons-y le feu.

Il se tenait devant elle, grand et fort, l'épée flamboyante dans la main gauche. Soudain, ses propres yeux prirent une couleur argent et les souvenirs de la Sorcière l'envahirent. Elle perçut une image spectrale de Mars en armure or et rouge superposée à la silhouette de son frère. Lui aussi maniait son épée avec la main gauche.

Repérant le Barde, Josh prit une profonde inspiration et cria :

– Shakespeare !

Sa voix résonna dans la casse, puissante et autoritaire. Le Barde et Palamède levèrent la tête en même temps.

Josh désigna les murs noirs de loups qui se déversaient par les créneaux.

– Retraite ! Derrière les douves !

Comme Shakespeare secouait la tête, le grand chevalier le prit par la taille et le jeta sur son épaule. Ignorant ses coups de pied et ses protestations, le Sarrasin rejoignit en courant Flamel et les jumeaux, talonné de près par les Chiens de Gabriel.

– Bien joué, Josh ! s'exclama Palamède. Nous allions être dépassés. Tu nous as sauvés !

Il déposa Shakespeare par terre, rabattit son casque en arrière et sourit à l'immortel.

– Ah, Will ! Si tu écrivais encore… Imagine le récit que tu en ferais !

Ensuite il s'adressa à Josh :

– C'est bon. Le dernier chien nous a rejoints. Mettons le feu aux douves.

– Pas encore. On les laisse s'approcher, décida Josh.

Il s'interrompit, assailli par un doute.

– Cela les retiendra, n'est-ce pas ? Avez-vous déjà affronté la Meute Sauvage ?

– Oui, répondit le Chevalier sarrasin. Personnellement, je n'ai jamais vu de créature se jeter dans le feu. Or, malgré son apparence, Cernunnos est en partie un animal.

– Ils ne le traverseront pas.

Le visage rouge, les lunettes de travers sur le nez, Shakespeare se tourna vers eux.

– J'ai ajouté quelques ingrédients au mazout – des minéraux, des herbes et des épices exotiques, qui repoussent les Aînés et ceux de la Génération Suivante, pour une raison que j'ignore. Les douves sont tapissées de mercure, auquel j'ai mélangé du minerai de fer et divers oxydes. Archonte ou loups, nul ne traversera.

– Cernunnos arrive, chuchota Sophie, mais personne ne l'entendit.

Elle croisa les bras pour maîtriser ses tremblements. La Sorcière d'Endor avait connu Cernunnos – connu, craint et détesté. Elle avait consacré plusieurs siècles à rassembler les vestiges de sa technologie et les avait systématiquement détruits. Elle avait brûlé les livres, fondu les outils, tué les conteurs qui narraient ses exploits. Elle essayait d'effacer des mémoires ceux qui avaient régné avant les Aînés. Et voilà que ces souvenirs menaçaient de submerger Sophie.

Une silhouette monstrueuse avança vers les douves. Cernunnos ! Il progressait sur la coursive en métal, sans se presser, son gros gourdin posé sur son épaule gauche. Des volutes de fumée blanche s'enroulaient autour de ses bois, jetant des étincelles, qui baignaient d'une lumière douce son magnifique visage de statue. La tête penchée sur le côté, il esquissa un sourire et écarta les bras. Ses lèvres remuaient, mais les mots qui résonnaient dans la tête des défenseurs de la forteresse n'étaient pas synchronisés avec les mouvements de sa bouche. On aurait dit qu'une douzaine de voix se superposaient : les jumeaux l'entendirent parler en anglais, avec l'accent de Boston ; Nicolas, dans le français de sa jeunesse, et Palamède, dans la langue du désert babylonien. Shakespeare, lui, eut droit à de l'anglais élisabéthain.

– Je suis venu festoyer et m'emparer des jumeaux. J'avais pensé m'amuser un peu. Je ne croyais cependant pas repartir avec une vieille amie !

Cernunnos tendit le bras droit et la lame en pierre que tenait Josh s'embrasa d'un feu sombre. Des cendres s'élevèrent en spirale dans le ciel.

– Tu as quelque chose qui m'appartient, petit. Rends-moi mon épée.

Josh serra son arme.

– Elle est à moi maintenant, déclara-t-il.

Le Dieu Cornu émit un gloussement :

– À toi ? Tu ignores tout de la lame que tu brandis !

Cernunnos s'avança, ses gros sabots de chèvre piétinant la boue. Il s'arrêta au bord des douves et plissa le nez : premier signe d'inquiétude sur son visage imperturbable.

– Au contraire, répliqua Josh.

Il fit lui aussi un pas en avant. À présent, seules les douves de deux mètres de large, remplies d'un liquide noir et épais, les séparaient. Le glaive tremblait dans les mains de Josh en dépit de ses efforts pour le stabiliser. Soudain, le garçon s'aperçut que la vibration qui courait dans son bras jusque dans ses épaules était une pulsation régulière… comme celle d'un cœur. Une délicieuse chaleur s'écoula dans son corps, se logea dans sa poitrine et son ventre. Il se sentit plus fort, plus sûr de lui. Il n'avait peur de rien ni de personne. Si Cernunnos attaquait, Josh se savait capable de le vaincre.

– Il s'agit de Clarent, l'Épée de Feu, annonça-t-il. J'ai vu le sort qu'elle a infligé à Nidhogg. Quant au vôtre…

– Mais… ce petit humani me menacerait-il ? lâcha le Dieu Cornu.

Josh s'approcha du fossé et fixa la créature par-delà le liquide tourbillonnant. Des fragments de pensée dansèrent dans son esprit, des images de l'époque où l'épée appartenait à Cernunnos.

– Une bataille se prépare, cria l'adolescent, et je vais avoir besoin de cette épée.

– Souviens-toi qu'on la nomme l'Épée du Lâche, répliqua Cernunnos.

Il planta son gros gourdin dans la boue et s'appuya

dessus, sa grande tête ornée de bois levée, ses yeux ambrés fixant cet adversaire insolite.

– Elle est maudite, et tous ceux qui s'en servent sont maudits.

– Vous vous en êtes servi !

– Exactement. Et regarde-moi ! Autrefois, je commandais ce monde, aujourd'hui j'exécute les ordres d'un autre. Cette lame t'empoisonnera et finira par te détruire.

– Et si vous mentiez ? lança Josh, qui savait au fond de lui que l'Archonte disait la vérité.

– Et pourquoi le ferais-je ? s'enquit Cernunnos, l'air troublé. Je n'appartiens ni aux Aînés, ni à la Génération Suivante. Je n'ai pas besoin de mentir aux humani.

Sophie se plaça derrière son jumeau et posa discrètement le pouce contre le tatouage marqué sur son poignet. Il lui suffisait de toucher le point rouge à l'intérieur du cercle doré pour activer la magie du Feu. Le Dieu Cornu la dévisagea ; ses pupilles se contractèrent au point de ressembler à deux traits noirs et plats.

– Mais… nous nous sommes déjà rencontrés, fit-il.

Choqués, les jumeaux firent non de la tête.

– Je vous jure que si, insista le dieu.

– Nous nous en souviendrions, répondit Sophie.

– Vous n'êtes pas quelqu'un qu'on oublie, enchérit Josh.

– Je vous connais ; mais c'est un mystère que nous résoudrons plus tard.

Nicolas, suivi de Palamède et de Shakespeare, se dépêcha de rejoindre les jumeaux. Le Dieu Cornu les examina tour à tour, s'attardant sur l'Alchimiste. Puis il se redressa, leva sa mâchoire de dinosaure et désigna Flamel :

– Dîner.

Ensuite, son gourdin montra Palamède.

– Déjeuner.

Et enfin Shakespeare :

– Et un en-cas.

– Je devrais être vexé, marmonna le Barde.

Le Dieu Cornu le fixa.

– Les Chiens de Gabriel rejoindront la Meute Sauvage. Les deux anciens clans seront enfin réunis !

Il leva de nouveau son arme, et les loups massés derrière lui bondirent en avant, gueule ouverte.

Sophie ferma les yeux, se concentra et appuya son pouce contre le tatouage circulaire. Une petite boule de flammes apparut dans la paume de sa main. Enfonçant les doigts dans les épaules de Josh, elle l'éloigna du bord des douves et jeta le globe doré dans le liquide noir.

Il rebondit sur la surface huileuse et flotta pendant une seconde avant de disparaître dans un sifflement de vapeur blanche.

– Oh oh ! chuchota Sophie, qui avait l'impression de ne plus avoir d'air dans les poumons.

Même si la jeune fille ne l'avait apprise que la veille, la magie de l'Air faisait déjà partie d'elle. Elle avait combattu les Dises et les gargouilles avec son aide, sans savoir grand-chose sur ses propriétés. Il lui restait tant à découvrir !

Lundi 4 Juin

En silence, la Meute Sauvage se précipita vers le fossé. Josh posa alors un genou à terre et plongea Clarent dans le liquide visqueux, qui explosa instantanément. Des flammes noires et poisseuses fusèrent vers le ciel. La force de l'explosion projeta Josh et Sophie dans la boue ; sur la rive opposée, les chiens pressés de fuir se piétinaient les uns les autres. Certains, poussés dans le feu par la meute affolée, se changèrent aussitôt en cendres granuleuses et noires.

– Vous me le paierez ! cracha Cernunnos en désignant Josh avec son gourdin. Et toi, petit… J'aurai mon épée.

– Laisse-moi essayer cela…

Sophie claqua des doigts et envoya un épais jet de flammes jaunes sur la grosse massue du Dieu Cornu. En se consumant, l'arme dégagea une odeur épouvantable d'os brûlé.

– Votre mère ne vous a jamais dit que c'était impoli de montrer les gens ? lança l'adolescente.

CHAPITRE TRENTE ET UN

Pernelle Flamel posa le pied sur le dernier barreau de l'échelle rouillée, puis pencha la tête en arrière pour contempler le petit cercle de ciel bleu pâle au-dessus d'elle. Elle fronça les sourcils : une sorte de nuage tombait droit sur elle. Il descendait le long du puits qui reliait la surface d'Alcatraz au vieux tunnel creusé par des contrebandiers dans les profondeurs de l'île. Le nuage se tortilla sur lui-même, puis se solidifia. Juan Manuel de Alaya !

– *Madame Pernelle, que faites-vous en bas ?* demanda le marin en espagnol.

– Je n'en suis pas très sûre moi-même, avoua Pernelle. J'ai eu envie de rendre une petite visite à la déesse des Corbeaux.

Hier – était-ce hier seulement ? – Pernelle et Areop-

Enap avaient vaincu Morrigan, la déesse des Corbeaux, et son armée d'oiseaux. La Vieille Araignée voulait donner Morrigan en pâture à ses araignées mangeuses d'oiseaux, mais Pernelle s'y était opposée. Elle avait demandé à l'Aînée de transporter la créature ligotée dans une cellule sombre des souterrains d'Alcatraz.

Pour libérer Areop-Enap de sa geôle, Pernelle avait démantelé un enchevêtrement compliqué de lances disposées sur le sol boueux devant la porte. Chaque fer comportait un ancien Mot du Pouvoir, créant ainsi une barrière inviolable par la race des Aînés. Quand Areop-Enap avait descendu Morrigan dans sa cellule, Pernelle s'était servie de son extraordinaire mémoire pour recréer le schéma autour de l'entrée de la grotte. Ensuite, à l'aide de boue et de coquillages, elle avait reproduit les dessins complexes sur les fers de lance et enfermé Morrigan derrière les Mots du Pouvoir et des symboles plus anciens que les Aînés. Seul un humani pouvait la libérer. Un Aîné ou un membre de la Génération Suivante ne pouvait pas défaire le sortilège mortel tissé par la sorcière médiévale.

– *Madame*, insista Alaya, *vous devez quitter l'île !*

– Je sais, répondit Pernelle, qui fit la grimace quand son pied s'enfonça jusqu'à la cheville dans la boue nauséabonde. J'y travaille. Avez-vous vu les Néréides ?

– *Il y en a une douzaine qui se prélassent sur les rochers vers le large, et deux autres près du rocher d'amarrage. En revanche, aucune trace de leur père, Nérée. À mon avis, il n'est pas très loin. Elles ne peuvent pas venir à terre… Lui, par contre… il ne se gênera pas.*

Pernelle lança un regard surpris au fantôme.

– Je l'ignorais !

– *Les Néréides ont un corps de femme et une queue de poisson. Nérée, lui, possède des tentacules qui lui servent de jambes. Parfois, il se rend dans des villages de pêcheurs isolés pour… manger, ou bien il grimpe à bord d'un bateau la nuit et s'empare d'un marin.*

Pernelle se figea : l'image du Vieil Homme de la Mer remontant le tunnel lui vint à l'esprit. L'Ensorceleuse secoua la tête pour chasser cette vision, puis elle claqua des doigts et créa une flamme blanche qui flotta devant ses yeux. Telle la lumière d'un casque de mineur, elle projetait un rayon jaune clair dans le couloir.

– Voulez-vous bien monter la garde pour moi et me prévenir si quelqu'un ou quelque chose arrive ?

– *Bien entendu.*

Le fantôme se plia en deux, essayant de faire la révérence.

– *Dites-moi, madame, pourquoi êtes-vous descendue ici ? Il n'y a personne d'autre que la déesse des Corbeaux.*

Le sourire de Pernelle illumina la pénombre.

– C'est justement elle que je viens voir, je vous l'ai dit.

– Tu es venue savourer ton triomphe ?

Morrigan parlait d'une voix éraillée, presque masculine.

– Non, répondit Pernelle avec sincérité.

Postée dans l'encadrement de la porte, elle croisa les bras et scruta la cellule.

– Je souhaiterais m'entretenir avec toi.

Areop-Enap avait tissé une magnifique toile circulaire dans la pièce souterraine. Les fils, très épais, se paraient de reflets argent dans le faisceau lumineux se balançant devant Pernelle. Au centre de la toile, les bras écartés, sa cape de plumes noires étalée autour d'elle, était piégée la déesse des Corbeaux. Elle donnait l'impression d'être suspendue dans les airs, capable de fondre en piqué à tout moment.

– Tu n'as pas bonne mine, constata l'Ensorceleuse.

Elle s'aperçut que la peau albâtre de la créature avait pris une teinte verte. Son costume en cuir noir s'était craquelé, exposant le corps pâle de la déesse. Les clous argentés qui ornaient son blouson étaient sales et noircis. La lourde ceinture en cuir dégouttait d'humidité ; les blasons ronds qui l'ornaient avaient verdi eux aussi.

Morrigan sourit, puis passa le bout de la langue sur ses lèvres noires.

– Tu as vieilli depuis qu'on s'est vues, répliqua-t-elle. Nous mourrons ensemble, toi et moi.

Pernelle bougea la main ; la flamme flotta plus près de Morrigan. Celle-ci tenta de tourner la tête, mais la toile collante la retint. Des reflets dorés brillèrent dans ses yeux noirs comme jais. On distinguait les os sous la chair de son visage.

– Tu as l'air malade, continua Pernelle. Il se pourrait que tu partes avant moi.

– Les Symboles d'Entrave m'empoisonnent, aboya Morrigan. Comme si tu ne le savais pas !

Pernelle se contorsionna pour regarder le glyphe carré qu'elle avait peint sur le fer de lance le plus proche.

– Je l'ignorais. Je sais seulement qu'ils empêchaient Areop-Enap de s'échapper d'ici, mais ils n'avaient aucun effet sur elle.

– Areop-Enap est une Aînée. Moi, je suis de la Génération Suivante. Comment as-tu découvert ces symboles ? demanda Morrigan avant d'être interrompue par une forte quinte de toux. De nombreux Aînés et la plupart de ceux de la Génération Suivante, reprit-elle, pensent que les Symboles d'Entrave et les Mots du Pouvoir ne sont rien de plus que des légendes.

– Je ne les ai pas découverts. C'est ton ami, le Dr Dee, qui s'en est servi pour piéger la Vieille Araignée dans cette même cellule.

Les lèvres sombres de Morrigan esquissèrent une moue de dégoût :

– Dee ? Dee connaîtrait ces anciens Mots ?

Elle se tut, puis secoua lentement la tête.

– Tu ne me crois pas ? s'enquit l'Ensorceleuse.

– Si, si. Je pensais en savoir sur le Magicien plus que n'importe quel être vivant, et plus j'en apprends, moins j'en sais à son sujet. Il n'a jamais laissé entendre qu'il possédait ces connaissances ancestrales.

– Et maintenant, tu te demandes qui les lui a enseignées, enchaîna Pernelle. D'après Areop-Enap, Dee était accompagné… par un Aîné peut-être. En tout cas, il était si puissant que même la Vieille Araignée ne put les voir. Ils devaient être protégés par un sortilège de dissimulation complexe. Ma main à couper qu'il s'agissait du maître de Dee.

– Nul ne connaît le maître de Dee.

– Pas même toi ? s'étonna Pernelle.

Les longues dents blanches de Morrigan apparurent derrière ses lèvres noires.

– Non, pas même moi. Et les curieux – que ce soit des Aînés, ceux de la Génération Suivante ou des humani – disparaissent mystérieusement. C'est là l'un des grands secrets… Personne ne sait pourquoi ses maîtres continuent à le protéger et à le garder en vie malgré les nombreux désastres qu'il a provoqués. Dire que pendant des siècles, il n'est pas parvenu à vous capturer, ton mari et toi.

Elle rit, ce qui déclencha une nouvelle quinte de toux.

– Les Aînés ne sont ni gentils, ni généreux, et ils ne pardonnent jamais. Je connais des humani qui ont été réduits en poussière juste pour s'être insuffisamment inclinés devant eux.

– À ton avis, qu'est-ce que Dee a l'intention de faire avec toutes les créatures qu'il a réunies sur l'île ? demanda l'Ensorceleuse.

Morrigan la toisa en silence. Pernelle lui sourit.

– Quelle importance ? Nous allons mourir toutes les deux !

– Dee a reçu l'ordre de rassembler ces créatures, finit par avouer la déesse des Corbeaux, mais je suis sûre qu'il ignore l'usage que veulent en faire les Aînés.

– Contrairement à toi…

– J'ai déjà vu ce genre de situation par le passé, bien

avant que vous autres humani ne commenciez à mesurer le temps. Il s'agit d'une sorte d'armée. Quand l'heure sera venue, ils la lâcheront sur la ville.

Pernelle en resta bouche bée. Elle entrevit soudain le ciel de San Francisco rempli de vampires affamés, les égouts grouillant de boggarts et de trolls, des serpents magiques dans la baie, des wendigos et des cluricauns dans les rues.

– Ce sera une vraie boucherie !

– Tu as tout compris, chuchota Morrigan, épuisée. Comment crois-tu que les humani réagiront quand ils verront des monstres mythiques dans les rues et dans le ciel ?

– Ils seront terrifiés ! La civilisation s'écroulera.

– Elle s'est déjà effondrée, répliqua Morrigan.

– Et elle s'est relevée.

– Cette fois-ci, elle ne se relèvera pas. D'après les rumeurs, il existerait des rassemblements similaires sur chaque continent. Je suppose qu'ils seront lâchés sur le monde le même jour. Les humani gaspilleront leurs forces et leurs armes contre ces créatures… et ensuite, quand ils seront affaiblis, ceux que tu appelles les Ténébreux reviendront sur Terre.

La déesse des Corbeaux éclata de rire et se remit à tousser de plus belle.

– Voilà le plan ! Bien entendu, cela ne se produira pas si Dee ne récupère pas les pages manquantes du Codex. Sans l'Évocation Finale, les royaumes des Ombres ne peuvent pas s'associer.

Elle toussa de nouveau.

– Je me demande ce que le maître de Dee lui réserve s'il échoue… Sûrement quelque chose de cruel.

– Je le croyais ton ami ! s'exclama Pernelle. Tu travailles avec lui depuis des siècles.

– Jamais par choix, cracha Morrigan. Les Aînés qu'il sert m'ont donné l'ordre de lui obéir.

Elle tenta de se tourner sur la toile poisseuse, mais les fils se resserrèrent et l'en empêchèrent.

– Vois où cela m'a menée.

Une larme noire apparut au coin de son œil, puis roula sur sa joue.

– Je mourrai ici aujourd'hui, empoisonnée par les Symboles d'Entrave ! Jamais plus je ne reverrai le ciel.

La larme coula sur le menton de Morrigan. Au moment où elle s'en détacha, elle se transforma en une plume blanche qui flotta doucement dans l'air.

– Peut-être Dee enverra-t-il quelqu'un à ta rescousse.

– J'en doute. Ma mort ne sera rien de plus qu'un désagrément. Dee demandera à son maître un nouvel esclave, et je serai vite oubliée.

– On dirait que nous avons toutes les deux été trahies par le Magicien, murmura Pernelle.

Une autre larme noire courut sur le visage de la déesse avant de se métamorphoser en une plume délicate.

– Morrigan, j'aimerais t'aider, avoua Pernelle, mais je ne suis pas certaine de pouvoir te faire confiance.

– Bien sûr que tu ne peux pas me faire confiance ! rétorqua Morrigan. Libère-moi, et je te détruirai. C'est dans ma nature.

Sa peau pâle avait foncé, devenant bleu-vert. Des

petits points apparurent sur son front et ses joues. Elle se débattit avec une telle violence que des plumes noires se décrochèrent de sa cape. Elles allèrent rejoindre le petit tas blanc sous ses pieds.

– Il est temps de mourir…

Elle écarquilla ses yeux vides. Puis très, très lentement, des spirales rouges et jaunes surgirent dans le noir, lui donnant une couleur orange pâle. Après avoir poussé un soupir, elle ferma les yeux et demeura immobile.

– Morrigan ! chuchota Pernelle.

La créature ne bougea pas.

– Morrigan ! répéta Pernelle.

Même si la déesse avait été son ennemie depuis des générations, l'Ensorceleuse était bouleversée d'avoir assisté sans rien faire à la mort d'une légende.

Soudain, les yeux de Morrigan s'ouvrirent. Ils n'étaient plus noirs, mais rouge vif, de la couleur du sang frais.

Pernelle recula :

– Morrigan ?

La voix qui passa les lèvres de la déesse n'était pas celle de Morrigan. Des traces d'accent irlandais ou écossais y affleuraient.

– Morrigan s'est endormie. Je suis Badb.

La créature ferma les yeux, puis les rouvrit. À présent, ils étaient d'un jaune éclatant.

– Et moi, Macha.

L'accent était encore plus prononcé, la voix plus rauque et grave.

Les paupières s'abaissèrent encore, puis se relevèrent

subitement. Cette fois-ci, un œil était rouge, l'autre jaune vif. Deux voix roulèrent de la bouche de la déesse, légèrement décalées.

– Nous sommes les sœurs de Morrigan.

L'œil jaune et l'œil rouge fixèrent l'Ensorceleuse.

– Laisse-nous te raconter.

CHAPITRE TRENTE-DEUX

– Je vous croyais mortes toutes les deux ! souffla Pernelle.

Elle aurait dû avoir peur, or elle ne ressentait que du soulagement. Et de la curiosité.

La flamme dansante qui flottait au-dessus d'elle jetait une lumière chaude sur la silhouette sombre de la déesse des Corbeaux collée à l'énorme toile. Dans son visage verdâtre et cloqué brillaient les yeux dépareillés. Ses lèvres noires remuèrent, et les deux voix parlèrent à l'unisson :

– Nous dormions peut-être, mais nous n'étions pas mortes.

Pernelle hocha la tête : cela ne lui sembla pas impossible. Elle avait grandi dans un monde de fantômes, vu des morts tous les jours et souvent discuté avec eux, et elle savait que les voix sortant de la bouche de Morrigan n'appartenaient pas à des esprits. Elle fit appel à ses souvenirs. Née après la chute de Danu Talis, sa prisonnière s'était installée sur des terres qui devaient s'appeler un jour Irlande et Grande-Bretagne. Elle avait été adorée par les Celtes en tant que déesse de la Guerre, de la Mort et des Massacres. Comme de nombreux Aînés et ceux de la Génération Suivante, elle incarnait une trinité, c'est-à-dire trois divinités en une. Certains Aînés changeaient au fil du temps ; ainsi, Hécate était condamnée à une métamorphose physique quotidienne : jeune fille le matin, elle devenait une vieille femme au cours de la journée. D'autres dieux se modifiaient au rythme des phases de la lune ou des saisons, pendant que d'autres encore présentaient différents aspects de la même personne. D'après ses souvenirs, Macha, Badb et Morrigan étaient trois créatures différentes aux personnalités distinctes… toutes sauvages et extrêmement dangereuses.

– Quand Nicolas et moi vivions en Irlande au XIXe siècle, on m'avait dit que Morrigan vous avait tuées.

– Pas tout à fait.

Les yeux devinrent rouges, et une seule voix s'adressa à Pernelle :

– Nous n'avons jamais été trois ; nous ne faisons qu'une.

Pernelle s'efforça de demeurer impassible quand elle demanda :

– Un corps, trois personnalités ? Voilà pourquoi on ne voyait jamais les trois sœurs ensemble !

– À différentes périodes du mois, selon les phases de la lune, chacune de nous prenait possession de ce corps.

Les yeux jaunirent, la voix changea et les os bougèrent un peu sous la chair, modifiant légèrement le visage.

– Nous dominions à tour de rôle au cours de l'année. Moi, je choisissais le milieu de l'hiver.

L'œil gauche rougit, le droit demeura jaune vif et les deux voix reprirent.

– La plupart du temps, c'est Morrigan, notre plus jeune sœur, qui disposait de ce corps.

La créature se mit à tousser avec une telle force que la toile trembla ; un épais liquide noir s'amassa sur ses lèvres. Les yeux jaune et rouge scrutèrent les dessins sur les lances derrière Pernelle.

– Ensorceleuse, brise les Symboles d'Entrave… Ils nous empoisonnent… Ils nous tuent.

Pernelle regarda par-dessus son épaule. Devant la grotte, les douze lances en bois formaient un enchevêtrement de triangles et de carrés. Du coin de l'œil, elle perçut un infime bourdonnement entre les fers sur lesquels elle avait inscrit à la boue humide les anciens Mots du Pouvoir.

– Ensorceleuse, s'il te plaît… Brise le sortilège, chuchota la déesse des Corbeaux. Morrigan te connaît et te respecte. Elle sait que tu es forte et puissante… mais jamais cruelle.

Pernelle recula dans le couloir et retira une lance de la boue, ce qui brisa le schéma. Aussitôt, le son monotone qu'elle avait entendu s'évanouit, et l'odeur âcre et métallique de l'air fut remplacée par les relents habituels du tunnel souterrain – sel et vase croupie, poissons pourris et algues. Tenant la lance entre les mains, l'Ensorceleuse retourna dans la cellule.

– Ne me jouez pas un de vos tours, prévint-elle les sœurs.

Quand elle approcha la lance du corps de la déesse, le fer se mit à luire. Puis il s'alluma dans un pétillement, dégageant une lumière froide, phosphorescente. Avec cette extrémité lumineuse, Pernelle toucha le petit tas de plumes sur le sol. Elles crépitèrent, fumèrent, puis frisèrent et se consumèrent. Pernelle quitta précipitamment la cellule où régnait l'horrible odeur de plumes brûlées.

Importunée par la fumée, la déesse clignait des yeux.

– Pas de mauvais tour…

Soudain, un frisson parcourut le corps retenu par la toile ; le jaune et le rouge disparurent des yeux pour laisser place au noir et au vide.

– Elles mentent ! hurla Morrigan. Ne les écoute pas !

Pernelle leva sa lance à tête chatoyante vers le visage de la déesse. La lumière crue éclaira sa peau verdie ; ne parvenant pas à tourner la tête, elle serra les paupières. Quand elle les rouvrit, les iris avaient retrouvé leurs couleurs.

– Morrigan nous a tendu un piège, expliqua Badb, et les yeux rougeoyèrent.

Ils devinrent jaunes quand Macha enchaîna :

– Elle nous a emprisonnées, envoûtées, maudites…

Et ainsi de suite, en fonction de la sœur qui parlait.

– Elle s'est servie d'un infâme sortilège de nécromancie que lui avait enseigné le prédécesseur de Dee pour entraver nos esprits, nous réduire en esclavage et nous rendre impuissantes…

– Nous sommes prisonnières de cet enchantement depuis des siècles, affirma Macha. Nous voyons et entendons ce que notre petite sœur voit et entend, mais ne pouvons pas bouger, agir…

– Les effets corrosifs des Symboles d'Entrave ont sapé l'enchantement et nous ont permis de reprendre le contrôle de cette chair.

– Que voulez-vous ? demanda Pernelle, intriguée, mais aussi attristée par leur histoire.

– La liberté, répondirent les voix à l'unisson, l'œil gauche d'un rouge toujours aussi vif et l'œil droit d'un jaune brûlant. Notre sœur a peut-être décidé de se sacrifier, mais pas nous. Contrairement à elle, nous n'avons pas été séduites par Dee et les Aînés. Et si nous n'avons pas pris parti pour les humani après la chute de Danu Talis, nous ne nous sommes pas battues contre eux non plus. Autrefois, les humani nous vénéraient, et leur adoration nous rendait plus fortes. Lors de chaque guerre qu'ils ont menée, chaque bataille qu'ils ont perdue ou gagnée, ils nous ont nourries de leur douleur et de leurs souvenirs. Ils nous ont même pleurées quand nous avons disparu du monde des hommes. Notre propre clan, nos amis et nos parents n'en ont pas fait autant. Personne ne s'est soucié de nous, personne n'a émis d'objection quand Morrigan nous a ligotées, piégées, envoûtées. Ensorceleuse, nous ne sommes pas fidèles aux Aînés, ni à ceux de la Génération Suivante.

Pernelle enfonça le bout de lance dans le sol, tint le

manche juste au-dessous du fer et s'y appuya. Chaude contre son visage, la formule incantatoire palpitait doucement ; un léger frissonnement descendait le long du bois.

– Libère-nous, insista la déesse des Corbeaux, et nous te serons redevables.

– Voilà une offre très alléchante, répondit Pernelle. Mais puis-je vous faire confiance ? Qui me dit que vous ne vous jetterez pas sur moi dès que je vous aurai libérées ?

La créature emprisonnée dans la toile sourit.

– Nous te donnons notre parole, celle d'une guerrière, la parole de la déesse des Corbeaux, gronda Badb, la sœur aux yeux rouges.

– Parce que tu as la lance qui comporte les inscriptions de l'Archonte, ajouta Macha, la sœur aux yeux jaunes.

– L'Archonte ? répéta Pernelle.

Elle avait entendu ce mot peut-être deux fois au cours de sa longue vie.

– Avant les Aînés, les Douze Archontes régnaient sur cette planète.

– Pardon ?

– Le monde est bien plus ancien et bien plus sauvage que tu ne le crois !

– Je l'ai toujours pensé, murmura Pernelle.

Cette idée d'Archontes la fascinait – Nicolas aurait adoré ! Elle se concentra toutefois sur des questions plus urgentes.

– Pouvez-vous me transporter loin de l'île ?

Elle serra la lance dans sa main : son avenir dépendait de leur réponse.

Après un moment d'hésitation, la déesse répondit :

– Non. Si légère que tu sois, tu es trop lourde pour nos épaules. Ceux d'entre nous qui possèdent la capacité de voler ont des os fragiles. Nous ne sommes pas forts.

L'Ensorceleuse hocha la tête et se détendit. C'était la vérité. Deux siècles plus tôt, elle avait combattu des Harpies de la Génération Suivante sur le mont Palatin, au-dessus de Rome, en Italie. Elle avait découvert qu'en dépit de leur apparence féroce et de leurs griffes mortelles elles manquaient de force physique. Pendant que Nicolas cherchait une épée et une lance dans leurs bagages, Pernelle les avait réexpédiées dans les airs puis avait utilisé son fouet – arme tissée à partir d'une poignée de serpents qu'elle avait arrachés à la chevelure de la Méduse – pour les transformer en statues de pierre. Si la déesse des Corbeaux avait affirmé pouvoir la transporter sur son dos, Pernelle aurait tout de suite su qu'elle mentait.

– Quand tu as cru que notre sœur était morte, continua la déesse, nous avons ressenti ton chagrin, ton regret qu'elle ne soit plus. Libère-nous, Ensorceleuse. Tant que nous contrôlerons ce corps, nous ne nous en prendrons ni à toi ni aux tiens. Nous t'en faisons serment.

Contrairement à son époux, un homme de science, Pernelle Flamel écoutait son instinct, et il ne la trompait presque jamais. Si toutefois elle avait tort et que la créature l'attaque, elle comptait sur la combinaison de ses pouvoirs et de la lance envoûtée pour la terrasser.

– J'ai votre parole ? demanda-t-elle.

– Oui, lui assura la double voix. Nous ne te ferons aucun mal. Nous avons une dette d'honneur envers toi.

– Fermez les yeux, ordonna alors l'Ensorceleuse.

Elle esquissa un pas en avant et leva sa lance. De la fumée grisâtre s'éleva en grandes traînées verticales de la toile d'araignée, dont les fils collants sifflèrent et grésillèrent. Elle chercha à les couper de manière que la déesse emprisonnée tombe en douceur. Puis, se rappelant que sa captive était quasiment insensible à la douleur, elle traça un large X, et la déesse des Corbeaux dégringola sur le sol, enveloppée dans un enchevêtrement de fils.

Les yeux jaune et rouge s'ouvrirent.

– Attention, Ensorceleuse ! marmonna la déesse au moment où Pernelle approchait, tenant la lance fumante à deux mains. Une éraflure pourrait nous tuer.

– Je m'en souviendrai, promit Pernelle, qui découpa avec délicatesse le cocon transparent.

Elle l'enleva avec précaution et libéra la déesse.

Celle-ci bondit sur ses pieds et brossa sa cuirasse pour ôter les bouts poisseux. Puis elle s'étira – le cuir craqua quand elle tendit les bras et se cambra. Les deux voix soupirèrent à l'unisson :

– Ah ! Que c'est bon de se sentir à nouveau vivante !

– Y a-t-il un danger que Morrigan réapparaisse ? demanda l'Ensorceleuse, qui se redressa, les mains serrées autour de la lance.

Un mouvement de sa part, et Pernelle n'hésiterait pas à s'en servir.

Les yeux passèrent au jaune avant de revenir au rouge.

– Nous gardons notre petite sœur sous contrôle.

Soudain, la déesse s'intéressa à quelque chose derrière Pernelle.

Au moment où elle se retournait, l'Ensorceleuse se demanda si elle ne tombait pas dans le plus vieux piège du monde.

Non, c'était le fantôme de Juan Manuel de Alaya qui flottait dans l'encadrement de la porte. Ses yeux et sa bouche n'étaient que des trous noirs ; les longs filets bouclés de son essence ondoyaient dans son dos tel un drapeau au vent.

– Qu'y a-t-il ? demanda Pernelle, pressentant un problème.

Elle agita sa lance, et le fantôme se solidifia un instant, les yeux rivés sur le fer, et non plus sur la déesse des Corbeaux.

– Des ennuis ?

– *Nérée est arrivé*, annonça le fantôme d'une voix que la peur rendait aiguë. *Le Vieil Homme de la Mer est ici.*

– Où ?

– *Ici !* cria le fantôme en désignant l'obscurité derrière lui. *Il est sorti de la mer à l'autre bout du tunnel. Il vous cherche !*

À cet instant, une odeur putride de poisson avarié et de blanc de baleine rance s'engouffra dans le passage.

CHAPITRE TRENTE-TROIS

Au milieu des étincelles, des claquements et des craquements, les flammes rouge vif rugissantes léchaient le ciel au-dessus de la casse, accompagnées de volutes de fumée noire et huileuse. John Dee pencha la tête en arrière et prit une profonde inspiration. Dans la puanteur de caoutchouc brûlé et de mazout chaud, il ne détecta aucune magie.

– J'entre, déclara-t-il à Bastet.

– Je ne te le conseille pas, dit la déesse à tête de chat.

– Pourquoi ?

La Ténébreuse montra les crocs dans un sourire terrifiant et elle tira sa longue cape noire sur ses frêles épaules.

– Ce serait dommage si un loup de la Meute Sauvage te confondait avec un ennemi, ou si l'Archonte décidait de te convertir… Il a perdu beaucoup d'éléments cette nuit et il cherchera à les remplacer.

– Je ne suis pas sans défense, madame, répliqua Dee.

De sous son manteau, il sortit la courte épée en pierre nommée Excalibur et longea à grands pas la rue déserte. Il s'arrêta devant les restes du portail de la casse. Dee approcha son épée des bouts de métal dentelés, mais rien ne se passa. Si Cernunnos s'était servi de ses pouvoirs magiques, Excalibur aurait réagi. Or la lame demeura froide et sombre. Dee hocha la tête : l'Archonte avait utilisé juste sa force bestiale pour arracher la porte. Le Magicien s'interrogea sur les pouvoirs magiques ou auriques de la créature. La légende représentait les Archontes – et même les premiers Aînés, les Grands Aînés, qui leur avaient succédé – comme des géants ou des monstres hideux, voire les deux. Jamais on ne parlait de magiciens ou de sorciers. C'était les Grands Aînés qui avaient développé ces capacités.

Dee réprima un sourire. Maintenant qu'il soupçonnait Cernunnos de posséder peu de pouvoirs magiques, sinon aucun, il se sentait plus sûr de lui. La créature, qui prétendait pouvoir lire ses pensées, pouvait très bien mentir. Dee tenta de se rappeler avec précision les paroles de l'Archonte prononcées lors de leur rencontre : « Tes pensées et tes souvenirs sont un livre ouvert pour moi. Je sais ce que tu sais, ce que tu as été, qui tu es maintenant. »

Eh bien, cela ne signifiait absolument rien. Cernunnos affirmait connaître les pensées de Dee sans l'avoir prouvé d'aucune manière. Son Aîné l'avait à coup sûr briefé.

« Flamel l'Alchimiste et les enfants se sont réfugiés auprès du Chevalier sarrasin et du Barde dans leur forteresse métallique de fortune. Tu veux que la Meute Sauvage et moi en forcions l'entrée. »

Cernunnos ne lui avait rien révélé de nouveau, se contentant de répéter un fait que Dee connaissait déjà. Il énonçait des ordres reçus de l'Aîné, comme s'il les lisait dans les pensées de Dee.

Le Dr John Dee rit sous cape. La créature, assurément très ancienne, puissante et impitoyable, lui parut moins terrifiante.

Agrippé à son épée, il se faufila dans l'étroite allée en métal. Il s'approchait du feu, qui crépitait et gémissait, projetant des ombres mouvantes sur les murs. À chacun de ses pas, il soulevait des nuages de poussière. Les lèvres serrées, il sortit un mouchoir blanc de sa poche et le plaqua sur sa bouche afin de ne pas respirer les remugles de la Meute Sauvage. Il était magicien, sorcier, nécromancien, alchimiste depuis bien trop longtemps pour ne pas imaginer les composants infâmes que contenait l'air ambiant. Hors de question qu'ils pénètrent dans ses poumons !

Il marcha sur des flèches en bois à pointe de fer, des lances aux lames acérées, des traits d'arbalète. Cette vision lui rappela sa jeunesse. Ayant assisté à des sièges et étudié l'art de la guerre à la cour d'Élisabeth, il devinait d'après ces vestiges brisés le déroulement de la bataille. Les défenseurs avaient piégé la Meute Sauvage dans le passage et l'avaient réduite en poussière. Comme ils manquaient de munitions, ils avaient été obligés de se retirer vers une position plus facile à défendre. Sous le mouchoir blanc, un sourire de triomphe se dessina sur les lèvres de Dee. L'histoire lui avait appris qu'au moment où les assiégés reculaient l'assaut se terminait. Flamel et les autres étaient coincés !

Alors qu'il émergeait de la ruelle, il découvrit les douves en feu. Elles encerclaient une cabane piteuse en métal située au centre du camp. Dee accéléra le pas : il connaissait une douzaine de formules magiques susceptibles d'éteindre les flammes ; au besoin, il pouvait transmuter le mazout en sable et se servir d'un sort perse qui transformait le sable en verre.

L'Alchimiste et les jumeaux se tenaient de l'autre côté du feu, frère et sœur main dans la main. Les flammes coloraient leurs cheveux blonds en rouge et or. Deux humani les accompagnaient – un individu grand et baraqué en armure noire ainsi qu'un autre, petit et mince, paré d'une armure mal assortie. Les Chiens de Gabriel, dont certains avaient gardé leur apparence humaine, entouraient ce dernier.

Sur fond de feu se dessinait la silhouette de l'Archonte ; les flammes dansantes se reflétaient dans ses bois. Derrière lui, ce qui restait de la Meute Sauvage attendait patiemment. Les loups aux visages humains suivirent des yeux Dee qui pataugeait dans la boue parsemée de nids-de-poule. Sans que son corps bouge, la tête de Cernunnos pivota en direction du Magicien. Le regard du Dieu Cornu se posa sur la lame en pierre d'où s'échappait à présent une fumée d'un bleu froid.

– Excalibur et Clarent réunies au même endroit ! murmura la voix bourdonnante de l'Archonte sous le crâne de Dee. L'heure est historique ! Sais-tu à quand remonte la dernière fois où elles ont été aussi proches ?

Dee faillit lui répondre que les deux épées se trouvaient à Paris la veille, mais préféra se taire pour ne pas énerver la créature. Un méchant plan se dessinait dans son esprit, quelque chose de terrifiant et de tellement incroyable qu'il avait presque peur d'y réfléchir, au cas où Cernunnos lise vraiment dans les pensées. Prenant position à gauche de la créature, Excalibur dans la main droite, il croisa les bras. La lame d'un bleu étincelant projetait une couleur froide sur sa joue.

– Je dirais ici, en Angleterre, répondit le Magicien. Quand Arthur a affronté son neveu Mordred sur la plaine de Salisbury. Mordred s'est servi de Clarent pour tuer Arthur.

– C'est moi qui ai tué Arthur, affirma Cernunnos. Ainsi que Mordred. Sache qu'il était le fils d'Arthur, et non son neveu.

Le Dieu Cornu se tourna ensuite vers le feu.

– Tu es magicien. Je présume que tu es capable d'éteindre ces flammes.

– Bien entendu.

Une nouvelle odeur imprégnait l'air, déjà nauséabond : celle, sulfureuse, d'œuf pourri.

– Vous ne pouvez pas les traverser ? demanda Dee pour tester les limites du Dieu Cornu.

– Il y a du métal dans ces douves, répliqua Cernunnos.

Dee savait que certains métaux, dont le fer, empoisonnaient les Aînés. Les Archontes aussi, apparemment… Il se demanda si les deux races n'étaient pas liées. Il avait toujours cru qu'elles étaient distinctes bien que similaires, comme les Aînés et les humani.

– Je peux tuer le feu, déclara-t-il avec assurance.

L'Archonte se pencha en avant. Son odeur boisée s'intensifia quand il fixa les flammes, et quelque chose au-delà. Dee suivit son regard et constata qu'il examinait le garçon, Josh.

– Je te laisse les jumeaux, Magicien, et tes pages. Je réclame les trois humani immortels et les Chiens de Gabriel.

– Accordé.

– Et Clarent. J'exige l'Épée de Feu.

– Vous l'aurez, répondit Dee sans la moindre hésitation.

Afin de masquer ses pensées, il fit apparaître son aura jaune, qui empesta l'air. Il n'avait nullement l'intention de céder l'épée à l'Archonte. En effet, il avait passé des siècles à chercher la jumelle d'Excalibur ; il n'était donc pas question qu'elle disparaisse avec le Dieu Cornu dans un obscur royaume des Ombres. Son plan extravagant finit de se préciser.

– Je serai honoré de vous la remettre moi-même.

– Je t'y autorise, répliqua l'Archonte, une note d'arrogance dans la voix.

Dee baissa la tête afin que Cernunnos ne voie pas le

triomphe briller dans ses yeux. Il se présenterait à l'Archonte, Excalibur dans la main droite, Clarent dans la gauche. Il s'inclinerait devant le Dieu Cornu, ferait un pas en avant… puis plongerait les deux épées dans sa poitrine. L'exaltation embrasa davantage son aura de soufre. Que ressentirait-il, qu'apprendrait-il, que saurait-il après avoir tué l'Archonte ?

CHAPITRE TRENTE-QUATRE

Pris de quintes de toux, les yeux ruisselants de larmes, Sophie, Josh et les trois immortels s'éloignèrent de la fournaise en dérapant sur le sol boueux. Ils étaient à l'abri derrière le mur de feu, mais aussi piégés.

Sophie tomba, et Josh l'aida à se relever. Des bouclettes roussies remplaçaient sa frange, elle avait les pommettes rouge vif et les sourcils sales.

Elle effleura ceux de son frère.

– Tu n'as presque plus de sourcils, dit-elle.

– Pareil pour toi.

Il se palpa le visage : sa peau était tendue, ses lèvres sèches et craquelées. Soudain, il réalisa qu'ils avaient eu beaucoup de chance : ils auraient pu être gravement brûlés. Sophie posa son auriculaire sur la joue de son frère, et un parfum de vanille se répandit tandis qu'une fraîcheur apaisante parcourait sa peau endommagée. Il éloigna la main de sa sœur. Le coussinet de son doigt était couvert d'argent.

– Tu ne devrais pas utiliser tes pouvoirs, s'inquiéta-t-il.

– C'est une simple guérison. Une imposition des mains, comme l'a appelée Jeanne. Je ne me sers pas de mon aura, ou très peu. Tu te rends compte ? Nous n'aurons plus jamais de coupures ni de bleus !

– J'ai le sentiment que nous souffrirons de blessures plus sérieuses que des coupures, rétorqua Josh.

Il se tourna vers le rideau de feu. Le Dieu Cornu attendait patiemment de l'autre côté, les bras croisés sur son torse massif, les restes incandescents de son gourdin à ses pieds. Même si une bonne centaine de loups de la Meute Sauvage avaient été réduits en poussière, il en restait au moins deux fois plus. La plupart s'étaient rassemblés en demi-cercle derrière Cernunnos, les uns assis, les autres couchés, leur effrayant visage humain levé vers leur maître. Josh fit un tour complet sur lui-même. Le reste de la Meute Sauvage avait pris position autour du camp. Ils étaient encerclés.

– Que font-ils ? demanda-t-il à voix haute.

– Ils attendent, grommela Palamède dans son dos. Ils savent que le feu ne brûlera pas longtemps.

– C'est-à-dire ?

– Encore une heure ou deux.

Il regarda le ciel pour évaluer le temps.

– Jusqu'à minuit peut-être. Ce n'est pas assez.

Il haussa les épaules. Son armure noire était couverte

de zébrures terreuses et empestait le mazout. Elle couinait et craquait à chacun de ses mouvements.

– Nous avons construit cette forteresse afin d'être tranquilles, et non pour nous protéger, même si elle nous a préservés des assauts de créatures comptant parmi les moins sympathiques qui hantent ce pays. Elle n'a pas été conçue pour repousser les attaques d'un personnage comme Cernunnos.

Les yeux reflétant les flammes, il lança un regard en coin à Sophie, comme s'il venait d'avoir une idée.

– Tu maîtrises la magie du Feu, pas vrai ? Tu pourrais nourrir l'incendie ?

– Non ! s'écria Josh en se plaçant devant sa sœur. Un tel effort la tuerait !

– Exact, intervint l'Alchimiste. Il faudrait que Sophie alimente les flammes jusqu'à l'aube. Elle n'est pas assez forte pour cela. Nous devons trouver une autre solution.

– Je connais quelques formules magiques…, lâcha Shakespeare. Toi aussi, Palamède. Et toi, Nicolas ? En unissant nos forces, nous réussirions peut-être à…

Soudain, le Barde se tut, les narines dilatées, les yeux plissés.

– Qu'y a-t-il ? l'interrogea Palamède, qui essayait de percer le mur de feu.

– Dee, répondirent Shakespeare et Flamel en chœur.

À l'instant même, les contours jaune soufre du petit homme apparurent à côté de l'Archonte. Il tenait une épée dont s'échappait de la fumée bleue.

– Avec Excalibur, compléta Nicolas.

Sous leurs yeux, le Magicien plongea l'épée en pierre

dans le rideau de flammes et la tourna. Elle le transperça en sifflant ; soudain, une rafale de vent glacial venue de nulle part creusa un cercle parfait, telle une lucarne, dans le feu déchaîné. Dee jeta un coup d'œil par l'ouverture et sourit ; les reflets rouge sang dansèrent sur ses dents.

– Mais qui avons-nous là ! s'écria-t-il. Maître Shakespeare, apprenti de l'Alchimiste, puis du Magicien ! On se croirait à une réunion de famille ! Palamède, le Chevalier Noir, à un pas des deux épées qui ont régné sur la vie de son maître, et qui l'ont aussi ruinée. Et les jumeaux ! Comme c'est gentil de ta part, Nicolas, de les avoir conduits chez moi ! Tu sais, cela aurait été plus pratique si nous avions conclu cette affaire sur la côte Ouest. Je vais être obligé de les renvoyer aux États-Unis. Confie-les-moi maintenant, nous éviterons bien des tracas.

L'Alchimiste éclata d'un rire moqueur :

– N'oublierais-tu pas quelque chose, John ?

Le Magicien pencha la tête sur le côté :

– Voyons... Vous êtes piégés derrière des flammes et encerclés par la Meute Sauvage.

Il désigna du pouce l'immense silhouette qui se dressait auprès de lui.

– Et il y a Cernunnos. Cette fois-ci, tu ne m'échapperas pas, Nicolas !

– Pourras-tu affronter trois immortels ? le défia Flamel.

– Ce ne sera pas nécessaire, puisqu'il me suffit d'éteindre le feu. Vous ne parviendrez pas à vaincre un Archonte associé à la Meute Sauvage.

À cet instant, Josh fit un pas en avant. Clarent brillait d'un éclat noir dans sa main, et les ombres dansantes vieillissaient ses traits d'adolescent.

– Et nous ? C'est une grosse erreur de ne pas compter avec nous ! gronda-t-il. Vous étiez à Paris ; vous avez assisté à la fin des gargouilles.

– Et de Nidhogg, enchaîna Sophie.

Clarent gémit. Josh la dirigea vers Excalibur. Lorsque les deux épées se rencontrèrent dans l'ouverture circulaire au milieu du feu, ce fut une explosion d'étincelles noires et bleues.

Aussitôt, les pensées de Dee déferlèrent dans l'esprit de Josh.

Peur. Une peur terrible et dévorante de créatures bestiales et d'hommes aux silhouettes floues.

Anéantissement. Des visages par milliers, d'hommes, de femmes, d'enfants – famille, amis, voisins... Tous morts.

Colère. Une colère extraordinaire, qui dominait tout le reste.

Faim. Une faim insatiable de connaissances et de pouvoir.

Cernunnos. Le Dieu Cornu. L'Archonte. Étendu dans la boue, mort, toisé par Dee, qui tenait Clarent et Excalibur dans les mains, les lames émettant des flammes d'un rouge profond et d'un blanc bleuté.

Les émotions et les pensées frappèrent Josh tels des coups de poing. Chacune de ces images choc lui ébranla la tête, mais la pire de toutes fut celle de l'Archonte allongé par terre. Dee avait l'intention de tuer Cernunnos ! Pour réussir, il devait s'emparer de Clarent, et

Josh refusait de la lui céder. Il serra la garde de l'Épée de Feu et tenta de repousser Excalibur. Mais autant essayer d'abattre un mur de pierre. Tenant l'épée à deux mains, il persévérait ; l'épée crissait et projetait des étincelles, mais ne bougeait pas. La lumière donnait au visage de Dee l'apparence d'un crâne hilare.

Soudain, Josh revit sa sœur en train de se concentrer sur son aura, de s'en envelopper, et se demanda comment elle s'y prenait. Jeanne l'avait entraînée quand elles étaient seules. Quel était le mode d'emploi ?

– Petite sœur…

– Je suis là, répondit Sophie en se plaçant à ses côtés.

– Comment tu as…

Il cherchait le mot exact.

– Comment tu fais pour intensifier ton aura ?

– Je n'en sais rien. J'y pense très fort, c'est tout…

Josh prit une profonde inspiration et fronça les sourcils, le front plissé, les paupières mi-closes.

Rien ne se passa.

– Ferme les yeux, lui conseilla Sophie. Visualise clairement ton idée.

Josh hocha la tête, inspira encore et serra les yeux très fort. Sophie réussissait à diriger son aura dans son auriculaire, pourquoi pas lui ?

Tout à coup, son estomac se souleva. La secousse se propagea dans sa poitrine, le long de ses bras, au bout de ses doigts et s'enroula autour de la garde de Clarent. Son aura explosa, et une lumière aveuglante jaillit du glaive.

Clarent poussa un gémissement déchirant quand la

pierre se changea en or massif. À l'instant où elle toucha Excalibur, le feu froid et bleuté s'éteignit et l'épée de Dee redevint grise.

Josh la regardait, le souffle coupé, alors que son aura se volatilisait. Aussitôt, le feu doré abandonna Clarent, laissant place à un éclat noir-pourpre. Excalibur se ralluma dans un déferlement d'étincelles. Titubant et tremblant de tout son corps, Josh ne lâcha pourtant pas Clarent. Par contre, la force impressionnante avait projeté Dee en arrière dans un geyser de boue. Couché sur le dos, il glissa sur le sol gras et sale. Excalibur vola dans les airs avant de retomber pointe la première et de se planter à quelques centimètres de sa tête.

Josh dut tirer de toutes ses forces pour enlever Clarent du feu. Dès que ce fut fait, la fenêtre circulaire se referma. Livide, de profondes ombres noirâtres sous les yeux, le garçon réussit à adresser un sourire tremblotant à sa jumelle.

– Tu vois, il n'y avait pas de problème, lâcha-t-il.

Sophie posa la main sur son épaule. L'énergie de son aura chatouilla le corps du garçon et fit cesser les tremblements de ses jambes.

– Je me demande ce que Dee nous mijote…, marmonna la jeune fille.

Une demi-seconde plus tard, le tonnerre gronda, et un éclair déchira le ciel au-dessus d'eux. Une pluie torrentielle s'abattit sur la terre.

CHAPITRE TRENTE-CINQ

La lance serrée dans une main, Pernelle pataugeait vers la sortie du tunnel boueux, son autre main plaquée sur le visage. Malgré cela, l'odeur écœurante de poisson lui agressait le nez et la gorge à chaque inspiration.

Juan Manuel de Alaya flottait à reculons devant elle. L'Ensorceleuse jeta un regard par-dessus son épaule : aucune trace de la déesse des Corbeaux.

– De quoi avez-vous peur ? demanda-t-elle. Vous êtes un fantôme, vous ne craignez rien ni personne !

Puis elle sourit et ajouta d'une voix plus douce :

– Désolée, je ne voulais pas vous blesser. Je sais quel extraordinaire effort vous avez fait pour descendre me prévenir.

– Vous m'avez facilité la tâche en brisant le Sortilège d'Entrave.

Une grande partie de son essence s'était dissipée, si bien qu'on voyait à peine son visage et les contours de sa tête qui évoluaient dans les airs. Ses yeux sombres luisaient dans l'obscurité.

– *Nérée incarne le cauchemar de tous les marins,* affirma-t-il. *Et je n'ai pas peur pour moi, j'ai peur pour vous, Ensorceleuse.*

– Que peut-il m'arriver ? demanda Pernelle sur un ton léger. Qu'il me tue ? Il peut toujours essayer.

Les yeux du fantôme s'agrandirent d'effroi.

– *Non, il ne vous tuera pas. Pas tout de suite. Il vous entraînera dans un de ses royaumes sous-marins et vous gardera en vie pendant des siècles. Ensuite, quand il aura assez joué avec vous, il vous transformera en créature aquatique – une vache marine ou un dugong.*

– Ce sont des histoires…, commença Pernelle.

Elle s'interrompit. Ne fuyait-elle pas dans un tunnel souterrain en compagnie d'un fantôme, derrière une ancienne déesse celtique pour échapper au Vieil Homme de la Mer ? Arrivée au bout du tunnel, elle leva la tête et regarda le cercle de ciel bleu en haut du puits.

Ensuite, elle déchira une étroite bande de tissu de sa robe effilochée et la noua autour de sa taille. Après avoir glissé sa lance dans cette ceinture de fortune, elle commença à grimper les fins barreaux de l'échelle rouillée.

– *Pernelle !* hurla Alaya, qui la rejoignit à toute allure.

– Alors, on nous quitte déjà, Ensorceleuse ?

La voix liquide et bouillonnante, évoquant un gargarisme, résonna dans le couloir en contrebas.

Pernelle y jeta une petite lumière. Telle une balle en

caoutchouc, elle rebondit au plafond, sur un mur, puis sur le sol et s'immobilisa.

Nérée apparut dans les ténèbres.

Juste avant qu'il n'écrase la boule lumineuse dans sa main palmée, Pernelle entraperçut un homme trapu, à l'apparence étonnamment normale. Son épaisse chevelure bouclée lui arrivait aux épaules, se mêlant à une courte barbe séparée en deux tortillons. Il portait un blouson sans manches fait de feuilles de varech superposées et d'algues vertes. Dans sa main gauche, il tenait un trident en pierre méchamment pointu. Alors que le tunnel plongeait dans le noir, Pernelle vit que le Vieil Homme de la Mer n'avait pas de membres inférieurs. Sous sa taille se tortillaient huit tentacules de pieuvre.

L'odeur de poisson pourri s'intensifia. Pernelle perçut un mouvement, et soudain un appendice à ventouses collant et visqueux s'enroula autour de sa cheville. Un deuxième s'accrocha à son tibia.

– Restez donc un peu avec moi ! gargouilla Nérée.

Un autre tentacule claqua contre le genou de Pernelle, les ventouses s'enfoncèrent dans sa chair. Le rire du dieu marin ressemblait au bruit d'une éponge mouillée qu'on presse.

– J'insiste !

CHAPITRE TRENTE-SIX

Sonné, Josh s'assit et fixa d'un regard vide le feu qui mourait lentement au milieu d'une épaisse vapeur blanche. La pluie battante transformait le sol en boue ; le tonnerre grondait sans arrêt dans le ciel. Les éclairs crépitaient, peignaient tout en un blanc cendré fugace.

– On s'en va, décida Palamède, dont le casque ruisselait d'eau.

Sophie, Josh, Nicolas et Shakespeare étaient eux aussi trempés jusqu'aux os. Les jumeaux avaient les cheveux plaqués sur le crâne.

– Il y a un temps pour se battre, et un temps pour fuir, poursuivit le Chevalier. Un bon soldat sait toujours les reconnaître. Nous pouvons affronter Dee et Cernunnos ici ; seulement, nous périrons. Excepté vous deux, peut-être, lança-t-il aux jumeaux.

Le feu donnait une couleur ambrée à son casque et à son armure.

– Cela dit, j'ignore à quoi ressemblerait votre vie au service des Ténébreux… Et combien de temps vous survivriez quand ils en auraient fini avec vous.

Une fumée âcre tourbillonna autour d'eux. Épaisse, écœurante et toxique, elle les chassa jusqu'à la cabane en métal.

– Will, prends les Chiens de Gabriel et…, reprit le Sarrasin.

– Je ne fuirai pas ! l'interrompit le Barde.

– Je ne te demande pas de fuir, hurla Palamède. Je veux que tu les regroupes pour que nos forces ne soient pas sacrifiées inutilement.

– *Nos* forces ? répéta Nicolas. Le preux Chevalier aurait-il enfin choisi un camp ?

– Temporairement, je te rassure, répliqua Palamède avant de se tourner de nouveau vers le Barde. Will, emmène les Chiens de Gabriel dans le tunnel sous la hutte. Gabriel ! appela-t-il.

Celui-ci se précipita vers lui, ses cheveux gris en bataille, les tatouages bleus sur ses joues mouchetés de boue et de sang.

– Protège ton maître ! lança le Chevalier. Fais-le sortir de Londres et conduis-le au Henge. Attendez-moi là-bas.

Shakespeare ouvrit la bouche pour protester ; il y renonça quand le Sarrasin le foudroya du regard.

– D'accord, acquiesça Gabriel. Combien de temps devrons-nous attendre au Henge ?

– Si je ne suis pas là au coucher du soleil demain, tu accompagneras Will dans un royaume des Ombres tout proche : Avalon, Lyonesse… Vous devriez être en sécurité là-bas.

Gabriel hocha la tête et posa ses yeux injectés de sang sur les jumeaux.

– Et les deux qui ne sont qu'un ?

Josh et Sophie attendirent en silence pendant que Palamède prenait une profonde inspiration.

– Ils viennent à Londres. L'Alchimiste et moi les emmenons voir le Roi.

Un sourire sauvage découvrit les dents de l'homme-chien :

– Les laisser avec Cernunnos serait moins dangereux.

Assis à l'arrière du taxi noir londonien, Sophie et Josh regardaient l'Alchimiste, Shakespeare et Palamède, réunis autour d'un tonneau dans lequel brûlaient des bouts de bois et des pneus. La pluie sifflait sur les braises et se changeait en vapeur ; les émanations noires et graisseuses sortant du tonneau se mêlaient à l'épaisse fumée blanche dégagée par les feux mourants des douves.

– Je vois leurs auras, marmonna Josh.

Le recours à sa propre aura l'avait épuisé. Une sale migraine tambourinait dans son crâne, les muscles de ses bras et de ses jambes le brûlaient, et il avait la nausée. Ses doigts étaient tout engourdis d'avoir trop serré la garde de Clarent.

Sophie se tourna vers la vitre embuée. Josh avait raison : l'aura des trois immortels se devinait autour d'eux

– vert émeraude pour Flamel, vert olive pour Palamède et jaune pâle pour Shakespeare.

– Que font-ils ? demanda Josh.

Sophie appuya sur le bouton de la vitre électrique, mais comme le moteur n'était pas en marche, elle ne bougea pas. Elle l'essuya avec la paume et retint sa respiration. L'aura des immortels brilla ; la jeune fille sentit un filet de pouvoir couler de leurs mains.

– Nicolas et Palamède semblent transmettre du pouvoir à Shakespeare. Les lèvres du Barde remuent, il dit quelque chose…

Elle entrouvrit la porte et cligna des yeux quand des gouttes de pluie lui cinglèrent le visage.

« … L'imagination est la clef, mes frères immortels…, entendit-elle. J'ai simplement besoin que vous vous concentriez, et je pourrai créer un envoûtement aux effets déroutants. »

– Une conjugaison ! marmonna Sophie, abasourdie.

Aussitôt, elle songea qu'elle n'aurait jamais utilisé ce mot quelques jours plus tôt…

Josh se glissa à côté de sa sœur pour scruter la nuit humide.

– Une quoi ?

– Il crée quelque chose à partir de rien, juste en l'imaginant.

Elle ouvrit davantage la portière sans se préoccuper de la pluie. Elle savait – parce que la Sorcière savait – qu'il s'agissait là de la magie la plus difficile et la plus fatigante qui soit. Une conjugaison nécessitait un talent extraordinaire et beaucoup de concentration.

– Vite ! marmonna l'Alchimiste, les dents serrées. Le feu s'éteint, et j'ignore quelles forces il me reste.

Shakespeare hocha la tête, puis plongea les mains dans le tonneau ardent.

– Bous et bouillonne, bous et bouillonne, chuchota-t-il, son accent plus élisabéthain que jamais. D'abord des serpents du Nil…

La fumée s'enroula autour du tonneau, dans lequel grouillèrent soudain des centaines de cobras.

– Non ! Pourquoi toujours ces bestioles-là ? grogna Josh en détournant le regard.

– … Serpents tachetés à double langue…, poursuivit Shakespeare.

Par dizaines, les reptiles sortaient du tonneau, se tortillaient et ondulaient au pied des immortels. Les Chiens de Gabriel reculèrent, leurs yeux rouges écarquillés.

– Et maintenant, quelques hérissons bien piquants, des tritons, des vers aveugles…, psalmodiait Shakespeare, la tête rejetée en arrière, les yeux fermés, comme s'il apprenait un quatrain par cœur. Ainsi que des crapauds, laids et venimeux, ajouta-t-il d'une voix rauque.

Les créatures tombaient en cascade du tonneau – gros hérissons, crapauds grotesques, tritons et vers visqueux.

– Et, pour finir, les petits ducs…

Une douzaine de chouettes jaillirent des flammes dans une gerbe d'étincelles.

Soudain, Shakespeare s'effondra. Il serait tombé si le Chevalier sarrasin ne l'avait pas rattrapé.

– Il suffit ! décréta Palamède.

– Ah oui ? marmonna le Barde, qui ouvrit les yeux et regarda autour de lui.

D'innombrables animaux évoluaient autour d'eux : les serpents se contorsionnaient, les crapauds bondissaient, les tritons dérapaient sur la boue, les vers se tortillaient.

– Voilà une bonne chose de faite, déclara Shakespeare.

Sous un ciel zébré d'éclairs, il empoigna le bras de l'Alchimiste et serra le Chevalier sarrasin contre lui.

– Merci, mes frères, mes amis. Quand nous reverrons-nous à nouveau ?

– Demain soir, répondit Palamède. Maintenant, va !

Le Barde leva le pied gauche avec précaution. Une vipère noire dégringola de sa cheville.

– Combien de temps dureront-ils ?

– Assez longtemps, affirma le Barde avec un sourire.

Écartant quelques mèches de cheveux ternes de ses yeux, il salua les jumeaux de loin.

– « Nous nous séparons pour mieux nous retrouver », lança-t-il.

– Ça, ce n'est pas de toi, lui fit remarquer Palamède.

– Je sais. J'aurais bien aimé…

Sur ce, entouré par sa meute, William Shakespeare se faufila sous la cabane métallique et disparut. Gabriel attendit que tous les chiens l'aient suivi.

– Prends soin de lui, lui recommanda Palamède.

– Je donnerai ma vie s'il le faut, déclara Gabriel avec son accent gallois. Euh… Dis-moi…

Il désigna la masse grouillante dans la boue.

– Ces… choses… ?

– Un petit cadeau pour la Meute Sauvage, répondit Palamède avec un sourire féroce.

L'homme-chien s'inclina, puis reprit son apparence canine avant de se glisser sous la cabane et de disparaître lui aussi.

Les feux des douves s'éteignirent dans un dernier grésillement.

– Il est temps d'y aller, commenta Flamel en se frayant un chemin parmi les créatures évoquées par Shakespeare. J'ignorais que Will était capable d'une telle chose !

– Ils sortent tout droit de son imagination, expliqua Palamède qui ouvrit une portière du taxi devant l'Alchimiste. Ceintures ! conseilla-t-il à ses passagers, tandis que son armure noire se volatilisait. Ça va secouer.

La pluie torrentielle cessa aussi soudainement qu'elle était apparue. Aussitôt, les loups de la Meute Sauvage bondirent au-dessus des douves.

Un instant plus tard, Cernunnos les traversait à son tour. La fumée s'enroulait autour de ses bois. Rejetant la tête en arrière, il éclata d'un rire triomphant et s'approcha à grands pas de la voiture.

– Où pensez-vous aller comme ça ? grogna-t-il. Personne n'échappe au Dieu Cornu !

CHAPITRE TRENTE-SEPT

Tout en s'agrippant au barreau métallique, Pernelle s'empara de la lance et visa un des tentacules qui la retenaient. La pointe avait à peine touché la peau visqueuse que l'appendice recula, laissant sur la peau de l'Ensorceleuse des marques froncées de ses ventouses. Elle n'eut pas l'occasion de frapper une deuxième fois : les deux autres tentacules avaient déjà disparu dans le tunnel sombre.

– Ensorceleuse, voilà un geste bien grossier ! Vous avez failli me blesser. Quelques centimètres de plus, et vous m'auriez coupé un membre !

– C'était l'idée, marmonna Pernelle, qui rangea en hâte la lance dans sa ceinture et reprit son ascension.

– Cela fait des siècles que je n'en ai pas perdu, et il

faut très longtemps pour qu'un nouveau repousse, ajouta la créature en grec avec un accent effroyable.

Pendant ce temps-là, Pernelle escalada un autre barreau qui la rapprochait de la lumière. Elle se demanda si Nérée pourrait se faufiler par le puits étroit. En attendant, son odeur écœurante la faisait suffoquer. Elle avala sa salive avec force quand son estomac protesta, puis se plaqua contre la paroi pour regarder en bas. Nérée se tenait au pied de l'échelle. Elle distinguait sa tête et ses épaules ; par chance, le reste demeurait dans l'ombre. Il leva son trident et l'agita au-dessus de lui.

– Vous êtes piégée, Ensorceleuse ! Vous ne pouvez pas grimper et me frapper avec ce cure-dents. Comme vous êtes à ma portée…

Pernelle entraperçut ses tentacules de pieuvre frétillants qui serpentaient vers elle, s'accrochant aux pierres suintantes tel du lierre.

– Savez-vous qui je suis ? demanda-t-elle en anglais avant de répéter la question en grec ancien.

Nérée haussa les épaules ; ses tentacules ondulèrent.

– J'avoue que non.

– Alors, pourquoi êtes-vous ici ? poursuivit l'Ensorceleuse, qui en profita pour gravir un autre barreau rouillé.

Nérée lui faisait penser à un professeur d'université blasé.

– Je rembourse une très ancienne dette, gargouilla le dieu marin. Un des Grands Aînés m'a promis qu'elle serait effacée si je retournais dans ce monde et me rendais sur cette île avec mes filles. Il m'a dit que je pouvais vous capturer. Même si vous deviez me décevoir comme domestique, dans un siècle ou deux vous feriez peut-être une bonne épouse. Je sais simplement que vous êtes ensorceleuse.

– Oui, mais sais-tu laquelle ?

La créature éclata de rire :

– Ça, humani, je l'ignore, et je m'en moque ! À mon époque, ce mot avait encore une signification. Une ensorceleuse possédait des pouvoirs, on la craignait, on la respectait. Mais ici et aujourd'hui, les vieux mots et les vieux titres ne valent plus rien. De nos jours, un magicien amuse les enfants en sortant des lapins de son chapeau.

Le rire de Pernelle fit taire le Ténébreux.

– Alors sachez, Vieil Homme, que je ne suis pas une artiste de cabaret. Je suis surprise que votre Aîné ne vous ait pas dit à qui vous auriez affaire ! Quoique cela ne m'étonne pas. Si vous aviez été au courant, vous ne vous seriez pas embarqué dans ce projet absurde.

La voix de Pernelle monta d'un ton.

– Je suis la septième fille d'une septième fille. Je vis sur cette terre depuis près de sept cents ans, et je porte en moi la sagesse des siècles. J'ai appris mon art auprès des sorciers et des magiciens, des enchanteurs et des ensorceleurs les plus réputés. Vous avez sûrement entendu parler de quelques-uns d'entre eux. J'ai été l'apprentie de la Sorcière d'Endor et l'élève des deux plus grandes ensorceleuses de l'histoire : Circé et Médée.

– Circé ? grommela Nérée, mal à l'aise, les tentacules flageolants. Médée…

– Vous êtes bien placé pour connaître la réputation de mes professeurs.

– Et… étiez-vous bonne élève ? s'enquit Nérée d'une voix piteuse.

– La meilleure. Vieil Homme de la Mer, je ne deviendrai jamais votre épouse puisque je suis mariée à Nicolas Flamel, l'Alchimiste.

– Oh ! murmura l'Aîné.

– Je suis l'immortelle Pernelle Flamel.

– Ah, cette ensorceleuse-là…

– Oui, précisément.

Pernelle arracha un clou du mur, concentra son aura dans la paume de sa main, puis regarda le métal rouler et se tortiller avant de devenir un liquide marron.

– Laissez-moi vous montrer un tour que m'a appris Circé en personne.

Sur ce, elle laissa tomber des gouttes brunes dans l'obscurité. Le métal fondu siffla et crépita en percutant la peau de Nérée ; l'air s'emplit d'une odeur fétide de poisson frit. Les tentacules retombèrent sur les dalles tandis que le Vieil Homme de la Mer mugissait et couinait dans une vingtaine de langues, humaines et inhumaines. Pernelle secoua la dernière goutte du bout de ses doigts et suivit des yeux cette larme dorée dans sa descente. Elle atterrit pile sur le front de Nérée, juste au-dessus du nez. Cette fois-ci, il hurla si fort que Pernelle entendit le bruit assourdissant des ailes des milliers d'oiseaux marins réunis sur Alcatraz qui se dispersèrent en criant.

Elle regarda en bas : Nérée avait disparu, laissant dans son sillage une odeur de poisson brûlé.

– Vous ne perdez rien pour attendre, Pernelle l'Ensorceleuse ! sanglota-t-il. Vous ne vous échapperez jamais d'ici vivante !

Luttant contre l'épuisement, Pernelle se hissa en haut de l'échelle.

– C'est ce que tout le monde me dit, murmura-t-elle. Et je suis toujours en vie.

– Vous auriez pu m'aider !

Assise sur l'une des marches de la cour de promenade, Pernelle offrait son visage au soleil de l'après-midi afin que sa chaleur imprègne son corps et recharge son aura.

– Pourquoi ?

Perchée un peu plus bas, à droite de Pernelle, la déesse des Corbeaux avait écarté sa grande cape noire et profitait elle aussi du soleil, les yeux cachés par des lunettes noires. Sa peau avait recouvré sa couleur albâtre ; seules quelques traces vertes y demeuraient, ainsi que de petits boutons autour de ses lèvres.

Pernelle prit un moment pour réfléchir, puis hocha la tête. Elle n'avait pas de réponse ; Nérée n'était pas l'ennemi de Morrigan et de ses sœurs.

– Nous aurions très bien pu partir, déclara la déesse des Corbeaux sans bouger la tête.

Pernelle commençait à identifier les voix. Celle de

Badb était légèrement plus douce que celle, rauque et masculine, de Macha.

– Qu'est-ce qui vous en a empêchées ?

Sale, éreintée et nauséeuse, elle savait qu'elle n'était pas en état de se battre contre la déesse des Corbeaux.

Alors qu'elle ne s'attendait pas à voir la créature à sa sortie du puits, elle l'avait découverte, qui patientait, accroupie sous le château d'eau rouillé, recousant avec soin les longues plumes noires de sa cape.

– Pourquoi êtes-vous restées ?

La déesse des Corbeaux s'étira.

– Morrigan nous a retenues prisonnières tellement longtemps ! Elle s'est amusée pendant plusieurs vies ; maintenant c'est notre tour. Nous avons décidé que ces prochaines heures, il n'y aurait pas d'endroit plus passionnant qu'Alcatraz.

Pernelle se pencha pour mieux voir la créature.

– Passionnant ? Je crois que nous connaissons deux définitions différentes de ce mot.

La déesse des Corbeaux bougea la tête et abaissa ses lunettes avec l'un de ses longs ongles noirs. L'œil rouge et l'œil jaune clignèrent.

– Souviens-toi, humani, nous sommes Badb et Macha, la Furie et le Carnage. Morrigan représente la Mort. Pendant des millénaires, nous avons été attirées par les champs de bataille du monde entier, où nous nous sommes repues des douleurs et des souvenirs des blessés et des mourants.

Un sourire terrifiant dévoila de longues dents blanches derrière les lèvres noires.

– Et, en ce moment, cette île est l'endroit où il faut être.

La déesse des Corbeaux se lécha les lèvres :

– À mon avis, nous prendrons bientôt part à un banquet ici.

CHAPITRE TRENTE-HUIT

Les pneus patinant dans la boue, le lourd taxi se projeta en avant. Sophie eut le souffle coupé quand sa ceinture de sécurité se bloqua et la rabattit contre le dossier de la banquette. Josh grogna : la sienne avait écrasé son ventre endolori.

– Désolé ! cria Palamède. Accrochez-vous. C'est parti…

Nicolas agrippa de toutes ses forces la poignée en caoutchouc au-dessus de la portière.

– On fonce droit sur eux ! s'affola-t-il.

– Je sais, répondit Palamède, dont les dents brillaient dans la pénombre. La meilleure défense, c'est…

– … l'attaque, compléta Josh.

Un groupe de loups à visage humain se rua sur le taxi. Fonçant à travers le brasier qui fumait encore, ils virent trop tard le tapis de serpents. Les reptiles se dressèrent tels des points d'interrogation, gueule ouverte, tête oscillante… et, aussitôt, la ligne avant de la Meute Sauvage fut réduite en poussière qui recouvrait le pare-brise. Palamède actionna calmement les essuie-glaces, ce qui eut pour effet de changer la poussière grise en une pâte épaisse.

Trois énormes loups, plus grands que les autres, bondirent au-dessus des douves… droit sur les hérissons. Les piquants dressés leur transpercèrent les pattes, et ils se désintégrèrent eux aussi avec un air de surprise absolue.

Cernunnos mugit quand il trébucha à son tour sur le tapis de serpents et de hérissons. Les reptiles le mordirent, les piquants le lacérèrent… Le spectacle des serpents s'entortillant autour des jambes de l'Archonte grosses comme des troncs donna à Josh la nausée.

Palamède fit vrombir le moteur, puis passa une vitesse et s'élança sur le pont métallique qui enjambait les douves, heurtant de plein fouet un autre trio de loups. Deux disparurent sous les pneus dans un geyser de poussière ; le troisième sauta sur le capot et martela le pare-brise avec ses griffes acérées. Le Chevalier sarrasin pila ; la voiture s'arrêta dans un crissement, et le loup glissa du capot pour tomber pile dans un nid de vipères.

Josh se retourna pour admirer la défaite de ceux qui avaient effleuré la peau huileuse des crapauds venimeux. D'autres furent pulvérisés au contact des tritons et des vers. Les explosions de poussière granuleuse furent telles que l'air s'épaissit. Les chouettes descendaient en piqué dans la nuit. Toutes serres dehors, elles fauchaient les animaux sans pitié.

– Shakespeare les a tous créés de rien ? s'étonna Sophie, qui regardait par la vitre arrière la masse grouillante.

– Chacun d'entre eux, répondit Palamède avec fierté. Ils ont tous été générés par son imagination et animés par son aura. Quand je pense que Will est un autodidacte !...

Le Chevalier jeta un coup d'œil dans le rétroviseur et capta le regard de l'Alchimiste.

– Imagine ce qu'il aurait réalisé s'il avait reçu une instruction digne de ce nom.

Mal à l'aise, Nicolas remua dans son siège :

– Je n'aurais pas pu lui apprendre cela.

– Tu aurais dû reconnaître son talent !

– Dee ! s'écria Josh.

– Oui, Dee s'est rendu compte de ses capacités, lui, affirma Palamède.

– Non ! Là ! Devant vous ! hurla Josh.

Le Dr John Dee avait émergé de la fumée. De sa main gauche, il agitait nonchalamment Excalibur, créant un cercle tourbillonnant de feu bleu. De l'énergie jaune s'écoulait de sa main droite. Posté à l'entrée de la casse, il leur bloquait le chemin.

– Il croit peut-être que je ne vais pas l'écraser ? fit Palamède.

Le Magicien pointa l'épée vers le taxi et lança une boule d'énergie. Elle heurta le sol détrempé, rebondit, puis roula jusqu'à la voiture. Le moteur fut coupé en même temps que le système électrique, si bien que le taxi s'arrêta au bout de quelques mètres.

Sophie perçut du mouvement derrière eux et se retourna… au moment où l'Archonte recouvert de serpents sortait des épais nuages gris.

– Là, on est mal ! marmonna-t-elle en tirant sur la manche de Josh.

– On est très mal, enchérit son jumeau.

– Et maintenant ?

– Qui court plusieurs lièvres à la fois n'en prend aucun.

– Qui a dit cela ? Mars ?

– Non. Papa.

CHAPITRE TRENTE-NEUF

– Josh ! hurla Nicolas.

Le garçon ouvrit sa portière, vérifia s'il n'y avait pas de serpents par terre et sauta. Clarent geignit et chanta une mélopée funèbre quand il la sortit et fonça sur Dee.

– Redémarrez la voiture pendant que je l'occupe ! cria-t-il.

– Je vais essayer, dit Palamède.

Il se tourna vers l'Alchimiste :

– La batterie est morte. Tu peux la recharger ?

– Josh Newman ! s'exclama Dee sur un ton amusé. Honnêtement, tu n'envisages pas de te battre contre moi ?

Josh ignora sa remarque. Les mains serrées autour de la garde, il eut l'impression que Clarent se préparait au combat.

Le Magicien poursuivit :

– Je veux que tu prennes un moment pour réfléchir. J'ai passé ma vie avec cette arme, alors que tu la possèdes depuis deux petites journées. Tu ne gagneras pas !

Sans prévenir, Josh se jeta sur lui avec violence. Clarent poussa littéralement un cri de triomphe en frappant Excalibur. Josh ne tenta même pas de se rappeler les mouvements que lui avaient enseignés Scathach et Jeanne. Il laissa l'épée prendre le contrôle, porter un coup et allonger une botte, parer. Quelque part au fond de son esprit, il analysait chaque mouvement de Dee, son jeu de jambes, sa manière de tenir Excalibur, le plissement de ses yeux avant de se fendre.

Clarent cinglait l'air et tirait Josh en avant. Le garçon redoublait d'efforts pour ne pas lâcher la garde. On aurait dit qu'il essayait de retenir un chien en laisse, vorace et enragé.

Pendant un instant, Josh eut la ridicule impression que Clarent était vivante et affamée.

– Sophie ! rugit Flamel.

Elle ne l'entendit pas ; sa seule préoccupation était son frère. Elle ouvrit la portière et sortit. Son aura s'illumina à l'instant où elle posa le pied par terre. Une armure semblable à celle de Jeanne l'enveloppa. La jeune fille n'était pas désarmée ; elle avait appris la magie de l'Air et du Feu. Elle fit délibérément tomber les barrières que Jeanne d'Arc avait érigées pour la protéger des souvenirs de la Sorcière d'Endor, car à cet instant il lui fallait tout savoir sur l'Archonte Cernunnos.

Rumeurs, fragments, légendes chuchotées.

Autrefois, il était beau. Un géant : grand, fier et arrogant. Un scientifique respecté. Il avait effectué des expériences sur les autres ; puis, quand ce fut interdit, sur lui-même. Finalement, il était devenu repoussant ; des excroissances osseuses étaient apparues sur son crâne, ses orteils avaient fusionné en sabots épais. Seul son visage n'avait pas changé, poignant rappel de sa beauté passée. Le passage du temps avait eu raison de sa grande intelligence, et à présent il n'était rien de plus qu'un animal. Incroyablement ancien, puissant, possédant encore la capacité de métamorphoser les hommes en loups, il habitait un royaume des Ombres lointain, couvert de forêts en décomposition…

« Aucun animal n'aime le feu, songea Sophie. Et si l'Archonte vit dans des bois humides, il en a sûrement peur. » Elle ressentit une légère angoisse – et si elle ne pouvait pas l'évoquer ? Elle chassa vite cette pensée. Sa magie ne lui ferait pas faux bond cette fois-ci. En un clin d'œil, avant qu'elle ne pose le doigt sur son tatouage, elle se servit d'une petite portion de son aura pour stimuler la magie de l'Air.

Une violente tornade apparut autour de l'Archonte. Tout – les chiens survivants, la moindre particule de poussière et de sable – tourbillonna et se plaqua sur Cernunnos, qui fut enveloppé d'une couverture bourdonnante. Aveuglée, la bouche et le nez remplis de saletés, la créature se couvrit le visage. Sophie appuya sur son tatouage circulaire avec le pouce et mit le feu au nuage de poussière. Une seconde avant de s'effondrer sur le sol, inconsciente, elle perçut le hurlement du Dieu

Cornu, le bruit le plus terrifiant qu'elle ait jamais entendu.

– Josh ! haleta Dee, qui parait désespérément les coups fulgurants au point d'en avoir les bras engourdis. Il y a tellement de choses que tu ignores, que je peux t'apprendre, tellement de questions auxquelles je peux répondre !

– J'en sais déjà assez long sur vous, Magicien.

Les étincelles bleutées et rouge foncé jaillissaient chaque fois que les lames jumelles s'entrechoquaient. Les deux combattants recevaient une pluie de paillettes brûlantes ; bientôt, le visage de Josh fut couvert de marques noires, et le costume de Dee piqueté de trous.

– Vous... aviez... l'intention... de... tuer... l'Archonte.

Josh accompagna chaque mot d'un coup.

– Tu as tenu Clarent, souffla Dee. Tu as eu un avant-goût de ses pouvoirs. Tu sais ce dont elle est capable. Réfléchis bien : assassine l'Archonte, et tu gagneras des millénaires, des centaines de millénaires de connaissances. Tu sauras l'histoire du monde depuis son commencement, et celle d'une myriade d'autres.

Soudain, une immense explosion de chaleur parfumée à la vanille les balaya. Face à l'Archonte en flammes, Dee partit en arrière, les mains sur le visage, aveuglé par la lumière. Alors qu'il roulait sur le sol, Josh vit le Dieu Cornu dévoré par un feu vert doré, puis sa sœur, inconsciente, par terre. Effrayé, il se mit à quatre pattes et aperçut Excalibur dans la boue près de sa main droite.

Tandis que ses doigts se refermaient sur la garde, une douleur atroce fusa dans sa main gauche, celle qui tenait Clarent. Il fut incapable de lâcher l'Épée du Lâche, comme si elle était collée à sa paume, scellée dans son poing fermé. Quand du sang rouge vif suinta entre ses doigts, il abandonna Excalibur. Son supplice s'arrêta aussitôt. Se remettant debout avec peine, il souleva la garde d'Excalibur avec la pointe de Clarent et jeta l'épée au loin. Puis il contourna la voiture pour s'occuper de sa sœur.

Dee s'agenouilla tant bien que mal. Il essayait de chasser les images luisantes imprimées sur sa rétine. Il vit néanmoins Josh lancer Excalibur en l'air, et l'épée atterrir dans les restes gluants des douves. Elle flotta à la surface de l'épaisse couche d'huile noire pendant une demi-seconde ; puis le liquide bouillonna avec furie avant de l'engloutir.

Affolé, Josh tomba à genoux devant sa sœur, la prit dans ses bras et la porta jusqu'au taxi au moment où le moteur commençait à toussoter. L'air malade, Nicolas Flamel s'effondra sur la banquette. De ses mains s'écoulaient encore les fils d'énergie verte qui avaient servi à recharger la batterie.

John Dee se jeta en arrière quand la voiture, portières grandes ouvertes, fonça dans la ruelle. Le Magicien tenta de se concentrer et de rassembler assez d'énergie pour stopper le véhicule, en vain : il était épuisé, physiquement et mentalement. Pendant qu'il se relevait, l'Archonte s'aplatit par terre ; il se roula pendant plusieurs secondes dans la boue gluante pour éteindre les flammes qui vacillaient sur sa fourrure. Seule une poignée de chiens de la Meute Sauvage avait survécu à l'attaque. Deux d'entre eux furent réduits en poussière quand Cernunnos les écrasa par accident.

Le moteur hurlant, des étincelles jaillissant des pare-chocs et des portières qui frôlaient le portail tordu, le taxi noir surgit dans la rue humide, où il dérapa avant de s'élancer dans la nuit. La lumière des freins projeta une lumière rouge vif lorsque la voiture tourna au coin et disparut.

Dissimulée dans l'ombre, Bastet sortit de sa poche un téléphone ultraplat et composa un numéro abrégé. Son interlocuteur décrocha à la première sonnerie.

– Dee a échoué, se contenta-t-elle d'annoncer.

CHAPITRE QUARANTE

Sophie se réveilla quand le taxi cahota sur un ralentisseur. Elle était complètement désorientée. Au bout d'un long moment, les fragments de rêve, qui étaient en vérité des souvenirs, s'estompèrent. Le hurlement de Cernunnos résonnait encore dans sa tête et, pendant un instant, elle eut pitié de la pauvre créature. Le dos raide, elle se redressa et regarda autour d'elle. Avachi sur la banquette à côté d'elle, le visage noirci et gonflé à cause des brûlures d'étincelles, Josh respirait avec difficulté. Assis dans l'ombre contre la vitre, l'Alchimiste scrutait la nuit. Quand il l'entendit bouger, il tourna la tête. Les lumières de la ville se reflétaient dans ses yeux las.

– J'espérais que tu dormirais un peu plus longtemps.

– Où sommes-nous ? demanda-t-elle, la bouche pâteuse, les lèvres sèches.

Lundi 4 Juin

Elle avait l'impression que la poussière granuleuse de la Meute Sauvage pesait sur sa langue. Flamel lui tendit une bouteille d'eau.

– À Millbank. Nous venons de dépasser les Chambres du Parlement.

Par la vitre arrière, Sophie entraperçut le palais de Westminster superbement illuminé. L'éclairage lui donnait une apparence chaleureuse, presque surnaturelle.

– Comment te sens-tu ? poursuivit Nicolas.

– Épuisée.

– Après ton exploit, cela ne me surprend pas. Tu sais que ton geste est unique dans l'histoire de l'humanité ? Tu as vaincu un Archonte !

Elle but une grande gorgée d'eau.

– Je l'ai tué ?

– Non, répondit Flamel.

Sophie fut secrètement soulagée.

– Même si, j'imagine, tu en serais capable après une bonne préparation.

L'Alchimiste s'interrompit un moment avant d'ajouter :

– Une fois que vous serez entraînés, il n'y aura rien que ton frère et toi ne puissiez faire, à mon avis.

– Nicolas, dit Sophie, l'air soudain triste, je ne veux pas être entraînée. Je veux juste rentrer chez moi. J'en ai plus qu'assez de courir et de me battre, de me sentir malade… Oui, j'en ai assez des migraines perpétuelles, de ces douleurs dans les yeux et les oreilles, de ce nœud à l'estomac…

Au bord des larmes, elle se frotta les paupières. Elle n'allait pas pleurer maintenant !

– Quand pourrons-nous rentrer ?

Il y eut un long silence. Lorsque Flamel se décida à répondre, son accent français avait remonté à la surface.

– J'espère vous ramener très vite en Amérique – peut-être demain. Mais vous ne pourrez pas rentrer chez vous. Pas encore.

– Quand alors ? Je refuse de fuir et me cacher tout le temps ! Nos parents se posent déjà des questions. Qu'est-ce qu'on va leur dire ?

Elle tendit la main et regarda une pellicule lisse et argentée comme un miroir recouvrir sa chair.

– Comment je leur expliquerai cela ?

– Tu ne leur expliqueras pas, répondit Nicolas avec simplicité. Tu n'en auras peut-être pas besoin. Les choses avancent très vite, Sophie.

Son accent donna une note exotique à son prénom.

– Plus vite que je ne l'imaginais. Nous atteignons un point critique. Les Ténébreux semblent avoir abandonné toute prudence, tellement ils désespèrent de mettre la main sur les pages du Codex et sur vous. Vois ce qu'ils ont fait ! Ils ont lâché dans la nature Nidhogg, la Meute Sauvage, et même l'Archonte Cernunnos. Ce sont des créatures qui n'ont pas foulé cette terre depuis des siècles. Pendant des années, ils ont voulu nous capturer vivants, Pernelle et moi, afin que nous leur communiquions nos connaissances sur le Codex et les jumeaux. Aujourd'hui, ils nous veulent morts. Ils n'ont plus besoin de nous, parce qu'ils possèdent la quasi-totalité du Livre d'Abraham le Juif, et ils savent que Josh et toi êtes les jumeaux de la prophétie.

Exténué, Nicolas poussa un long soupir.

– Avant, je pensais que Pernelle et moi disposions d'un mois avant que le sortilège d'immortalité ne fasse plus effet et que nous disparaissions. Je ne le crois plus. Dans moins de deux semaines, ce sera Litha, le solstice d'été. Ce moment a une très grande importance, car les royaumes des Ombres se rapprochent alors de ce monde. Je crois que tout sera terminé ce jour-là, en bien ou en mal.

– C'est-à-dire ? demanda Sophie, glacée.

– Tout aura changé.

– Tout a déjà changé, gronda-t-elle, la peur attisant sa colère.

Josh remua dans son sommeil.

– Ces événements sont normaux pour vous qui vivez dans un monde de monstres, de créatures magiques et de contes de fées, continua la jeune fille. Josh et moi ne sommes pas comme vous. Nous ne l'étions pas, se reprit-elle, jusqu'à ce que votre femme et vous nous choisissiez…

– Oh, Sophie ! murmura Nicolas. Cette histoire n'a rien à voir avec Pernelle et moi.

Il rit doucement.

– Ton frère et toi avez été choisis il y a très longtemps.

Il se pencha vers elle, les yeux brillants dans l'obscurité.

– Vous êtes l'argent et l'or, la Lune et le Soleil. Vous portez en vous les gènes des jumeaux originels qui se sont battus sur Danu Talis il y a dix millénaires. Sophie, ton frère et toi êtes les descendants des dieux.

CHAPITRE QUARANTE ET UN

– *Vous pourriez appeler quelqu'un à l'aide*, suggéra Juan Manuel de Alaya.

– Je ne vois pas qui.

Appuyée sur une rambarde en bois, Pernelle se tenait au-dessus du panneau officiel accueillant les visiteurs sur l'île.

PÉNITENCIER DES ÉTATS-UNIS
ÎLE D'ALCATRAZ : 5 HECTARES
2,5 KM JUSQU'AU QUAI DE TRANSPORT
BATEAUX GOUVERNEMENTAUX
EXCLUSIVEMENT
LES AUTRES RESTENT
À UNE DISTANCE DE 182 M
INTERDICTION DE DÉBARQUER
SANS LAISSEZ-PASSER

À côté du panneau quelqu'un avait barbouillé en rouge : *Indiens bienvenus.* En dessous, des lettres plus grosses, à moitié estompées, annonçaient : *Terre indienne.* Ces mots avaient été peints en 1969, quand le Mouvement des Indiens d'Amérique avait occupé l'île.

L'Ensorceleuse avait arpenté Alcatraz tout au long de l'après-midi afin de trouver un moyen de s'échapper. Elle n'y avait pas vu de bateau, mais beaucoup de bois et de planches. Un instant, elle avait envisagé de construire un radeau, utilisant à la place de cordes les serviettes et les couvertures dénichées dans les cellules équipées en vue des visites guidées. En 1962, trois prisonniers se seraient échappés ainsi de l'île-prison. Cependant Nérée et ses cruelles filles représentaient un obstacle de taille. Depuis le premier étage, surplombant la bibliothèque, Pernelle voyait la tête des Néréides qui émergeaient en contrebas, leurs longs cheveux flottant telles des algues. De loin, on aurait pu les confondre avec des phoques, mais ces créatures immobiles la fixaient de leurs yeux froids, imperturbables. Elle entrapercevait leurs dents ébréchées tandis qu'elles mâchonnaient des poissons encore frétillants. Elles avaient sans nul doute eu vent de l'humiliation de leur père, et elles seraient sans pitié.

Lors de sa petite visite de l'île, Pernelle avait trouvé des habits, si bien qu'elle portait à présent un pantalon et une chemise rêches de prisonnier, deux fois trop grands pour elle, qui la démangeaient terriblement. Ils faisaient partie de l'exposition qui accueillait autrefois les touristes. Depuis que la compagnie de Dee avait racheté l'île, plus personne ne s'était rendu à Alcatraz. De nombreuses cellules avaient été décorées avec des objets ayant appartenu aux prisonniers. Dans l'une d'elles, elle était tombée sur un lourd manteau noir, et l'avait enfilé. Bien qu'il sentît le moisi et fût un peu humide, il était plus chaud que sa robe en soie et lui permettrait de ne pas gaspiller son énergie à se réchauffer. Elle n'avait pas trouvé de nourriture ; dans la cuisine, il y avait juste une tasse rouillée. Par chance, de nombreuses flaques de pluie étaient éparpillées sur l'île. L'eau avait un goût salé, mais pas assez fort pour la rendre malade.

En fin d'après-midi, elle avait rejoint le quai où les visiteurs d'Alcatraz commençaient et achevaient leur tour. Elle avait ensuite emprunté, à gauche de la bibliothèque, un escalier qui montait au premier étage.

À présent, appuyée sur la rambarde, elle contemplait les vagues. La ville était tellement proche ! À peine deux kilomètres et demi… Ayant grandi sur la côte nord-ouest de la France, en Bretagne, Pernelle nageait bien et adorait l'eau, mais il était hors de question qu'elle plonge dans les remous traîtres et glacés de la baie. Elle ne l'aurait pas fait même si les filles de Nérée n'avaient pas été aux aguets. Elle se dit qu'elle aurait vraiment dû apprendre à voler quand ils voyageaient en Inde sous Gengis Khan…

Les vagues frappaient le quai ; des embruns blanc argenté s'élevaient dans l'air… Le fantôme de Alaya se matérialisa dans les gouttes luisantes.

– *Il y a sûrement quelqu'un à San Francisco que vous*

pourriez appeler à l'aide, dit-il. *Un autre immortel peut-être ?*

– Non. Nicolas et moi ne fréquentons pas grand monde. Souviens-toi, la plupart des immortels servent de domestiques ou d'esclaves aux Ténébreux.

– *Tous les immortels ne sont pas soumis à un Aîné.*

– C'est vrai. Nous, nous n'obéissons à personne. Saint-Germain et Jeanne non plus. La rumeur veut que nous soyons quelques-uns dans ce cas.

– *Et s'ils vivaient à San Francisco ?* insista-t-il.

– Oui, c'est possible. C'est une ville énorme. Les immortels préfèrent les cités dont la population bouge constamment, où il est plus facile de demeurer anonyme et invisible.

Le spectre vint flotter à sa gauche.

– *Reconnaîtriez-vous un autre immortel si vous le croisiez dans la rue ?*

– Moi oui, répondit Pernelle avec un sourire. Pas Nicolas.

Alaya se posta devant elle.

– *Madame, si vous n'aviez pas de contact avec ceux de votre espèce dans la cité, comment se fait-il que Dee vous ait trouvée ?*

Pernelle haussa les épaules :

– Bonne question. Nous nous sommes toujours montrés d'une prudence exceptionnelle, mais Dee a recruté des espions dans le monde entier, et il a toujours fini par nous localiser. En vérité, je suis surprise que nous ayons pu rester cachés à San Francisco aussi longtemps.

– *Avez-vous des amis dans cette ville ?* persévéra Alaya.

– Nous connaissons quelques personnes… peu et mal.

Écartant des mèches de ses cheveux poivre et sel de son visage, elle fixa le marin mort. Sous le soleil de cette fin d'après-midi, il était quasiment invisible ; juste une impression ondulant dans l'air. Seuls ses yeux sombres trahissaient sa position.

– Depuis quand êtes-vous un fantôme ?

– *Plus de deux cents ans…*

– Et vous n'avez jamais souhaité devenir immortel ?

– *Je n'y ai pas réfléchi*, avoua-t-il. *Parfois, je rêve que je suis encore vivant. Quand le brouillard se déroule dans la baie, et que le vent soulève des embruns, j'aimerais posséder un corps physique pour éprouver des sensations. En revanche, je ne suis pas sûr d'apprécier l'immortalité.*

– L'immortalité est une malédiction, affirma Pernelle. Elle vous brise le cœur. On ne peut pas se permettre de se lier aux gens. Notre seule présence représente un danger pour eux. Dee a rasé des villes entières pour nous capturer, a déclenché des incendies et des famines, même des séismes. Nicolas et moi avons passé notre vie à nous enfuir, à nous cacher, à rôder dans l'ombre.

Elle se tut un instant avant de dire :

– Nous aurions dû nous battre.

Les avant-bras posés sur la rambarde, elle regarda en bas. Dans l'air chatoyant, elle aperçut l'image fugace de silhouettes en costumes et uniformes du passé massées sur le quai. Quelques secondes plus tard, les spectres disparaissaient.

– Oui, nous aurions pu stopper Dee. Nous en avons eu l'occasion au Nouveau-Mexique en 1945 et vingt ans plus tôt, en 1923, à Tokyo. Il était à notre merci, affaibli, presque mourant, après le tremblement de terre qu'il avait provoqué.

– *Qu'est-ce qui vous en a empêchés ?* demanda Alaya.

Pernelle examina les nouvelles rides qui couraient sur la chair autrefois lisse de ses mains. Les veines bleu-vert saillaient sous la peau, alors qu'elles n'étaient pas là la veille.

– Nicolas a dit que nous ne vaudrions pas mieux que Dee et ceux de son espèce.

– *Vous étiez d'accord ?*

– Avez-vous déjà entendu parler d'un Italien nommé Niccolò Machiavelli ?

– *Non.*

– Un esprit brillant, rusé, implacable, qui travaille aujourd'hui, à ma grande tristesse et surprise, pour les Ténébreux. Il y a de nombreuses années, il a dit quelque chose comme : l'offense doit être faite à l'homme d'une telle manière qu'il n'en puisse tirer vengeance.

– *Il ne me semble pas très sympathique.*

– Il ne l'est pas, mais il est juste. Il y a trois siècles, l'homme immortel Gengis Khan a proposé d'emprisonner Dee dans le royaume des Ombres de l'Empire mongol pour l'éternité. Nous aurions dû accepter cette offre.

– *Vous le regrettez ?*

– Oui, je le souhaitais.

– *Mais votre mari a refusé.*

– Nicolas a objecté que notre tâche consistait à protéger le Codex et trouver les jumeaux de la prophétie, pas à guerroyer avec les Ténébreux. Cependant notre mission aurait été plus facile si nous n'avions pas eu Dee à nos trousses. À Tokyo, nous avons manqué l'occasion de le priver de ses pouvoirs, de sa mémoire, et peut-être de son immortalité. Il n'aurait plus représenté aucune menace.

– *Cela aurait-il arrêté les Ténébreux ?*

Pernelle réfléchit quelques instants.

– Cela les aurait gênés et ralentis un peu, mais non, cela ne les aurait pas arrêtés.

– *Vous n'avez jamais réussi à vous cacher de manière définitive ?*

Pernelle eut un sourire amer.

– Non. Où que nous nous soyons installés, il fallait toujours partir à un moment ou à un autre, soupira-t-elle. Là, nous avons vécu depuis trop longtemps à San Francisco. Même la propriétaire du café en face de notre librairie avait remarqué que je ne vieillissais pas.

Pernelle éclata de rire.

– Fiona doit croire que je me fais faire des injections de Botox !

Elle tendit les mains devant elle et les examina d'un œil critique.

– Je me demande ce qu'elle dirait si elle me voyait maintenant…

– *Cette femme est une amie ? Pourrait-elle vous aider ?*

– Je dirais plutôt que c'est une connaissance. Et elle

est humaine. Lui expliquer ne serait-ce qu'un millième de mes mésaventures serait impossible. Alors, non, je ne l'appellerai pas à l'aide. Inutile de lui faire courir un quelconque danger.

– *Réfléchissez, madame, réfléchissez. Il doit bien y avoir quelqu'un à contacter…*, insista Alaya, désespéré. *Un Aîné qui comprend votre cause, un immortel qui ne s'est pas allié aux Ténébreux. Donnez-moi un nom, et je partirai à sa recherche. Vous êtes forte et puissante, mais vous ne pourrez pas vous dresser toute seule contre le sphinx, le Vieil Homme de la Mer et les monstres tapis dans les cellules. De plus, celui qui a envoyé les mouches ce matin tentera à coup sûr autre chose, et il réussira peut-être à vous tuer cette fois-ci.*

– Je le sais, répondit Pernelle sur un ton grave.

Tout en regardant les Néréides danser dans l'eau, l'Ensorceleuse laissa ses pensées divaguer. Il devait y avoir des immortels à San Francisco. En vérité, plus tôt dans la journée, elle avait eu la vision fugace qu'un jeune homme aux yeux vides d'un mort la dévisageait. Il se servait d'une coupe de divination pour l'observer. L'Ensorceleuse esquissa un sourire : jamais plus il n'utiliserait cette coupe ! Elle avait ressenti en lui quelque chose de sauvage et de dangereux ; sa façon de bouger et de l'épier lui avait rappelé…

– J'ai trouvé ! s'exclama-t-elle soudain. Elle a vécu ici pendant des décennies. Je parie qu'elle connaît tous les Aînés de cette ville, ainsi que ceux de la Génération Suivante. Elle saura à qui nous pouvons faire confiance.

– *Laissez-moi lui parler. Je lui dirai où vous êtes.*

– Oh ! Elle n'est pas à San Francisco en ce moment. Mais cela n'a pas d'importance.

Le fantôme eut l'air perplexe.

– *Comment comptez-vous la contacter ?*

– À l'aide de la cristallomancie !

– *Son nom ?* s'enquit le fantôme.

– Scathach l'Ombreuse, la Déesse Guerrière.

CHAPITRE QUARANTE-DEUX

Le taxi rayé et tout cabossé traversa Millbank et s'arrêta à un feu rouge. Aussitôt, un clochard hirsute à la barbe broussailleuse, portant plusieurs couches de vêtements, se décolla du garde-fou et s'approcha de la voiture, muni d'un seau en plastique. Après avoir plongé une raclette dans l'eau sale, il l'appliqua sur le pare-brise fendillé du taxi, fit trois va-et-vient rapides d'une main experte, ce qui ôta la boue et la poussière coagulée de la Meute Sauvage. Palamède baissa sa vitre et donna au vieil homme une pièce de deux livres.

– On nous oblige à travailler tard ce soir, pas vrai ? Alors, en pleine forme ?

– Je suis au chaud, au sec, et j'ai le ventre bien plein, Pally. Que demander de plus ? Non, rien, vraiment. Sauf peut-être un chien. J'aimerais bien avoir un chien.

Sa voix s'élevait et retombait selon un curieux rythme monotone. Le clochard renifla bruyamment, puis plissa le nez, l'air dégoûté :

– Ouah ! Ça pue ! Tu as dû rouler dans quelque chose. À ta place, j'irais nettoyer cette caisse, sinon tu peux dire adieu à tes clients.

Il éclata d'un rire qui gargouilla dans sa poitrine. Soudain, il loucha, apercevant les passagers à l'arrière du taxi.

– Oups ! Je ne les avais pas vus là-dedans.

Il se pencha vers Palamède et chuchota d'une voix rauque mais audible :

– Ils ont le nez bouché ou quoi ?

– Ça ne les gêne pas, figure-toi !

Le feu passa au vert. Palamède jeta un coup d'œil dans le rétroviseur : il n'y avait personne derrière eux. Il resta à l'intersection, moteur allumé.

– Ce sont les restes de la Meute Sauvage. Certains loups ne se sont pas enlevés de mon chemin assez vite…

– La Meute Sauvage !

Le clochard frotta le rétroviseur extérieur avec son pouce, gratta la poussière, puis la porta à la bouche. Une langue rose apparut dans la barbe emmêlée.

– Tu as ici un peu de Hittite, mélangé avec du Romain et un soupçon de Hongrois.

Il cracha par terre.

– Cette monstruosité à cornes croit-elle encore être le maître de la Meute ?

– Oui.

– Je ne l'ai jamais aimé, ce type, continua le clochard. Comment va-t-il ?

– La dernière fois que je l'ai vu, il prenait feu.

Le clochard effleura du doigt la portière défoncée.

– Ça ne s'en ira pas à la peau de chamois, ça !

Il sourit et fit un clin d'œil à Palamède :

– Je connais une bonne casse pas loin, ils auront peut-être des portières de rechange.

– La casse n'existe plus, expliqua le Chevalier. Cernunnos et la Meute Sauvage lui ont rendu visite il y a deux heures environ. Quand nous sommes partis, Cernunnos brûlait au milieu des voitures. Il devinera vite que nous sommes partis te voir…

Le feu changea, teintant en rouge le visage et les yeux de Palamède.

– Il aime fanfaronner ! Il ne fera rien, plaisanta l'homme avant de devenir sérieux. Il a peur de moi, tu sais.

– Le Magicien anglais, Dee, l'accompagne, précisa Palamède.

Les dents étonnamment parfaites du clochard apparurent dans un sourire éclatant :

– Celui-là ? Je le terrifie !

Puis son sourire s'estompa.

– Mais il est assez stupide pour ne pas le savoir.

Il rangea la raclette dans le seau, retourna jusqu'au garde-fou et cacha ses instruments derrière un buisson.

– Difficile de trouver une bonne raclette de nos jours. Il faut des siècles pour les roder !

Il revint vers la voiture et ouvrit la portière arrière.

Lundi 4 Juin

– Bon, qui avons-nous là ?

Comme le plafonnier s'était allumé, Josh se réveilla en sursaut et se cacha les yeux. Il se redressa, surpris de voir un sans-abri en haillons sales grimper dans le taxi.

– Que se passe-t-il ? Qui êtes-vous ? marmonna-t-il.

Le clochard posa ses yeux d'un bleu profond sur le jeune homme, puis fronça les sourcils.

– Je suis… Je suis…

Il regarda Sophie :

– Sais-tu qui je suis ?

Comme elle secouait la tête, il se tourna vers l'Alchimiste.

– Toi, tu m'as l'air savant. Je suis qui, déjà ?

– Vous êtes le roi Gilgamesh, répondit Nicolas Flamel. L'immortel le plus âgé au monde.

Le clochard se glissa entre les jumeaux avec un sourire ravi.

– Oui, c'est bien moi, soupira-t-il. Je suis le Roi.

Le feu passa au vert, et le taxi démarra. Derrière eux, Big Ben sonna minuit.

MARDI 5 Juin

CHAPITRE QUARANTE-TROIS

Apeurée, courbaturée, épuisée, Sophie faisait de son mieux pour s'écarter du clochard. Il s'était assis entre les jumeaux et elle sentait une moiteur froide monter de ses pardessus superposés. De l'autre côté, son frère s'était lui aussi décalé. L'Alchimiste, lui, se recroquevilla dans l'ombre : il posa négligemment la main devant sa bouche, cachant la partie inférieure de son visage, comme s'il ne souhaitait pas que le vieil homme le reconnaisse.

– Non, non, ça ne va pas.

Gilgamesh se leva et s'affala sur le petit strapontin en face d'eux.

– Là, je vous vois comme il faut. Bon, qui êtes-vous ? demanda-t-il en frappant doucement dans ses mains.

La lumière orangée des réverbères et les phares des autres voitures éclairaient à intervalles réguliers l'intérieur du taxi. Sophie examina le vieillard ; ses sens exacerbés lui signalaient le moindre détail. Ce ne pouvait pas être la personne qu'ils devaient rencontrer à Londres, l'immortel nommé Gilgamesh, l'homme le plus âgé de la planète ! Un roi selon Nicolas, un fou selon Palamède. Ce type ne ressemblait ni à l'un ni à l'autre, juste à un vieux vagabond inoffensif portant trop de vêtements, qui aurait besoin d'un bon bain, d'une coupe de cheveux et d'un rasage. Cependant Sophie avait appris une chose ces derniers jours : les apparences étaient souvent trompeuses.

– Voilà qui est plaisant ! déclara Gilgamesh, les mains croisées sur les genoux.

Il parlait anglais avec un vague accent du Moyen-Orient.

– Comme je dis toujours, quand on se réveille le matin, on ne sait jamais comment la journée va se terminer. J'aime bien, cela permet de rester jeune.

– Quel âge avez-vous ? demanda Josh.

– Un certain âge, répondit Gilgamesh. Pour ne pas dire un âge certain…

Une série d'images surgit soudain dans l'esprit de Sophie – les souvenirs de la Sorcière. Jeanne d'Arc lui avait appris à les ignorer, à chasser les voix et les bruits qui bourdonnaient constamment dans sa tête, mais cette fois-ci la jeune fille baissa volontiers la garde.

Gilgamesh, sans âge, immuable.

Gilgamesh, grand et fier souverain, vêtu successivement du costume représentatif d'une douzaine d'époques et d'autant de civilisations – sumérien, akkadien, babylonien, égyptien, grec et romain –, puis de fourrure et de cuir, de la Gaule et de la Grande-Bretagne.

Gilgamesh le guerrier, à la tête de Celtes et de Vikings, de Rus et de Huns, lors de batailles contre des hommes et des monstres.

Gilgamesh le professeur, vêtu d'une simple toge blanche de prêtre, une branche de chêne et de gui à la main.

Les yeux de Sophie prirent une couleur argent, et elle s'adressa à lui dans un chuchotement rauque.

– Vous êtes l'Ancien des Jours.

Il sursauta légèrement.

– Cela fait longtemps que l'on ne m'a pas appelé ainsi, fit-il, une note d'inquiétude dans la voix. Qui te l'a dit ?

– Personne.

– Vous êtes plus vieux que les pyramides ? insista Josh.

– Beaucoup, beaucoup plus vieux, répondit Gilgamesh d'un ton joyeux.

– L'âge du Roi se mesure en millénaires, intervint Palamède.

Sophie fixa Gilgamesh : il n'était pas plus grand que Josh, mais les multiples épaisseurs de ses vêtements – manteaux, peaux de mouton, T-shirts, sweat-shirts à capuche – le grossissaient ; sa tignasse et sa barbe en broussaille le faisaient paraître plus vieux. Malgré ses cheveux emmêlés, il lui rappelait son père, avec son front haut, son long nez droit, ses yeux bleus dans un visage très bronzé. Il semblait avoir une quarantaine d'années, tout comme lui.

Ils passèrent devant un magasin dont les néons projetèrent à l'intérieur du taxi une lumière vive. À cet instant, Sophie s'aperçut que les rapiéçages, les marques et les taches qui couvraient les vêtements du Roi étaient en fait d'étranges symboles et des lignes d'écriture, tracés apparemment au feutre noir. Elle loucha et reconnut des hiéroglyphes égyptiens et des caractères cunéiformes. Ce qu'elle avait pris pour des déchirures ou des fils tirés étaient de longues et épaisses coutures dentelées semblables à l'écriture primitive. Elle était persuadée d'avoir vu des griffures similaires sur d'antiques tablettes en argile dans le bureau de ses parents.

Le vieil homme les scrutait, son frère et elle. Ses yeux bleu clair se posaient tour à tour sur leur visage ; il plissait le front, et ses narines se creusaient tandis qu'il se concentrait. Sophie ne fut pas surprise de l'entendre dire :

– Je vous connais !

Elle regarda son jumeau : le Dieu Cornu avait prononcé exactement les mêmes mots. Josh pinça les lèvres et remua à peine la tête – signal qu'ils utilisaient depuis leur enfance : Sophie ne devait rien dire.

– Où nous sommes-nous rencontrés ? demanda-t-il.

Gilgamesh posa les coudes sur ses genoux et se pencha en avant. Il plaqua ses paumes l'une contre l'autre et posa les index sur la fente sous son nez.

– Notre rencontre remonte à très longtemps, finit-il par déclarer. Elle a eu lieu quand j'étais jeune, très jeune.

Il s'assombrit :

– Non, ce n'est pas vrai. Je vous ai vus vous battre et tomber…

Il se tut et, soudain, ses yeux s'emplirent de larmes.

– Je vous ai vus mourir tous les deux, fit-il d'une voix enrouée.

Déconcertés, Sophie et Josh se dévisagèrent. Flamel remua dans l'ombre et dit, anticipant leur question :

– La mémoire du Roi est déficiente. Ne croyez pas tout ce qu'il raconte.

Son intervention sonnait comme un avertissement, mais Sophie décida de passer outre :

– Vous nous avez vus mourir ?

Les mots de Gilgamesh avaient éveillé des bribes de souvenirs qui lui échappaient dès qu'elle essayait de les attraper.

– Les cieux saignaient des larmes de feu. Les océans bouillonnaient, la terre se déchirait de toutes parts…, chuchota Gilgamesh.

– Quand était-ce ? demanda Josh.

– En un temps avant le temps, avant l'histoire.

– Il ne faut pas prendre les propos du Roi au pied de la lettre, intervint de nouveau Flamel.

Sa voix paraissait forte dans le taxi brusquement silencieux. Son accent français était plus prononcé, comme toujours quand il subissait une pression.

– Je ne suis pas sûr que le cerveau humain ait été conçu pour recevoir et stocker dix millénaires de connaissances. Sa Majesté a parfois les idées embrouillées.

Sophie tendit la main et serra celle de son frère. Cette fois-ci, c'était elle qui pinçait les lèvres et secouait la tête afin qu'il se taise. Elle avait besoin de temps pour explorer les souvenirs et les pensées de la Sorcière. Il y avait un détail au fin fond de sa conscience, quelque chose de sombre et de laid, un événement en rapport avec Gilgamesh et des jumeaux, qu'elle voulait comprendre.

– Vous avez donc… dix mille ans, continua Josh avec précaution.

– La plupart des gens éclatent de rire quand ils prononcent cette phrase. Pas toi. Pourquoi ?

– Ces deux derniers jours, expliqua Josh, j'ai été éveillé par un être de légende, j'ai voyagé sur le dos d'un dragon et combattu le Dieu Cornu. Je me suis rendu dans un royaume des Ombres et j'ai vu un arbre aussi grand que le monde. Des hommes se sont changés en loups et en chiens sous mes yeux, j'ai croisé une femme à tête de chat… ou une chatte à corps de femme. Alors, pour être honnête, un homme de dix mille ans ne m'impressionne pas beaucoup. À vrai dire, vous êtes probablement la personne la plus normale que nous ayons rencontrée récemment. Sans vous offenser.

– Pas de problème. Je suis peut-être un homme de dix mille ans, sinon plus…

Soudain, sa voix changea, comme s'il était exténué.

– … ou peut-être ne suis-je qu'un vieux fou égaré. Ils sont nombreux à l'avoir prétendu… et ils sont tous morts.

Il se tourna sur son strapontin et tapota sur la vitre de séparation.

– Où va-t-on, Pally ?

Le Chevalier sarrasin n'était qu'une vague silhouette dans l'obscurité.

– Eh bien, d'abord, nous voulions te voir…

Gilgamesh sourit.

– … ensuite, j'aimerais que ces personnes quittent l'Angleterre. Je les conduis au Henge.

– Le Henge ? répéta le clochard, les sourcils froncés. Je connais ?

– Stonehenge, précisa Flamel. Tu devrais connaître, tu as participé à sa construction.

– Vraiment ? hésita Gilgamesh. Je ne m'en souviens pas.

– Cela fait plusieurs siècles, murmura l'Alchimiste. Je crois que tu as commencé à dresser les pierres il y a plus de quatre mille ans.

– Oh, non ! Plus ! s'enflamma soudain le Roi. Je dirais au moins mille ans plus tôt. Et le site était déjà ancien à l'époque…

Sa voix s'éteignit. Il scruta les jumeaux avant de demander à Palamède :

– Et pourquoi nous rendons-nous là-bas ?

– Nous comptons activer une vieille ligne de force pour faire sortir ces personnes du pays.

– Oui, oui… Il existe de nombreuses lignes de force à Salisbury. C'est une des raisons pour lesquelles j'ai installé les nexus là-bas. Et pourquoi voulons-nous les expulser du pays ?

– Parce que ces enfants sont la Lune et le Soleil, intervint Flamel, aux auras pures d'argent et d'or. Ils sont pourchassés par les Ténébreux qui ont, pas plus tard que ce soir, ramené sur terre un Archonte. Il y a deux jours, Nidhogg s'est déchaîné dans Paris. Tu sais ce que cela signifie.

La voix du Roi changea encore : elle devint froide et énergique :

– Ils ne montrent plus aucune prudence. La fin approche. Vite.

– Elle approche à nouveau, précisa Nicolas Flamel.

Il se pencha en avant ; la lumière ambrée inonda son visage, qui prit la couleur d'un vieux parchemin. Les ombres soulignèrent les rides de son front et accentuèrent les poches sous ses yeux.

– Tu pourrais contribuer à l'empêcher.

– Alchimiste !

Gilgamesh écarquilla les yeux, siffla entre ses dents.

– Palamède ! Qu'as-tu fait ? hurla-t-il avec sauvagerie. Tu m'as trahi !

Tout à coup, un long couteau à lame noire apparut dans la main du clochard. Elle brilla sous la lumière quand Gilgamesh la leva pour frapper Flamel à la poitrine.

CHAPITRE QUARANTE-QUATRE

Sale et échevelé, les vêtements déchirés et couverts de taches, le Dr John Dee se faufilait dans les rues désertes, se cachait dans l'ombre chaque fois que la police, des camions de pompiers et des ambulances surgissaient, sirènes hurlantes. Une série d'explosions fracassantes illumina le ciel noir derrière lui au moment où des bonbonnes de gaz s'enflammèrent. L'air frais de juin empestait le caoutchouc brûlé et l'huile de vidange chaude, le métal et le verre en fusion.

Dès que le taxi noir avait été hors de vue, Dee s'était précipité vers les douves. Allongé à plat ventre dans la boue, il avait plongé la main dans la bourbe huileuse afin de récupérer Excalibur. Plus profond qu'il ne l'aurait cru, le liquide épais et encore chaud lui avala le bras jusqu'à l'épaule. Les bulles toxiques qui éclataient sous son nez lui donnaient envie de vomir et lui faisaient tourner la tête. Les yeux lui piquaient affreusement. Il tâtonna avec frénésie sans rien trouver. Au loin, les sirènes mugissaient. Aucun quartier nord de Londres n'avait manqué le spectacle des douves en feu. Les services d'urgence avaient dû être submergés d'appels. Il farfouillait dans la vase immonde, s'accrochant au rebord ; son visage touchait le liquide. Pas question qu'il parte sans l'épée ! Où était-elle ? Enfin, ses doigts se refermèrent sur la pierre froide et lisse. Au prix d'un effort intense, il parvint à extraire Excalibur du liquide visqueux. Elle émergea dans un bruit de ventouse. Il roula sur le dos et la serra contre lui. Bien qu'épuisé, Dee concentra son aura dans sa paume et frotta la pierre jusqu'à ce qu'elle soit propre.

Une fois debout, il examina les alentours. Le Dieu Cornu et la Meute Sauvage s'étaient volatilisés. Les derniers animaux de la ménagerie créée par Shakespeare – serpents, hérissons, tritons – s'évaporaient lentement, telles des bulles qui éclatent, laissant des traces de suie dans l'air. La casse ressemblait à un champ de ruines : des dizaines de petits feux se consumaient partout ; de la fumée noire s'échappait de sous la cabane incendiée. Quelque part à droite, un mur de voitures émit un craquement effroyable, vacilla, puis s'écrasa par terre dans une détonation assourdissante. Des bouts de métal et de verre volèrent de toutes parts.

Dee se précipita dans la rue. Il ne fut pas surpris par la disparition de Bastet et de la voiture dans laquelle ils étaient arrivés.

Mardi 5 Juin

On l'avait abandonné. Il ne pouvait plus compter que sur lui.

Le Magicien n'ignorait pas qu'il avait failli à sa mission. Ses maîtres ténébreux avaient été très clairs quant à son avenir en cas d'échec, et il était sûr que Bastet les avait déjà prévenus. Un vilain sourire lui tordit les lèvres : un de ces jours, il faudrait qu'il s'occupe de la créature à tête de chat ! Mais pas aujourd'hui, pas encore. Il avait échoué, mais tout n'était pas perdu puisque son maître ne lui avait pas repris son don d'immortalité. Et pour le rendre de nouveau humain, l'Aîné devrait le toucher, poser les deux mains sur lui. Cela impliquait qu'il quitte son royaume des Ombres ou envoie quelqu'un le capturer afin qu'il soit jugé là-bas.

Cela ne se produirait pas dans les heures à venir. Les Aînés n'appréhendaient pas le temps comme les humani. Il leur faudrait une journée ou deux pour organiser son arrestation. Et beaucoup de choses pouvaient survenir pendant ce laps de temps.

Au cours des moments les plus sombres de son existence, le Dr John Dee n'avait jamais admis sa défaite et avait toujours fini par triompher. S'il parvenait à kidnapper les jumeaux et à récupérer les pages manquantes du Codex, il ne manquerait pas de se racheter.

Londres demeurait sa ville. Sa compagnie, Enoch Enterprises, disposait de bureaux à Canary Wharf. Il possédait une maison dans ce quartier d'affaires – plus d'une, en fait – et pouvait compter sur certaines ressources : domestiques, esclaves, alliés, mercenaires.

La stupidité mettait Dee en colère, surtout la sienne.

La présence de Bastet, l'apparition de l'Archonte et de la Meute Sauvage l'avaient intimidé, si bien qu'il n'avait pas pris les précautions adéquates. En de précédentes occasions, les Flamel lui avaient échappé grâce à une combinaison de chance et de circonstances, leurs propres talents et pouvoirs. Dee ne s'était jamais considéré comme fautif. Là, c'était différent. Il était à blâmer, car il avait sous-estimé les jumeaux.

Des lumières bleues et blanches balayèrent les maisons condamnées. Le Magicien s'accroupit derrière un mur quand trois voitures de police déboulèrent dans la rue.

Il poursuivit sa réflexion. La fille avait appris au moins deux magies, l'Air et le Feu, et elle avait démontré un talent et un courage extraordinaires face à l'Archonte. Mais si elle était dangereuse, le garçon… Eh bien, le garçon l'était deux fois plus. Il représentait une énigme. Récemment éveillé, n'ayant reçu aucune formation en magie élémentaire, il maniait Clarent comme s'il était né avec, faisant preuve d'une habileté inconcevable, voire impossible.

John Dee secoua la tête. Il connaissait la nature des quatre Épées du Pouvoir et leur effet sur les humains. Les épées étaient insidieuses et mortelles, quasiment vampiriques. Elles chuchotaient au cœur des humani les victoires à venir, des secrets dépassant l'imagination, promettaient le pouvoir absolu. Il suffisait de se servir encore et encore de l'épée… et pendant ce temps, elle buvait les souvenirs, consumait chaque émotion de son détenteur avant de se gorger de son aura. À ce stade, l'homme oubliait de manger et de boire. Les plus forts survivaient un mois, la plupart ne tenaient pas dix jours. Les magiciens de son espèce se préparaient pendant des décennies avant de seulement toucher ces armes redoutables ! Ils jeûnaient et s'entraînaient des mois entiers afin d'apprendre l'art de forger leur aura et de s'en faire des gants protecteurs. Pourtant, les épées étaient si puissantes que de nombreux magiciens et sorciers succombaient à leur pouvoir.

Alors, comment ce gamin pouvait-il manipuler ainsi Clarent ?

Et comment avait-il su que Dee comptait assassiner l'Archonte ?

Le Magicien coupa par une venelle remplie de détritus et se faufila dans une rue déserte.

Contre son flanc, il sentait la chaleur d'Excalibur. Bien que semblables, les quatre épées possédaient des qualités uniques que Dee concevait à peine. Tout en étant la plus célèbre sans être la plus puissante, Excalibur bénéficiait d'attributs spécifiques. Agenouillé dans un coin sombre, John Dee sortit l'arme de sous son manteau et la posa par terre. L'ongle de son auriculaire brilla ; l'odeur de soufre couvrit celle des déchets nauséabonds quand il toucha le glaive avec son doigt et murmura : « Clarent. »

L'épée de pierre vibra, puis pivota lentement, la pointe indiquant le sud. Excalibur désignait toujours l'endroit où se trouvait sa jumelle. Dee la ramassa et s'enfuit.

Le Magicien avait consacré plusieurs siècles à rassembler les Épées du Pouvoir. Il en possédait trois sur quatre, et sa frustration de n'avoir pas pu ajouter Clarent à sa collection était grande. Aucun Aîné, aucun membre de la Génération Suivante, n'était immunisé contre le charme des Épées. On racontait que Mars Ultor avait porté Excalibur et Clarent dans des gaines protectrices sur son dos. Défenseur des humani avant d'acquérir les deux lames, il était devenu un monstre. Et si les glaives avaient corrompu l'Aîné, que réservait Clarent à un jeune humani inexpérimenté ? Chaque fois que le garçon la brandissait, ou touchait sa garde, elle étendait son contrôle sur lui. Par chance, tant que Josh la conservait, Dee serait capable de le retrouver.

CHAPITRE QUARANTE-CINQ

Assis dans son fauteuil, Niccolò Machiavelli observait le plus grand des écrans LCD accrochés au mur devant lui. Il regardait *Sky News*, la chaîne anglaise d'informations en continu par satellite. Le journal de deux heures du matin montrait une vue aérienne d'un incendie dévastant une zone industrielle. Le texte qui courait en bas de l'image disait que le désastre avait eu lieu dans une casse au nord de Londres. Machiavel avait vu suffisamment de châteaux forts dans sa vie pour reconnaître la structure, même si celle-ci était faite de voitures, et non de pierres. Les contours noirs des douves d'où s'échappaient des volutes de fumée grise étaient encore bien visibles.

Il sourit, s'empara de la télécommande et monta le son. Cet endroit ne lui était pas inconnu. Sur un autre écran, il activa la base de données cryptée des Aînés, de ceux de la Génération Suivante et des immortels, puis tapa l'adresse. Deux noms surgirent aussitôt : Palamède, le Chevalier sarrasin, et William Shakespeare, le Barde.

Machiavel parcourut leur dossier : Shakespeare avait servi d'apprenti à Dee pendant des années avant de se retourner contre le Magicien. Nul ne savait comment il était devenu immortel, puisqu'il n'était associé à aucun Aîné. Palamède posait une énigme. Prince guerrier de Babylone, il avait combattu aux côtés d'Arthur et assisté à sa fin. Il n'y avait pas d'archives sur l'identité de celui qui l'avait rendu immortel ; traditionnellement, le Chevalier sarrasin choisissait la neutralité lors des conflits entre Aînés et Ténébreux.

Machiavel, qui rêvait de croiser le Barde, n'avait jamais rencontré ni l'un ni l'autre. Il s'était toujours demandé comment et où les deux immortels avaient fait connaissance. Selon ses dossiers, leur première rencontre avait eu lieu au XIXe siècle à Londres ; mais ils devaient se fréquenter depuis bien plus longtemps que cela. Des documents suggéraient que le Barde avait écrit le rôle d'Othello pour Palamède au début du XVIIe siècle. Ensuite, Shakespeare était retourné à Londres, où il exerçait au milieu du XIXe siècle le métier de chiffonnier, ou marchand de vêtements d'occasion. Une soixantaine de va-nu-pieds travaillaient pour lui, dormant dans le grenier de son entrepôt sur les quais, et écumant la ville le jour à la recherche de fripes. D'après un rapport, l'entrepôt, qui servait aussi à stocker des biens volés, avait subi au moins deux descentes de police. Le Chevalier sarrasin se trouvait à Londres au même moment ; il gagnait sa vie en jouant dans les théâtres du West End. Il avait pour spécialité les monologues des pièces shakespeariennes.

Machiavel examina une photo floue d'un homme identifié comme étant William Shakespeare. Prise au téléobjectif, elle montrait un individu d'apparence ordinaire, vêtu d'une salopette bleue sale, penché au-dessus du moteur d'une voiture, une multitude d'outils et de pièces mécaniques à ses pieds. En arrière-plan on apercevait deux chiens aux yeux rouges. La résolution du deuxième cliché était meilleure. On y voyait un homme grand à la peau sombre, appuyé contre le flanc d'un taxi londonien rutilant, buvant du thé dans un gobelet en papier. La grande roue du millénaire apparaissait derrière lui.

La voix d'un reporter emplit la pièce : « … *fait rage dans cette casse depuis plus de deux heures. Pour le moment, aucun corps n'a été évacué des lieux, et les policiers ne pensent pas en trouver. Les autorités sont inquiètes en raison de la présence d'une grande quantité de matériaux combustibles dans la zone. Les pompiers utilisent des appareils respiratoires pour entrer dans la casse. Ils craignent que les pneus empilés ne prennent feu et dégagent des gaz toxiques. Seule bonne nouvelle : dans cette partie oubliée de Londres, la plupart des maisons sont abandonnées et délabrées…* »

Machiavel coupa le son et passa les mains dans ses cheveux blancs et ras. Dee avait-il tué l'Alchimiste et capturé les jumeaux ?

À l'écran, le journaliste montrait une poignée d'objets

ressemblant à des pointes de flèches. Machiavel faillit tomber de son siège, tellement il était pressé de remettre le son.

« *... ont bizarrement découvert ce qui semble être des centaines de pointes de flèches en métal.* »

La caméra zooma sur des flèches et des lances brisées dispersées par terre. Machiavel reconnut également les traits d'arbalète.

Si Dee avait kidnappé les jumeaux, cela ne s'était pas fait sans mal.

Le bourdonnement de son portable le fit sursauter. Il le sortit de sa poche intérieure et regarda l'écran. À la vue du numéro à rallonge et de l'indicatif impossible, il prit une profonde inspiration avant de répondre :

– Allô ?

– *Dee a échoué*, annonça son maître dans un chuchotement à peine audible.

Il parlait en néo-égyptien, la langue utilisée dans le Nouvel Empire plus de trois mille ans auparavant.

Machiavel choisit l'italien soigné de sa jeunesse.

– Je regarde les informations. Il y a un incendie à Londres. Je sais que le quartier est associé à deux immortels neutres. Je suppose que cela n'est pas un hasard.

– *Flamel et les jumeaux se trouvaient là-bas. Ils se sont enfuis.*

– Apparemment, l'endroit était défendu. Le reportage télévisé montre des preuves de combat – flèches, lances, traits d'arbalète. Peut-être aurions-nous dû donner davantage de ressources au Magicien ? suggéra Machiavel avec prudence.

– *Bastet était là.*

Machiavel demeura impassible. Il méprisait la déesse à tête de chat bien qu'elle fût proche de son maître.

– *Ainsi que Cernunnos, qui avait pour mission d'aider le Magicien.*

L'Italien se leva lentement et s'efforça de masquer le choc provoqué par cette nouvelle.

– L'Archonte ?

– *Oui, il était accompagné de la Meute Sauvage. Je ne l'y avais pas autorisé. Personne ne l'y avait autorisé. Nous ne voulons pas que les Archontes reviennent dans ce monde.*

– Qui lui en a donné la permission ?

– *Les autres. Les maîtres de Dee et leurs partisans. Cette bévue pourrait tourner à notre avantage. Comme Dee a échoué, ils ont sans doute ordonné sa suppression.*

Machiavel posa le téléphone sur la table et enclencha le haut-parleur. Rajustant sa veste, il croisa les bras et examina le mur d'écrans d'ordinateur et de télévision. La plupart des chaînes d'informations montraient des images de l'incendie.

– Dee n'est pas idiot, remarqua-t-il, il se sait en danger.

– *Exact.*

Machiavel essaya de se mettre à la place de Dee : que ferait-il si les rôles étaient inversés ?

– À présent, il n'a pas le choix, il est obligé de mettre la main sur les jumeaux et les pages, conclut-il. C'est la seule manière de regagner les bonnes grâces de ses Aînés.

Il doit être désespéré. Et les hommes désespérés commettent des actes stupides.

Le reporter parlait à un homme barbu surexcité qui brandissait une pointe de flèche et l'agitait en tous sens.

– Qu'attendez-vous de moi ?

– *Connais-tu un moyen de nous aider à localiser Flamel et les jumeaux en Angleterre avant Dee ?*

– Je ne vois pas comment…

– *Pourquoi Flamel a-t-il choisi Londres ? Pourquoi prendre le risque de conduire les enfants au cœur de l'empire de Dee ? Nous savons qu'il veut les former. Alors qui, parmi les Aînés, ceux de la Génération Suivante ou les immortels, a-t-il l'intention de rencontrer ?*

– Ce peut être n'importe qui, répondit Machiavel sans quitter les écrans des yeux. Je suis à la tête des services secrets français. Comment saurais-je l'identité des alliés de Flamel qui vivent à Londres ?

Il était content de garder une voix calme et neutre.

– *En consultant ta base de données…*

Machiavel crut entendre un sourire dans ce commentaire.

– Ma base de données ? marmonna-t-il.

– *Oui, ta base secrète.*

– Pas si secrète, apparemment ! lâcha Machiavel. Qui est au courant ?

– *Le Magicien, pour commencer… Lequel en a parlé à ses maîtres… Moi… Disons que je l'ai appris par eux.*

Machiavel se retint de grimacer, au cas où son maître pourrait le voir. Il avait toujours connu l'existence de diverses factions parmi les Ténébreux. Cette annonce ne le surprenait pas. Autrefois, les Ténébreux gouvernaient – et qui dit souverain dit complots, machinations, coups d'État, le genre de politique que Machiavel pratiquait avec brio.

L'Italien s'assit et posa les doigts sur le clavier.

– Que voulez-vous savoir ? demanda-t-il dans un soupir.

– *Londres appartient au Magicien. Flamel, lui, a les deux qui ne sont qu'un. La fille connaît l'Air et le Feu. Le garçon ne sait rien. Qui à Londres maîtrise une magie élémentaire et, plus important, qui apprécie Flamel et appuie sa cause au point de former les jumeaux ?*

– Je présume que vous disposez d'autres moyens de le découvrir ? dit Machiavel, les doigts courant sur le clavier ultramince.

– *Bien entendu.*

Machiavel avait compris : les autres ne devaient pas apprendre que son Aîné cherchait l'information. Des noms, dont certains étaient accompagnés de photographies, défilèrent à l'écran. Il s'agissait des Aînés habitant à Londres et maîtrisant une ou plusieurs magies élémentaires.

– Je compte douze Aînés ici, et ils nous sont tous loyaux.

– *Et la Génération Suivante ?*

Seize noms. Machiavel vérifia leurs allégeances et secoua la tête.

– Loyaux eux aussi. Nos opposants ont rarement choisi de vivre en Angleterre, même si j'en vois plusieurs en Écosse et un en Irlande.

– *Essaie les humani immortels.*

Nouvelle tentative. La moitié de l'écran se couvrit de noms.

– Beaucoup vivent en Angleterre, au pays de Galles et en Écosse…

Il appuya sur quelques touches pour affiner la recherche.

– Il y en a seulement cinq à Londres.

– *Qui sont ?*

– Shakespeare, Palamède…

– *Shakespeare a disparu. Il est probablement mort dans l'incendie*, répondit aussitôt le maître de Machiavel. *Palamède a été vu en compagnie de l'Alchimiste. Ni l'un ni l'autre ne maîtrisent une magie élémentaire. Alors qui ?*

– Baybars le Mamelouk…

– *C'est un ami de Palamède, mais pas le nôtre. Il ne connaît aucune magie élémentaire.*

– Virginia Dare ?

– *Dangereuse, et loyale envers nul autre qu'elle-même. Son maître est mort, je crois qu'elle l'a tué. C'est une Maîtresse de l'Air, mais elle n'apprécie pas Flamel et a combattu aux côtés de Dee dans le passé. Flamel ne la contactera pas.*

Machiavel lut le dernier nom qui clignotait à l'écran.

– Et, enfin, il y a Gilgamesh.

– *Le Roi*, soupira la voix, *qui connaît toutes les magies, sans avoir le pouvoir de les utiliser. Évidemment !*

– À qui prouve-t-il sa loyauté ? Son nom n'est associé à aucun Aîné…

– *Abraham le Mage, le créateur du Codex, est respon-*

sable de son immortalité. Je crois que le processus était défaillant. Il lui a fracturé l'esprit, et les siècles ont fini de le rendre fou et oublieux. Il peut former les jumeaux, comme il peut très bien refuser. As-tu son adresse ?

– Pas de domicile répertorié. On dirait qu'il vit dans la rue. Une note indique qu'il dort souvent dans le parc près du Buxton Monument, au pied du palais de Westminster. Si Flamel et les jumeaux s'étaient réfugiés dans cette casse au nord de Londres, il leur faudra un moment pour traverser la ville.

– *Mon espion a repéré un véhicule noir qui quittait les lieux à vive allure.*

Machiavel examina la photo de Palamède se tenant à côté d'un taxi noir londonien. Il zooma sur la plaque minéralogique.

– La capitale britannique possède plus de caméras de surveillance que n'importe quelle ville d'Europe. Elle bat Paris. Cependant, on y utilise le même système de régulation du trafic qu'en France.

Deux écrans devinrent noirs, puis de courtes lignes codées apparurent tandis que Machiavel piratait les caméras.

– Et le même logiciel !

L'Italien ouvrit une carte de Londres en haute résolution, chercha le Buxton Monument dans les jardins de la tour Victoria, le long du Parlement, puis cliqua sur les feux tricolores les plus proches. Soixante secondes plus tard, il regardait en direct la circulation. Il fit reculer le code temporel : 02 h 05… 02 h 04… 02 h 03… On comptait les voitures sur les doigts de la main. Il accéléra la vidéo, qu'il choisit de visionner à intervalles de cinq minutes. Le code marquait 00 h 01 quand il trouva enfin l'image recherchée. Un taxi noir s'était arrêté aux feux quasiment en face du monument, et un sans-abri était sorti lentement du parc pour nettoyer le pare-brise. Le taxi n'avait pas bougé lors du passage du rouge au vert ; puis le clochard était monté à l'arrière de la voiture avant qu'elle redémarre.

– Je l'ai ! annonça Machiavel. Ils se dirigent vers l'ouest et l'A302.

– *Je veux savoir où ils vont.*

– Une petite minute…

Se servant de codes d'accès illégaux, Machiavel sauta de caméra en caméra, suivant le taxi grâce à sa plaque d'immatriculation. Il traversa Parliament Square, Trafalgar Square, Piccadilly et prit l'A4.

– Ils quittent Londres.

– *Dans quelle direction ?*

– Vers l'ouest et la M4.

– *Où vont-ils ?* s'impatienta l'Aîné. *Pourquoi sortent-ils de la capitale ? S'ils tentent de convaincre Gilgamesh d'enseigner une des magies élémentaires aux jumeaux, ils devraient choisir une maison sécurisée en ville !*

Machiavel affina la résolution de la carte et chercha des indices sur leur itinéraire.

– Stonehenge ! s'exclama-t-il soudain. Je parie qu'ils vont là-bas. Palamède se dirige vers les lignes de force de la plaine de Salisbury.

– *Ces portails sont morts depuis des siècles ! Même s'ils*

trouvent le bon, il leur faudra une aura surpuissante pour l'activer.

– Gilgamesh n'a pas d'aura, marmonna l'Italien. Ce serait de la pure folie si l'Alchimiste tentait de l'activer seul. Étant donné son état d'affaiblissement, l'effort brûlerait son aura et le consumerait en quelques secondes.

– *Ce serait peut-être suffisant pour ouvrir le nexus et pousser les jumeaux au travers ?*

Machiavel suivit sur l'écran le taxi noir, éclairé par les réverbères de la A4.

– Nicolas Flamel est-il capable de se sacrifier pour les jumeaux ?

– *Croit-il sincèrement que ce sont ceux de la prophétie ?*

– Oui. Dee en est persuadé, et moi aussi.

– *Alors oui, il se sacrifiera pour les sauver.*

– Il y a une autre option… Et s'il demandait aux jumeaux d'ouvrir le nexus ? Nous savons que leurs auras sont puissantes.

Un long silence s'installa à l'autre bout de la ligne. L'Italien entendit des bribes d'une musique transmise par une radio lointaine. Il s'agissait d'une marche sparte.

– *Le nexus de Salisbury aboutit sur la côte ouest des États-Unis, au nord de San Francisco.*

– J'aurais pu vous le dire, commenta Machiavel.

– *Nous établirons nos plans en conséquence.*

– Qu'entendez-vous par…, commença Niccolò.

Mais son interlocuteur avait déjà raccroché.

CHAPITRE QUARANTE-SIX

Le bras de Josh fusa, rapide comme l'éclair. Ses doigts se refermèrent autour du poignet de Gilgamesh, qu'il serra et tordit en même temps, si bien que le couteau tomba de la main du Roi et se planta dans le tapis en caoutchouc. Sophie se dépêcha de le ramasser.

– Hé ! s'écria Palamède, surpris par l'agitation à l'arrière. Que se passe-t-il ?

– Rien, répondit Flamel, devançant les jumeaux. Tout est sous contrôle.

Gilgamesh se rassit sur son strapontin. Les yeux rivés sur l'Alchimiste, il frottait son poignet endolori. Puis il regarda son couteau dans les mains de Sophie.

– Rends-le-moi.

Sans un mot, Sophie passa la lame à son frère, qui la remit à Nicolas. L'incident l'avait ébranlée et… effrayée.

Elle n'avait jamais vu Josh agir comme cela auparavant. Malgré ses sens exacerbés, elle avait à peine remarqué que Gilgamesh brandissait un couteau. Or Josh l'avait désarmé en silence, sans même se lever de son siège. Elle se recroquevilla et posa le menton sur ses genoux.

– Vous voulez bien nous expliquer ? demanda-t-elle doucement.

– Il m'a fallu un moment pour comprendre, déclara Gilgamesh, l'air lugubre. Ta silhouette me disait quelque chose, Flamel.

Il fronça le nez.

– J'aurais dû reconnaître ton odeur fétide. C'est encore de la menthe, ou as-tu changé pour un parfum plus approprié ?

Les jumeaux reniflèrent, mais ne sentirent rien.

– Mon aura sent la menthe, confirma l'Alchimiste.

– Je vois que vous vous connaissez, remarqua Josh.

– Nous nous sommes croisés plusieurs fois, répondit Nicolas avant de s'adresser au Roi : Pernelle te passe le bonjour.

La lumière des lampadaires balayait à intervalles réguliers le visage du Roi, qui se tourna vers les jumeaux.

– Je savais que je vous avais déjà rencontrés, grogna-t-il.

– Nous ne vous avons jamais vu de notre vie, répliqua Josh avec sincérité.

– Honnêtement, enchérit Sophie.

Le regard confus, l'immortel secoua la tête.

– Vous mentez ! Vous êtes américains. Vous étiez en

compagnie des Flamel quand vous avez essayé de me tuer.

– Ce n'était pas ces jumeaux-là, rectifia Nicolas. Et nous n'avons pas tenté de t'assassiner, mais de te sauver.

– Et si je ne voulais pas être sauvé, hein ? s'exclama Gilgamesh avec véhémence.

Il baissa la tête, si bien que ses cheveux lui tombèrent sur le front. Il jeta un coup d'œil aux jumeaux par en dessous :

– Or et argent ?

Josh et Sophie hochèrent la tête.

– Les jumeaux de la légende ?

– Il paraît, répondit Josh avec un large sourire.

Il lança un regard en coin à sa sœur, qui opina. Elle surveillait les réactions de l'Alchimiste pendant que Josh parlait ; le visage de Flamel avait l'air d'un masque, enlaidi par la lumière orangée des réverbères.

– Vous vous rappelez votre rencontre avec les autres jumeaux américains ?

– Bien sûr ! C'était, quoi ? le mois dernier…

Le Roi s'interrompit. Quand il reprit la parole, une note de désespoir affectait sa voix.

– Non, ce n'était ni le mois dernier, ni l'année dernière, ni même la décennie dernière. C'était…

Son regard se perdit dans le vague avant qu'il n'interroge l'Alchimiste :

– Quand était-ce ?

– En 1945, se contenta de répondre Nicolas.

– Dis-moi que c'était en Amérique, le supplia Gilgamesh.

– Au Nouveau-Mexique.

Le Roi frappa dans ses mains.

– J'avais raison sur ce point, au moins ! Qu'est-il arrivé à la dernière paire ? demanda-t-il soudain.

L'Alchimiste demeura silencieux.

– Nous aimerions entendre la réponse, nous aussi, lança Sophie sèchement, ses yeux prenant des reflets argentés. Nous savons qu'il y a eu d'autres jumeaux avant nous.

– Beaucoup d'autres, précisa Josh.

– Que sont-ils devenus ? enchaîna Sophie.

Quelque part au fond d'elle, elle connaissait la réponse, mais elle voulait l'entendre de la bouche de Flamel.

– Oui, il y a eu d'autres jumeaux par le passé, finit par admettre celui-ci. Mais ce n'était pas les bons.

– Et ils sont tous morts ! s'écria Josh avec colère.

Un parfum d'oranges amères emplit l'habitacle.

– Non, pas tous, rectifia Nicolas. Certains ont vécu longtemps, y compris la dernière paire.

– Et qu'est-il arrivé à ceux qui n'ont pas survécu ? s'enquit Sophie.

– Quelques-uns ont été... euh... endommagés lors du processus d'Éveil.

– Endommagés ? répéta la jeune fille, déterminée à empêcher l'immortel de s'en tirer à si bon compte.

– N'importe qui peut être éveillé, soupira l'Alchimiste. Mais nul ne réagit de la même façon. Certains n'ont pas eu la force de supporter le flot d'émotions. D'autres sont tombés dans le coma, se sont perdus dans leurs rêves ou n'ont pas pu se réadapter au monde réel. La personnalité de quelques-uns s'est scindée, et ils ont fini leur vie dans un institut.

Sophie se mit à trembler. Les paroles de l'Alchimiste la rendaient littéralement malade. La manière dont il en parlait – sur un ton froid, sans la moindre émotion – l'effarait. Cette confession confirmait les soupçons de Josh : il ne fallait pas lui faire confiance. Quand Nicolas Flamel les avait conduits auprès de Hécate, il avait pleinement conscience des terribles conséquences d'un Éveil raté. Il avait néanmoins insisté pour qu'elle les initie.

Josh glissa vers sa sœur et la prit dans ses bras. Il était à deux doigts de frapper l'Alchimiste.

– Combien de paires de jumeaux y a-t-il eu, Flamel ? demanda Gilgamesh. Tu vis sur cette terre depuis plus de six cent soixante-dix ans. Alors, on table sur une paire par siècle ? Deux ? Trois ? Combien de vies as-tu détruites dans ta recherche des jumeaux de la légende ?

– Trop, murmura l'Alchimiste.

Il recula dans l'ombre. Les lumières fugitives peignaient ses yeux humides en jaune soufre.

– J'ai oublié le visage de mon père et la voix de ma mère, reprit-il, mais je me souviens du nom et du visage de chaque jumeau. Pas un jour ne passe sans que je pense à eux et regrette leur perte.

La main tenant le couteau à lame noire désigna soudain Sophie et Josh.

– Mais chaque erreur que je commettais, chaque Éveil raté me conduisaient inexorablement à vous deux, les vrais jumeaux de la légende. Et, cette fois-ci, le doute n'est plus permis.

Il éleva la voix ; elle devint rauque et dure.

– S'ils sont formés aux magies élémentaires, ils seront capables de tenir tête aux Ténébreux. Ils offriront au monde la chance de survivre lors de la bataille à venir. Toutes ces morts, toutes ces vies gâchées n'auront pas servi à rien.

Il sortit de l'ombre et fixa Gilgamesh dans les yeux :

– Les formeras-tu ? Leur enseigneras-tu la magie de l'Eau ?

– Pourquoi le ferais-je ?

– Pour participer au salut du monde.

– Je l'ai déjà sauvé, et personne ne m'a remercié. Aujourd'hui, il est en pire état qu'à l'époque.

L'Alchimiste serra les poings :

– Forme-les ! Donne-leur le pouvoir. Nous reprendrons le Codex à Dee et aux Ténébreux, puis nous y joindrons les deux dernières pages. Je remettrai le Livre d'Abraham le Juif aux jumeaux. Tu sais qu'il contient des sortilèges capables de restituer à ce monde son aspect paradisiaque.

Le Roi se tourna vers les adolescents :

– D'autres sortilèges du Codex peuvent réduire ce monde en cendres…

Il les désigna tour à tour avec l'index tout en répétant le vers ancien : « Et l'immortel devra instruire le mortel. Ainsi, les deux qui ne sont qu'un devront devenir celui qui est tout. »

Il se rassit.

– L'un a le pouvoir de le sauver, l'autre celui de le détruire. Mais lequel ?

À cet instant, les souvenirs de la Sorcière l'emportèrent sur les pensées de Sophie ; des images filtrèrent au hasard dans sa conscience.

Un raz-de-marée déferlant sur un paysage luxuriant, écrasant une forêt, balayant tout sur son passage…

Une rangée de volcans entrant en éruption l'un après l'autre, ravageant une grande partie du paysage, la mer à l'écume blanche contre la lave rouge foncé…

Les cieux emplis de nuages d'orage bouillonnants, des gouttes de pluie grisâtres, des flocons de neige noirs de suie…

– Je ne lis pas l'avenir, gronda Flamel. Mais il y a une chose dont je suis sûr : si les jumeaux ne sont pas entraînés et ne peuvent pas se protéger, les Ténébreux les kidnapperont, les réduiront en esclavage et se serviront de leurs auras incroyables pour ouvrir les portes des royaumes des Ombres. Il leur manque l'Évocation finale. Le jour où ils auront complété le Codex, ils pourront à nouveau réclamer cette terre.

– Même sans Codex, les Ténébreux pourraient commencer le processus s'ils avaient les jumeaux, déclara Gilgamesh d'une voix posée. L'Évocation finale sert à ouvrir les portes de tous les royaumes simultanément.

– Qu'arrivera-t-il après ? s'enquit Josh, brisant le long silence qui avait suivi cette remarque.

Il posa les mains sur les deux pages qu'il avait déchirées dans le Livre d'Abraham le Juif, cachées sous son T-shirt.

– Il n'y aura pas d'après, ni pour toi ni pour aucun autre humain.

Au bout d'une bonne dizaine de minutes, Gilgamesh s'éclaircit la voix :

– Je vous inculquerai la magie de l'Eau à une condition.

– Quelle condi..., commença Josh.

– D'accord, l'interrompit Sophie.

– Quand tout sera fini, et si nous avons survécu, promettez-moi de revenir avec le Livre d'Abraham le Juif, leur demanda Gilgamesh.

Josh s'apprêtait à poser une autre question, mais sa sœur lui écrasa les doigts.

– Nous reviendrons si nous pouvons.

– Il y a une formule dans le Codex, à la première page, reprit le Roi.

Il ferma les yeux et rejeta la tête en arrière. Ses mots furent précis, sa voix pas plus forte qu'un chuchotement.

– J'ai regardé par-dessus l'épaule d'Abraham quand il l'a écrite. Elle confère l'immortalité. Rapportez-la-moi.

– Pourquoi ? s'étonna Josh. Vous êtes déjà immortel !

Gilgamesh ouvrit les yeux, dévisagea Sophie, qui comprit soudain pourquoi il désirait le manuscrit.

– Le Roi souhaite que nous inversions la formule, fit-elle. Il veut redevenir mortel.

Gilgamesh s'inclina :

– Je veux vivre ma vie et mourir. Je veux être de nouveau humain, de nouveau normal.

Assise face à lui, Sophie Newman acquiesça en silence.

CHAPITRE QUARANTE-SEPT

Même si le soleil de cette fin d'après-midi était chaud sur son visage, Pernelle fut parcourue par un frisson.

– Comment ça, tu n'es pas avec Nicolas et les enfants ? lâcha-t-elle.

Elle regardait avec intensité une assiette plate en métal remplie d'eau décolorée. Des filets de son aura blanche rampaient à la surface du liquide.

De grands yeux vert pré, immobiles, la fixaient avec gravité.

– Nous avons été séparés.

Bien qu'à peine audible, la voix de Scathach laissait transparaître sa détresse.

– J'ai eu quelques ennuis, avoua-t-elle, l'embarras intensifiant son accent celte.

Mardi 5 Juin

Assise le dos contre les pierres tièdes du phare d'Alcatraz, Pernelle prit une profonde inspiration et contempla la ville de l'autre côté de la baie. Savoir que Nicolas et les jumeaux voyageaient sans protection lui donnait des palpitations. Lorsqu'ils s'étaient parlé un peu plus tôt, Pernelle croyait que Scathach se trouvait dans les parages. Puis la présence de Shakespeare l'avait distraite, elle avait été attaquée par les vetalâ… Elle baissa les yeux. Scathach s'était éloignée de la surface réfléchissante qui transmettait son image, et Pernelle put mieux voir son visage. Elle distingua quatre longues griffures sur son front et une ecchymose à une pommette.

– Des ennuis ? Tu vas bien ? demanda-t-elle.

Un sourire inhumain et sauvage dévoila les dents de vampire de l'Ombreuse.

– Rien que je ne puisse gérer.

L'Ensorceleuse inspira de nouveau à fond : il fallait qu'elle reste calme et se concentre sur son aura pour maintenir la connexion avec Scathach. Seulement, ses autres défenses faiblissaient, et elle percevait déjà l'agitation des fantômes d'Alcatraz. Au fur et à mesure que les couches de couleurs protectrices tomberaient, les fantômes s'agglutineraient autour d'elle, la déconcentreraient et elle perdrait le lien avec la fille aux cheveux rouge vif.

– Dis-moi, Scathach, où sont Nicolas et les enfants ?

– À Londres.

– Ça, je le sais. J'ai parlé à Nicolas tout à l'heure, fit Pernelle, qui avait senti comme une hésitation dans la voix de l'Ombreuse. Mais ?…

– Je crois qu'ils y sont toujours.

– Tu n'en es pas sûre ? s'exclama l'Ensorceleuse en essayant de dissimuler sa colère.

Une lumière blanche frémit à la surface de l'eau, l'image ondula et se fragmenta. Pernelle fut obligée d'attendre qu'elle se reforme.

– Qu'est-il arrivé ? Dis-moi tout ce que tu sais.

– Les chaînes d'informations parlent d'étranges troubles dans la ville hier soir…

– Hier soir ? Quelle heure est-il ? Quel jour sommes-nous ?

– À Paris, nous sommes mardi. Il est environ deux heures du matin.

Pernelle fit un rapide calcul – on était encore lundi sur la côte Ouest, et il était à peu près cinq heures du soir.

– Quel genre de troubles ?

– D'après *Sky News*, un orage et des pluies torrentielles se sont abattus sur une minuscule zone au nord de Londres. *Euronews* et *France24* parlent d'un grand incendie dans une casse abandonnée, située au même endroit.

– Cela n'a rien d'étrange…, commenta Pernelle, même si elle savait d'instinct que ces événements avaient un rapport avec Nicolas et les jumeaux.

De l'autre côté de l'Atlantique, Scatty secoua la tête.

– Des pointes de flèches en métal, des lances en bronze et des traits d'arbalète ont été découverts dans la casse en feu. Un des reporters a montré une poignée de pointes à la caméra. Elles semblaient neuves. Or, selon un historien local, elles seraient très anciennes. Les lances seraient romaines et les traits médiévaux. Il certifie qu'ils sont authentiques.

– Il y a eu une bataille, conclut Pernelle. Qui était impliqué ?

– Impossible à dire, mais tu sais qui vit à Londres et aux alentours…

Pernelle ne le savait que trop bien. Des quantités de créatures avaient choisi de s'installer dans les îles Britanniques, attirées par les lignes de force et les nombreux royaumes des Ombres. La plupart honoraient les Ténébreux.

– A-t-on trouvé des corps ? demanda-t-elle.

Si un malheur était arrivé à Nicolas ou aux jumeaux, elle mettrait la ville à sac pour retrouver Dee. Le chasseur connaîtrait la joie d'être chassé et aurait un aperçu de ses six cents ans de sorcellerie.

– Non, la casse était déserte. Un fossé rempli d'huile a brûlé, et tout a été recouvert d'une épaisse couche de cendres.

– De cendres ? Qu'en penses-tu ?

– Plusieurs créatures se réduisent en cendres quand elles meurent…

– Y compris les hommes immortels, remarqua Pernelle.

– Je ne crois pas que Nicolas ait été tué.

– Moi non plus, avoua l'Ensorceleuse. Je l'aurais senti.

– Tu pourrais essayer de le contacter, suggéra Scatty.

– Oui, mais s'il est en fuite…

– Tu m'as bien trouvée, moi ! Même que tu m'as fait une sacrée frayeur…

La Guerrière se tenait devant le miroir de la salle de bains où elle enduisait ses égratignures avec de la crème antiseptique quand la glace s'était embuée, puis éclaircie pour révéler le visage de Pernelle Flamel. Scatty, surprise, avait failli se crever un œil.

C'était l'homme immortel et sa coupe Anasazi qui avaient donné à l'Ensorceleuse l'idée d'essayer la catoptromancie. Elle avait choisi le lieu le plus chaud de l'île, où les pierres blanches du phare cuisaient au soleil. Après avoir rempli une assiette creuse avec de l'eau, elle s'était assise et avait attendu que la lumière de l'après-midi recharge son aura. Puis elle avait demandé à Alaya d'éloigner les fantômes pendant qu'elle baissait ses défenses. Il devait aussi la prévenir si la déesse des Corbeaux approchait : Pernelle n'avait pas tout à fait confiance en la créature.

Créer le lien avec l'Ombreuse avait été étonnamment facile. Pernelle connaissait Scathach depuis des générations et pouvait la visualiser sans problème – sa chevelure rouge vif, ses yeux verts et luisants, son visage arrondi, les taches de rousseur sur son nez droit, ses ongles abîmés et rongés. Elle ressemblait à une jeune fille de dix-sept ans, alors qu'en vérité elle en avait plus de deux mille cinq cents et était le plus grand expert en arts martiaux du monde. Elle avait formé les guerriers et les héros de légende les plus valeureux, et sauvé plus d'une fois la vie aux Flamel. Ils lui avaient rendu la faveur. Même si l'Ombreuse était plus âgée qu'elle de mille huit cents ans, Pernelle la considérait comme sa nièce.

– Dis-moi ce qu'il s'est passé, Scatty, demanda-t-elle.

– Nicolas et les enfants se sont enfuis. Il conduisait les jumeaux auprès de Gilgamesh.

– Je sais, il me l'a dit. Ils ont été éveillés tous les deux ?

– Oui, mais seule la fille connaît deux magies élémentaires. En revanche, le garçon possède Clarent.

– Clarent..., murmura Pernelle.

Elle était présente quand son mari avait caché l'épée antique dans le linteau de la fenêtre de leur maison parisienne, rue de Montmorency. Elle voulait la détruire ; il avait refusé, prétextant que la lame était plus vieille qu'une dizaine de civilisations et qu'ils n'avaient pas le droit de la briser. De toute manière, avait-il ajouté, il était impossible de la casser.

– Raconte ce qui t'est arrivé, Scatty, demanda l'Ensorceleuse en changeant de sujet.

Le visage de la Guerrière devint flou avant de se préciser de nouveau.

– C'est une très longue histoire. Certains épisodes sont assez barbants... surtout celui où j'ai été entraînée dans la Seine par Dagon...

– Pardon ? souffla Pernelle, à qui Nicolas n'avait rien dit de tout cela.

– Oui, juste après que j'ai été sauvée des griffes de Nidhogg qui saccageait les rues de Paris.

Pernelle en resta bouche bée.

– Et où se trouvaient Nicolas et les jumeaux pendant ce temps ?

– Ils pourchassaient Nidhogg à travers la ville en essayant de me secourir.

Surprise, l'Ensorceleuse cligna des yeux :

– Cela ne ressemble pas à mon Nicolas.

– Les jumeaux y sont pour beaucoup. Surtout le garçon, Josh. Il m'a sauvé la vie. Je crois qu'il a terrassé le dragon.

– C'est alors que tu es tombée dans le fleuve.

– On m'y a attirée, rectifia Scathach. Dagon s'est approché tel un crocodile et m'a happée.

– Tu ne l'as pas déjà combattu, ainsi qu'une bande de pêcheurs Potamoi sur l'île de Capri ?

Les dents de vampire de l'Ombreuse brillèrent.

– Ça, c'était une bonne journée, commenta-t-elle avant de perdre le sourire. Depuis, il était au service de Machiavel à Paris.

– Oui, j'avais entendu dire que l'Italien vivait en France.

– Il est à la tête des services secrets, figure-toi ! J'étais à moitié consciente quand je me suis retrouvée dans la Seine. Heureusement, l'eau était si froide que le choc m'a réveillée. Nous avons combattu des heures pendant que le courant nous poussait en aval. Ce n'est pas la pire bataille que j'aie menée, mais Dagon était dans son élément, et l'eau rendait mes coups inefficaces.

– Il a réussi à te griffer.

– Il a eu de la chance, grogna Scatty. Je l'ai perdu quelque part vers les Damps, et il m'a fallu deux jours pour revenir dans la capitale.

– Tu es en sécurité maintenant ?

– Je suis avec Jeanne… et Saint-Germain.

Scatty afficha un large sourire :

– Ils se sont mariés !

Elle recula, et un autre visage tremblotant apparut à la surface de l'eau ; de grands yeux gris rieurs brillèrent.

– Madame Flamel…

– Jeanne ! se réjouit Pernelle.

Si elle considérait Scathach comme sa nièce, Jeanne était la fille qu'elle n'avait jamais eue.

– Alors, tu as finalement épousé Francis !

– Nous nous fréquentions depuis des siècles. Il était temps.

– En effet. Que c'est bon de te voir, Jeanne ! continua Pernelle. J'aurais juste préféré que ce soit en de meilleures circonstances.

– Je suis d'accord. Nous vivons des moments difficiles. Surtout Nicolas et les enfants.

– Sont-ils vraiment les jumeaux de la légende ? demanda Pernelle, curieuse de savoir ce que son amie en pensait.

– J'en suis convaincue. L'aura de la fille est plus forte et plus pure que la mienne.

– Peux-tu aller à Londres ? poursuivit l'Ensorceleuse.

Le petit visage devint flou quand la femme fit non de la tête.

– Impossible. Machiavel contrôle Paris. Il a bouclé la ville – question de sécurité nationale ! Les frontières sont elles aussi fermées. Tous les aéroports, gares et ports maritimes sont passés au peigne fin, et je suis sûre qu'ils ont notre portrait-robot – celui de Scatty, tout du moins. La police sillonne les rues, arrête les passants, vérifie les papiers… Ils ont instauré un couvre-feu à vingt et une heures. La police a diffusé une vidéo de Nicolas, des jumeaux, de Scatty et moi enregistrée par une caméra devant Notre-Dame.

Pernelle secoua la tête.

– Je ne veux pas savoir ce que vous faisiez là-bas…

– Nous combattions des gargouilles, expliqua simplement Jeanne.

– Voilà pourquoi je ne voulais pas savoir ! Je suis inquiète pour Nicolas et les enfants. Étant donné le sens de l'orientation de mon mari, ils sont sans doute perdus. Et les espions de Dee qui rôdent dans tous les coins ! gémit Pernelle. Je suis sûre qu'il connaissait l'heure de leur arrivée.

– Oh ! Ne vous inquiétez pas, Francis a demandé à Palamède de les récupérer. Le Chevalier les protège. Il est bien, lui assura Jeanne.

– Pas aussi bien que l'Ombreuse, fit Pernelle.

– Ça, personne ne l'est, commenta Jeanne. Où vous trouvez-vous à présent, madame ?

– Piégée sur Alcatraz. J'ai des ennuis, avoua l'Ensorceleuse.

Le visage de Scatty apparut à côté de celui de son amie.

– Quelle sorte d'ennuis ?

– Les cellules sont pleines de monstres, la mer grouille de Néréides, Nérée lui-même surveille la baie, et un sphinx se promène dans les couloirs ; ce genre d'ennuis…

Le sourire de Jeanne s'élargit :

– Dans ce cas, nous devons vous aider !

– Je crains que ce soit impossible…

– Mais, madame, ne m'avez-vous pas appris autrefois que le mot impossible n'était pas français ?

– Oui, je l'ai dit. Scatty, connaîtrais-tu quelqu'un à San Francisco susceptible de m'aider ? Je dois quitter cette île et rejoindre Nicolas.

– Personne en qui j'aie confiance. À moins que l'un de mes élèves ne…

– Non, l'interrompit Pernelle. Je ne mettrai pas la vie d'humains en danger. Je parlais d'Aînés qui nous seraient loyaux, d'amis de la Génération Suivante.

Scatty réfléchit une minute, puis secoua lentement la tête.

– Personne en qui j'aie confiance, répéta-t-elle.

Elle se retourna pour écouter une conversation derrière elle. Quand elle regarda de nouveau Pernelle, elle avait retrouvé son sourire de guerrière invincible.

– Nous avons un plan. Je devrais dire : Francis a un plan. Peux-tu tenir encore un peu ? Nous partons immédiatement.

– Qui ça, nous ?

– Jeanne et moi. Nous nous rendons à Alcatraz.

– Comment parviendrez-vous jusqu'à moi si vous ne pouvez même pas gagner Londres ?

Soudain, l'eau frémit et la myriade de fantômes coincés sur Alcatraz s'éleva autour de Pernelle, criant et réclamant son attention. La connexion fut coupée.

CHAPITRE QUARANTE-HUIT

Le Dr John Dee se tenait derrière une grande baie vitrée au dernier étage du gratte-ciel Canary Wharf, le quartier général londonien d'Enoch Enterprises. Une tasse de thé fumant à la main, il contemplait les premières lueurs de l'aube à l'horizon.

Sortant de la douche, les cheveux rabattus en arrière, vêtu d'un costume trois-pièces gris fait sur mesure, il ne ressemblait plus au vagabond sale qui s'était présenté à l'entrée du parking moins d'une heure plus tôt. Le Magicien avait pris soin d'éviter les caméras ; quant au gardien, un simple sortilège d'hypnotisme avait focalisé son attention sur les cases noires et blanches des mots croisés de son journal. Cherchant les recoins sombres du parking désert, Dee s'était faufilé jusqu'à son ascenseur personnel et avait utilisé son code – 13071527 – pour monter directement dans son appartement-terrasse.

Enoch Enterprises occupait un étage entier de la tour, le plus grand bâtiment d'Angleterre, au cœur du quartier d'affaires londonien. Dee possédait des bureaux similaires aux quatre coins du monde, et même s'il s'y rendait rarement, il disposait d'une luxueuse suite privée dans chacun. Il avait aussi fait installer dans chaque appartement un grand coffre-fort qui s'ouvrait après le scannage de sa rétine et de ses empreintes digitales. Il contenait des vêtements, de l'argent liquide dans diverses monnaies, des cartes de crédit et des passeports à une douzaine de noms. Le Magicien, qui s'était retrouvé par le passé en mauvaise posture, sans argent et sans habits, avait juré que cela ne se reproduirait jamais.

Ce n'est qu'une fois sous la douche bouillante, l'eau sale dégoulinant le long de son corps, qu'il avait réfléchi à son avenir. Il devait admettre que ses options étaient extrêmement limitées.

Il pouvait retrouver l'Alchimiste, le tuer, récupérer les pages manquantes du Codex et kidnapper les jumeaux. Plus facile à dire qu'à faire…

Sinon, il pouvait prendre la fuite, quitter l'Angleterre sous une fausse identité, se cacher dans un coin tranquille à l'écart des gens, et passer l'éternité à avoir peur, sans pouvoir utiliser son aura, pour ne pas révéler sa cachette. Il regarderait constamment par-dessus son épaule, de crainte qu'un de ses maîtres ne surgisse et ne pose la main sur lui. À l'instant où l'Aîné toucherait sa peau nue, le sortilège d'immortalité se briserait et il vieillirait, puis décéderait. À moins qu'ils ne tiennent leur promesse, le rendent mortel et laissent ses cinq cents ans consumer son corps. Au dernier moment, quand il aurait atteint un âge extrême, ils lui restitueraient son immortalité. Dee en trembla de la tête aux pieds.

À sa sortie de la douche, il avait essuyé le miroir couvert de buée et observé son reflet dans la glace. Était-ce son imagination, ou de nouvelles rides étaient-elles apparues sur son front, au coin de ses yeux ? Il avait passé des siècles à courir, à fuir le danger ou à pourchasser l'Alchimiste et ses semblables. Il s'était camouflé, dissimulé, recroquevillé sur lui-même par peur de ses maîtres, avait obéi sans poser de questions. Les traînées de la vapeur condensée s'écoulant sur le miroir donnaient l'impression qu'il pleurait. Seulement, le Magicien ne versait plus de larmes depuis bien longtemps. La dernière fois remontait à la mort de son bébé, Nicholas, en 1597.

Il releva la tête : il ne courrait plus.

L'étude de la magie et de la sorcellerie lui avait enseigné que le monde était plein de possibilités illimitées ; les années passées à étudier l'alchimie avec Flamel lui avaient montré que rien – pas même la matière – n'était fixe et inaltérable. Tout pouvait être manipulé. Il avait consacré sa longue vie à changer ce monde, à le rendre meilleur en le restituant aux Ténébreux. Apparemment, il s'agissait d'une tâche impossible, la malchance s'acharnait sur lui ; mais au fil des siècles, il avait presque réussi, jusqu'à ce jour, où les Aînés étaient sur le point de revenir sur Terre.

Bien que sa situation fût désespérée et dangereuse, il trouverait une solution. Sa survie dépendait d'un acte simple : trouver Flamel.

Il s'était habillé en vitesse, puis s'était préparé un thé avant de se mettre à observer la ville qu'il contrôlait.

Debout devant la fenêtre, il parcourait des yeux les rues tentaculaires, mesurant l'énormité de la tâche à accomplir : il n'avait pas la moindre idée de l'endroit où l'Alchimiste conduisait les jumeaux.

Il pouvait compter sur ses agents, humains ou non, à Londres, des mercenaires de la Génération Suivante ou bien des immortels. Ils disposaient de descriptions récentes de Flamel et des jumeaux ; il ajouterait à la liste Palamède et le Barde. Il doublerait… non, il triplerait la récompense. Quelqu'un allait sûrement repérer le groupe ; ce n'était qu'une question d'heures.

Mais il n'avait pas le temps.

Son portable vibra dans sa poche, puis joua les premières notes de la série *X-Files*. Il fit la grimace ; soudain, cette musique ne l'amusait plus. Il posa sa tasse, pêcha le téléphone et le serra dans son poing avant de regarder le petit écran : une suite incroyablement longue de chiffres s'y affichait. Il fut surpris qu'ils aient mis aussi longtemps à le contacter. Peut-être attendaient-ils qu'il fasse son rapport ? Son index effleura le bouton vert : au moment où il l'enfoncerait, les Aînés le localiseraient. Vivrait-il assez longtemps pour finir son thé ?

Le Dr John Dee rangea le téléphone dans sa poche sans répondre et prit sa tasse.

Un instant plus tard, il ressortit le portable et composa un numéro de mémoire. On répondit à la première sonnerie.

– J'ai besoin d'un service, dit-il.

Niccolò Machiavelli bondit de son fauteuil.

– *Favore ?* répéta-t-il en italien.

– Un service, répondit Dee dans la même langue. Tu n'ignores pas que je traverse une mauvaise passe.

– Je regarde l'incendie de Londres à la télé, répondit Machiavel, conscient que leur conversation pouvait être enregistrée à leur insu. Je suppose que tu étais là-bas.

– Flamel et les autres se sont enfuis en voiture, poursuivit Dee. Je dois les rattraper.

– Tu les pourchasses encore ? s'étonna Machiavel.

– Jusqu'à ma mort, répondit le Magicien. Qui pourrait survenir plus tôt que prévu… Mais j'ai juré à mes maîtres que je réussirais. Tu comprends le sens du mot « devoir », n'est-ce pas, Machiavel ?

– Oui.

L'Italien se rassit. Il était 05 h 45 à Paris.

– Qu'attends-tu de moi ? Tu sais que je pars pour San Francisco dans quelques heures.

– Je te demande de passer un coup de fil, c'est tout.

Machiavel demeura silencieux. Il ne désirait pas s'impliquer. Cette conversation pouvait s'avérer très dangereuse. Malgré leurs opinions divergentes, son maître et celui de Dee souhaitaient la même chose : le retour des Ténébreux sur Terre. Et Machiavel devait manifester son adhésion autant que possible. Par la suite, la vraie bataille de pouvoir pour le contrôle de la planète commencerait.

Naturellement, il espérait que son maître et ses partisans triompheraient, mais si ceux de Dee gagnaient, il serait utile d'avoir l'Anglais comme allié. Niccolò sourit et se frotta les mains. Ces intrigues lui rappelaient le bon vieux temps des Borgia.

– En tant que chef des services secrets français, poursuivit Dee, tu dois avoir des contacts avec tes homologues britanniques.

– Bien sûr.

Il hocha la tête : il savait ce que le Magicien allait lui demander.

– Je vais les contacter, dit-il. Je les informe que les terroristes qui ont attaqué Paris sont à présent à Londres. Je suis sûr que les autorités anglaises se dépêcheront de fermer les aéroports et les gares.

– Nous avons aussi besoin de barrages routiers, ce genre de chose…

– Ce devrait être faisable, gloussa Machiavel. J'appelle tout de suite.

Dee toussota.

– Je te suis redevable…

– Je sais…

– Puis-je te demander une dernière chose ? Peux-tu attendre un peu avant d'indiquer à nos Aînés où je suis ? Accorde-moi une journée pour trouver l'Alchimiste.

Machiavel hésita quelques secondes.

– Je te promets de ne pas le révéler à ton Aîné, déclara-t-il. Et tu sais que je suis un homme de parole.

– C'est vrai.

– Il te reste un jour, commença l'Italien, ensuite…

Mardi 5 Juin

Mais Dee avait déjà raccroché. Machiavel s'adossa à son siège et se tapota les lèvres avec le combiné. Puis il composa un numéro. Il avait assuré au Magicien qu'il n'informerait pas son Aîné ; en revanche, le sien apprécierait certainement d'être mis au courant…

À Londres, des bandes orange et roses teintées de pourpre et de noir apparurent à l'horizon. Le Magicien fixa le ciel ; ses yeux gris dévoraient les couleurs pendant que son thé refroidissait entre ses mains. S'il ne trouvait pas l'Alchimiste et les jumeaux, ce serait le dernier lever de soleil qu'il admirerait.

CHAPITRE QUARANTE-NEUF

Une fois que le soleil s'était couché, la température avait vite chuté ; une brise froide et salée fouettait la baie de San Francisco. Depuis le mirador dominant l'embarcadère, Pernelle inspectait l'île. Elle avait superposé plusieurs vêtements et deux couvertures trouvés dans les cellules, pourtant elle mourait de froid. Elle n'avait plus aucune sensation dans ses doigts et ses orteils engourdis et elle mordait le col de son manteau pour ne pas claquer des dents.

Elle n'osait pas utiliser son aura pour se réchauffer, car le sphinx, qui s'était libéré de sa tombe de glace, rôdait sur l'île. Plus tôt, alors qu'elle s'approchait du cocon d'Areop-Enap, l'Ensorceleuse avait distingué l'odeur de la créature dans l'air marin, mélange rance des remugles de serpent, de lion et de vieilles plumes.

Soudain, Alaya surgit devant elle.

– Je sais, répondit-elle avant qu'il ne prenne la parole. Tout est prêt ?

– *Oui. Mais nous avons déjà essayé…*

– Les sphinx sont puissants et terrifiants ; en revanche, ils ne sont pas très intelligents.

Tremblant de froid, elle se recroquevilla sous les couvertures.

– Où est-il en ce moment ?

– *Dans les vestiges de la maison du gardien. Votre odeur doit encore flotter là-bas. Sans vous offenser, madame*, se dépêcha-t-il d'ajouter.

– C'est une des raisons pour lesquelles j'ai choisi de rester dehors cette nuit. J'espère que les rafales de vent pousseront les odeurs au large.

– *Bonne idée.*

– Il a l'air comment ? voulut savoir Pernelle.

Elle tapota le cocon épais d'Areop-Enap, puis s'en éloigna à pas rapides.

Le fantôme ricana :

– *Pas content.*

Le sphinx souleva sa lourde patte et la reposa avec une grimace quand la plus extraordinaire des sensations – la douleur – remonta le long de sa jambe. Il n'avait pas été blessé depuis trois siècles. Les plaies se refermeraient, les coupures et les ecchymoses s'estomperaient ; mais le souvenir de sa fierté offensée ne s'en irait jamais.

Il avait été vaincu… par une humani !

Rejetant le cou en arrière, il inspira longuement ; une

langue noire et fourchue apparut entre ses lèvres quasi humaines afin de goûter l'air. Là ! Une infime trace olfactive de l'insolente. Comme le bâtiment sans toit était exposé aux éléments, constamment fouetté par la brise marine, on la percevait à peine. La créature s'approcha d'une fenêtre à pas feutrés. La femme était venue ici, mais pas récemment. Sa langue effleura les briques. Elle avait posé la main là. La tête se tourna vers l'immense ouverture dans le mur… L'humani était sortie dans la nuit.

Le front du magnifique visage féminin du sphinx se plissa. Repliant ses ailes d'aigle froissées contre son corps, il quitta à son tour la maison du gardien.

Il huma l'air : il ne sentait ni l'aura de l'Ensorceleuse, ni sa chair. Et pourtant elle ne pouvait avoir quitté l'île puisqu'il avait aperçu les Néréides dans l'eau et capté l'odeur poissonneuse du Vieil Homme de la Mer. La déesse des Corbeaux était perchée telle une affreuse girouette au sommet du phare, et bien que le sphinx l'ait appelée dans diverses langues, y compris le dialecte perdu de Danu Talis, elle ne lui avait pas répondu. Son silence ne le préoccupa pas ; certains représentants de la Génération Suivante, comme lui, préféraient la nuit, alors que d'autres appréciaient la lumière du soleil. La déesse devait probablement dormir.

Malgré sa masse, le sphinx avançait avec agilité sur l'embarcadère, ses griffes cliquetant sur les dalles en pierre. Soudain, il perçut une légère odeur d'humani mélangée aux relents de sel et de viande.

Et il la vit.

Mardi 5 Juin

Un mouvement, une ombre, quelques mèches de cheveux longs, une robe ondulante.

Poussant un épouvantable hurlement de triomphe, il se précipita vers la femme. Cette fois-ci, elle ne lui échapperait pas !

Depuis son poste d'observation dans le mirador, Pernelle observait le sphinx qui pourchassait le fantôme d'une femme de gardien depuis longtemps décédée.

Le visage de Alaya se dessina devant elle, faible miroitement troublant l'air.

– *Les spectres d'Alcatraz sont en place. Ils conduiront le sphinx à l'autre bout de l'île et l'occuperont jusqu'au petit matin. Reposez-vous, madame. Dormez si vous le pouvez. Qui sait de quoi demain sera fait ?*

CHAPITRE CINQUANTE

– Où nous emmènes-tu ? demanda Nicolas à Palamède. Pourquoi avons-nous quitté la route principale ?

– Ennuis en vue.

Le Chevalier inclina le rétroviseur pour examiner l'arrière du taxi.

Seul l'Alchimiste veillait. Les jumeaux dormaient, penchés en avant dans leur ceinture de sécurité ; Gilgamesh, recroquevillé sur le sol, remuait et marmonnait en sumérien. Nicolas fixa les yeux d'un brun profond du Sarrasin dans le miroir.

– Ce n'était pas normal qu'il y ait autant de circulation, continua le chauffeur. Au début, je croyais qu'il y avait eu un accident.

Il prenait à toute allure les tournants des étroites

routes de campagne. Les branches des haies d'un vert luxuriant cognaient les flancs de la voiture.

– En fait, toutes les routes principales sont bloquées. La police fouille chaque voiture.

– Dee, chuchota Flamel.

Il détacha sa ceinture, puis se glissa sur le strapontin derrière Palamède. Il se contorsionna pour le regarder à travers la vitre de séparation.

– Nous devons absolument nous rendre à Stonehenge. C'est notre seul moyen de quitter le pays.

– Il existe d'autres nexus. Je pourrais vous conduire à Hollyhead, au pays de Galles, où vous prendriez un ferry pour l'Irlande. Newgrange est encore actif.

– Nul ne sait où aboutit Newgrange, rétorqua Nicolas. Le nexus de Salisbury, lui, nous déposera au nord de San Francisco.

Le Sarrasin emprunta une route marquée PRIVÉ et s'arrêta devant un portail en bois à cinq barres. Sans couper le moteur, il descendit de voiture et alla l'ouvrir. Flamel le rejoignit et poussa avec lui. Un chemin défoncé menait à une grange délabrée.

– Je connais le propriétaire, dit Palamède. Nous nous cacherons là jusqu'à ce que les choses se calment.

Flamel le prit par le bras. Une soudaine odeur de clous de girofle s'éleva et les muscles du Chevalier devinrent durs comme du métal.

– Nous ne devons plus être très loin de Stonehenge, insista l'Alchimiste en désignant la route derrière eux.

– C'est vrai, mais pourquoi se presser ?

– Je dois rejoindre Pernelle.

Il se posta devant le Chevalier, l'obligeant à s'arrêter.

– Regarde-moi, Sarrasin. Que vois-tu ?

Il lui montra ses mains aux veines bleues saillantes, parsemées de taches brunes. Puis il pencha la tête et exposa son cou ridé.

– Je meurs, Palamède, annonça-t-il simplement. Il me reste peu de temps, et je veux partir avec ma chère Pernelle. Tu as été amoureux, tu peux me comprendre.

Le Chevalier hocha la tête dans un soupir.

– Réfugions-nous dans la grange avant de réveiller les autres. Si Gilgamesh est d'accord pour inculquer aux jumeaux la magie de l'Eau, on ira en quatrième vitesse à Stonehenge. Je suis sûr de dénicher une route avec le GPS.

Palamède serra le bras de l'Alchimiste :

– Souviens-toi, Nicolas. Dès que le processus aura commencé, l'aura des jumeaux s'embrasera et là, tout le monde, je dis bien tout le monde, saura où ils sont.

CHAPITRE CINQUANTE ET UN

À 10 h 20, avec cinq minutes de retard sur l'heure prévue, le Boeing 747 d'Air France à destination de San Francisco décolla de l'aéroport Charles-de-Gaulle.

Niccolò Machiavelli se cala dans son siège et recula sa montre de neuf heures – 01 h 20, heure du Pacifique. Puis il abaissa le dossier de son fauteuil, croisa les doigts sur le ventre, ferma les yeux et savoura le luxe rare d'être injoignable. Pendant les onze prochaines heures, personne ne pourrait lui téléphoner, lui envoyer un e-mail ou un fax. Quelle que soit l'urgence, un autre que lui devrait s'en occuper. Un sourire étira ses lèvres : cette expédition ressemblait à un mini-congé ; or cela faisait longtemps – plus de deux siècles à vrai dire – qu'il ne s'était pas reposé. Ses dernières vacances en Égypte en 1798 avaient été gâchées par la campagne de Napoléon.

Il avait conçu pour l'empereur un projet de fédération des peuples libres et son fameux Code. Si le Corse avait continué de l'écouter, la France aurait régné sur l'Europe, l'Afrique du Nord et le Moyen-Orient. Machiavel avait même prévu une invasion des États-Unis par la mer et le Canada.

– Désirez-vous boire quelque chose, monsieur ?

Machiavel ouvrit les yeux : une hôtesse au sourire blasé se tenait devant lui. Il secoua la tête :

– Non, merci. S'il vous plaît, ne me dérangez pas pendant le vol.

– Souhaitez-vous être réveillé pour le déjeuner ou le dîner ?

– Non, merci, je suis un régime spécial.

– Si vous aviez communiqué ce détail à l'avance, nous aurions pu vous préparer un repas approprié...

Machiavel leva son long index :

– Tout va à merveille, merci.

Il détourna le regard pour lui signifier de partir.

– J'informe mes collègues, fit l'hôtesse en allant voir les trois autres passagers de l'espace affaires.

Quand la riche odeur de café frais et de pain chaud emplit l'air, l'Italien ferma les yeux et essaya de se rappeler quel goût avait la vraie nourriture. La perte d'appétit faisait partie des effets secondaires du don d'immortalité. Les aliments servaient seulement de combustible et de source d'énergie à ceux qui l'avaient reçu, car la plupart étaient sans saveur. Il se demanda si Flamel, qui était devenu immortel par lui-même, souffrait du même désagrément.

Penser à Nicolas lui rappela Pernelle.

L'Aîné de Dee avait été très clair sur la question : Ne pas tenter de capturer ou d'emprisonner Pernelle. Ne pas lui parler, ne pas marchander avec elle ou essayer de discuter. Juste la tuer. L'Ensorceleuse est infiniment plus redoutable que l'Alchimiste.

Au fil des siècles, Machiavel était devenu maître du langage verbal et corporel. Il savait quand les gens mentaient, il le lisait dans leurs yeux, le léger mouvement des poings serrés, le tremblement des doigts, les tapotements des pieds. Plusieurs vies passées à écouter empereurs, rois, princes, hommes politiques, voleurs lui avaient enseigné que la vérité se trouvait dans ce qu'on ne disait pas. Or l'Aîné de Dee l'avait prévenu que l'Ensorceleuse était plus redoutable que l'Alchimiste, mais il n'avait pas précisé dans quelle mesure. En revanche, il lui avait révélé qu'il avait peur d'elle ! « Pourquoi ? se demanda-t-il. Pourquoi une humaine, tout immortelle et puissante qu'elle fût, effraie à ce point les Aînés ? »

Il regarda par le hublot. Le 747 s'était élevé au-dessus des nuages et volait dans un ciel d'un bleu spectaculaire. Niccolò laissa ses pensées vagabonder, se souvenant des dirigeants qu'il avait servis et manipulés au cours de sa vie. Contrairement à Dee, qui devait sa renommée à la reine Élisabeth, dont il avait été le conseiller personnel – et aussi très public –, Machiavel avait toujours opéré dans les coulisses, glissant des allusions, faisant des suggestions, et laissant les autres s'accorder le crédit de ses idées. C'était toujours mieux de rester dans l'ombre – et surtout moins risqué. Il aimait particulièrement ce vieux proverbe celte qui disait : « Il est préférable de ne pas exister aux yeux de la justice. » Il s'était toujours imaginé que Pernelle lui ressemblait, heureuse de rester à l'arrière-plan, alors que son mari paradait sous le feu des projecteurs. Tout le monde en Europe connaissait le nom de Nicolas Flamel ; peu avaient conscience de l'existence de Pernelle. L'Italien hocha la tête – elle représentait le pouvoir qui se cachait derrière l'homme.

Machiavel tenait un dossier sur les Flamel depuis des siècles. Ses premières notes avaient été rédigées sur du parchemin et illustrées par de superbes enluminures. Puis il y eut l'épais papier fait à la main, décoré de dessins à la plume, et plus tard, des feuilles avec des photographies de couleur. Les fiches les plus récentes étaient numérisées et comprenaient des vidéos et des clichés en haute résolution. Bien qu'il ait conservé ses rapports du début, il les avait aussi scannés et transférés dans sa base de données cryptées. Cependant il ne possédait pas beaucoup d'informations sur Nicolas, et encore moins sur l'Ensorceleuse. Il lui restait tant à découvrir sur elle ! Dans un rapport du XIVe siècle, on suggérait qu'elle était veuve avant d'épouser Nicolas. À sa mort, l'Alchimiste avait tout légué à un neveu de Pernelle, un dénommé Perrier. Machiavel soupçonnait Perrier d'être issu du premier mariage de Pernelle, même si aucune preuve ne confirmait sa thèse. Perrier prit possession des papiers et des biens de l'Alchimiste et disparut simplement de l'histoire. Quelques siècles plus tard, un couple prétendant être ses descendants apparut à Paris, où il fut arrêté en toute hâte par le cardinal de Richelieu. Celui-ci fut obligé de relâcher ces gens quand il s'aperçut qu'ils ne connaissaient absolument rien de leur illustre ancêtre et ne possédaient aucun de ses écrits.

Pernelle demeurait un mystère.

Machiavel avait dépensé une fortune en espions, bibliothécaires, historiens et chercheurs afin qu'ils enquêtent sur cette femme énigmatique et même eux n'avaient quasiment rien découvert. En 1669, quand Machiavel l'avait combattue en Sicile, il s'était aperçu qu'elle avait accès à d'extraordinaires pouvoirs. Riche d'un siècle de connaissances, il s'était servi d'une combinaison de formules magiques et alchimiques glanées autour du globe pour l'affronter. L'Ensorceleuse les avait contrées avec un assortiment de sorcellerie fascinant. Le soir venu, Machiavel était épuisé, son aura dangereusement réduite, tandis que Pernelle avait l'air frais et reposé. Si l'éruption de l'Etna n'avait pas mis un terme au combat, il était convaincu qu'elle l'aurait détruit, à moins que son aura ne se soit spontanément embrasée et ait consumé son corps. Plus tard, il comprit que c'était l'énergie libérée lors de leur combat qui avait probablement provoqué cette éruption.

Niccolò Machiavelli s'enveloppa les épaules d'une couverture en laine et appuya sur le bouton qui transformait son siège en un lit d'un mètre quatre-vingts. Allongé sur le dos, il ferma les yeux et inspira profondément. Il réfléchirait au problème de l'Ensorceleuse dans quelques heures. En attendant, une chose était sûre : Pernelle effrayait les Ténébreux. Or les gens avaient en général peur de ceux qui pouvaient les anéantir. Une dernière question flotta au bord de sa conscience alors qu'il sombrait dans le sommeil : qui était en réalité Pernelle Flamel ?

CHAPITRE CINQUANTE-DEUX

Le taxi roula dans une ornière, et la secousse éveilla les jumeaux.

– Désolé ! s'exclama Palamède sur un ton joyeux.

Les bras et le cou engourdis, Josh et Sophie s'étirèrent. Josh passa la main dans ses cheveux en bataille, bâilla et cligna des yeux, ébloui par le soleil.

– Nous sommes à Stonehenge ? demanda-t-il en contemplant le champ aux herbes hautes, parsemé de fleurs sauvages.

Il fronça les sourcils et répondit à sa propre question d'une voix inquiète :

– Ce n'est pas Stonehenge ! Alchimiste, où nous emmenez-vous ?

– Tout est sous contrôle, affirma Palamède. Il y a des

barrages de police sur la route principale. Nous faisons juste un petit détour.

Sophie appuya sur un bouton, et la vitre électrique descendit en gémissant. L'odeur d'herbe fraîche qui envahit la voiture la fit éternuer. Une fois ses sinus débouchés, elle réalisa qu'elle distinguait le parfum de chaque fleur sauvage. Elle passa la tête par la fenêtre et offrit son visage au soleil brillant dans le ciel d'un bleu immaculé. Quand elle rouvrit les yeux, un papillon rouge dansait devant elle.

– Où sommes-nous ?

– Je n'en ai aucune idée, avoua Nicolas avec calme. Palamède prétend qu'on est près de Stonehenge.

La voiture cahota de nouveau, et Gilgamesh s'éveilla à son tour. Il bâilla bruyamment et s'étira ; puis il se redressa et regarda par la vitre, lui aussi aveuglé par le soleil éclatant.

– Ça fait un bout de temps que je ne suis pas allé à la campagne ! s'exclama-t-il.

Apercevant les jumeaux, il eut l'air surpris :

– Bonjour.

– Salut ! répondirent Josh et Sophie en chœur.

– On vous a déjà dit que vous pourriez être jumeaux ? continua le Roi, s'asseyant en tailleur par terre.

Il cligna des yeux, le front plissé :

– Vous êtes jumeaux… les jumeaux de la légende. Pourquoi ne vous appelle-t-on pas les jumeaux légendaires ? fit-il soudain.

Sophie et Josh se dévisagèrent, perplexes.

Gilgamesh avisa l'Alchimiste, et son visage s'assombrit.

– Il a essayé de me tuer, vous savez ? Bien sûr que vous le savez, vous étiez là.

Ils secouèrent la tête.

– Nous n'étions pas là, affirma gentiment Sophie.

– Ah non ?

Le Roi en guenilles se prit la tête entre les mains et serra fort.

– Pardonnez au vieillard ! J'ai vécu… longtemps, beaucoup trop longtemps. Je me souviens de tant de choses, et j'en oublie encore plus. Souvenirs et rêves se mélangent et s'entrecroisent. Tant de pensées tourbillonnent dans mon crâne !

Il tressaillit, comme s'il avait mal ; quand il reprit la parole, il y avait une grande tristesse dans sa voix :

– Parfois, il m'est difficile de distinguer la réalité de l'imagination.

Il plongea la main sous ses manteaux et sortit une épaisse liasse de papiers.

– J'écris… C'est ainsi que je me souviens.

Il feuilleta les pages – bout de carnets, couvertures arrachées à des livres de poche, coupures de journaux, menus de restaurant, serviettes en papier, parchemins, morceaux d'écorce, lambeaux de peau, ainsi que des feuilles de cuivre, minces comme du papier à cigarette. Tout avait été coupé ou déchiré afin de faire à peu près les mêmes dimensions, puis couvert de minuscules griffonnages. Il examina tour à tour les jumeaux.

– Un jour, j'écrirai sur vous ; comme cela, je me souviendrai.

Il foudroya Flamel du regard :

– J'écrirai sur toi aussi, Alchimiste, pour ne jamais t'oublier.

Sophie cligna des yeux, et l'image devant elle se fragmenta à cause des larmes. Deux gouttes argentées parfaites glissèrent le long de ses joues.

Le Roi s'agenouilla devant elle ; puis d'un geste doux, précautionneux, il toucha le liquide argenté du bout de l'index. Les larmes s'allongèrent et s'enroulèrent comme du mercure autour de son ongle. L'air très concentré, il les frotta entre son index et son pouce, puis il leva les yeux. Il n'y avait aucune trace de confusion dans son regard, aucun doute sur son visage.

– Tu sais depuis quand personne n'a pleuré pour Gilgamesh le Roi ?

Il parlait d'une voix forte, avec une pointe d'accent quand il prononça son nom et son titre.

– C'était il y a une vie, lors du temps avant le temps, le temps avant l'histoire.

La gouttelette argentée se stabilisa dans sa paume, et il ferma le poing.

– Il y a très longtemps vivait une jeune fille qui versait des larmes d'argent. Elle pleura pour un prince du pays ; elle pleura pour moi, et le monde qu'elle s'apprêtait à détruire.

Il regarda Sophie, dont les grands yeux bleus ne cillaient pas.

– Fillette, pourquoi ces larmes ?

Mardi 5 Juin

Incapable de parler, Sophie secoua la tête. Josh passa un bras autour de ses épaules.

– Dis-moi, insista Gilgamesh.

Elle avala sa salive et secoua encore la tête.

– S'il te plaît… J'aimerais beaucoup savoir.

Sophie inspira en frissonnant, puis chuchota :

– Je détiens les souvenirs de la Sorcière d'Endor. Je passe mon temps à chasser ses pensées et à les ignorer… Et vous voilà, en train d'essayer de vous rappeler votre vie, d'écrire vos pensées pour ne pas les oublier. J'ai soudain compris ce que c'était de ne pas savoir, de ne pas se souvenir.

– Eh oui, nous autres humains ne sommes rien de plus que la somme de nos souvenirs.

Le Roi s'adossa contre la portière et tendit les jambes devant lui. Il regarda la liasse posée sur ses cuisses, puis sortit un petit bout de crayon et se mit à écrire.

L'Alchimiste se pencha vers lui. Pendant un instant, ils crurent qu'il allait toucher l'épaule du Roi. Mais il se contenta de demander :

– De quoi te souviens-tu, Gilgamesh ?

Le Roi appuya l'index contre la page et fit pénétrer les larmes d'argent dans le papier.

– Du jour où une personne compatissante a versé une larme pour moi.

CHAPITRE CINQUANTE-TROIS

– Fin de la route.

Palamède appuya sur la pédale de frein, et le taxi dérapa avant de s'arrêter devant la grange. Un nuage de poussière s'éleva en panache et tournoya dans l'air. Sans attendre, Gilgamesh ouvrit la portière et sortit dans le matin frais, tourna le visage vers le soleil et s'étira. Les jumeaux le suivirent après avoir chaussé les lunettes bon marché offertes par l'Alchimiste.

Flamel fut le dernier à descendre. Il se tourna vers le Chevalier, qui n'avait apparemment pas l'intention d'éteindre le moteur ou de quitter le taxi.

– Tu ne restes pas ?

– Je vais au village le plus proche, expliqua Palamède, chercher de la nourriture, de l'eau et glaner quelques informations.

Mardi 5 Juin

Le Chevalier sarrasin regarda discrètement le Roi et baissa la voix :

– Sois prudent. Il change vite d'attitude !

L'Alchimiste fit bouger le rétroviseur extérieur afin de voir Gilgamesh et les jumeaux, qui partaient explorer la ferme. Le bâtiment se trouvait au milieu d'une prairie. Les murs, très anciens, composés d'épaisses poutres noires et de boue, étaient envahis par la végétation. Les portes paraissaient plus récentes. « Elles datent du XIXe siècle », songea Flamel. Elles étaient toutes les deux de guingois, et celle de droite tenait sur une charnière en cuir usée. Le bas, pourri, avait été grignoté par le temps et les rongeurs.

– Garde un œil sur le garçon, conseilla Palamède à Flamel. Et sépare-le au plus vite de l'épée.

Nicolas vit Josh sortir Clarent de son tube et se faufiler dans la grange, suivi de près par Sophie et le Roi.

– Il a besoin d'une arme pour se protéger, argumenta l'Alchimiste.

– Oui, mais pas de celle-ci. Il lui faudrait une autre épée, moins dangereuse, moins… affamée que Clarent.

– Je la reprendrai quand il aura appris une des magies élémentaires, déclara Nicolas.

Palamède grogna :

– Si tu y arrives…

Il passa une vitesse :

– Je dois y aller. Je reviens aussi vite que possible.

– Sommes-nous en sécurité ici ? demanda Flamel.

De vieux chênes tordus encerclaient le champ.

Aucune trace de bâtiments ou de ligne électrique à proximité.

– Pas de risque que le propriétaire nous surprenne ?

– Aucun, répondit Palamède en souriant. La grange et des hectares à perte de vue appartiennent à Shakespeare. Il possède des biens comme celui-ci à travers toute l'Angleterre.

Le Chevalier tapota le GPS collé au pare-brise fissuré.

– Tous sont répertoriés là-dedans. Voilà comment j'ai pu vous conduire ici.

– Je n'aurais jamais imaginé que Will investisse dans la pierre, commenta Flamel. Remarque, je ne l'imaginais pas non plus comme mécanicien…

– Il était, et il est toujours acteur. Il joue plusieurs rôles. Je sais qu'il a commencé à acheter des propriétés au XVIe siècle, quand il écrivait. Il disait qu'il gagnait plus d'argent grâce à ces acquisitions que grâce à ses pièces. Mais il ne faut pas croire tout ce qu'il raconte. Parfois, il ment comme un arracheur de dents.

Palamède démarra doucement, puis tourna le volant. Le taxi effectua un demi-cercle autour de l'Alchimiste.

– On ne voit pas la grange de la route, dit le Chevalier. Je fermerai le portail derrière moi.

Il jeta un regard en coin à Flamel avant de désigner du menton la bâtisse délabrée.

– Tu as vraiment tenté de tuer le Roi lors de votre dernière rencontre ?

– En dépit de ce que tu penses de moi, Messire Chevalier, je ne suis pas un assassin ! En 1945, Pernelle et moi travaillions à Alamogordo, au Nouveau-Mexique.

Nul doute que c'était le job idéal pour un alchimiste. Notre travail était classé top secret ; pourtant Gilgamesh a découvert ce que nous tramions.

– Et que tramiez-vous ?

– Nous mettions au point la première bombe atomique. Gilgamesh souhaitait se tenir au-dessous quand elle exploserait. Il croyait pouvoir mourir ainsi.

Le large visage du Chevalier sarrasin se plissa par compassion.

– Et qu'est-ce qui s'est passé ?

– Pernelle l'a fait enfermer dans un asile. Il a vécu dix ans là-bas avant que nous soyons sûrs de sa sécurité et lui permettions de s'évader.

– Pas étonnant qu'il te déteste ! gronda Palamède.

Avant que l'Alchimiste ne réponde, il accéléra et s'éloigna dans un nuage de poussière.

– Oui, pas étonnant, murmura Nicolas.

Il attendit que la poussière retombe pour se diriger vers la grange. Il espérait que Gilgamesh ne se souviendrait pas de tout – et surtout de son séjour à l'hôpital psychiatrique – avant d'avoir enseigné aux jumeaux la troisième magie élémentaire, celle de l'Eau. Une pensée lui traversa l'esprit : étant donné le piteux état de son cerveau, le Roi s'en souviendrait-il ?

CHAPITRE CINQUANTE-QUATRE

Josh avança dans la grange à pas de loup. Clarent se tenait tranquille dans ses mains, les petits cristaux de quartz incrustés dans sa lame étaient gris et immobiles. Marchant sur la pointe des pieds, l'adolescent prit conscience de l'acuité de ses cinq sens. Bien qu'il ne soit jamais venu là auparavant et n'ait qu'entraperçu l'intérieur du bâtiment, il aurait pu y évoluer les yeux fermés !

Chaude et intime, la grange sentait la vieille paille et le foin. De petits animaux se faufilaient dans les coins, des colombes roucoulaient entre les chevrons, et on percevait le bourdonnement provenant de la grosse ruche installée en hauteur. Les insectes allaient et venaient au-dessus des machines agricoles abandonnées. Josh crut reconnaître une antique charrue et les restes d'un tracteur, dont les pneus tombaient en lambeaux. Le moindre morceau de métal était couvert d'une épaisse couche de rouille brunâtre. Des cagettes et des tonneaux vides gisaient çà et là ; un établi grossier – deux planches inégales posées sur des parpaings – s'appuyait contre un mur. On apercevait le cadre d'une bicyclette noire, caché derrière d'épaisses touffes d'herbes et d'orties.

– Ce bâtiment n'a pas servi depuis des années, commenta Josh, s'arrêtant au centre de la grange.

Après avoir effectué un tour complet sur lui-même, il planta Clarent dans le sol entre ses pieds et croisa les bras :

– Pas de danger.

Gilgamesh examina lui aussi les lieux en enlevant un à un ses vêtements, qui tombaient par terre derrière lui. Sous les manteaux et les peaux de mouton, il portait un costume usé. La veste à fines rayures était graisseuse à force d'être mise ; le pantalon assorti avait les genoux élimés et le fond brillant. Un T-shirt crasseux apparaissait sous la veste. Les restes effilochés d'une écharpe tricotée s'enroulaient autour de son cou.

– J'aime ces endroits-là, annonça-t-il.

– Moi aussi, j'aime les vieilles bâtisses, dit Josh. Mais que peut-on apprécier dans celle-ci ?

Le Roi écarta les bras :

– Que vois-tu ?

Josh fit la grimace :

– Du bric-à-brac – un tracteur rouillé, une charrue cassée, un vieux vélo…

– Ah ! Moi, je vois un tracteur qui a cultivé ces

champs autrefois, la charrue qu'il a tirée. Je vois une bicyclette rangée sous une table.

L'adolescent examina les lieux avec plus d'attention.

– Quand je regarde ces objets, reprit le Roi, je m'interroge sur la vie de l'homme qui a pris soin de protéger ses outils de travail.

– Pourquoi ? Quelle importance ?

– Parce que quelqu'un doit se rappeler, grogna Gilgamesh, énervé. Quelqu'un doit se souvenir de la personne qui a roulé sur ce vélo, conduit ce tracteur, labouré ces champs, qui est née, a vécu et est morte, qui a aimé, ri et pleuré, tremblé de froid et transpiré au soleil.

Gilgamesh toucha chaque objet jusqu'à ce que sa paume soit brunie par la rouille.

– On disparaît vraiment quand personne ne se souvient de vous. Voilà la vraie mort.

– Alors, vous ne disparaîtrez jamais, Gilgamesh, intervint Sophie, assise sur un tonneau retourné. *L'Épopée de Gilgamesh* est encore imprimée de nos jours.

Tête penchée sur le côté, le Roi réfléchit.

– Oui, en effet.

Il sourit, se frotta les mains sur son pantalon, ce qui laissa des traînées rouges sur le tissu déjà taché.

– Je l'ai lue, et je n'ai pas aimé. Seule une petite partie décrit la vérité, et ils ont oublié les meilleurs moments.

À cet instant, Flamel ferma la porte de la grange, qui fut plongée dans l'obscurité.

– Tu devrais écrire ta propre version, suggéra-t-il. Raconter ton histoire, la vraie.

Le Roi éclata d'un rire si puissant que les colombes s'envolèrent.

– Et qui me croira, hein ? Si je racontais la moitié de ce que je sais, on m'enfermerait...

Sa voix s'éteignit et ses yeux s'embuèrent.

Nicolas se dépêcha de rejoindre Gilgamesh. Une fois devant lui, il fit une révérence élégante et désuète : il devait prendre le contrôle de la situation avant que les souvenirs du Roi n'affluent.

– Majesté, tiendras-tu ta promesse ? Enseigneras-tu la magie de l'Eau aux jumeaux ?

Les yeux rivés à Flamel, Gilgamesh hocha lentement la tête :

– Oui.

Alors que l'Alchimiste se redressait, les jumeaux aperçurent son sourire de triomphe.

– Sophie connaît l'Air et le Feu, reprit Nicolas. Josh, lui, n'a reçu aucune formation, il ne sait donc pas à quoi s'attendre.

Josh fit un pas en avant.

– Dites-moi juste ce que je dois faire, s'exclama-t-il avec empressement, les yeux brillants d'excitation. Nous redeviendrons de nouveau de vrais jumeaux.

– Ce n'est pas une compétition, intervint Sophie.

– Parle pour toi !

Gilgamesh s'empara d'un tonneau et le posa par terre à côté de celui de Sophie.

– Viens t'asseoir près de ta sœur.

– Qu'attends-tu de moi ? s'enquit Flamel, le dos

contre le mur, les mains dans les poches arrière de son jean.

– Tais-toi, et ne te mets pas au milieu du chemin, gronda Gilgamesh, dont les yeux bleus s'enflammèrent. Quand ce sera terminé, toi et moi aurons une petite conversation… sur la décennie pendant laquelle j'ai été interné. Nous avons des comptes à régler !

Impassible, Nicolas Flamel hocha la tête.

– Cette opération… Activera-t-elle l'aura des jumeaux ?

– Laisse-moi réfléchir… Possible. Pourquoi ?

– Elles agiront comme un phare. Qui sait quels êtres elles attireront ?

– Il faut que je voie… Il y a plusieurs manières d'enseigner.

Le Roi s'assit en tailleur sur le sol devant les deux adolescents et se frotta les mains.

– Bien, par où on commence ?

Josh réalisa soudain que leur sort dépendait d'un vagabond fou qui oubliait parfois son propre nom. Comment cet homme pouvait-il se souvenir d'une magie ancestrale ? Que se passerait-il s'il perdait la marche à suivre à mi-chemin ?

– Vous avez déjà enseigné la magie de l'Eau ? demanda-t-il, très inquiet.

Le Roi s'empara de la main droite de Sophie, de la main gauche de Josh et les dévisagea avec sérieux.

– Une seule fois. Et cela ne s'est pas bien terminé.

– Que s'est-il passé ? souffla le garçon.

Il tenta de retirer sa main, mais le Roi serrait fort. Sa peau était aussi rugueuse que l'écorce d'un arbre.

Mardi 5 Juin

– Mon élève a inondé le monde. Maintenant, fermez les yeux, ordonna Gilgamesh.

Sophie obéit sur-le-champ, contrairement à Josh. Il fixa l'homme, dont les yeux bleus, étincelants et immobiles, lui parurent énormes. L'adolescent ressentit une espèce de vertige qui lui donna la nausée. Il avait l'impression de tomber, puis de s'élever d'un coup. Il ferma les yeux avec force pour repousser la sensation d'écœurement ; pourtant les yeux du Roi lui brûlaient encore la rétine, grossissaient, se paraient de fils blancs qui s'enroulaient, s'entortillaient… Ils lui rappelèrent des… des… des nuages.

La voix de Gilgamesh résonna dans sa tête :

– Maintenant pensez à…

CHAPITRE CINQUANTE-CINQ

– … De l'eau.

Josh ouvrit les yeux.

Une énorme planète bleue flottait dans l'espace. Des nuages blancs tourbillonnaient à sa surface, de la glace étincelait aux pôles.

Tout à coup, il plongea vers ses mers bleu vif. Forte et autoritaire, la voix de Gilgamesh grondait et rugissait autour de lui, s'élevait et retombait telles les vagues de l'océan.

– *On dit que la magie de l'Air, du Feu, ou encore celle de la Terre est la plus puissante d'entre toutes. C'est faux. La magie de l'Eau surpasse les autres, car l'eau donne la vie, mais la reprend aussi.*

Muet, incapable de bouger ni même de tourner la tête, Josh traversait les nuages. Le monde s'élargissait devant lui, de grandes étendues de terres apparaissaient sans qu'il les reconnaisse. Il fusait vers un point rouge à l'horizon dominé par des nuages sombres et épais. En contrebas grondait une mer démontée vert pré.

Des volcans. Une douzaine de cratères s'alignaient le long d'une côte découpée – monstres immenses crachant du feu et du magma dans l'atmosphère. Les vagues ourlées d'écume mugissaient autour de la matière incandescente.

– *L'eau éteint le feu. Même la lave jaillissant du cœur en fusion de la Terre ne peut lui résister.*

En effet, quand les rivières incandescentes rencontraient les eaux en furie, elles refroidissaient dans des geysers de fumée. Un paysage noir de magma solidifié se formait entre les vagues.

Josh remonta en flèche ; à présent, il n'entendait que la voix du Roi, semblable à un cœur qui bat, apaisante bien que puissante, tel le fracas des vagues contre le rivage lointain. Le garçon s'éleva bien au-dessus du cercle de feu, vers l'est, et l'aurore. Des nuages s'accumulaient sous lui. Les volutes firent place à des sphères duveteuses, puis à d'épais amas, qui se transformèrent en gros nuages orageux.

– *Sans eau, la vie n'existe pas…*

Josh tomba à travers les nuages. Des éclairs zébraient le ciel en silence ; une pluie torrentielle s'abattait sur les forêts vierges d'un vert luxuriant, aux arbres d'une taille impossible, aux fougères gigantesques.

Le paysage changea de nouveau. Les images défilaient

de plus en plus vite. Josh planait au-dessus d'un désert où ondulaient de vastes dunes. Un point coloré l'attira vers le bas : il vit une oasis, où des arbres entouraient une mare étincelante.

– *L'humanité peut survivre avec peu de nourriture, mais elle ne survit pas sans eau.*

Soudain, Josh fut poussé vers le haut, avant de chuter vers un fleuve qui serpentait au milieu de hautes collines déchiquetées. Sur ses rives sinueuses apparaissaient en pointillé de petites habitations éclairées par la lueur des feux. Tandis qu'il survolait le cours d'eau à basse altitude, il s'aperçut que le temps s'accélérait. Des décennies, puis des siècles s'écoulaient à chaque battement de son cœur. Des orages fouettaient les montagnes, les effritaient, les ramollissaient, les érodaient. La paille des huttes se changea en boue, en bois, en pierre. Ensuite, des hameaux entourés d'un mur apparurent. Un château surgit avant de s'écrouler, laissant place à un village, puis à une ville basse en bois et en pierre, et enfin à une cité en marbre poli, dont les fenêtres vitrées réfléchissaient la lumière. Elle se métamorphosa en métropole contemporaine de verre et de métal.

– *Les hommes ont toujours situé leur habitat sur les berges des rivières et le long du littoral.*

Le fleuve déboucha sur un vaste océan. Les levers et les couchers du soleil se succédaient à une vitesse folle, tellement le temps passait vite.

– *L'eau leur a permis de voyager…*

Des embarcations naviguaient sur l'océan – d'abord des canots, puis des bateaux à rames, des voiliers, et enfin d'immenses paquebots et des supertankers.

– … *leur a servi de garde-manger…*

Une flottille de chalutiers tirant de grands filets apparut sur les flots.

– … *de sépulture.*

L'océan en furie, noir comme de l'encre, frappa un village côtier isolé. Il renversa les bateaux, balaya les ponts, rasa les maisons, puis se retira, laissant derrière lui un spectacle de désolation.

– *Rien ne résiste au pouvoir de l'eau…*

Un imposant mur liquide s'engouffra dans une rue moderne, inonda les immeubles, emporta les voitures.

Alors que la terre s'écroulait, Josh repartit vers le haut. La voix du Roi ne fut plus qu'un chuchotement, tel le bruit du ressac sur les galets :

– *C'est l'eau qui a apporté la vie sur Terre ; l'eau qui a failli la détruire.*

Josh examina la planète bleue. À présent, il reconnaissait son monde, la forme des continents et des pays, la courbure de l'Amérique du Sud et du Nord, la virgule africaine. Il fronça les sourcils : les contours étaient différents de ceux du cours de géographie… Là, ils semblaient plus larges, moins bien définis. Le golfe du Mexique paraissait plus petit, celui de Californie manquait carrément, et les Caraïbes avaient rapetissé. Il ne voyait pas la forme particulière de l'Italie en Méditerranée ; l'Irlande et la Grande-Bretagne composaient une tache biscornue.

Sous ses yeux, le bleu de la mer s'infiltra soudain dans les terres, les noya, les engloutit.

Josh bascula vers l'eau bleue.

Gilgamesh cligna des yeux, détourna le regard, et les jumeaux se réveillèrent.

CHAPITRE CINQUANTE-SIX

Au volant de sa voiture, Francis, le comte de Saint-Germain, regarda par-dessus son épaule Scathach, assise à l'arrière.

– Tu ne le vois pas ?

Penchée entre Saint-Germain et Jeanne sur le siège passager, Scathach regardait par le pare-brise. Devant elle se dressait la façade en ruine de la grande cathédrale Notre-Dame. Les célèbres gargouilles et chimères qui décoraient l'ancien monument gisaient en mille morceaux sur le parvis. Des groupes d'universitaires venus de toute la France, entourés par des volontaires et des étudiants, grouillaient sur la place, essayant de reconstituer les statues brisées. Ils avaient déjà numéroté les plus gros fragments, qui portaient de petits autocollants.

– Je cherche quoi, au juste ? demanda l'Ombreuse.

Saint-Germain désigna avec son menton pointu le centre de la place tapissée de pierres.

– Tu n'aperçois pas un pilier de lumière pâle et dorée ?

La Guerrière aux yeux vert pré loucha, tourna la tête à droite et à gauche avant de dire :

– Non.

Le comte se tourna vers sa femme.

– Non, fit Jeanne.

– Il est là ! insista Saint-Germain.

– Je n'en doute pas une seconde, déclara Scatty. Simplement, je ne le vois pas.

– Moi si. Quel mystère ! s'enthousiasma-t-il. Je croyais que tout le monde pouvait l'admirer.

D'une poigne de fer, Jeanne serra le bras de son mari afin de l'obliger à se taire.

– Tu réfléchiras à la question plus tard, mon chéri. Là, il faut qu'on y aille.

– Oh oui ! Bien sûr.

Le comte écarta ses longs cheveux noirs de son front, puis désigna de nouveau le parvis.

– Deux lignes de force relient Paris à la côte ouest des États-Unis. Toutes deux sont incroyablement anciennes. Celle-ci en particulier contourne le globe et unit tous les lieux de pouvoir primitifs.

Il abaissa le rétroviseur pour mieux voir Scathach.

– Quand Nicolas, les jumeaux et toi êtes arrivés, vous avez emprunté la ligne qui aboutit à la basilique du Sacré-Cœur, à Montmartre. En théorie, cela n'aurait pas dû marcher, mais apparemment la Sorcière d'Endor était assez forte pour l'activer.

– Francis, intervint Jeanne, nous n'avons pas le temps pour une leçon d'histoire.

– Oui, oui. L'autre ligne, la plus puissante, se trouve ici, devant Notre-Dame, au point Zéro, le centre de la capitale.

– Le point Zéro ? fit Scathach.

– Le point Zéro, répéta le comte, le cœur de Paris. Cet endroit est connu depuis des millénaires. C'est à partir de là que sont mesurées les distances entre la capitale et les autres villes.

– Je me suis souvent demandé pourquoi ce point en particulier avait été choisi, dit Jeanne. Ce n'était ni un accident, ni un choix fait au hasard.

– Loin de là. Les hommes rendaient des cultes ici bien avant l'arrivée des Romains. Ils ont toujours été attirés par ce genre d'endroits. Peut-être qu'au tréfonds de leur ADN les gens se souviennent de l'existence de ce nexus. Il existe un point Zéro ou kilomètre Zéro dans quasiment chaque capitale du monde. Et presque toujours on trouve un nexus à proximité. À une époque, j'aimais bien les utiliser pour voyager à travers le monde.

Jeanne dévisagea Francis, qu'elle connaissait depuis des siècles et qu'elle avait épousé peu de temps auparavant. Elle réalisa qu'il lui restait beaucoup à apprendre sur lui. Elle montra la cathédrale.

– Que vois-tu ?

– Une colonne dorée de lumière qui s'élance vers les cieux.

Jeanne eut beau loucher, elle ne vit rien. Du coin de l'œil, elle aperçut la tignasse rouge de Scathach qui secouait aussi la tête.

– Ces colonnes sont-elles toujours dorées ? s'enquit-elle.

– Pas toujours. Parfois, elles sont argentées. Lors de mes voyages au Moyen-Orient, j'ai rencontré des flèches argent. Autrefois, avant que je perde ma faculté de percevoir l'invisible, je croyais que les hommes étaient capables d'identifier les nexus rien qu'en scrutant le ciel à la recherche du puits de lumière le plus proche. Scathach, les Aînés voient-ils les nexus ?

Celle-ci haussa les épaules :

– Aucune idée ! Moi pas, en tout cas. Et avant que tu ne le demandes, je n'ai pas entendu parler de membre de la Génération Suivante ayant cette capacité.

La Guerrière enfila un sac à dos noir sur les épaules, rabattit un grand bandana noir sur son front de manière à cacher sa chevelure rousse. Ses deux courtes épées, enroulées dans une couverture, étaient attachées sur son sac à dos.

– Et maintenant ? Qu'est-ce qu'on fait ?

Le comte regarda sa montre :

– On attend. Cette porte s'activera à 13 h 49 précises, ce qui correspond au midi solaire au-dessus de Paris, c'est-à-dire l'heure à laquelle le soleil est à son zénith.

– On n'est pas idiotes ! marmonna Scatty.

– Vous allez vous placer sur le point Zéro et patienter, continua Saint-Germain. Vous verrez un cercle qui entoure un soleil miniature ; il est divisé en quatre dalles. Mettez bien un pied dans chaque section ; moi, je m'occupe du reste. Une fois que le nexus est activé, je vous expédie.

– Et les gendarmes ? demanda Jeanne qui passait ses bras dans les bretelles d'un sac identique à celui de Scathach.

Elle transportait son épée dans un tube destiné à un trépied d'appareil photo.

– Je m'occupe d'eux aussi, déclara Francis.

Son sourire révéla ses dents tordues.

– Restez dans la voiture, reprit-il, jusqu'à ce que vous me voyiez discuter avec la police. Ensuite, peu importe ce qu'il se passe, foncez ! Une fois sur le point Zéro, attendez.

– Et ensuite ? s'enquit Scathach, qui détestait utiliser les nexus, car ils lui donnaient le mal de mer.

Le comte haussa les épaules :

– Eh bien… si tout se déroule comme prévu, vous arriverez instantanément sur la côte ouest des États-Unis.

– Et si le plan rate ? s'inquiéta Scatty alors que Saint-Germain sortait de la Renault. On atterrira où ?

– Qui sait ? Les portails sont alimentés par le Soleil ou la Lune, selon leur direction. Il est possible qu'en cas de pépin vous terminiez au cœur du Soleil ou sur la face cachée de la Lune. Cette ligne va d'est en ouest ; elle est donc solaire… Du calme, tout va bien se passer !

Il serra Jeanne dans ses bras, déposa un léger baiser sur ses joues et lui chuchota quelque chose à l'oreille.

Puis il pivota sur son siège pour regarder la Déesse Guerrière.

– Prenez soin de vous. Évacuez Pernelle de cette île et contactez-moi. Je viendrai vous chercher.

Le comte sortit de voiture, enfonça les mains dans les poches de son long manteau en cuir noir et se dirigea d'un pas léger vers le gendarme le plus proche.

Jeanne se tourna vers son amie.

– J'aime quand tu as cette tête.

– Quelle tête ? demanda Scatty, l'air innocent, en clignant de ses yeux d'un vert étincelant.

– Ta tête de bataille, comme je l'appelle. Tu l'avais le jour où tu m'as sauvée des flammes. Ton visage se transforme… tes traits deviennent plus accusés.

Elle effleura la joue de son amie. On aurait dit que la chair s'était tendue sur les os de Scathach afin de mieux définir son crâne. Sur sa peau pâle, ses taches de rousseur ressemblaient à autant de gouttes de sang.

– C'est mon héritage de vampire, je suppose, fit l'Ombreuse avec un sourire féroce. Ce phénomène survient quand nous sommes surexcités. Certains buveurs de sang ne parviennent pas à contrôler la modification, et ils finissent par ressembler à des monstres.

– C'est l'idée de te battre qui te met dans cet état ?

– Oui, je suis pressée de secourir notre chère Pernelle.

– Ce ne sera pas facile. Elle est piégée sur une île pleine de créatures abominables.

– Et alors ? Tu es la légendaire Jeanne d'Arc, et je suis l'Ombreuse : qui osera se dresser contre nous ?

– Un sphinx ? suggéra Jeanne.

– Ils ne sont pas si coriaces. J'ai déjà combattu un sphinx et son effrayante mère.

– Qui a gagné ? demanda Jeanne en se retenant de sourire.

– À ton avis ? lança Scatty avant d'avouer : Eh bien… en vérité, je me suis enfuie…

CHAPITRE CINQUANTE-SEPT

Assis le dos contre un mur de la grange, les jambes étendues devant eux, les jumeaux regardaient Nicolas et Gilgamesh, qui se disputaient à l'extérieur. L'Alchimiste restait immobile et silencieux ; le Roi gesticulait avec violence.

– En quelle langue se parlent-ils ? demanda Josh. Ça me dit quelque chose.

– En hébreu, répondit Sophie sans réfléchir.

Josh s'installa plus confortablement contre le mur.

– Tu sais, je me disais…, commença-t-il, l'épuisement extrême l'empêchant de trouver ses mots. Je croyais que ce serait plus… spectaculaire.

– Tu as vu ce que j'ai vu, dit Sophie avec un sourire d'épuisement. Tu n'as pas été bluffé ?

– C'était intéressant. Mais je ne me sens pas différent.

Je pensais… Je ne sais pas, je pensais qu'après avoir appris une des magies je me sentirais… plus fort peut-être. Au fait, comment on s'en sert ? s'enquit-il. On utilise notre aura et on pense à de l'eau ? Faut-il qu'on s'entraîne ?

– L'instinct, fit la jeune fille. Tu sauras quoi faire le moment venu.

Elle prit ses mains dans les siennes.

– Tu ne dois pas utiliser ton aura ici, lui rappela-t-elle. Sinon, elle révélera notre cachette. C'est la troisième magie élémentaire que j'ai apprise et, tu as raison, cet enseignement n'est pas spectaculaire. Mais les autres ne l'étaient pas non plus. Je ne me sens ni plus forte, ni plus rapide que lorsque j'avais appris l'Air et le Feu. Mais j'ai quand même l'impression d'être…

Elle s'interrompit pour chercher le mot approprié.

– … différente.

– Tu n'es pas différente. Quand tes yeux deviennent argentés, là, tu as l'air différent, et même effrayant.

Sophie hocha la tête. Elle comprenait : quand ceux de Josh se changeaient en disques plats et dorés, elle était terrifiée, elle aussi. La tête appuyée contre le bois lisse, elle ferma les yeux.

– Tu te souviens quand on t'a enlevé ton plâtre, l'année dernière ?

– Je n'oublierai jamais ce jour !

L'été précédent, il s'était cassé le bras lors d'un mauvais plaquage et était resté plâtré trois mois.

– Quelle impression tu as eue à ce moment-là ?

Josh leva le bras gauche, effectua un demi-cercle et

ferma le poing. Le plâtre l'avait terriblement agacé. Il y avait plein de choses qu'il ne pouvait plus faire ; même lacer ses baskets !

– Que je revivais.

– C'est exactement ce que je ressens.

Sophie ouvrit les yeux.

– Quand j'apprends une magie, je me sens plus complète. Comme si des parties manquantes m'étaient rendues, comme si je redevenais entière, morceau par morceau.

Josh émit un son bizarre, mi-rire, mi-gémissement.

– Quand tu auras appris la dernière magie, je suppose que tu n'auras plus besoin de moi.

Sophie lui prit le bras :

– Ne sois pas idiot ! Tu es mon jumeau. Nous sommes les deux qui ne sont qu'un.

– Celui qui est tout, compléta-t-il.

– Je me demande ce que cela signifie, chuchota-t-elle.

– À mon avis, on ne va pas tarder à le découvrir, qu'on le veuille ou non…

CHAPITRE CINQUANTE-HUIT

Le jeune policier reconnut immédiatement Saint-Germain, qui était une star du rock célèbre en Europe. Il s'approcha, lui fit un signe de tête, puis ôta son gant en cuir pour serrer la main que le comte lui tendait. Cachées derrière les vitres fumées de la voiture, les deux femmes – une de la Génération Suivante et une immortelle – observaient Francis, qui fit pivoter l'homme avec habileté.

– On y va !

Jeanne ouvrit la portière et se faufila dans l'air chaud de l'après-midi. Une seconde plus tard, Scathach la rejoignait après avoir fermé doucement la portière. Côte à côte, les deux femmes au visage juvénile se dirigèrent vers la cathédrale. Elles passèrent si près de Francis et du gendarme qu'elles perçurent des bribes de conversation.

– ... Une honte, une tragédie nationale, disait Saint-Germain. J'envisage de donner un concert pour collecter des fonds et financer une partie des réparations.

– Je dois vous laisser, déclara le gendarme.

– J'insisterai pour que nos courageux policiers, ambulanciers et pompiers puissent entrer gratuitement, bien entendu.

Jeanne et Scathach se glissèrent sous le ruban de sûreté et enjambèrent les tas de pierres. La plupart des statues avaient été pulvérisées, mais certains fragments conservaient l'image spectrale des silhouettes qu'ils représentaient avant l'intervention des jumeaux et de leur magie élémentaire. Scatty remarqua des coups de serres et de bec, de cornes et de queue. Sans se concerter, les deux femmes levèrent les yeux vers la cathédrale. L'étendue des dégâts les estomaqua – d'immenses portions du bâtiment manquaient, arrachées ; d'autres paraissaient avoir été attaquées par un boulet de démolition.

– De toute mon existence, je n'ai rien vu de tel, murmura Scathach. Ça a été provoqué juste par deux magies ?

– Que seule la fille maîtrisait, précisa Jeanne.

– Tu imagines ce qui serait arrivé si les jumeaux possédaient toutes les magies élémentaires ?

– Ils auraient le pouvoir de détruire le monde ou de le reconstruire.

– Comme le dit la prophétie.

– Hé, vous deux là-bas ! Ne bougez plus !

La voix venait du parvis.

– Stop ! Stop ! cria une autre voix dans leur dos.

– Avance, marmonna Scatty.

Jeanne regarda par-dessus son épaule : le jeune officier essayait de s'extirper des griffes de Francis. Soudain, le comte le lâcha, et l'homme tomba par terre. Tandis qu'il l'aidait à se relever, Saint-Germain marcha sur le bas de son manteau noir, trébucha et s'étala de tout son long sur le policier.

– Vous deux ! Vous n'avez rien à faire ici.

Un universitaire chauve d'une cinquantaine d'années, à la barbe broussailleuse, barra le chemin aux deux femmes. Auparavant, il était allongé sur le sol, où il rassemblait de minuscules fragments de l'aile d'un aigle. Il leur agita un porte-bloc en plastique sous le nez.

– Vous piétinez des vestiges historiques qui n'ont pas de prix !

– On ne pourrait pas les abîmer plus, même si on le voulait.

Sans ralentir, Scatty s'empara de la planchette et la brisa en deux comme s'il s'agissait d'une allumette et lui jeta les morceaux aux pieds. L'homme baissa les yeux, horrifié, puis s'enfuit en criant.

– Très subtil ! Et très discret, commenta Jeanne.

– Très efficace, rectifia Scathach.

Le point Zéro se trouvait au milieu du parvis, comme l'avait indiqué Francis. Le soleil avait huit branches partant de son centre, dont deux usées par le passage d'un nombre incalculable de pieds et le frottement de mains. Les mots *POINT ZÉRO DES ROUTES DE FRANCE* avaient été gravés dans les quatre dalles. Il y avait assez de place pour que Scathach et Jeanne se tiennent dos à dos dans le cercle, un pied dans chaque section.

– Que se passe-t-il…, commença Scathach.

CHAPITRE CINQUANTE-NEUF

– … Maintenant ? acheva Scathach.

Elle ferma les yeux, posa une main sur son ventre et l'autre sur sa bouche, puis tomba à genoux. Elle sentit le monde basculer et se retint de vomir.

Soudain, elle se rendit compte qu'elle était agenouillée sur de la terre meuble. Les yeux encore fermés, elle tapota le sol et sentit de longues herbes sous ses doigts. Ensuite, des bras forts la soulevèrent et des mains fraîches se posèrent sur ses joues. Quand l'Ombreuse ouvrit enfin les yeux, elle vit le visage souriant de Jeanne à quelques centimètres du sien.

– Comment te sens-tu ? demanda Jeanne en français.

– J'ai le mal de mer.

– Tu survivras ! se moqua Jeanne. Je répétais à mes

soldats de se réjouir s'ils souffraient, car cela signifiait qu'ils étaient encore en vie.

– Je parie qu'ils t'adoraient, grogna Scathach.

– Mais oui, madame !

– Bien, nous ne sommes pas tombées dans le Soleil.

La Guerrière se redressa et balaya les alentours du regard.

– Nous avons réussi, soupira-t-elle. Ah ! Que c'est bon de rentrer chez soi.

– Chez soi ?

– J'ai longtemps vécu sur la côte Ouest. Je me sens chez moi à San Francisco. Un jour, on m'a dit que je mourrais dans un désert. Voilà pourquoi je préfère vivre au bord de la mer.

Les deux femmes se tenaient sur le flanc d'une montagne aux pentes douces. Après l'air humide et pollué de Paris, la légère brise chargée du parfum des plantes leur parut délicieuse. Alors que l'après-midi commençait quand elles avaient quitté Paris une seconde plus tôt, ici, le soleil ne s'était pas encore levé.

– Quelle heure est-il ? demanda Scatty.

Jeanne regarda sa montre avant de la régler.

– Cinq heures moins dix.

Elle désigna l'est, où le ciel se colorait de pourpre.

– Le soleil va se lever dans une heure environ.

La Française scruta les versants de la montagne, à peine visibles dans la pénombre.

– Voici donc le mont Tamalpais. Je le croyais plus… imposant.

– Bienvenue au mont Tam ! s'exclama Scatty, affichant ses dents blanches dans un sourire réjoui. Un de mes lieux préférés en Amérique.

Elle pointa du doigt l'épaisse nappe de brume qui s'étendait à leurs pieds.

– Nous sommes à environ vingt-cinq kilomètres de San Francisco, et d'Alcatraz.

L'Ombreuse déplaça sa musette sur son dos pour être plus à l'aise.

– On peut faire du jogging…

Jeanne éclata de rire :

– Du jogging ! Francis m'a prévenue que tu voudrais te rendre en ville en courant. Non, nous louons une voiture, décida-t-elle.

– Ce n'est vraiment pas loin…, protesta Scatty.

Elle s'interrompit, en apercevant une grosse silhouette qui se déplaçait en contrebas dans le brouillard tourbillonnant.

– Jeanne…

D'autres formes floues apparurent ; soudain, la brume s'ouvrit tel un rideau déchiré, dévoilant un énorme troupeau de mastodontes laineux qui paissaient au pied de la montagne. La Déesse Guerrière remarqua aussi deux félins à dents de sabre aplatis dans l'herbe haute, les yeux rivés sur la horde, leur queue à bout noir remuant de droite et de gauche.

Jeanne, qui contemplait encore le sommet de la montagne, sortit son portable et composa un numéro abrégé.

– J'appelle Francis pour lui dire que nous sommes arrivées…

Elle plaqua le téléphone contre son oreille, puis vérifia l'écran.

– Oh non ! Je n'ai pas de réseau. Scatty, il nous faudra combien de temps pour aller…

L'expression abasourdie de son amie l'obligea à suivre son regard.

Il fallut un moment pour que Jeanne comprenne ce qu'elle voyait. Elle fixait, les yeux écarquillés, le troupeau qui avançait à pas lents dans les lambeaux de brume. Un léger mouvement dans le ciel capta son attention : planant en silence sur des courants aériens, trois condors géants guettaient le moment idéal pour attaquer.

– Scathach ! souffla Jeanne, horrifiée. Où sommes-nous ?

– Pas *où*, mais *quand* !

Le visage de l'Ombreuse se figea, ses yeux verts brillèrent d'un éclat impitoyable.

– Ces fichus nexus… Je les déteste !

Un des gros chats leva la tête quand il entendit sa voix. Ses méchants crocs de vingt centimètres luisaient dans la pénombre. La Déesse Guerrière lâcha :

– Ici, c'est peut-être le mont Tamalpais, mais nous ne sommes pas au XXIe siècle.

Elle désigna les mastodontes, les tigres et les condors.

– Tu sais quoi ? Ils appartiennent à la mégafaune et datent du pléistocène.

– Comment… comment va-t-on revenir à notre époque ? bafouilla Jeanne, bouleversée.

– Nous n'y reviendrons pas. Nous sommes piégées ici.

Mardi 5 Juin

La première pensée de Jeanne fut pour l'Ensorceleuse.

– Et Pernelle ? gémit-elle. Elle nous attend ! Elle compte sur nous.

Scatty la prit dans ses bras et la serra fort.

– Elle risque d'attendre très longtemps. Jeanne, nous avons remonté le temps de plus d'un million d'années. L'Ensorceleuse devra se débrouiller seule.

– Nous aussi…

– Faux ! Nous sommes deux !

– Qu'allons-nous devenir ? gémit la Française immortelle en essuyant des larmes de rage.

– Nous agirons comme d'habitude : nous survivrons.

– Et Pernelle ? insista Jeanne.

Scathach n'avait pas de réponse à cette question-là.

CHAPITRE SOIXANTE

Billy the Kid examina la photo en noir et blanc pour graver les traits de Machiavel dans sa mémoire. Les cheveux blancs coupés court seraient faciles à repérer, décida-t-il. Il glissa l'image dans une poche arrière de son jean, puis croisa les bras sur son maigre torse, passant en revue les premiers passagers qui apparaissaient dans le hall des arrivées de l'aéroport international de San Francisco.

Les touristes se distinguaient du lot – air décontracté, jean ou short, T-shirt, ils poussaient des chariots où s'empilaient des valises remplies de vêtements qu'ils ne mettraient pas. Puis il y avait les hommes d'affaires en costume clair ou pantalon et veste de sport, attaché-case dans une main, petit sac de voyage dans l'autre, qui avançaient d'un pas déterminé, vérifiant déjà leur messagerie, oreillettes Bluetooth en place. Billy accorda une attention particulière aux familles : parents âgés ou grands-parents accueillant des jeunes, garçons et filles – étudiants sûrement – de retour à la maison pour les vacances, couples enfin réunis. Il y avait beaucoup de larmes, de cris de joie, de sourires et de poignées de main. Billy se demanda quel effet cela faisait de recevoir pareil accueil à la descente d'un avion, de chercher parmi les visages celui d'une personne sincèrement contente de vous revoir – un parent, un frère, un ami, quelqu'un avec qui on avait partagé une histoire, un passé.

Lui n'avait personne. Depuis très longtemps. Même pendant sa vie naturelle, il avait eu peu d'amis. La plupart avaient d'ailleurs essayé de le tuer, nul n'ayant réussi.

Finalement, grand et élégant dans son costume noir, une sacoche pour ordinateur en cuir noir en bandoulière, l'homme aux cheveux blancs de la photo pénétra dans le hall. Billy se mordit l'intérieur de la joue pour s'empêcher de sourire. Dans un aéroport européen, Machiavel serait peut-être passé inaperçu, mais là, au milieu des habits colorés et décontractés, il se démarquait. Même sans cliché, Billy aurait immédiatement reconnu l'Italien immortel. L'homme chaussa des lunettes de soleil banales et balaya la foule des yeux. Impassible, il se dirigea droit sur Billy. L'Américain se demanda s'ils se serreraient la main. De nombreux immortels répugnaient à toucher d'autres humains, en particulier des immortels. John Dee, que Billy avait rencontré à plusieurs reprises, n'avait jamais ôté ses gants gris.

Machiavel lui tendit la main.

Billy sourit, se frotta la paume sur son pantalon et la serra.

– Comment avez-vous su que c'était moi ? demanda-t-il dans un français médiocre.

– En général, je me fie à mon nez, répliqua Machiavel dans la même langue avant de passer à un anglais parfait. Piment de Cayenne, je suppose.

– Exact.

Billy inspira afin de capter le parfum de l'Italien, mais il ne réussit qu'à sentir la myriade d'odeurs de l'aéroport et, bizarrement, un vague relent que tous les cow-boys connaissaient bien : celui de serpent à sonnette.

– Et, bien sûr, j'ai regardé ta photo sur le net, ajouta Machiavel avec un sourire désabusé. Tu n'as pas changé ! Chose étrange, tu m'as reconnu à l'instant où j'ai passé la porte du hall. J'ai senti ton regard sur moi.

– Je savais qui chercher.

Machiavel haussa les sourcils en une question silencieuse et remonta ses lunettes sur le front. Ses yeux gris étincelèrent quand il les baissa sur l'Américain. Il mesurait au moins une tête de plus que lui.

– Je prends grand soin de m'assurer qu'aucune photographie de moi n'apparaisse en ligne ou sur papier.

– Nos employeurs m'ont envoyé ceci.

Billy récupéra le cliché dans sa poche et le lui tendit. Machiavel le regarda, puis un petit sourire étira sa bouche : ainsi, les Ténébreux l'espionnaient et Billy aussi, sans doute. Il voulut lui rendre la photo, mais Billy refusa.

– Elle a rempli sa mission ; maintenant, elle peut servir à autre chose.

Machiavel rejeta la tête en arrière d'un mouvement sec pour que ses lunettes retombent sur son long nez.

– J'y veillerai.

Billy n'était pas dupe. De retour à Paris, l'Italien mettrait tout en œuvre pour découvrir l'auteur de cette photographie.

L'Américain regarda le sac de voyage de Machiavel.

– Ce sont tous vos bagages ?

– Oui. J'avais préparé une plus grande valise, mais je me suis dit que je serais parti avant d'avoir utilisé un dixième des vêtements que j'y avais mis. J'ai donc emporté juste un change de chaussettes et de sous-vêtements. Ainsi que mon ordinateur portable, bien entendu.

Les deux hommes qui se dirigeaient vers la sortie formaient un étrange duo – Machiavel en costume noir fait sur mesure, Billy en chemise en denim délavé, jean usé, bottes avachies. Alors que l'aéroport était bondé, personne ne vint se frotter à eux ; inconsciemment, la foule s'écartait sur leur passage.

– Ce sera donc un aller-retour rapide ? demanda Billy.

– J'espère prendre le prochain vol pour Paris, répondit Machiavel.

– J'admire votre confiance, répliqua l'Américain d'une voix neutre. Je suis d'avis qu'il ne sera pas aussi facile de vaincre Mme Flamel.

Quand ils se retrouvèrent sous l'éclatant soleil de

début d'après-midi, il sortit une vieille paire de Ray Ban de la poche de sa chemise.

– Tout est prêt ? s'enquit Machiavel en le suivant dans le parking.

– J'ai loué un bateau. Il nous attend au quai 39 ; ainsi…

Il s'interrompit, constatant que l'Italien n'était plus à son côté. Il se retourna, la clef de sa Thunderbird rouge vif à la main… Machiavel admirait le cabriolet, superbe au milieu des véhicules ordinaires.

– Ford Thunderbird de 1959, non de 1960, fit l'Italien, qui caressa le capot luisant. Magnifique !

Billy sourit. Il s'attendait à détester Niccolò Machiavelli, et voilà que l'homme montait dans son estime.

– Elle est ma fierté et ma joie.

L'immortel fit le tour de la voiture, s'agenouilla pour examiner les roues et le pot d'échappement.

– Il y a de quoi : tout me semble d'origine.

– Bien vu, fit Billy avec orgueil. J'ai remplacé le pot deux fois, mais je me suis assuré que les pièces venaient d'un modèle identique.

Il s'assit au volant et attendit que Machiavel attache sa ceinture.

– Je vous aurais cru amateur de Lamborghini ou d'Alfa-Romeo.

– Ferrari, peut-être, mais jamais une Alfa ! s'écria l'Italien.

– Vous possédez beaucoup de voitures ?

– Aucune. J'ai un véhicule de fonction et un chauffeur. Je ne conduis pas, avoua Machiavel.

– Est-ce un choix ?

– Je n'aime pas conduire. En fait, je pilote très mal. Il faut dire que j'ai appris sur un modèle à trois roues.

– Quand ?

– En 1885.

– Je suis mort en 1881. Je n'arrive pas à croire qu'on ne sache pas conduire, murmura Bill en sortant du parking. Ni monter à cheval.

Il appuya sur l'accélérateur ; la voiture bondit en avant, puis s'inséra dans la circulation dense de l'aéroport.

– Vous voulez manger quelque chose ? demanda-t-il. Je connais de bons restaurants français et italiens…

Machiavel secoua la tête :

– Je n'ai pas faim. À moins que toi…

– Je ne mange pas grand-chose ces temps-ci, répondit Billy.

Le téléphone de Machiavel sonna.

– Excuse-moi…

Il sortit son portable ultraplat et examina l'écran.

– Ah ! s'exclama-t-il, content.

– Bonnes nouvelles ?

– J'ai posé un piège hier, et il a fonctionné il y a deux heures.

Billy lui lança un regard en coin sans rien dire.

– Le jour où j'ai découvert que la femme de l'Alchimiste était détenue à San Francisco, j'ai su que Nicolas ou ses alliés tenteraient de s'y rendre. Ils avaient le choix entre l'avion que je viens d'emprunter et le nexus de Notre-Dame.

– Je parie que vous avez modifié le nexus… C'est ce que j'aurais fait.

– Le portail s'active au point Zéro à Paris. J'ai simplement badigeonné les pierres avec une concoction alchimique à base d'os de mammouths moulus, datant du pléistocène, et ajouté au mélange un sortilège d'attraction.

Le feu passa au rouge ; Billy stoppa la Ford. Il tira sur le frein à main et pivota sur son siège, l'air impressionné.

– Si j'ai bien compris, celui qui utilisera le nexus…

– … sera propulsé au pléistocène.

– C'est-à-dire ? Je ne suis pas allé à l'école très longtemps…

– Quelque part entre 1,8 million d'années et 11 500 ans avant notre ère.

– Ah, d'accord ! Avez-vous une idée de l'identité de celui qui a utilisé le portail ?

– Oui. Une caméra de sécurité filme le point Zéro vingt-quatre heures sur vingt-quatre.

Machiavel lui montra sur son portable l'image de deux femmes dos à dos au milieu de la place jonchée de pierres.

– J'ignore qui est la plus petite, mais celle de gauche s'appelle Scathach.

– L'Ombreuse ? chuchota Billy, penché sur l'écran. La Déesse Guerrière ? Je la croyais plus grande.

– Comme tout le monde. C'est là leur première erreur.

Mardi 5 Juin

Des coups de klaxon retentirent derrière la Thunderbird quand le feu passa au vert ; quelqu'un cria.

Machiavel attendit la réaction de l'immortel américain, mais ce dernier, qui avait dompté son célèbre tempérament depuis des décennies, leva la main en signe d'excuse, puis démarra.

– Maintenant que l'Ombreuse a disparu du tableau, je suppose que notre job sera plus facile.

– Infiniment, lui accorda Machiavel. Je la soupçonnais de vouloir se rendre à Alcatraz et de nous gâcher la fête.

– Aucun risque à présent ! plaisanta Billy avant de redevenir sérieux. Sous votre siège, vous trouverez une enveloppe. Elle contient la copie d'un e-mail envoyé hier par Enoch Enterprises, nous donnant la permission de nous rendre à Alcatraz, qui appartient à la compagnie de Dee. Vous trouverez aussi une photo jointe à un e-mail anonyme qui m'est parvenu ce matin. Je pense qu'elle vous est destinée ; moi, elle ne me dit rien du tout.

Machiavel déplia les deux pages. Un document d'apparence légale à l'en-tête d'Enoch Enterprises autorisait son possesseur à débarquer sur l'île pour y mener des « recherches historiques ». Elle était signée Dr John Dee. Sur la deuxième page figurait une photo couleur en haute résolution d'images peintes sur le mur d'une pyramide égyptienne.

– Savez-vous ce que cela signifie ?

Machiavel examina la feuille.

– Cette photo a été prise à la pyramide d'Ounas, qui a régné sur l'Égypte il y a plus de quatre mille ans.

Son ongle parfaitement manucuré suivit les hiéroglyphes.

– On appelait ces inscriptions Textes des Pyramides ; aujourd'hui, elles portent le nom de Livre des Morts.

Il tapota le cliché et rit doucement.

– À mon avis, il s'agit de la formule permettant de réveiller les créatures endormies sur l'île.

Il glissa les feuilles dans l'enveloppe.

– Allons à Alcatraz. L'heure est venue de tuer Pernelle Flamel.

CHAPITRE SOIXANTE ET UN

Le Dr John Dee examina la carte de visite exceptionnellement belle : de l'encre argentée en relief sur du papier chiffon fait main. Elle ne comportait pas de nom, juste la représentation stylisée d'un cerf aux bois flamboyants entourée d'un double cercle. Dee appuya sur l'interphone.

– Faites entrer le gentleman. Je veux le voir tout de suite.

La porte de son bureau s'ouvrit aussitôt sur un secrétaire à l'air nerveux qui introduisit un grand homme au visage effilé.

– M. Hunter, monsieur.

– Ne me passez aucun appel, ordonna Dee. Interdiction absolue de me déranger.

– Oui, monsieur. Ce sera tout, monsieur ?

– Oui. Dites aux employés qu'ils peuvent rentrer chez eux.

D'habitude, Dee obligeait son personnel à rester après les heures de bureau.

– Oui, monsieur. Merci, monsieur. Serez-vous là demain ?

Un seul regard de son patron suffit pour faire détaler le secrétaire. Le Magicien n'ignorait pas que tous étaient sur des charbons ardents à cause de son arrivée inopinée. La rumeur courait qu'il comptait fermer la branche londonienne d'Enoch Enterprises. Bien qu'il fût vingt-deux heures, aucun de ses employés n'était venu se plaindre.

– Prenez un siège, monsieur Hunter, fit Dee en désignant un fauteuil bas en cuir et métal.

Assis derrière son bureau en marbre noir, il regardait de plus près son visiteur. Il décida que quelque chose clochait chez lui. Les angles et les contours du visage étaient de travers, les yeux placés trop haut et de couleurs différentes ; quant à la bouche, elle était trop basse et trop large. On aurait dit l'œuvre d'un créateur n'ayant pas vu d'être humain depuis longtemps. Il portait un costume à fines rayures bleu pâle, dont le pantalon, un peu court, dévoilait la peau blanche au-dessus de ses chaussettes, tandis que les manches de sa veste s'arrêtaient bien avant les poignets. Ses chaussures étaient couvertes d'une épaisse couche de boue.

Hunter s'installa dans le fauteuil avec maladresse, ne sachant que faire de ses bras et de ses jambes.

Dee effleura Excalibur qu'il avait attachée sous son bureau. Il avait révisé une demi-douzaine de sortilèges auriques, dont l'un servait à surcharger une aura afin qu'elle flambe. Le seul inconvénient serait de nettoyer la poussière sur la moquette. Et le fauteuil fondrait peut-être…

– Comment avez-vous su que j'étais ici ? demanda le Magicien. Je viens rarement dans ce bureau. Et l'heure est un peu tardive pour une réunion.

L'homme essaya de sourire, et sa bouche se tordit de manière étrange.

– Mon employeur savait où vous trouver. Il a présumé que vous viendriez dans cette filiale parce qu'elle vous donne accès à votre réseau de communication.

L'homme parlait un anglais correct, en hachant les mots, mais sa voix haut perchée rendait son discours ridicule.

– Allez droit au but, exigea Dee.

Il était fatigué et manquait de temps. Malgré les barrages routiers et les innombrables points de contrôle, la police n'avait pas retrouvé la trace de Flamel et des jumeaux. La pression montait afin que le gouvernement britannique lève le dispositif. Toutes les routes menant à Londres et quittant la ville étaient embouteillées, et la capitale ressemblait à une ville morte.

– Vous aviez rendez-vous avec mon employeur tard hier soir, continua l'homme. Votre rencontre s'est terminée avant que vous ne soyez parvenus à une conclusion satisfaisante, à cause de circonstances vous ayant totalement échappé.

Le Magicien se leva et contourna le bureau. Excalibur dans la main droite, il tapait doucement la lame en pierre dans sa main gauche. L'homme n'afficha aucune réaction.

– Qu'êtes-vous ? demanda Dee, qui était persuadé que cette créature n'était ni naturelle, ni même humaine.

Il posa un genou à terre et examina le visage blême de l'homme, ses yeux mal assortis, l'un vert et l'autre gris.

– Un tulpa, un golem, un simulacre ou un homuncule ?

– Je suis une Forme-Pensée, répondit son visiteur en souriant.

Sa bouche était remplie de dents de cerf.

– Créée par Cernunnos.

Sur ce, l'étrange personnage commença à se transformer. Alors que le corps était toujours celui d'un homme grand et mal habillé, la tête devint d'une beauté frappante. Des bois y poussèrent ; les pupilles verticales de ses yeux se dilatèrent. La bouche du Dieu Cornu esquissa un petit sourire :

– Ferme la porte, docteur ! Il ne faudrait pas que quelqu'un entre maintenant.

Contournant la créature avec précaution, Excalibur brandie entre eux, Dee alla tirer le verrou. L'exploit de Cernunnos était remarquable. Grâce à son imagination et à sa volonté, l'Archonte avait fabriqué un être à partir de son aura, une personne imparfaite, certes, mais assez convaincante pour passer inaperçue. Le Dieu Cornu savait à l'évidence que les humani ne se regardaient quasiment plus, et même si quelqu'un avait remarqué une anomalie dans son apparence, il aurait détourné le regard avec embarras.

– Je suis impressionné ! déclara le Magicien. Je suppose que vous contrôliez la Forme-Pensée de loin.

– De plus loin que tu ne peux l'imaginer, docteur.

– Et moi qui croyais que vous n'aviez aucune maîtrise de la magie ! lâcha Dee, qui retourna derrière son bureau.

La carte de visite fantaisie partait lentement en fumée, dont les volutes blanches étaient absorbées par l'homme à tête de cerf.

– Ce n'est pas de la magie, mais de la technologie d'Archonte, expliqua Cernunnos. On ne peut pas les distinguer.

– Je présume que vous êtes venu pour une raison bien précise, et pas seulement pour me faire une démonstration de cette… cette technologie.

Le cerf hocha la tête, puis arbora un sourire éclatant :

– Je sais où sont Flamel, Gilgamesh, Palamède et les jumeaux.

– En ce moment ?

– En ce moment même. Ils se trouvent à une heure d'ici.

– Dites-moi où, demanda Dee avant d'ajouter : S'il vous plaît.

L'Archonte leva la main droite. Dee remarqua qu'il avait trop de doigts.

– Mes conditions demeurent les mêmes, Magicien. Je veux Flamel, Gilgamesh et Palamède vivants. Et je veux Clarent.

– Accordé, répondit Dee sans hésiter. Ils seront à vous. Bon, où sont-ils ?

– Et je veux Excalibur.

À cet instant, le Magicien aurait promis n'importe quoi à la créature.

– Marché conclu. Je vous la remettrai en main propre à la seconde où Flamel mourra. Qui les escorte ?

– Personne.

– Personne ? Et les Chiens de Gabriel ?

– Les ratchets et leur maître, le Barde, ont disparu. Seuls l'Alchimiste, le Chevalier et le Roi accompagnent les jumeaux.

– Comment le savez-vous ? s'enquit Dee, admiratif. Je les ai cherchés partout !

La créature se transforma à nouveau : ses bois s'enfoncèrent dans son crâne, son visage changea de façon subtile et déconcertante.

– Je suis retourné dans leur forteresse de métal, et je me suis contenté de suivre leur odeur.

– Vous les avez traqués ainsi à travers la ville ?

Dee trouvait cet exploit encore plus incroyable que le contrôle de la Forme-Pensée. Il se retint de sourire en imaginant le Dieu Cornu en train de courir à quatre pattes dans les rues et de renifler chaque voiture.

– De la technologie d'Archonte. La simplicité même, déclara la Forme-Pensée. Maintenant, si tu veux bien m'accompagner, je m'arrangerai pour que tu sois transporté…

– Votre réussite est impressionnante, affirma Dee, sincère. Mais afin de passer inaperçu parmi les humani, je vous conseille de travailler votre voix et votre style vestimentaire.

– Ces détails n'importent guère, déclara la créature. Bientôt, les humani n'existeront plus.

CHAPITRE SOIXANTE-DEUX

Pernelle Flamel était déçue.

Recroquevillée dans la tour de guet, où elle avait passé la nuit, l'Ensorceleuse avait espéré que l'un des petits voiliers dispersés dans la baie se dirigerait soudain vers l'île, que Scatty et Jeanne débarqueraient…

Mais les heures défilaient, et ses espoirs s'évanouissaient peu à peu.

Elle ne doutait pas qu'elles avaient essayé ; seul un événement terrible avait pu les retenir.

– *Un bateau arrive !* chuchota Alaya à son oreille.

Elle sursauta, surprise :

– Juan ! Vous voulez ma mort ?

Plus que soulagée, elle s'approcha du bord. Elle se sentait un peu coupable d'avoir douté de ses amies. Un sourire cruel passa sur ses lèvres : avec Jeanne d'Arc et

Scathach l'Ombreuse à ses côtés, rien, pas même le sphinx ou le Vieil Homme de la Mer, ne l'empêcherait de quitter cette île maudite.

De grandes ailes noires claquèrent derrière l'Ensorceleuse. La déesse des Corbeaux descendait en spirale du sommet du phare et flottait jusqu'au quai, en contrebas. Pernelle fronça les sourcils : la créature était inconsciente ! Scathach la donnerait certainement en pâture aux Néréides, qui n'avaient pas des goûts très recherchés.

Pernelle allait se lever et descendre de la tour quand le visage de Alaya se matérialisa en partie devant elle. Effaré, il écarquillait les yeux.

– *Baissez-vous !*

Pernelle s'aplatit sur le sol. Elle entendit le vrombissement d'un moteur de hors-bord, le grincement du bois quand l'embarcation heurta le quai. Puis une voix d'homme s'éleva. Elle parut familière à Pernelle, affreusement familière…

– Madame, c'est un honneur de vous voir ici.

L'Ensorceleuse se releva et regarda en bas : au pied de la tour, Niccolò Machiavelli, l'immortel italien, s'inclinait devant la déesse des Corbeaux. Elle reconnut le jeune homme qui l'accompagnait : c'était l'immortel qui l'espionnait la veille !

Machiavel se redressa et tendit une enveloppe à Morrigan.

– Voilà les instructions de notre maître Aîné. Nous devons réveiller l'armée endormie et tuer l'Ensorceleuse. Où est-elle ?

La déesse des Corbeaux eut un sourire assassin :

– Je vais vous montrer.

CHAPITRE SOIXANTE-TROIS

Les jumeaux dormaient.

Ils rêvaient tous les deux de pluie et de trombes d'eau, de cascades impressionnantes, d'immenses déferlantes et d'un déluge qui menaçait de détruire la Terre.

Ils remuaient et marmonnaient, grommelaient en plusieurs langues. À un moment, Gilgamesh les entendit appeler en même temps leur mère en égyptien ancien, langue datant de plus de cinq mille ans.

Une bonne dizaine de fois pendant cette longue journée, Nicolas Flamel fut tenté de réveiller les enfants. Cependant Gilgamesh et Palamède montaient la garde, le Roi installé sur un tonneau à côté de Josh, et le Chevalier accroupi sur une boîte cassée près de Sophie. Ils avaient tracé un échiquier dans la poussière et jouaient avec des cailloux et des graines. Ils se parlaient uniquement pour compter les points.

Quand Flamel s'était approché d'eux, les deux hommes avaient levé les yeux, la même expression de méfiance sur le visage.

– Laisse-les tranquilles ! Ils doivent dormir, avait grondé Gilgamesh. La magie de l'Eau est unique. Contrairement aux autres, qui sont externes – sortilèges à mémoriser, aura à charger et à façonner –, le pouvoir de l'Eau vient de l'intérieur. Nous sommes tous des créatures d'eau. C'est la magie qui nous a fait naître. J'ai éveillé cette connaissance au plus profond de leurs cellules, au cœur de leur ADN. Il faut que leur corps s'adapte, et qu'il absorbe ce qu'ils viennent d'apprendre. Les réveiller maintenant serait trop dangereux.

Les bras croisés, Flamel regarda les jumeaux endormis.

– On va attendre encore longtemps sans rien faire ?

– Toute la journée, et toute la nuit s'il le faut, grogna Gilgamesh.

– Dee remue ciel et terre pour nous retrouver, ma Pernelle est piégée sur une île remplie de monstres, leur rappela Nicolas, gagné par la colère. Ne pourrions-nous pas…

– Si, nous pouvons, et nous le ferons.

L'imposant Sarrasin se leva lentement, une expression de dégoût sur le visage. Les cicatrices sous ses yeux se détachaient sur sa peau sombre.

– Tout à l'heure, tu disais que tu ne tuais pas tes semblables, fit-il.

– C'est vrai !

– Moi, ça ne me dérange pas.

– Serait-ce une menace ?

– Oui. L'impatience et la stupidité provoquent plus de victimes que n'importe quelle arme. Réveille les jumeaux maintenant, et tu les tueras.

Il s'interrompit avant de cracher :

– Comme tu as tué les autres avant eux.

Il tourna la tête vers Josh et Sophie.

– T'es-tu déjà demandé si ton empressement n'avait pas mené à la mort ou à la folie les jumeaux que tu croyais ceux de la légende ?

– Pas un jour ne s'écoule sans que je pense à eux..., avoua Flamel.

Le Chevalier sarrasin se rassit et fixa l'échiquier dessiné sur le sol. Il bougea une pièce, puis leva les yeux et annonça avec calme :

– Si tu avances d'un pas, tu es mort.

L'Alchimiste n'en doutait pas une seconde.

Flamel passa une grande partie de la journée dans le taxi, où il écouta les infos à la radio, changeant sans cesse de station pour connaître la situation. Les spéculations allaient bon train ; les talk-shows et les appels en direct rapportaient les histoires les plus extravagantes. Il y avait très peu de vérité là-dedans. Alertées par leurs collègues français d'une importante menace terroriste, les autorités britanniques avaient fermé toutes les gares, tous les ports et aéroports et installé des postes de contrôle sur les routes principales. La police conseillait aux habitants de ne pas voyager, sauf nécessité absolue.

Mardi 5 Juin

Nicolas, qui n'ignorait pas que les Ténébreux disposaient d'agents à tous les niveaux de la société, était stupéfait par cette démonstration de leur puissance.

Alors que l'après-midi faisait place au soir, Flamel errait dans la prairie qui entourait la grange, une bouteille d'eau que Palamède avait rapportée de la ville voisine à la main. D'habitude, il était le plus patient des hommes, l'alchimie étant par définition un processus long et lent. Cependant, cette attente le mettait en rage. Stonehenge se trouvait à deux petits kilomètres, et le nexus situé dans le cercle de pierres levées menait directement au mont Tamalpais. Flamel savait bien qu'il ne possédait plus la force d'ouvrir le portail, mais les jumeaux en étaient capables, eux. Ils avaient autant envie que lui de rentrer. Une fois là-bas, il pourrait secourir Pernelle. Il la libérerait – ou périrait. De toute façon, croyait-il, même s'ils parvenaient à quitter Alcatraz ensemble, il ne leur resterait plus qu'à mourir.

L'Alchimiste s'arrêta près d'un des vieux chênes qui bordaient le champ et s'adossa contre son tronc. Il contempla le ciel à travers l'épais feuillage avant de s'allonger sur le sol. Il regarda ses mains à la lumière, les mains marbrées d'un vieillard. Il se frotta la tête : quelques cheveux courts s'envolèrent. Il avait les articulations gonflées et engourdies, une douleur lancinante dans la hanche quand il se levait ou s'asseyait. La vieillesse le rattrapait. Depuis le jeudi précédent, quand Dee était entré dans sa librairie, il avait dû vieillir d'une décennie – deux, lui soufflait son corps. Il s'était tellement servi de son aura sans la laisser se recharger ensuite, que le processus s'était accéléré. Le niveau de son énergie était dangereusement bas, et il était conscient qu'un nouvel usage de son aura dans les heures à venir provoquerait sa combustion spontanée.

Sans le Codex, Pernelle et lui mourraient. Il esquissa un sourire désabusé. Maintenant que le Livre d'Abraham le Juif était entre leurs mains, Dee et ses maîtres n'avaient certainement pas l'intention de le lui rendre. Nicolas ferma les yeux et offrit son visage à la caresse du soleil. Il allait mourir. Non pas dans un avenir lointain : très bientôt. Qu'arriverait-il aux jumeaux à ce moment-là ? Sophie aurait encore deux, et Josh quatre magies à maîtriser. Qui continuerait leur formation ? S'ils survivaient à cette incroyable épreuve, il devrait prendre certaines décisions avant que la mort ne le réclame. Saint-Germain accepterait-il de devenir leur mentor ? Seulement, pouvait-il faire confiance au comte ? À moins qu'il ne demande à quelqu'un d'autre en Amérique, un chaman indien par exemple…

Une fatigue accablante qui s'ajoutait à la chaleur de cette journée trop calme engourdit l'Alchimiste. Ses paupières se fermèrent, et il s'endormit.

Nicolas rêva de Pernelle.

C'était le jour de leur mariage, le 18 août 1350. Le prêtre venait de les déclarer mari et femme. L'Alchimiste trembla dans son sommeil. Il s'agissait d'un vieux rêve, un cauchemar qui l'avait hanté chaque nuit pendant des siècles, et dont il connaissait la fin.

Mardi 5 Juin

Nicolas et Pernelle tournaient le dos à l'autel et découvraient que la petite église en pierre était bondée. Tandis qu'ils descendaient l'allée centrale, ils ne voyaient que des jumeaux autour d'eux – garçons et filles, adolescents, jeunes hommes et jeunes femmes aux cheveux blonds et aux yeux bleus. Ils ressemblaient tous à Josh et Sophie Newman. Ils arboraient tous une expression d'horreur et de dégoût.

Nicolas se réveilla en sursaut ; son cauchemar s'achevait toujours au même moment.

Il demeura immobile le temps que son cœur se calme. À sa grande surprise, il constata que la nuit était tombée. L'air paraissait frais contre sa peau moite de sueur. Au-dessus de lui, les feuilles bruissaient ; le parfum des arbres se faisait lourd et écœurant…

Ce n'était pas normal ! La nuit aurait dû sentir la campagne anglaise. D'où venait cette odeur de forêt vierge ?

Une branche craqua à sa gauche ; des feuilles sèches crissèrent. Quelque chose traversait le champ, se dirigeait vers la grange.

CHAPITRE SOIXANTE-QUATRE

– L'Ensorceleuse se trouve dans une cellule du bloc D, affirma la déesse. Par ici.

Elle recula pour que Machiavel et le Kid la précèdent, puis elle regarda par-dessus son épaule en haut de la tour de guet, son œil rouge et son œil jaune brillant dans son visage pâle. Elle haussa les sourcils ; ses lèvres noires esquissèrent un léger sourire, puis elle remit ses lunettes de soleil, remonta sa cape en plumes sur ses épaules et suivit à grands pas les deux immortels. Les talons de ses bottes claquaient sur les pierres humides.

– *Que vient-il de se passer ?* demanda Alaya.

– Une dette a été payée.

Pernelle observa la créature qui disparaissait sous la tour de guet.

– Sans que ce soit réclamé ou escompté, ajouta-t-elle.

Mardi 5 Juin

L'Ensorceleuse s'empara de sa lance, s'enveloppa dans une couverture et descendit l'échelle en métal. Elle prit une profonde inspiration : des relents de serpent et de piment rouge flottaient dans l'air. Elle ne les oublierait pas.

– *Vous devriez attendre qu'ils entrent dans les cellules avant d'attaquer*, lui conseilla Alaya, qui se matérialisa à côté d'elle.

Il portait à présent le costume protocolaire de lieutenant de la marine espagnole.

– *Vous les prendrez par surprise. Votre aura est-elle forte ?*

– Aussi forte qu'elle puisse l'être, je pense. Pourquoi ?

– *Assez forte pour abattre le plafond sur eux ?*

Appuyée sur la lance, Pernelle scruta les bâtiments rongés par la mer.

– Oui, c'est faisable.

La brise du large lui rabattait des mèches sur le visage. Quand elle les balaya du revers de la main, elle s'aperçut qu'elle avait plus de cheveux argentés que de noirs.

– Je dois conserver mon aura, mais je pourrais trouver un petit sortilège qui grignoterait le béton et les supports en métal…

Le fantôme se frotta les mains, l'air réjoui.

– *Tous les esprits d'Alcatraz vous assisteront, madame. Vos désirs sont des ordres.*

– Merci, Juan. Ils m'ont déjà beaucoup aidée.

Sur ce, Pernelle suivit en silence les deux visiteurs et Morrigan. Elle s'arrêta au coin d'un bâtiment : le trio avait disparu.

Alaya flotta jusqu'à elle.

– *Et la glace que vous avez utilisée contre le sphinx ? Ce tour a bien marché ! Vous pourriez obturer le couloir...*

– C'est un peu compliqué, déclara l'Ensorceleuse, qui se dirigea d'un pas déterminé vers le quai, un sourire malicieux aux lèvres. Je sais ce qui risque de les contrarier beaucoup plus, fit-elle.

– *Oui ?*

Pernelle leva sa lance en bois :

– Je vais voler leur bateau.

Le fantôme parut si déçu que l'Ensorceleuse éclata de rire pour la première fois depuis des jours.

CHAPITRE SOIXANTE-CINQ

Des rais de lumière vert menthe transperçaient les murs de la grange comme autant de faisceaux solides.

La silhouette dessinée par l'éclat lumineux, les bois immenses et terrifiants, l'Archonte Cernunnos attendait. L'ombre des loups dansait sur les murs.

Sophie se réveilla en hurlant. Son aura s'anima en scintillant, et une armure argentée enveloppa son corps. Josh ouvrit grand les yeux et se releva. Sa main gauche se posa immédiatement sur Clarent. L'épée de pierre bourdonna et siffla tandis que ses doigts se refermaient sur la garde. La lame se mit à crépiter, parcourue par une myriade de couleurs.

Dès que son armure noire et lisse se plaqua sur lui, Palamède tira son énorme glaive de son fourreau et se posta devant les jumeaux. En silence, Gilgamesh s'approcha et prit le cimeterre courbe à la ceinture du Chevalier.

– Où est l'Alchimiste ? demanda Palamède.

– Ça sent la menthe, indiqua Sophie. Il ne doit pas être loin.

En effet, une odeur de menthe imprégnait l'air du soir.

Le cœur de la jeune fille battait à toute allure. Bien qu'elle sût l'identité de leur ennemi, elle n'avait pas peur : ils avaient déjà vaincu l'Archonte, alors qu'ils ignoraient encore la magie de l'Eau.

– La lumière a la même couleur que l'aura de Nicolas, remarqua Josh. Il est sûrement dehors.

– Sortons ! s'exclama Palamède. Pas question de rester piégés ici.

Il prit son élan et fonça contre un mur. Le bois pourri vola en éclats ; une seconde plus tard, le Chevalier roulait dans le champ.

– Vas-y ! cria Gilgamesh, qui poussa Sophie par l'ouverture. Josh, à ton tour !

Le garçon s'apprêtait à suivre quand les portes de la grange furent arrachées de leurs gonds. Cernunnos passa la tête à l'intérieur ; cependant son immense ramure l'empêcha d'avancer. Le beau visage sourit, et la voix de la créature bourdonna dans la tête de Josh.

– Voilà que nous nous retrouvons, petit ! Je suis venu chercher mon épée.

– Compte là-dessus, marmonna Josh, les dents serrées.

– Tu ne m'auras pas par surprise, cette fois-ci.

Cernunnos tenait dans sa main droite un arc et une flèche. Josh entendit la vibration de la corde et perçut le sifflement de la flèche volant dans sa direction.

Clarent se dressa et se plaça en travers de son corps, la lame à plat contre son cœur.

La pointe en os de la flèche se brisa sur l'épée en pierre sans blesser Josh, qui bascula néanmoins en arrière. Cernunnos poussa un mugissement de frustration, encocha une autre flèche et tira.

Clarent se souleva dans la main du garçon ; elle chanta en coupant le projectile en deux.

Deux immenses loups à tête d'homme surgirent derrière le Dieu Cornu et se précipitèrent dans la grange. Ils se séparèrent afin d'attaquer Josh par les côtés. L'adolescent recula jusqu'à ce que ses jambes heurtent le vieux tracteur. Les pieds plantés dans le sol, tenant son épée à deux mains devant lui, il fixait les loups de la Meute Sauvage qui s'approchaient lentement. Plus loin, l'Archonte préparait une nouvelle flèche.

– Voyons si tu es si rapide ! beugla Cernunnos.

Il cria un mot incompréhensible avant de tirer. Les loups s'élancèrent, gueule ouverte.

À cet instant, Gilgamesh sortit de l'ombre ; sa lourde épée perse incurvée tournoya dans l'air en sifflant. Le premier loup ne vit même pas l'immortel. Dès que l'acier froid toucha sa chair, il tomba en poussière.

Le deuxième bondit sur Josh. Clarent se plaça entre les adversaires, et la créature explosa en milliers de gravillons.

– Gilgamesh ! hurla Josh. Attention !

Trop tard ! La flèche de l'Archonte plantée dans la poitrine, l'immortel fit un tour sur lui-même et s'écrasa sur le sol. Cernunnos s'empara d'une autre flèche, visa le Roi et tira.

Sophie poussa un cri terrifiant où se mêlaient la peur et la rage. Abandonnant le Chevalier sarrasin, elle bondit au travers du mur endommagé. Son aura argentée dure et luisante autour d'elle, elle s'allongea sur le Roi gisant à terre. Quand la flèche de Cernunnos frappa son armure, la pointe se réduisit en poudre. Cependant, la force du coup diminua la concentration de la jeune fille, si bien que son aura s'affaiblit, puis s'effaça, la laissant sans défense.

L'Archonte jeta son arc par terre : il n'avait plus de flèches. Sans perdre une seconde, il arracha la porte de la grange en rugissant.

Sophie s'agenouilla à côté de Gilgamesh, lui souleva la tête et le berça. Josh se posta entre l'Archonte et sa sœur, le regard noir, prêt à se battre. Ses pieds et son corps se mirent automatiquement en position de combat, le poids déplacé sur le côté, l'épée dans ses deux mains. Une paix soudaine l'envahit ; elle n'avait rien à voir avec le bourdonnement du glaive qu'il brandissait devant lui. Une seule solution s'offrait à lui : affronter l'Archonte. S'il le fallait, il mourrait en défendant sa sœur.

Gilgamesh remua les lèvres. Sophie dut tendre l'oreille pour l'entendre.

– De l'eau, chuchota le Roi, son souffle chaud contre le visage de la jeune fille.

– Je n'en ai pas, dit-elle, les larmes aux yeux.

Elle devait agir ; cependant elle ne parvenait pas à réfléchir, à se concentrer. Elle ne voyait que le vieillard dans ses bras, la terrible flèche noire fichée dans sa poitrine. Comment l'aider ?

Le Roi esquissa un sourire douloureux.

– Pas soif, marmonna-t-il. L'eau : l'arme ultime.

Sophie n'eut pas le temps de répondre : l'Archonte venait de démolir la façade de la grange. Elle pivota, et ce qu'elle vit l'estomaqua. L'aura verte et luisante, Nicolas Flamel se battait contre le Dr John Dee enveloppé dans son aura jaune soufre fumante. Dee frappait avec un long fouet d'énergie olivâtre tandis que l'Alchimiste parait à l'aide d'une lance solide de lumière verte. Ce qui restait de la Meute Sauvage encerclait Palamède, essayait de le mordre et de le griffer.

– Josh, dit Sophie d'une voix calme, le Roi nous conseille d'utiliser l'eau.

– L'eau ? Mais je ne sais pas…

– Tu te souviens de ce que je te disais de l'instinct ?

Elle tendit la main droite, et son jumeau l'aida à se relever.

Dès qu'il eut fini de détruire la façade, Cernunnos prit à sa ceinture une massue surmontée d'une pierre.

– Tu ne peux pas protéger la fille et te défendre toi-même, grogna-t-il.

Il fit un pas en avant… et le sol s'ouvrit sous ses pieds. Il s'enfonça jusqu'aux chevilles dans le bourbier qui avait remplacé la terre desséchée. L'eau, épaisse et boueuse, bouillonnait en dessous. Déstabilisé, l'Archonte lâcha sa massue. Un autre pan du sol se transforma en marécage, et la créature sombra jusqu'aux genoux, puis jusqu'aux hanches. Lugubre et silencieux, ses yeux ambrés et ovales rivés sur les jumeaux, animé par la haine, Cernunnos enfouit ses grosses mains dans la boue dans l'espoir de se soulever.

– Grosse erreur, commenta Josh.

La vase emprisonna les poignets du Dieu Cornu.

– Il nous faut un peu plus d'eau, chuchota Sophie.

Aussitôt, un torrent souterrain jaillit à la surface avec une force incroyable, pulvérisant le sol boueux, écartant roches et racines sur son passage.

L'Archonte mugit pendant qu'il s'enlisait jusqu'au torse, lesté par son poids. Il frappait la terre collante, envoyant des paquets de vase. Plus il cherchait une prise, moins il en trouvait. Une grosse bulle éclata derrière lui, et une pierre apparut à la surface de la bourbe ; puis une deuxième, une troisième... Soudain, un trou circulaire s'ouvrit autour de Cernunnos, qui fut englouti sur-le-champ. Seuls ses bois demeurèrent visibles.

En un seul mouvement, Sophie lâcha la main de son frère et écarta ses doigts en métal argenté. Un feu incandescent intense apparut au-dessus du cercle marécageux, dont la chaleur cuisit le sol en un instant.

– On a réussi ! s'exclama Josh, émerveillé. On a réussi. J'ai senti le pouvoir circuler en moi. La magie de l'Eau, c'est génial !

– Josh, sors ! Va aider les autres ! lui ordonna Sophie.

– Et toi ?

– Vite !

– Hé ! C'est pas toi, le chef ! plaisanta-t-il.

Elle lui prit la main et lui écrasa les doigts :

– Si ! Parce que c'est moi la plus vieille !

Sans plus discuter, Josh se précipita dans le champ. Clarent sifflant devant lui, il rejoignit Palamède. Une partie de lui souhaitait aider l'Alchimiste, mais son instinct lui disait qu'il était plus logique de secourir le Chevalier en premier. Deux guerriers valaient mieux qu'un.

Gilgamesh serra fort les doigts de Sophie.

– Pars, murmura-t-il, la voix rauque. Sors de cette grange !

– Je ne vous abandonnerai pas. Vous êtes blessé.

– Tu ne me quitteras jamais, déclara le Roi. Tu vivras toujours dans ma mémoire.

Il s'empara de la flèche plantée dans sa poitrine et l'arracha.

– Et ceci… Ah… me ralentira un peu, mais il en faut davantage pour me tuer. Pars maintenant ! Ton aura, celle de l'Alchimiste et du Magicien auront alerté toutes les créatures démoniaques de ce pays, ainsi que les autorités.

Son regard se posa sur les lumières vertes et jaunes qui fusaient des armes des immortels :

– Je suis sûr qu'on les voit à des kilomètres à la ronde.

Le Roi comprima la main de Sophie :

– Si nos chemins se croisent à nouveau, je veux me souvenir de toi.

Il sortit l'épaisse liasse de pages de sous sa chemise,

arracha la feuille du dessus et la plaça dans la paume de Sophie.

– Alors, tu me montreras ceci. Cette page me rappellera la jeune fille qui a versé une larme pour le Roi déchu. Pars maintenant ! Va au nexus.

– Mais je ne sais pas où il se trouve !

– L'Alchimiste le sait, lui…

Le vieux Roi tourna la tête vers Flamel, imité par Sophie. À cet instant, l'aura de Nicolas s'éteignit, et il s'effondra sur le sol. Dee poussa un cri de triomphe avant de brandir son fouet crépitant au-dessus de sa tête.

CHAPITRE SOIXANTE-SIX

Du coin de l'œil, Josh vit l'aura de l'Alchimiste mourir et assista à sa chute.

À cet instant, il sut qu'il était trop loin pour le rejoindre à temps. Quand il se tourna, Clarent coupa en deux un loup borgne galeux. Pivotant sur un talon comme s'il lançait un disque, Josh projeta son épée sur Dee. La lame de pierre rouge siffla dans l'air. Le Magicien la vit au dernier moment. Le fouet qu'il brandissait se transforma en bouclier circulaire ; Clarent le heurta en plein centre dans une explosion d'étincelles noires et jaunes, qui plaquèrent l'Anglais sur le sol. Son aura crépita, puis disparut. Le Magicien ne se releva pas.

C'est alors qu'un loup à visage d'enfant bondit sur Josh, gueule grande ouverte. Josh gémit de douleur quand ses griffes lui labourèrent le bras. Soudain, le loup se désintégra. Le garçon se retourna : Sophie secouait la suie noire de la lame du cimeterre que lui avait donné Gilgamesh.

– Va chercher la voiture, dit-elle. On s'en va.

Josh hésita, tiraillé entre son envie de récupérer Clarent et l'ordre de sa sœur. Au même moment, des ailes claquèrent dans la nuit. Une créature de presque deux mètres fondait sur Sophie, toutes serres dehors. Son cri de triomphe se changea en gargouillis quand la lame de fer la transforma en poussière.

– Maintenant, Josh ! ordonna Sophie, qui chassait de la main le nuage nauséabond.

Sans perdre de temps, son jumeau se rua vers la voiture. Une cacophonie de sons faisait vibrer la nuit – hurlements, aboiements, jappements.

Par chance, Palamède avait laissé la clef sur le contact. Josh se glissa derrière le volant, prit une profonde inspiration et fit démarrer le moteur. La voiture partit au quart de tour. Concentré au maximum, le garçon enfonça l'accélérateur. Deux loups passèrent sous les roues dans un couinement déchirant. Un autre bondit sur le capot, mais Josh braqua avec violence, si bien qu'il glissa, laissant de longues griffures sur la carrosserie. Sur sa lancée, Josh écrasa un loup noir comme le charbon qui s'approchait doucement de Sophie, puis freina à mort.

– Madame, vous avez appelé un taxi ?

Elle ne monta pas.

– Va chercher Palamède !

Courant à côté de la voiture, elle faisait tournoyer son

cimeterre pour s'ouvrir un passage parmi les loups de la Meute Sauvage. Quand ils eurent rejoint le Chevalier sarrasin, dont les chevilles étaient enfouies dans la poussière noire, Josh hurla :

– Montez ! Montez !

Palamède ouvrit la porte en grand, poussa Sophie à l'intérieur, puis se jeta dans le taxi. Josh redémarra, effectua un dérapage contrôlé, puis s'arrêta à côté de Nicolas, qui gisait sur le sol. Sans descendre de voiture, Sophie se pencha, attrapa l'Alchimiste par les épaules et tenta de le hisser à bord. En vain : il était trop lourd. Palamède tendit le bras, et malgré sa fatigue, il souleva Flamel d'une main.

Sophie tapa avec la paume sur la vitre de séparation :

– Fonce, Josh !

– Et Clarent ?

– Regarde derrière toi ! cria-t-elle.

Dans son rétroviseur, il vit un champ rempli de monstres. On aurait dit qu'ils faisaient partie de la Meute Sauvage ; seulement ces loups-là avaient le pelage noir, le visage bestial, et ils étaient deux fois plus gros. À leurs côtés couraient de gros chats noirs comme jais aux yeux d'un rouge flamboyant.

– C'est quoi ? souffla Josh.

– Des alliés de la Meute Sauvage venus de tout le pays, expliqua Palamède d'un ton las.

Josh jeta un coup d'œil vers les hautes herbes où devait reposer Clarent : il ne lui faudrait qu'une poignée de secondes pour récupérer son épée… Mais ce geste mettrait en danger la vie de tout le monde. Alors qu'il accélérait, il songea que l'ancien Josh Newman aurait fait passer ses intérêts avant ceux des autres et serait allé chercher son arme. Il avait changé. Était-ce dû à la magie qu'il avait apprise ? Il en doutait. Les expériences des jours précédents lui avaient enseigné ce qui était important.

Sophie se pencha par la fenêtre, rassembla ses dernières forces et posa le pouce sur le cercle gravé sur son poignet. Une ligne de flammes sentant la vanille, droites comme des flèches et hautes de deux mètres, stoppa net les bêtes qui les poursuivaient.

– Je fais quoi ? cria Josh. On va où ?

Les phares éclairèrent le portail en bois. Les épaules rentrées, Josh fonça dans la barrière, qui éclata en mille morceaux. En retombant, une des planches perça un trou dans le pare-brise.

De son côté, Palamède prit l'Alchimiste par le col et le secoua sans ménagement. Nicolas entrouvrit les yeux, ses lèvres remuèrent, mais aucun son n'en sortit.

– Où allons-nous ? lui demanda le Chevalier.

– Stonehenge, marmonna Flamel.

– Oui, oui, on sait. Mais où, exactement ?

– Le cœur du Henge, chuchota l'Alchimiste, la tête pendante.

Sophie constata que ses habits avaient été lacérés par le fouet de Dee. En dessous, sa peau était cloquée et à vif. Concentrant ce qui restait de son aura au bout de son index, Sophie effleura les entailles les plus profondes, les scella et les guérit.

– Où est Gilgamesh ? s'enquit Palamède.

– Il a été blessé. Il m'a obligée à partir, dit Sophie, la gorge serrée. Je ne voulais pas l'abandonner.

Le Chevalier sarrasin sourit gentiment.

– Il est impossible de le tuer.

– Bon, je vais où ? répéta Josh de derrière son volant.

– Je t'indique la direction, répondit Palamède, penché en avant. Prends à gauche. On suit les petites routes. Il ne devrait pas y avoir de circulation…

Une lumière bleue et blanche se réfléchit dans les rétroviseurs, aveuglante. Trois voitures les talonnaient, pleins phares, sirènes mugissantes.

– La police, expliqua inutilement Josh.

– Roule ! ordonna Palamède. Ne t'arrête sous aucun prétexte.

Il regarda les véhicules par la vitre arrière, puis se tourna vers Sophie :

– Tu peux faire quelque chose ?

Elle secoua la tête :

– Je suis vidée.

Elle leva une main tremblante. De minuscules volutes de fumée s'élevèrent de ses doigts.

– On a trois voitures aux fesses ! hurla Josh. Trouve une solution !

– Essaie, toi ! intervint Palamède. Sophie n'a plus aucun pouvoir. La balle est dans ton camp.

– Mais je conduis ! protesta l'adolescent.

– Réfléchis ! insista Palamède.

– Je dois faire quoi ? gémit Josh.

– Pense à la pluie, lui souffla Sophie.

Pied au plancher, son frère fonçait sur la route cahoteuse. Le compteur indiqua bientôt 140 km/h. Sans lâcher la chaussée des yeux, Josh se concentra. Ils avaient vécu à Chicago, New York, Seattle et San Francisco. Il savait tout sur la pluie. Le jeune homme imagina donc de l'eau tombant du ciel, de grosses gouttes de pluie, des averses torrentielles, des bruines d'été, des giboulées glacées d'hiver.

– Il ne se passe rien ! geignit-il.

Brusquement, un déluge phénoménal, dégringolant d'un nuage venu de nulle part, s'abattit sur la route. La première voiture de police dérapa dans une flaque et fit un tête-à-queue. La deuxième percuta sa portière arrière. Un pneu explosa. La troisième la heurta de plein fouet et termina dans le fossé. Les sirènes se turent dans un hoquet.

– Bien joué, commenta Palamède.

– Et maintenant ?

– Là-bas !

Josh tendit le cou vers la gauche. Le site de Stonehenge était plus petit qu'il l'avait imaginé, et la route passait drôlement près des pierres levées.

– Arrête-toi ici. On sort, et on court, décida Palamède.

– Je m'arrête où ? demanda Josh, perplexe.

– Là !

Josh pila. Palamède bondit hors du taxi, l'Alchimiste chargé sans façon sur ses épaules.

– Suivez-moi ! cria-t-il aux jumeaux.

Sa grande épée fit voler la clôture en éclats.

Mardi 5 Juin

Josh s'empara de l'épée perse et souleva Sophie, qui luttait pour rester consciente. Il l'aida à traverser le champ en direction des pierres levées.

– Et, quoi qu'il arrive, leur cria le Chevalier sarrasin, ne vous retournez pas !

Sophie et Josh se retournèrent d'un bloc.

CHAPITRE SOIXANTE-SEPT

– Vous la connaissez ? marmonna Billy the Kid.

Il regardait le dos de la femme en cuir noir qu'ils suivaient dans le dédale de couloirs en pierre et métal.

– Nous nous sommes rencontrés à une occasion, répondit Machiavel. C'est la déesse des Corbeaux, de la Génération Suivante.

La tête de la déesse pivota à la manière de celle d'une chouette, et ses yeux cachés derrière des lunettes de soleil intégrales scrutèrent les deux hommes.

– Et mon ouïe est excellente, lança-t-elle.

Billy grimaça, pressa le pas et la rattrapa. Il tendit la main :

– William Bonney, madame. Mais tout le monde m'appelle Billy.

Morrigan regarda la main ; puis ses incisives trop longues apparurent derrière ses lèvres noires.

– Ne me touchez pas. Je mords.

Billy demeura imperturbable.

– Je ne suis pas immortel depuis très longtemps, à peine plus de cent vingt-six ans en vérité, et je n'ai pas rencontré beaucoup d'Aînés. En tout cas, aucun comme vous...

– William..., intervint Machiavel. Cesse d'importuner la déesse.

– Je ne l'importune pas, je lui demande juste...

– Tu es immortel, William, pas invulnérable, lui rappela Machiavel. Dans les pays celtes, Morrigan est vénérée en tant que déesse de la Mort. Cela te donne un indice sur sa nature.

Il s'arrêta soudain.

– C'était quoi ?

Billy the Kid plongea la main sous son manteau et en sortit un couteau de chasse de quarante centimètres. Son visage se durcit.

– Quoi ?

Machiavel lui fit signe de se taire. Tête inclinée sur le côté, il écoutait.

– On dirait...

– Le moteur d'un hors-bord ! s'écria Billy, qui partit en courant vers la sortie.

L'Italien lança un regard soupçonneux à la déesse des Corbeaux avant de s'élancer derrière le Kid.

Quelques instants plus tard, le sphinx apparut au coin du couloir. Quand il vit la déesse, il stoppa net. Les deux créatures se saluèrent poliment. Elles étaient parentes grâce à un réseau complexe de relations entre Aînés.

– J'ai cru entendre quelque chose, fit le sphinx.

– Eux aussi.

Nicolas n'avait jamais appris à conduire ; Pernelle, elle, s'était décidée à prendre des leçons dix ans plus tôt, et, au bout de six semaines, elle avait eu son permis du premier coup. Même si le couple n'avait jamais acheté de voiture, l'Ensorceleuse n'avait pas oublié ses cours. Il ne lui fallut que quelques secondes pour comprendre comment fonctionnait le petit bateau à moteur. Elle mit le contact et poussa la manette. Les hélices tournèrent, faisant mousser l'eau. Pernelle braqua le volant, enfonça davantage la manette, et le hors-bord s'éloigna de l'île d'Alcatraz en laissant un sillage d'écume blanche derrière lui.

Le visage de Alaya se forma dans l'eau vaporisée au niveau de la proue.

– *Je croyais que vous vous battriez.*

– Je me serais battue en dernier recours, lui cria Pernelle, essayant de couvrir le hurlement du vent et le rugissement du moteur. Si Scathach et Jeanne m'avaient rejointe, j'aurais affronté le sphinx et les deux immortels. Mais pas seule.

– *Et la Vieille Araignée ?*

– Areop-Enap saura se défendre. Je n'aimerais pas être à leur place quand elle se réveillera. Elle aura sûrement faim ! Et l'Aînée a un appétit d'ogre, croyez-moi !

Un cri au loin la poussa à se retourner. Machiavel et

son comparse se trouvaient sur le quai, le premier immobile, l'autre agitant les bras comme un fou. Le soleil faisait briller le couteau qu'il tenait dans la main.

– *Ils vont utiliser leur magie ?*

– La magie n'est pas efficace contre un sujet en mouvement sur l'eau.

– *Je dois vous quitter, madame, et retourner sur l'île.*

Le visage du fantôme commença à se dissoudre.

– Merci, Juan, pour tout ce que vous avez accompli, dit Pernelle en espagnol. Je vous suis redevable.

– *Reviendrez-vous à Alcatraz ?*

Pernelle regarda la prison par-dessus son épaule. L'île, dont les soubassements grouillaient de créatures de cauchemar, lui apparut comme une bête endormie.

– Oui.

Quelqu'un devait s'occuper de l'armée des monstres avant qu'elle ne se réveille.

– Je reviendrai. Bientôt, promit-elle.

– *J'attendrai*, fit le fantôme en disparaissant.

Pernelle mit le cap sur San Francisco et abaissa la manette. Un sourire ravi se dessina sur ses lèvres : elle était libre !

Niccolò Machiavelli prit une profonde inspiration pour se calmer. La colère obscurcissait son jugement, et à cet instant il devait avoir les idées claires. Il avait sous-estimé l'Ensorceleuse, qui lui avait fait payer son erreur impardonnable. Envoyé à Alcatraz pour tuer Pernelle, il avait échoué. Ni son maître ni celui de Dee ne seraient contents. En revanche, le Magicien, lui, se réjouirait de sa bévue.

Bien qu'il craignît l'Ensorceleuse, Machiavel souhaitait vraiment l'affronter. Il ne lui avait jamais pardonné l'humiliation qu'il avait subie sur l'Etna, et au fil des siècles il avait dépensé des fortunes en sortilèges, incantations et autres formules magiques susceptibles de la détruire. Il était déterminé à se venger ; or elle l'avait dupé. Sans magie, sans le pouvoir de son aura. Par la ruse… sa spécialité à lui.

– Arrêtez-la ! cria Billy. Faites quelque chose.

– Tais-toi, aboya Machiavel, qui sortit son téléphone. J'ai un rapport à faire, et cela ne m'enchante guère. On ne devrait jamais être porteur de mauvaises nouvelles.

Soudain, au milieu de la baie, le Vieil Homme de la Mer jaillit hors de l'eau, juste devant le bateau. Ses tentacules de pieuvre s'enroulèrent autour de la petite embarcation, qui s'arrêta dans un gémissement. Déstabilisée par le choc, Pernelle disparut de leur vue.

Machiavel rangea son portable – peut-être aurait-il une bonne nouvelle à annoncer, finalement ?

La voix de Nérée leur parvint au-dessus de l'eau :

– Je savais qu'on se retrouverait, Ensorceleuse.

Sous les yeux de Machiavel et Billy, le monstrueux Aîné surgit des flots et se hissa sur la proue du hors-bord.

Le bois craqua, le pare-brise se fissura ; lestée par le poids de la créature à l'avant, la poupe se souleva, le moteur tournant dans le vide.

La main en visière, Machiavel observait la scène avec attention. L'Ensorceleuse se releva, une longue lance dans les mains. Le soleil donnait des reflets dorés à l'arme, qui répandait une fumée blanche. Elle frappa par trois fois les tentacules de Nérée avant de viser son torse. Le Vieil Homme de la Mer recula tant bien que mal, puis tomba du bateau et disparut sous les vagues dans une explosion de bulles. Le hors-bord reprit sa position initiale ; dès que le moteur fouetta l'eau, il bondit en avant. Trois longs appendices frétillants se détachèrent de l'embarcation et dérivèrent au gré des courants. L'incident n'avait pas duré une minute.

Dans un soupir, Machiavel sortit une nouvelle fois son portable : en définitive, les nouvelles ne seraient pas bonnes… Cette journée ne pouvait rien lui réserver de pire.

Soudain, une ombre plana au-dessus d'eux – la déesse des Corbeaux ! Sa cape noire déployée comme des ailes, elle plongea et se posa à l'arrière du bateau.

L'Italien sourit : Morrigan allait jeter l'Ensorceleuse à l'eau, et les Néréides se régaleraient ! Son sourire disparut quand les deux femmes s'étreignirent, puis se tournèrent pour les saluer de la main. Le visage de Machiavel ressemblait à un masque lugubre.

– Je la croyais de notre côté, gémit Billy the Kid.

– On ne peut plus faire confiance à personne, de nos jours, remarqua Niccolò en s'éloignant du quai.

CHAPITRE SOIXANTE-HUIT

La Meute Sauvage galopait sur la plaine de Salisbury.

Josh et Sophie y distinguèrent des chiens noirs, des loups gris, d'énormes chats aux yeux rouges, des ours imposants, des sangliers aux défenses incurvées, des chèvres, des cerfs et des chevaux. Des silhouettes à forme humaine sculptées dans la pierre s'étaient jointes à la Meute, ainsi que des créatures ayant de l'écorce, des feuilles et des branches à la place de la peau, des cheveux et des membres. Les jumeaux reconnurent des Genii Cucullati – les Encapuchonnés –, des cucubuths, skinheads au crâne rasé qui brandissaient des chaînes, des chevaliers en armure rouillée, des guerriers tatoués vêtus de fourrures, des centurions romains en cuirasse usée qui boitaient derrière des Dearg Due rousses. Parmi ces monstres couraient des hommes parfaitement normaux, armés d'épées, de couteaux et de lances. Ce furent ces derniers qui effrayèrent le plus Josh.

Les adolescents se tournèrent vers Stonehenge, sombre et flou dans la nuit, et conclurent qu'ils n'atteindraient jamais le site à temps.

– Il va falloir se battre, haleta Josh après avoir analysé la situation et leurs options limitées. Il me reste un peu de force… Je pourrais encore invoquer la pluie…

Un hurlement aigu, sauvage résonna sur la plaine. Le cœur de Josh manqua un coup quand il perçut du mouvement sur leur droite – un autre groupe les prenait à revers.

– On est fichus…

– Au contraire, dit Palamède. Regarde bien !

À cet instant, Josh aperçut le chef de la horde.

– Shakespeare !

Le Barde et les Chiens de Gabriel chargèrent par le côté. Les ratchets disciplinés percutèrent l'armée disparate, l'obligeant à stopper. Les lances en fer et les épées en métal scintillèrent dans la nuit ; bientôt, un voile de poussière s'éleva au-dessus de la plaine.

Vêtu d'un gilet pare-balles de la police et d'un casque à visière, William Shakespeare se plaça à côté de Palamède, qui avait sauté du taxi.

– Timing impeccable, remarqua-t-il.

– Je croyais t'avoir dit de venir avant le coucher du soleil.

– « Tout vient à point à qui sait attendre. » Et puis, tu sais très bien que je ne t'écoute pas, ajouta le Barde avec un sourire innocent. Vu que rien ne bougeait sur les routes, j'ai pensé que tu trouverais un endroit où vous cacher jusqu'à la nuit.

Palamède déposa l'Alchimiste inconscient sur le sol et se mit à le gifler.

– Réveille-toi, Flamel ! Tu dois nous dire quelle pierre est la bonne.

Les yeux pâles de Nicolas clignèrent.

– La pierre d'autel, marmonna-t-il.

Gabriel surgit de l'obscurité. De la suie noire zébrait sa peau nue et s'agglutinait dans ses cheveux.

– Ils sont trop nombreux, et il en arrive davantage chaque minute, souffla-t-il. Nous ne pouvons pas les contenir !

Josh désigna le cercle de pierres :

– Que tout le monde gagne Stonehenge.

Le sentiment de paix qu'il avait ressenti un peu plus tôt le submergea de nouveau. Il n'y avait plus de décision à prendre. Il allait se battre, protéger sa sœur jusqu'au bout. Posant la main sur son torse, il sentit les deux pages du Codex sous sa chemise. Peut-être était-ce le moment de les détruire. Mais comment ? Et s'il les mangeait ?

– On recule ! hurla-t-il. On va les affronter une dernière fois !

CHAPITRE SOIXANTE-NEUF

– Ce ne sera peut-être pas nécessaire, gronda Shakespeare. La Meute Sauvage et les autres créatures sont ici pour toi et ta sœur. Elles ont été attirées par le parfum de vos auras, et la grosse récompense que Dee a offerte pour vous capturer. Elles ne s'intéressent pas à nous. La seule solution consiste à nous séparer. Palamède, Gabriel, essayez de gagner du temps ! ordonna-t-il.

Le Chevalier sarrasin hocha la tête. Son armure cabossée se reforma sur son corps, lisse et réfléchissante. Prenant son épée à deux mains, il se précipita vers les loups et les chats noirs. Gabriel fit signe aux ratchets de le suivre.

Pendant ce temps, Shakespeare souleva l'Alchimiste et l'aida à marcher ; Josh, lui, redressa Sophie. Tous quatre se frayèrent un chemin jusqu'aux deux grandes colonnes en grès au cœur de Stonehenge.

Au moment où Josh pénétra dans le cercle, il ressentit le bourdonnement d'un pouvoir antique. Cette impression lui rappela celles qu'il avait vécues quand il brandissait Clarent ; c'était comme si des voix lui parlaient, à peine perceptibles.

– Quel âge a ce lieu ? demanda-t-il.

– Le premier site a été érigé il y a environ cinq mille ans, sinon plus, répondit Shakespeare.

Il heurta un bloc couché sur le sol.

– Voici la pierre d'autel, indiqua-t-il à l'Alchimiste.

Nicolas Flamel s'effondra sur le rocher, le souffle court, une main appuyée sur la poitrine.

– Aide-moi à m'orienter, haleta-t-il. Où se trouve le nord ?

Josh et Shakespeare levèrent la tête et cherchèrent l'étoile Polaire dans le ciel.

Un gros chat noir bondit soudain par-dessus des barrières, la gueule ouverte, les pattes tendues vers l'Alchimiste. Flamel se protégea avec le bras, si bien que les griffes acérées comme des rasoirs lui entaillèrent la peau. La seconde d'après, Shakespeare sortit sa matraque et expédia le félin dans les airs. Celui-ci s'écrasa sur l'immense pierre et fut réduit en poussière.

– Tout comme le métal, les pierres les empoisonnent, expliqua le Barde. Ils ne peuvent pas les toucher – voilà pourquoi ils ne se ruent pas sur nous. Alchimiste, si tu dois faire quelque chose, c'est maintenant ou jamais. Le nord est par ici.

– Cherchez le troisième trilithe parfait sur la gauche, chuchota Flamel.

– Le troisième quoi ? l'interrogea Josh.

– Trilithe. Ça signifie « trois pierres » en grec. Deux piliers et un linteau, intervint Shakespeare.

– Je le savais… enfin, je crois, bafouilla Josh.

Il compta les monuments :

– Celui-ci. Et maintenant ?

– Conduisez-moi là-bas, marmonna l'Alchimiste.

Shakespeare le transporta jusqu'aux deux grands piliers. Placé dans l'espace entre les pierres, Nicolas posa la main sur chacune, aussi haut que possible, puis écarta les jambes afin de dessiner un X.

Un léger parfum de menthe flotta dans l'air froid de la nuit.

À cet instant, un ours énorme se dressa à côté de l'Alchimiste, toutes griffes dehors. Aussitôt, la créature fut repoussée par le Chevalier sarrasin vers les Chiens de Gabriel. Ces derniers se ruèrent sur elle en hurlant ; un tourbillon de poussière les dissimula aux yeux des autres.

Trois loups coururent jusqu'à Flamel. Josh en intercepta un avec son cimeterre, Gabriel se chargea du deuxième. Josh voulut atteindre le troisième ; celui-ci esquiva le coup, mais en évitant la lame il effleura la grande pierre et fut pulvérisé.

Josh s'aperçut qu'il ne restait plus qu'une poignée de Chiens de Gabriel en vie, tous refoulés vers le cercle de pierres levées. Un squelette de cheval monté par un cavalier sans tête y surgit, se cabra et frappa un chien de ses sabots. Ce dernier s'écrasa contre une pierre dressée et s'évanouit dans une traînée de poussière.

– Alchimiste, s'écria Shakespeare. Agis !

Nicolas s'avachit sur le sol.

– Je ne peux pas…

– Vous êtes sûr que c'est le bon portail ? souffla Josh.

– Oui. Mais je suis vidé.

Flamel leva les yeux vers les jumeaux, et Josh crut lire comme une supplique dans le regard de l'immortel.

– Sophie, Josh, remplacez-moi.

– La fille est épuisée, le prévint le Barde. Sers-toi d'elle, et elle se consumera.

L'Alchimiste prit la main de Josh et le tira vers lui :

– Alors, ce devra être toi.

– Moi ? Mais je…

– Tu es le seul à avoir une aura assez puissante.

– Il n'y a pas d'autre option ? demanda Josh.

Il avait la nette impression que Flamel avait prévu ce scénario depuis le début, qu'il n'avait jamais eu la force d'activer le nexus.

– Non.

L'Alchimiste indiqua les créatures qui se bousculaient derrière les pierres, puis il lui montra le ciel. Un faisceau lumineux balayait le paysage au loin ; deux autres le suivaient de près.

– Des hélicoptères de police. Ils seront là dans quelques minutes.

Josh remit à Flamel le cimeterre cabossé et un peu tordu.

– Que dois-je faire ?

– Place-toi entre les deux piliers, bras et jambes tendus. Visualise ton aura en train de s'écouler de ton corps et de s'infiltrer dans les pierres. Cela devrait suffire pour les activer.

– Et dépêche-toi, ajouta Shakespeare.

Il ne restait plus qu'une demi-douzaine de Chiens de Gabriel. Palamède était encerclé par des créatures des tourbières qui frappaient son armure à coups de dagues en silex en projetant des étincelles. Loups et chats rôdaient à l'extérieur du cercle de pierres.

– Laissez-moi aider mon frère, chuchota Sophie.

– Non, lui interdit Shakespeare. C'est trop dangereux.

L'aura dorée de Josh se mit à fumer au moment où il se faufila entre les deux piliers. Dès qu'il posa les mains à plat sur le grès lisse, le parfum d'orange se renforça.

Devenues folles, les créatures redoublèrent d'efforts pour atteindre les jumeaux. Shakespeare et Gabriel prirent position de chaque côté du trilithe dans l'espoir de les éloigner de Josh.

Celui-ci écarta les jambes de façon à toucher les deux blocs levés ; aussitôt, les voix qu'il entendait dans sa tête depuis son arrivée sur le site se clarifièrent. Il comprit soudain pourquoi elles lui semblaient si familières. Elles ne faisaient qu'une : la voix de Clarent. Excalibur et elle avaient été fabriquées dans la même roche ignée que les grandes pierres bleues qui composaient le cercle. Le garçon vit le visage des créateurs du Henge, certains humains, d'autres inhumains, d'autres encore étant un terrible mélange des deux. Stonehenge n'avait pas cinq mille ans, mais beaucoup, beaucoup plus. Au centre du cercle, il entraperçut Cernunnos, brillant et beau, sans ses cornes, vêtu de blanc, une épée simple dans les mains.

Tandis que le pilier gauche craquait et émettait une lumière dorée, le droit demeurait sombre.

Flamel pulvérisa un ours qui avait osé pénétrer dans le cercle, puis se tourna vers Sophie :

– Aide ton frère.

La jeune fille était si fatiguée qu'elle tenait à peine debout. Elle le regarda, surprise :

– Mais... William a dit que je serais dévorée par les flammes si je me servais de mon aura !

– Et si le nexus ne s'ouvre pas, nous mourrons tous, grogna l'Alchimiste.

Prenant Sophie par l'épaule, il la poussa vers la pierre. Elle trébucha sur le sol accidenté et tomba en avant, les bras tendus... Dès qu'elle le toucha du bout des doigts, le pilier se mit à luire dans une explosion de vanille. Une brume argentée s'en dégagea ; puis il s'illumina de l'intérieur. À présent, les deux piliers, l'un or et l'autre argent, clignotaient tandis que le linteau émettait une lumière orange.

Il faisait nuit sur la plaine de Salisbury, mais entre les pierres une colline luxuriante éclairée par le soleil apparut.

Josh admira la scène, fasciné. Il sentait l'herbe et la verdure, percevait la chaleur de la lumière sur son visage, goûtait l'air salé. Il tourna la tête. Derrière lui, les étoiles et le ciel noir. Devant lui, le jour.

– Où allons-nous ? murmura-t-il.

– Au mont Tamalpais, s'exclama Flamel, triomphant.

Après avoir relevé Sophie, il la traîna jusqu'au puits de lumière. Dès qu'elle cessa d'effleurer le pilier, il brilla moins.

– Allez-y, leur ordonna Shakespeare. Maintenant !

– Dis à Palamède…

– Je sais. Partez ! Tout de suite !

– Quelle magnifique pièce tu aurais pu écrire à partir de cela ! lança l'Alchimiste.

Il passa un bras autour de la taille de Josh et poussa les jumeaux entre les piliers flamboyants.

Aussitôt, ils disparurent aux yeux du Barde.

– Je n'ai jamais aimé écrire des tragédies, chuchota William.

La lumière dorée s'effaça au moment où la main de Josh se retira de la pierre. Les parfums d'orange et de vanille s'évanouirent eux aussi, remplacés par l'odeur musquée de Gabriel et du seul ratchet survivant.

Au même moment, la Meute Sauvage et les assaillants de la Génération Suivante, les immortels et les hommes se replièrent dans la nuit. Ils laissèrent derrière eux de la poussière et des champs piétinés. Palamède apparut en titubant. Son armure était rayée et cabossée, son immense claymore brisée en deux.

– Partons avant l'arrivée de la police…, souffla-t-il.

– Je connais un endroit non loin d'ici, dit Shakespeare. Une grange edwardienne très bien préservée.

Le Chevalier serra l'épaule du poète :

– Pas aussi bien préservée que tu crois, j'en ai peur.

CHAPITRE SOIXANTE-DIX

– Le mont Tam ! lâcha Nicolas Flamel en tombant à genoux dans l'herbe.

Il s'emplit les poumons d'air chaud.

– San Francisco !

Étourdi et désorienté, Josh s'effondra lui aussi et regarda autour de lui. Alors que le soleil brillait encore à flanc de montagne, la brume dévorait peu à peu les pentes.

Sophie s'accroupit à côté de son frère. Elle avait la peau blanche comme de la craie, les yeux enfoncés dans leurs orbites, les cheveux plaqués sur le crâne.

– Comment tu te sens, Josh ?

– Aussi mal que toi, je pense, répondit-il.

Sophie se releva lentement, puis aida son jumeau à se mettre debout.

– Où sommes-nous ? s'enquit-elle en cherchant des points de repère.

– Au nord de San Francisco, à mon avis. Au moins…

Il se tut : une silhouette bougeait en contrebas ; de grandes boucles de brume se soulevaient sur son passage. Le trio la regardait sans un mot. S'ils avaient affaire à un ennemi, ils étaient fichus : aucun n'avait plus la force de se battre, ni même de prendre ses jambes à son cou.

Bientôt, Pernelle Flamel apparut, calme et élégante malgré le manteau noir et sale qu'elle portait par-dessus une chemise et un pantalon ordinaires.

– Je vous attends depuis des siècles ! leur lança-t-elle, un grand sourire aux lèvres, en gravissant la colline.

L'Ensorceleuse prit les jumeaux dans ses bras et les serra fort contre elle.

– Oh ! Que c'est bon de vous voir ! Je me suis tellement inquiétée pour votre santé et votre sécurité !

Elle effleura les ecchymoses sur la joue de Sophie, une égratignure sur le front de Josh, les coupures sur son bras. Tous deux ressentirent une chaleur rampante qui les picota légèrement. Sous leurs yeux, les bleus de la jeune fille s'effacèrent.

– C'est bon d'être de retour, déclara Josh.

– Oui, contente de vous revoir, Perry, ajouta Sophie.

Nicolas enlaça sa femme pendant un très long moment. Puis il recula. Les mains sur les épaules de Pernelle, il la dévisagea d'un œil critique.

– Tu as bonne mine, mon amour.

– Admets-le, j'ai vieilli !

Ses yeux verts parcoururent le visage de son époux,

ses nouvelles rides, les plis de sa peau. Avec son index chargé d'aura blanche, elle frôla ses nombreuses coupures et ses bleus, et les guérit.

– Mais pas autant que toi ! reprit-elle. J'ai dix ans de plus que toi, lui rappela-t-elle, et pour la première fois de notre vie commune, tu fais plus vieux que moi !

– Ces derniers jours ont été très… intéressants, dit Flamel. Mais comment es-tu parvenue ici ? La dernière fois que nous nous sommes parlé, tu étais emprisonnée sur Alcatraz.

– Je peux dorénavant me vanter d'être un des très rares détenus à s'être échappé du Rocher.

Glissant son bras sous celui de Nicolas, elle l'aida à descendre la montagne au milieu de la brume. Les jumeaux leur emboîtaient le pas.

– Tu vas être fière de moi, Nicolas. Je suis venue ici toute seule en voiture.

– Je suis toujours fier de toi. Mais… nous n'avons pas de voiture !

– J'ai emprunté une assez jolie Thunderbird que j'ai trouvée sur le quai. Je savais que son propriétaire n'en aurait pas besoin de sitôt.

ÉPILOGUE

Allongé dans l'herbe tendre, le Dr John Dee admirait le ciel étoilé et la lumière dorée et argentée s'estomper dans le noir. Malgré la distance, il sentait un léger parfum de vanille et d'orange. Les hélicoptères de police vrombissaient dans les airs, les sirènes mugissaient de tous côtés.

Les jumeaux et Flamel s'étaient échappés.

Et ils avaient emporté avec eux sa vie et son avenir. Le temps lui était déjà compté depuis son attaque manquée de la veille ; à présent, il vivait en sursis.

Le Magicien se leva lentement et se frotta le bras droit. Il ne sentait presque rien, du bout des doigts à l'épaule, où Clarent l'avait frappé de plein fouet. Peut-être avait-il le bras cassé ?

Clarent.

Il avait vu le garçon jeter l'épée… mais pas la ramasser. Dee chercha dans la boue, et finit par découvrir la lame. Avec révérence, il la sortit de la vase, puis se coucha sur le sol, l'épée à plat sur son torse, les deux mains sur la garde.

Cinq cents ans qu'il la cherchait ! Cette quête l'avait conduit à travers le monde entier, dans divers royaumes des Ombres. Il éclata d'un rire aigu, presque hystérique. Il l'avait récupérée quasiment à l'endroit où avaient commencé ses recherches ! La pierre d'autel de Stonehenge était le premier lieu qu'il avait fouillé. C'était sous le règne de Henri VIII ; il avait quinze ans à l'époque.

Toujours allongé par terre, Dee plongea la main droite sous son manteau et sortit Excalibur. Il brandit les deux armes au-dessus de lui. Elles bougèrent entre ses doigts, s'approchèrent l'une de l'autre. Leurs gardes rondes pivotèrent, leurs lames se mirent à fumer. Un frisson glacial parcourut le flanc du Magicien pendant qu'une chaleur vive s'emparait de l'autre. Son aura s'alluma, s'échappa de sa chair en longues vrilles jaunes. Au même moment, ses douleurs disparurent, ses plaies se refermèrent. Il croisa les deux lames…

Et, soudain, elles se collèrent l'une à l'autre, comme aimantées. Il tenta de les séparer ; en vain. Dans un cliquetis, elles fusionnèrent, lame dans lame, garde dans garde, créant une seule épée d'apparence ordinaire, d'où s'échappait une fumée grise.

Dee leva la tête : une silhouette traînait des pieds dans l'obscurité – un vieil homme vêtu de plusieurs manteaux superposés. Une lumière jaune dansait dans ses cheveux ébouriffés et sa barbe en broussaille ; son regard était perdu dans le vague. Il examina l'épée, réfléchit, se concentra, se souvint. D'un doigt tremblant, il caressa le glaive froid, et ses yeux s'emplirent de larmes.

– Les deux qui ne sont qu'un, marmonna-t-il. Celui qui est tout.

Sur ce, l'Ancien des Jours tourna les talons et s'éloigna dans la nuit.

FIN DU LIVRE III

NOTE DE L'AUTEUR
STONEHENGE
ET LE KILOMÈTRE ZÉRO

Il fait nuit quand Josh et Sophie arrivent au site préhistorique des pierres dressées sur la plaine de Salisbury, en Angleterre. Ils aperçoivent simplement les vestiges d'un monument autrefois grandiose, l'un des sites archéologiques les plus reconnaissables au monde.

La construction de Stonehenge se divise en trois phases assez distinctes. Bien qu'il existe des preuves de la présence d'êtres humains dans la plaine de Salisbury il y a environ 8 000 ans, une région boisée à l'époque, les premiers travaux remontent à 5 000 ans. À l'aide de bois de cervidés, de pierres et d'outils en os, les bâtisseurs ont creusé un fossé circulaire mesurant 2 mètres de large sur 100 mètres de diamètre environ. Il comptait par endroits 2,15 mètres de profondeur. Un portail donnait accès à l'enceinte, flanqué de deux pierres levées. L'une subsiste aujourd'hui encore : la pierre des sacrifices, ou *Slaughter Stone*.

De la phase suivante il ne reste aucune trace. Par

contre, il existe des preuves archéologiques qu'une structure en bois a été érigée dans le cercle. Des fragments de poterie et d'os carbonisés ont été découverts à cet endroit, ce qui laisse supposer que Stonehenge avait été un lieu de sépulture, voire de sacrifice. Au cours du millier d'années qui a suivi, Stonehenge a été élargi, modifié et transformé. Les grandes pierres que l'on voit aujourd'hui datent de 2100 à 2000 avant notre ère.

On estime que 80 pierres bleues y étaient disposées. Les piliers formaient deux demi-cercles, emboîtés l'un dans l'autre. Chacun de ces énormes blocs pesait au moins 4 tonnes et provenait d'une carrière située dans les monts Preseli, au pays de Galles, à près de 240 kilomètres de distance ! Le transport de ces monolithes à travers une campagne très boisée, des montagnes et des rivières, a représenté un exploit extraordinaire, qui montre à quel point le site était important pour les peuples qui l'avaient érigé. La gigantesque pierre d'autel, ou *Altar Stone*, sur laquelle s'allonge Nicolas Flamel, était probablement dressée à l'origine. Il est à noter qu'elle pèse 6 tonnes.

À cette époque, l'entrée était plus large, et le soleil levant, surtout le matin du solstice d'été, projetait de grandes ombres qui s'étiraient vers le cœur du cercle. Lors du solstice d'hiver, le soleil devait plonger entre les pierres.

Plus tard, un cercle de 30 pierres coiffées a été érigé. Il s'agissait là d'une nouvelle prouesse. En effet, chaque pierre levée pesait près de 25 tonnes. Elles provenaient d'une carrière située à plus de 30 kilomètres au nord de

Stonehenge, où elles étaient extraites, polies et taillées avec soin. À l'intérieur de ce cercle, il y avait 5 trilithes disposés en demi-cercle – les plus petits aux extrémités, le plus grand au centre. Le trilithe le moins imposant mesurait tout de même 6 mètres de haut !

Au fil des siècles, le site a été abandonné et oublié. La nature, les éléments et le grand poids des pierres en ont couché quelques-unes et, peu à peu, l'ordre et l'organisation du cercle se sont perdus.

Stonehenge est un lieu fascinant, spectaculaire et mystérieux. Malgré des siècles de recherches, nous ignorons encore à quoi servait le site. Était-ce un lieu funéraire ou, comme beaucoup le suggèrent, un lieu de culte ? Aujourd'hui, on l'associe au druidisme, la religion des anciens Celtes. Cependant, alors que ces derniers l'ont certainement utilisé, ainsi que de nombreux cercles de pierres et autres monuments en pleine campagne, ils ne l'ont pas construit. Un nombre incroyable de mythes et de légendes évoquent ce site, dont ceux de Merlin et du cycle d'Arthur.

Lorsqu'ils se rendent à Stonehenge, les visiteurs sont souvent choqués par la proximité des routes. En effet, l'A344 – celle où Josh finit par abandonner la voiture – passe extrêmement près du cercle vieux de 5 000 ans.

Stonehenge est inscrit sur la Liste du Patrimoine mondial de l'Unesco.

Le point Zéro, ou kilomètre Zéro, existe lui aussi.

Le centre officiel de Paris décrit avec précision dans *L'Ensorceleuse* se situe sur le parvis de la cathédrale

Notre-Dame. Un cercle composé de quatre segments y est inséré dans les pavés. Sur ces quatre dalles, on peut lire : POINT ZÉRO DES ROUTES DE FRANCE. Au milieu a été gravé un soleil à huit pointes.

De nombreuses villes possèdent un kilomètre Zéro qui permet de calculer les distances entre elles. Certains sont des pierres scellées dans le sol ; d'autres sont représentés par des plaques ou des monuments.

Il n'est pas recommandé de se tenir sur celui de Paris à midi – Jeanne et Scathach s'en mordent encore les doigts !

Découvrez un extrait du livre IV :

LE NÉCROMANCIEN

Les secrets de l'immortel

NICOLAS FLAMEL

J'ai peur.

Pas pour moi, mais pour ceux que je laisserai derrière moi, Pernelle et les jumeaux. Je me suis résigné : nous ne récupérerons pas le Codex à temps pour sauver ma femme. Il reste une semaine, deux au maximum, avant que la vieillesse ne reprenne ses droits.

Je ne veux pas mourir. J'ai passé sur cette terre six cent soixante-dix ans, et il y a encore tant de choses que je n'ai pas faites…

Je suis néanmoins heureux d'avoir vécu si longtemps et découvert les jumeaux de la légende. Je suis aussi fier d'avoir commencé leur apprentissage des magies élémentaires. Sophie en maîtrise trois, Josh juste une, mais il a démontré d'autres talents et fait preuve d'un courage extraordinaire.

Nous sommes rentrés à San Francisco, laissant Dee pour mort à Londres. J'espère ne plus jamais entendre parler de lui. Néanmoins, cela me perturbe que Machiavel soit de ce côté-ci de l'Atlantique. Pernelle l'a piégé, lui et son comparse, sur Alcatraz, en compagnie d'innombrables créatures de cauchemar. J'ignore combien de temps le Rocher pourra retenir quelqu'un comme l'immortel italien.

Pernelle et moi sommes d'accord sur un point : Alcatraz est une menace dont nous devrons nous charger tôt ou tard. Savoir que les cellules sont remplies de monstres nous glace les sangs.

Nous avons reçu une nouvelle plus perturbante encore. Jeanne et Scathach ont disparu. Le nexus de Notre-Dame aurait dû les conduire sur le mont Tamalpais ; or elles n'y sont jamais apparues. Saint-Germain est fou d'inquiétude ; j'ai beau lui rappeler que Scatty a plus de deux mille cinq cents ans et qu'elle est une guerrière invincible, il se ronge tout de même les sangs.

Moi, ce sont les jumeaux qui m'inquiètent. Je ne sais plus comment ils me considèrent. J'ai toujours su que Josh émettait des réserves à mon sujet ; à présent, je les sens tous les deux craintifs et méfiants. Il est vrai qu'ils ont découvert des pans de mon histoire que j'aurais préféré tenir cachés à jamais. Je ne suis pas fier de certains de mes actes, mais je ne regrette rien. J'ai agi en mon âme et conscience pour la survie de l'espèce humaine, et je recommencerai s'il le faut.

Les jumeaux sont retournés chez leur tante, à Pacific Heights. Je leur ai donné un jour ou deux pour se reposer. Ensuite, nous reprendrons la route. Leur formation doit être achevée. Il faut qu'ils soient prêts quand les Ténébreux reviendront.

Et ce jour ne va guère tarder.

Extrait du journal de Nicolas Flamel, alchimiste
Rédigé en ce mardi 5 juin
à San Francisco, ma ville d'adoption

MARDI 5 Juin

CHAPITRE PREMIER

– Je ne pensais pas revoir cet endroit un jour ! s'exclama Sophie Newman.

– Et moi, je ne pensais pas être aussi heureux de revenir ici, enchaîna Josh. Le quartier a l'air… je ne sais pas… différent.

– Tu te trompes, c'est nous qui ne sommes plus les mêmes.

Les jumeaux Sophie et Josh Newman descendaient Scott Street dans Pacific Heights ; ils se rendaient chez leur tante, Agnès, qui habitait au coin de Sacramento Street. Cinq jours plus tôt – soit le jeudi 31 mai – ils étaient partis travailler, Sophie à *La Tasse de café*, Josh à la librairie en face. Une journée ordinaire… qui allait être la dernière journée ordinaire qu'ils vivraient.

Ce jeudi-là, leur monde changea à tout jamais. Tout comme eux, physiquement et mentalement.

– Qu'est-ce qu'on va lui dire ? demanda Josh, nerveux.

Leur tante, âgée de quatre-vingt-quatre ans, n'était pas une parente proche. Était-elle la sœur de leur grand-mère, une cousine, une amie ? Sophie l'ignorait. Bien que douce, la vieille dame piquait des crises dès que les jumeaux avaient cinq minutes de retard. Elle les rendait fous, rapportant à leurs parents le moindre de leurs faits et gestes.

– Pas de panique, répondit Sophie. On s'en tient à l'histoire qu'on a racontée à papa et maman – d'abord, la librairie a fermé parce que Pernelle ne se sentait pas bien, ensuite, quand elle est sortie de l'hôpital, les Flamel…

– Les Fleming, rectifia Josh, Perry et Nick Fleming.

– Oui, les Fleming nous ont invités dans leur maison du désert.

– Et pourquoi la librairie a-t-elle fermé ?

– Fuite de gaz.

– O.K. Fuite de gaz. Où se trouve la maison du désert ? continua Josh.

– Dans le parc national de Joshua Tree.

– Pigé. Tu sais qu'on va avoir droit à un interrogatoire serré ?

– Je sais. Et ça va commencer dans quelques minutes !

– Je pensais…, commença Josh. Et si on leur disait la vérité ?

Les jumeaux traversèrent Jackson Street et se trouvèrent en vue de la demeure victorienne en bois blanc de leur tante, trois pâtés de maisons plus loin.

Sophie secoua la tête.

– Je récapitule : tu veux raconter à nos parents qu'ils ont travaillé toute leur vie pour rien ? Que tous les domaines qu'ils ont étudiés – histoire, archéologie, paléontologie... – sont bourrés d'erreurs ? Quelle idée géniale ! Vas-y, cours leur dire ! Je te regarde.

Mal à l'aise, Josh haussa les épaules :

– D'accord, d'accord. On ne leur en parle pas.

– Pas dans l'immédiat, en tout cas.

– Tope là. Mais cela se saura tôt ou tard. Tu les connais, il est impossible de leur cacher quoi que ce soit.

Une limousine noire extralongue aux vitres teintées les dépassa au ralenti. Penché en avant, le chauffeur vérifiait les numéros des maisons dans la rue bordée d'arbres. Puis il mit le clignotant et se gara un peu plus loin.

Josh désigna la voiture d'un coup de menton :

– Tiens, elle s'est arrêtée devant chez Tante Agnès.

Sophie jeta un regard distrait dans cette direction.

– J'aimerais juste avoir quelqu'un à qui parler, tu comprends ? Une personne comme Gilgamesh.

Ses yeux s'emplirent de larmes.

– J'espère qu'il va bien.

La dernière fois qu'elle avait vu l'immortel, il avait une flèche tirée par le Dieu Cornu fichée dans la poitrine.

– Tu pourrais m'écouter ! s'emporta-t-elle.

– La limousine s'est bien arrêtée devant la maison de Tante Agnès, confirma Josh.

Le chauffeur, un homme mince en costume noir, descendit de voiture et monta les marches. Sa main gantée de noir effleurait la rambarde en métal.

L'ouïe éveillée des jumeaux perçut le coup frappé à la porte. Inconsciemment, ils accélèrent le pas.

Leur tante ouvrit la porte. Frêle, maigre, les genoux cagneux, les doigts déformés par l'arthrite, la vieille dame était renommée pour sa grande beauté dans sa jeunesse. Laquelle ne datait pas d'hier, pensa Josh. Elle ne s'était jamais mariée ; dans la famille, on racontait que son fiancé l'avait abandonnée devant l'autel l'année de ses dix-huit ans.

– Il se passe quelque chose, marmonna le garçon en s'élançant au pas de course, imité par sa sœur.

Le chauffeur remit un objet à Tante Agnès. Les yeux plissés, celle-ci examina ce qui ressemblait à une photographie. Alors qu'elle baissait la tête, le chauffeur se faufila derrière elle et se rua à l'intérieur.

– Empêche la voiture de partir ! cria Josh à sa jumelle.

En quatrième vitesse, il remonta la rue, grimpa les marches et pénétra dans la maison.

– Bonjour, Tante Agnès. Nous sommes de retour ! s'exclama-t-il en passant à côté d'elle.

La vieille femme fit un tour complet sur elle-même. La photo s'envola de ses doigts.

Arrivée près de la voiture, Sophie s'agenouilla et posa la main sur le pneu arrière. Avec le pouce, elle frotta le cercle tatoué à l'intérieur de son poignet ; ses doigts s'embrasèrent aussitôt. Quand elle les appuya contre le caoutchouc, cinq « pop ! » distincts retentirent. L'air s'échappa en sifflant, et la roue se retrouva sur sa jante en métal.

– Sophie ! s'écria la vieille dame, ébahie, quand sa nièce monta les marches à son tour et l'empoigna par le bras. Que se passe-t-il ? Où étiez-vous ? Qui est ce gentil jeune homme ? Ce n'est pas Josh qui vient d'entrer ?

Sans un mot, Sophie l'éloigna de la porte, pour que Josh ou le chauffeur ne la bousculent pas en sortant précipitamment.

Josh pénétra dans le couloir sombre et s'aplatit contre le mur en attendant que ses yeux s'habituent à l'obscurité. La semaine précédente, il n'aurait rien fait de tel. Il faut dire que la semaine précédente, il n'aurait jamais poursuivi un inconnu dans la maison… Il aurait agi avec bon sens et appelé la police. Il se rappela le porte-parapluie derrière la porte et s'empara d'une des grosses cannes de sa tante. Ce n'était pas Clarent, mais cela devrait faire l'affaire.

Tête penchée sur le côté, le garçon demeura immobile, à l'écoute. Où était l'intrus ?

Le palier craqua. Un jeune homme élégant dévala l'escalier. Il ralentit quand il remarqua Josh, mais ne s'arrêta pas. De plus près, Josh vit qu'il était asiatique – japonais peut-être.

L'adolescent fit un pas en avant. Il brandissait la canne comme une épée.

– Tu penses aller où comme ça ? lança-t-il.

– Je passe à côté de toi ou à travers toi, c'est comme tu veux, déclara l'autre dans un anglais parfait, avec une trace d'accent japonais.

– Que fais-tu ici ?

– Je cherche quelqu'un.

L'étranger finit de descendre l'escalier et avança vers la porte d'entrée. Josh lui barra la route avec sa canne.

– J'attends ta réponse.

L'inconnu arracha la canne des mains de Josh et la brisa en deux sur son genou. Josh grimaça – cela devait faire mal… L'homme jeta les morceaux par terre et déclara :

– Je n'ai rien à te dire.

Il sortit de la maison et, d'un pas agile il se dirigea vers la voiture. Il stoppa net quand il vit son pneu à plat. Un grand sourire aux lèvres, Sophie agita la main.

La vitre arrière s'abaissa un peu. Le Japonais parla à toute allure en montrant la roue.

Soudain, la portière s'ouvrit, et une jeune femme descendit de la limousine. Elle portait un magnifique tailleur noir sur un chemisier en soie blanche, des gants noirs et de petites lunettes de soleil rondes. Ses cheveux roux hérissés et sa peau pâle couverte de taches de rousseur la trahirent cependant.

– Scathach ! s'écrièrent en chœur les jumeaux, ravis.

Le sourire de la femme révéla une bouche remplie de

dents de vampire. Elle ôta ses lunettes qui cachaient des yeux vert vif.

– Absolument pas ! grogna-t-elle. Je suis Aifé des Ombres. Et je veux savoir ce que vous avez fait de ma sœur jumelle.

CHAPITRE DEUX

– Je ne pensais pas revoir cet endroit un jour ! s'exclama Nicolas Flamel quand il se retrouva devant la porte de derrière de la Petite Librairie.

– Moi non plus, enchérit Pernelle.

Comme le battant était coincé, Nicolas appuya l'épaule contre le bois et poussa fort. La porte racla le sol dallé, la puanteur les frappa de plein fouet – mélange douceâtre de bois pourri et de papier moisi. Cette odeur écœurante de décomposition fit tousser Pernelle qui, la main sur la bouche, cligna des yeux pour chasser des larmes soudaines.

– Quelle horreur !

Nicolas inspira avec précaution. Il percevait encore les relents sulfureux d'œuf pourri laissés par Dee dans l'atmosphère saturée. Le couple s'engagea dans le couloir sombre flanqué de cartons remplis de livres d'occasion. Zébrés de noir, certains commençaient à gondoler. Ceux qui étaient éventrés avaient déversé leur contenu sur le sol.

Pernelle effleura un livre et son index se couvrit de moisissures noires. Elle le montra à son époux.

– Alors ?

– Le docteur et moi nous sommes battus.

– Je vois ça ! Et tu as gagné, ajouta Pernelle avec un sourire.

– J'ai gagné… Tout est relatif.

Nicolas ouvrit la porte au bout du couloir.

– J'ai peur que le magasin n'ait subi quelques dommages.

Il se retourna, prit Pernelle par la main et entra dans la salle aux milliers d'ouvrages.

– Oh ! Nicolas ! lâcha Pernelle.

La librairie était dévastée.

Une épaisse couche de moisissure verdâtre et velue recouvrait le moindre objet ; l'odeur de soufre les prenait à la gorge. Les livres gisaient aux quatre coins de la pièce, pages déchirées, couvertures arrachées, dos défoncés, parmi les tables écrasées et les étagères brisées. Une grande partie du plafond manquait, le plâtre pendouillait tel un linge en lambeaux, révélant les solives et les fils électriques. L'entrée de la cave s'apparentait désormais à un trou béant dont l'encadrement en bois ressemblait à un fatras noir parsemé de champignons. De petits asticots blancs se tortillaient dans la boue. Le tapis aux couleurs vives, au centre, avait rétréci jusqu'à devenir une horrible carpette grise et élimée.

– Destruction et pourriture, murmura Pernelle. La carte de visite de Dee.

La grande et élégante femme se déplaça à pas prudents dans la pièce. Le moindre objet qu'elle touchait tombait en poussière ou se réduisait en poudre qui libérait des spores. Les lames du parquet, spongieuses et collantes, craquaient sous ses pas et menaçaient à tout moment de l'expédier au sous-sol. Elle pivota lentement, les mains sur les hanches. Ses grands yeux verts étaient remplis de larmes. Elle adorait cette librairie où ils avaient vécu et travaillé pendant dix ans. Ils avaient exercé plusieurs métiers au cours des siècles, mais cet endroit plus que tout autre lui rappelait sa jeunesse avec Nicolas, quand il était écrivain public et libraire à Paris au XIVe siècle. À l'époque, ils menaient une existence simple et ordinaire, jusqu'à ce jour fatal où Nicolas avait acheté le Codex, le Livre d'Abraham le Juif, à un homme à la capuche rabattue sur la tête et aux yeux d'un bleu surprenant. Ce jour-là, leur vie avait basculé, et ils avaient pénétré dans un monde extraordinaire où les apparences étaient trompeuses et les personnes indignes de confiance.

Elle dévisagea Nicolas. Immobile sur le seuil de la porte, l'air dévasté, il examinait sa boutique.

– Nicolas..., chuchota-t-elle.

Quand il leva les yeux, elle fut étonnée de constater à quel point il avait vieilli en une semaine. Pendant des siècles, son apparence avait très peu changé. Avec ses cheveux coupés court, son visage lisse et ses yeux pâles, on lui donnait la cinquantaine, son âge réel quand ils avaient commencé à préparer la potion d'immortalité. Aujourd'hui, il paraissait avoir vingt ans de plus. Il avait quasiment perdu tous ses cheveux, des sillons profonds striaient son front, des pattes-d'oie creusaient le coin de ses yeux. Des taches brunes parsemaient le dos de ses mains.

L'Alchimiste surprit son regard. Il lui décocha un sourire triste.

– Je sais. J'ai l'air vieux. Mais je suis encore bien conservé pour un type qui a vécu six cent soixante-dix-sept ans.

– Soixante-seize, corrigea Pernelle. Ton anniversaire est dans trois mois.

Nicolas s'avança pour prendre Pernelle dans ses bras et la serrer fort contre lui.

– Seulement je ne serai pas là pour le fêter, lui chuchota-t-il à l'oreille. J'ai plus utilisé mon aura en une semaine qu'en deux décennies. Et sans le Codex…

Il n'avait pas besoin de finir sa phrase. Sans le sortilège d'immortalité qui apparaissait une fois par mois en page 7 du Codex, les Flamel vieillissaient à nouveau et la mort s'ensuivrait vite tandis que les années accumulées les rattraperaient.

Pernelle le repoussa soudain.

– Nous ne sommes pas encore morts ! s'exclama-t-elle dans le patois français de son enfance. Nous avons déjà été en fâcheuse posture et nous avons survécu !

Une infime partie de son aura crépita autour d'elle,

des tourbillons de vapeur glacés s'échappèrent de sa peau.

Nicolas croisa les bras sur son torse étroit.

– Nous possédions le Codex, lui rappela-t-il dans la même langue.

– Je ne parle pas d'immortalité, rétorqua Pernelle avec un fort accent breton. Nous avons vécu pendant des siècles, Nicolas. Des siècles ! Tu sais pourquoi je n'ai pas peur de mourir ? Parce que nous partirons ensemble. Je ne pourrais pas supporter de vivre sans toi.

L'Alchimiste se contenta de hocher la tête. Il n'imaginait pas une seconde sa vie sans Pernelle.

– Nous devons continuer comme avant, insista-t-elle, et nous battre pour la survie de l'humanité.

Pernelle s'empara de ses bras ; ses doigts s'enfoncèrent dans la peau de Nicolas. Son visage se durcit.

– Pendant plus de six cents ans, nous avons protégé le Codex et tenu les Ténébreux à l'écart de la Terre. Aujourd'hui, Nicolas, nous n'avons plus rien à perdre. Nous n'avons plus besoin de nous cacher pour le salut du livre. Attaquons ! Combattons les Ténébreux !

Mal à l'aise, l'Alchimiste acquiesça. Parfois, Pernelle lui faisait peur. Bien qu'ils fussent mariés depuis des siècles, il ignorait encore tant de choses à son sujet, comme cet extraordinaire pouvoir qui lui permettait de voir l'ombre des défunts.

– Tu as raison, nous n'avons plus rien à perdre, répéta Nicolas à voix basse.

– Cette fois-ci, nous possédons un avantage : les jumeaux.

– Tu sais, ils ne nous font pas totalement confiance, lui apprit Nicolas. À Londres, ils ont eu connaissance de l'existence des autres jumeaux.

– Ah ! De la bouche de Gilgamesh ?

– Oui. Du Roi. Désormais, ils risquent de remettre en question ce qu'on pourra leur dire.

– Eh bien, conclut Pernelle avec un sourire lugubre, disons-leur la vérité ! Toute la vérité.

Nicolas soutint son regard d'acier pendant quelques instants avant de tourner la tête.

– Et rien que la vérité.

Il soupira. Dès qu'elle eut quitté la pièce, il marmonna :

– Mais la vérité est une lame à double tranchant, une arme redoutable.

– J'ai entendu, cria-t-elle.

REMERCIEMENTS

Remercier tout le monde reviendrait à rédiger une liste de noms plus longue que le livre. *L'Ensorceleuse* n'aurait pas vu le jour sans l'aide, le soutien, les conseils, la bienveillance et la compréhension de si nombreuses personnes !

Spécialement et particulièrement :

Beverly Horowitz, Krista Marino et Colleen Fellingham de Delacorte Press ;

et :

Barry Krost de chez BKM et Frank Weimann du Literary Group.

Voici les autres qui ont rendu ce livre possible :

Claudette Sutherland et Michael Carroll.

Ceux qui l'ont rendu plus facile :

Patrick Kavanagh, Libby Lavella et Sarah Baczewski.

Ceux qui l'ont rendu intéressant :

Simon et Wendy Wells, Hans et Suzanne Zimmer, Kelli Bixler, Kristofer Updike et Richard Thompson.

Et, bien entendu :

L'Ensorceleuse

Julie Blewett-Grant, Tammy Weisensel, Marci Kennedy, Jeffrey Smith, Sean Gardell, Jamie Krakover, Roxanne Renaud-Coderre et Kristen Winsko-Nolan.

Ouvrage composé par
PCA - 44400 Rezé

Impression réalisée par

BRODARD & TAUPIN

La Flèche (Sarthe), le 03-01-2013
N° d'impression : 71261

Dépôt légal : janvier 2013

FSC
www.fsc.org
MIXTE
Papier issu de sources responsables
FSC® C003309

Pocket Jeunesse, une marque d'Univers Poche,
est un éditeur qui s'engage pour
la préservation de son environnement
et qui utilise du papier fabriqué à partir
de bois provenant de forêts gérées
de manière responsable.

PKJ • www.pocketjeunesse.fr
POCKET JEUNESSE

12, avenue d'Italie – 75627 PARIS Cedex 13